그레이맨

그레이맨

펴 낸 날 | 2012년 11월 30일 초판 1쇄

지 은 이 | 이시카와 도모타케
옮 긴 이 | 양윤옥
펴 낸 이 | 이태권
책임편집 | 송수남
책임미술 | 정혜미
펴 낸 곳 | (주)태일소담
서울시 성북구 성북동 178-2 (우)136-020
전화 | 745-8566~7 팩스 | 747-3238
e-mail | sodam@dreamsodam.co.kr
등록번호 | 제2-42호(1979년 11월 14일)
홈페이지 | www.dreamsodam.co.kr

ISBN 978-89-7381-297-4 03830

• 책값은 뒤표지에 있습니다.
• 잘못된 책은 구입하신 곳에서 교환해드립니다.

이시카와 도모타케 지음
양윤옥 옮김

소담출판사

# 차례

# 제1장

## 1

번화가의 휘황한 불빛은 썩어가는 음식이고 그 빛에 몰려드는 사람들은 파리 떼다.

그것을 깨달은 건 중학교 3학년에 올라간 때쯤이었다.

열네 살에서 열다섯 살까지의 그때.

세상 모든 것이 썩어간다는 것을 감지한 나이였다. 자신이 더럽혀지고 망가진 존재라고 실감한 것도, 아픔이라는 감각을 상실해버린 것도 그즈음이었다.

나가노 사유리는 플라스틱 컵에 꽂힌 스트로를 잘근잘근 씹으며 맞은편에 앉은 아코의 얼굴을 홀린 듯 바라보았다. 그녀는 누가 보더라도 아름다운 얼굴이었다.

2012년 9월.

새 학기가 시작되었지만 사유리는 무단결석을 하고 있었다.

"그냥 평범한 아르바이트는 바보짓이라는 생각이 든다니까?"

아코가 고양이처럼 실눈을 뜨고 장난스럽게 웃으며 말했다. 탱탱한 몸매를 강조하는 원피스는 지겨울 만큼 주위의 시선을 끌었다. 170센티의 큰 키를 굽 높은 샌들로 더욱 커 보이게 하고 있었다.

아무 특징도 없는 패밀리레스토랑에서 사유리는 김빠진 감자튀김을 입에 넣으며 아코가 해주는 이야기를 무심히 듣고 있었다.

"어이없을 만큼 보수가 많거든."

"얼마나 주는데?"

사유리는 아코의 말에 대충 맞장구를 치듯이 시큰둥하게 물었다.

"한 사람당 50만 엔."

"뭐? 50만 엔이나?"

상상도 못 한 숫자에 사유리는 눈이 둥그레졌다.

"더 많이 줄 때도 있어."

"와아!"

사유리는 기가 죽어서 입이 헤벌어진 채 고개를 끄덕였다. 자신의 예상을 훌쩍 뛰어넘는 돈이었다.

"한 사람당 다섯 시간쯤 걸리니까 그리 힘들지도 않아. 진짜 눈 깜짝할 사이에 끝나."

홈쇼핑 광고 방송 같은 아코의 말을 들으며 사유리는 50만 엔이라는 돈을 머릿속에서 그려보았다.

"아이, 너무 달콤한 얘기다. 뭔가 수상해."

귀에 달콤한 이야기에는 반드시 이면이 있는 법이다.

"하나도 수상할 거 없어. 일하는 건 간단해. 남자하고 자는 거. 그냥 그것만 하면 다들 부러워할 만큼 돈을 집어줘."

아코는 사유리의 걱정을 비웃듯이 말했다.

"그건 좀……."

사유리는 친구의 말이 사실인지 확인해보려고 눈을 찌푸리며 찬찬히 바라보았다.

"아이, 괜찮다니까. 내가 이렇게 멀쩡하잖아. 보고도 모르겠니? 우린 남들보다 예쁘게 태어난 게 큰 재산이잖아. 그 장점을 이런 때 써먹어야지. 게다가 넌 지금 방이 필요하잖아?"

"그건 그렇지만……."

사유리는 떨떠름하게 대답했다. 자신이 지낼 방 한 칸이 없다는 게 지금 당장 발등에 떨어진 불이기는 했다.

"원룸 하나를 빌려주니까 딱 좋지 뭐야. 물론 임대료는 공짜야. 돈 많이 벌지, 집 문제 해결되지, 더 말할 거 있어?"

아코는 그렇게 말하고 내부에 빛을 품은 듯한 스트레이트 파마 머리를 휙 날리며 자리에서 일어섰다. 가방도 옷도 모두 명품 브랜드였다.

사유리는 갑자기 자신이 입고 있는 교복이 궁상맞게 느껴졌다.

"어때, 해볼래?"

아코는 가느다란 손끝으로 계산서를 집어 들면서 물었다.

귀에 달콤한 이야기에는 반드시 이면이 있다. 하지만 진짜로 달콤한 꿀 같은 일도 있을 것이다. 실제로 지금 눈앞에 서 있는 아코는 행복이라는 단어를 몸으로 보여주는 것처럼 반짝거렸다.

한번 해볼까.

사유리는 주먹을 움켜쥐고 자리에서 일어났다. 그 모습에 아코는 다시 반달눈이 되어 웃었다.

사유리는 엄마뿐인 가정에서 자랐다. 아버지에 대한 기억은 전혀 없고 엄마는 일이 바빠 늘 집을 비웠기 때문에 사유리는 혼자 지내는 일이 많았다. 하지만 딱히 외롭다고 생각한 적은 없었다. 그리 부유하지는 않지만 그럭저럭 먹고살 만한 환경이었다.

엄마는 사유리를 그저 의무적으로 키울 뿐 사랑으로 대해주는 일은 없었다. 사유리 쪽에서도 그런 엄마에게 사랑을 바라지 않았다. 자신을 키워주는 것도 감지덕지인데 그보다 더한 것을 바라서는 안 된다는 것을 일찍부터 잘 알고 있었다.

사유리는 자신이 여러모로 약자라는 것을 미리감치 받아들였다.

중학교 1학년 때, 엄마가 남자를 집에 데려왔다.

열 살이나 연하인 남자에게 돈을 쏟아부으며 사유리가 옆에 있건 말건 연인 사이의 애정 표현을 하기도 했다.

자신의 자리를 잃은 사유리는 그즈음부터 자꾸 집에서 멀어졌다. 하지만 돈 없이는 어디서도 시간을 때우기가 힘들었다.

중학교 3학년 때, 시부야 거리를 멍하니 헤매고 있는데 웬 남자가 말을 걸어왔다. 마흔 살쯤 된 아저씨였는데 노골적으로 원조교제를 하자고 꼬드겼다. 돈이 필요했던 사유리는 돈만 훔쳐 도망 나오자는 생각으로 남자의 뒤를 따라 호텔에 들어갔다. 그리고 남자가 샤워하는 틈을 노려 지갑에서 돈을 빼내 호텔 방을 뛰쳐나왔다.

깜짝 놀랄 만큼 간단했다.

그 뒤부터 사유리는 접근해오는 남자들을 대상으로 온갖 방법을 동원해 돈을 훔쳤다. 번화가를 헤매고 다니면 사냥감은 금세 자기들 쪽에서 다가왔다. 이따금 자기혐오에 시달리기도 했지만 돈으로 여자를 사려고 하는 못된 남자들은 골탕을 먹어야 한다고 단순하게 생각하기로 했다.

돈을 훔쳐 도망치다가 붙잡힌 적도 있었지만 남자들은 미성년자와 성매매를 하려고 했다는 약점이 있는 만큼 경찰에 신고하지 못했다. 실컷 욕을 얻어먹은 일은 있어도 아직까지 얻어맞거나 잡혀간 일은 없었다.

사유리가 고등학교에 입학할 때쯤, 엄마의 남자가 아예 집에 들어와 살게 되었다. 점점 그 남자의 시선에 신경이 쓰였다. 원조교제를 청해오는 남자들과 똑같은 눈빛이었다.

이윽고 그 남자의 시선은 자연스러운 스킨십이 되더니 위험이 느껴지는 선까지 발전했다.

어느 날, 남자가 노골적으로 덮치고 들었다. 온 힘을 다해 저항하는 참에 엄마가 돌아왔다. 하지만 현장을 목격한 엄마는 불같이 화를 내며 사유리에게 날 선 적의를 드러냈다.

남의 것을 훔친 도둑년이라는 거친 욕을 내뱉고 나중에는 악을 쓰고 울면서 사유리의 머리채를 쥐어뜯었다.

그런 상황이 슬프기만 했다. 자신은 태어날 때부터 이미 약자라고 생각해버린 사유리는 엄마에게 변변히 대들 생각도 하지 못했다. 그저 몸을 최대한 작게 웅크리고 감정을 억누른 채, 쏟아지는 폭력을 견뎠다.

아무 말도 하지 못하고 집을 뛰쳐나왔다. 그리고 그길로 두 번 다시 집에 돌아가지 않았다. 더 이상 그 집에 있다가는 자신이 망가져버릴 거라는 위기감 때문이었다.

친구들 집을 전전했지만 남의 집 신세를 지는 것에도 한계가 있었다.

어떻게든 일을 해서 내 몸 눕힐 방 한 칸은 마련해야 했다. 길거리에서 접근해오는 남자들의 돈을 닥치는 대로 훔쳤다. 하지만 그것이 일정한 수입이 될 수는 없었다. 주거지가 일정치 않으니 정식 아르바이트 일자리도 얻기가 힘들었다. 게다가 미성년자라서 막상 돈이 있어도 방을 빌리기가 쉽지 않았다.

그런 사유리를 아코가 이모저모 도와주었다.

아코는 사유리와 같은 고등학교에 입학했지만 두 달도 안 되어 퇴학 처분을 받고 학교를 떠났다. 꽃뱀 사기를 친 것이 문제가 되었기 때문이다. 하지만 한 교실에서 함께 보낸 두 달이라는 짧은 기간 동안 사유리는 아코와 매사에 죽이 잘 맞았다. 원조교제를 빙자해 남자들의 돈을 훔치는 것과 꽃뱀 사기, 둘 다 비슷한 처지였기 때문인지도 모른다.

다른 친구들보다 한참 어른스럽게 보이던 아코는 학교에서 처음 만났을 때, 갑작스럽게 사유리에게 말을 걸어왔다.

—난 예쁜 애가 좋아. 머리 좋은 것도 재능이지만 얼굴 예쁜 것도 그에 못지않은 재능이잖아? 하긴 나이 들면 사라지니까 한시적인 재능이지. 아무튼 사유리 넌 그 재능을 갖고 있어.

그렇게 아코는 같은 반 친구들 중에서도 가장 먼저 사유리에게 웃음을 건네주었다. 그때 비로소 아코를 찬찬히 살펴본 사유리는 부러움과 함께 당황스러움을 느꼈다. 어디서나 눈에 띄는 아코의 섹시한 모습은 조금쯤은 자신의 용모에 자신감을 갖고 있던 사유리의 자존심을 산산이 깨뜨렸다. 하지만 이인자로 그녀 곁에 서는 것도 괜찮겠다는 생각이 들 만큼 아코는 아름답고 싹싹한 성격이었다.

## 2

돈을 많이 준다는 아르바이트 이야기를 듣고 사흘째 되는 날, 사유리는 아코를 따라 이케부쿠로에 나갔다.

이케부쿠로에는 자주 드나들었지만 아코와 나란히 걸어가자 마치 다른 거리에 온 듯한 착각이 들었다. 지나가는 사람들이 하나같이 아코의 아름다움에 홀려 멍한 얼굴로 길을 비켜주었기 때문이다. 복작복작하던 거리가 무척 넓게 느껴졌다. 가까이하기 어려울 만큼 뛰어난 미모의 아코 덕분이었다. 모세의 바다처럼 사람들이 알아서 갈라지며 길이 열렸다.

"아, 더워."

아코는 얼굴에 팔랑팔랑 손부채질을 했다.

"진짜 덥다."

사유리는 티셔츠 깃을 젖히려다 그만두고 아코가 하는 대로 얼굴에 손부채질을 해보았다.

시각은 19시.

이케부쿠로 역 동쪽 출구를 나선 두 사람은 선샤인 거리 입구 근처의 패스트푸드점에서 가볍게 저녁식사를 하고 목적지로 향했다.

좌우로 점포가 빼곡하게 들어찬 거리를 빠져나와 약국 옆에서 오른쪽으로 꺾어들었다.

해가 졌는데도 더위는 수그러들 줄을 모르고 시원한 바람 한 자락 불지 않았다. 거리의 사람들도 줄지 않아서 이 사람 저 사람과 마주칠 때마다 훅 끼치는 뜨뜻한 공기가 불쾌했다.

"조금만 더 가면 돼."

아코가 씨익 웃으며 말했다.

사람들은 아코에게만 시선을 던졌지만 사유리는 전혀 샘이 나지 않았다. 당연한 일이라고 쿨하게 받아들이는 자기 자신이 상쾌하게 느껴질 정도였다.

오피스 빌딩가를 빠져나오자 이케부쿠로는 갑자기 전혀 다른 모습으로 바뀌었다. 어딘가 불온하고 결코 공공연히 얼굴을 드러내지 않는 음습한 공기가 감도는 곳. 그 지역에 들어서는 것만으로도 심장의 두근거림이 서서히 높아지고 본능이 끊임없이 불안을 부채질하는 것 같았다.

이윽고 고층 원룸이 늘어선 길로 들어섰다. 지나다니는 사람은 드물고 소음도 문득 멀어졌다. 손님을 유혹하는 화려한 불빛의 가게들이 사라져버린 에어포켓처럼 조용한 장소. 사유리가 알고 있는 이케부쿠로와는 전혀 다른 공간이었다.

"어디까지 가야 해?"

불안에 휩싸인 사유리는 마음의 동요를 들키지 않으려고 조심스럽게 물었다.

"저기 커피숍에서 만나기로 했어. 잠깐 면접을 봐야 해."

"면접?"

그런 얘기는 듣지 못했던 터라 사유리의 얼굴이 바짝 굳어버렸다.

"아이, 걱정할 거 없어. 그냥 항상 하던 대로 얘기하면 돼. 너라면 틀림없이 채용해줄 거야. 왜, 불안하니?"

"아니, 불안할 것까지는 없지만……."

사유리는 불안으로 뒤흔들리는 마음을 억누르듯이 어물어물 대답했다.

"이제 다 왔어. 걱정 마."

아코는 사유리의 마음속이 훤히 보인다는 듯한 웃음을 지으며 다정하게 등을 다독이고는 이윽고 '부희浮戱'라는 커피숍 앞에서 발을 멈췄다.

콘크리트 벽으로 전면이 가려진 그곳은 안을 들여다보는 것을 거부하는 것처럼 견고한 디자인이었다. 묵직해 보이는 나무문과 '부희'라는 작은 팻말만 그 커피숍의 존재를 알려주었다.

"여기야."

아코는 거침없이 진한 갈색 문을 밀었다.

문은 소리 없이 입을 빼끔 벌려 두 사람을 삼키고 조용히 닫혔다. 가게 안에는 창문은 보이지 않고 어슴푸레한 실내등만 멍하니 허공에 매달려 있었다.

사유리는 움츠러드는 심장을 손으로 가리듯이 하고서 주위를 둘러보았다. 커피숍이라기보다 주점 같은 곳이었다.

"어서 와."

달착지근한 목소리가 등 뒤에서 들려오는 바람에 사유리는 흠칫 놀랐다.

"아차, 놀라게 했나? 미안."

목소리의 주인은 사유리의 반응을 즐기듯이 형식적인 사과의 말을 입에 올렸다.

"추카이 아저씨는 항상 뒤에서 갑자기 나타난다니까?"

아코가 어이없다는 듯 종알거리며 묘하게 몸을 꼬았다. 사유리는 그 몸짓에서 추카이라는 사람과 아코 사이에 육체적인 관계가 있었을 것이라고 직감했다.

"이리 들어와."

추카이가 손짓을 하며 4인용 테이블석으로 두 사람을 데려갔다. 사유리와 아코를 마주하며 자리에 앉은 그는 삼십 대였지만 긴 머리를 갈색으로 염색한 탓인지 얼핏 대학생처럼 보이기도 했다. 이목구비가 뚜렷하고 눈은 항상 웃는 것 같은 모습이었다. 아직 늦더위가 기승을 부리는 9월인데 검은 광택이 도는 짙은 색 정장을 입고 있었다. 하지만 모범생처럼 보이지도 않고 답답한 느낌이 들지도 않았다.

희미하게 풍기는 향수 같은 매력.

"이 사람이 중개해주는 추카이 아저씨야. 아, 본명은 아니고 '중개인(일본어로 '중개인'은 '추카이닌'이다_옮긴이)'이라는 말을 줄여서 다들 추카이 아저씨라고 불러. 진짜 이름은 절대로 알려주지 않는다니까?"

슬쩍 투정을 부리듯이 아코가 말했다. 왜 나한테 진짜 이름을 가르쳐주지 않느냐고 따지는 표정이었다.

"이름 같은 건 오래전에 잊어버렸어."

추카이는 서글서글한 웃음을 아코에게 던지고 그 표정 그대로 사유리와 눈을 맞췄다.

"놀라게 해서 미안하다."

그리고 추카이는 손끝으로 테이블을 톡톡 두 차례 내리쳤다.

"아, 아니에요."

추카이의 빨려들 것 같은 웃음에서 도망치듯이 사유리는 시선을 피했다. 그는 다시 탁자를 두드리며 사유리의 주의를 끌었다.

톡톡.

"사람을 똑바로 쳐다봐야지."

표정은 여전히 서글서글했지만 달달한 목소리에는 힘이 담겨 있었다. 조종이라도 당한 것처럼 사유리는 추카이를 바라보았다.

"이름은?"

"나가노예요."

"성만 알려줄 거야? 이름도 말해봐."

"네, 사유리예요."

"나가노 사유리. 좋은 이름이네."

"네……."

사유리는 그의 말에 어떻게 대꾸해야 좋을지 몰라 어설프게 고개를 끄덕였다.

"먹을 건 뭘 좋아하지?"

뜻밖의 질문에 사유리는 멀거니 입만 헤벌렸다. 의도하는 바를 알 수가 없었다.

"먹을 거 말이야, 먹을 거."

"사, 사과……."

그 대답을 듣고 추카이는 피식 웃었다.

"응, 좋아."

잠시 아무 말 없이 사유리를 관찰하다가 그가 불쑥 중얼거리며 고개를 끄덕였다.

"그럼, 채용?"

아코가 추카이와 사유리를 번갈아 바라보며 물었다.

"응, 합격."

추카이는 엄지와 검지로 동그라미를 만들어 보였다.

"즉시 채용이야? 얘, 사유리, 다행이다."

아코는 들뜬 기색으로 웃는 얼굴을 보였다. 사유리는 그녀의 웃음이 지금까지와는 다르게 '같은 편'에게 짓는 웃음이라는 느낌이 들었다. 하지만 일이 너무 다급하게 돌아가는 것 같아 내심 당황스러웠다.

"저어, 왜죠?"

등을 꼿꼿이 세우고 사유리는 머뭇머뭇 추카이에게 물었다. 그가 가느다란 눈을 둥그렇게 떴다. 사유리가 자신에게 질문을 던지는 건 몹시 이상한 일이라는 듯한 표정이었다.

"왜냐니?"

추카이가 고개를 갸웃하며 되물었다.

"왜 나를 합격시켰는지……. 설마 사과를 좋아하는 것 때문에?"

"뭐야, 그게 궁금해?"

추카이는 어깨를 흔들며 웃더니 다시 탁자를 두드렸다.

톡톡.

"이런 말은 좀 미안하지만 사유리의 얼굴은 10점 만점에 7이나 8점 정도야. 뭐, 그만하면 충분히 미인 축에 들지만 그것만으로는 이런 일을 하기가 어려워. 즉 미모 따위는 가점 요소의 한 가지일 뿐이야. 내가 보는 건 얼굴이 아니란 얘기야."

그러면 무엇을 보는가. 사유리가 눈빛으로 물었다.

"한 마디로 분위기야, 분위기. 그건 그렇고, 당장 새집으로 안내해주지."

추카이는 두 사람을 에스코트하듯이 출입구로 나가는 길을 긴 팔을 펼쳐 가리켰다.

세 사람은 '부희'에서 5분쯤 걸리는 고층 건물로 들어갔다. 정면 현관에는 카펫이 깔렸고 일류 호텔처럼 여기저기 조명이 노랗게 밝혀져 있었다.

사방 벽이 거울처럼 번쩍거리고 실내는 검정색을 바탕으로 전체적으로 각이 진 인상의 디자인이었다. 선뜻 들어서기 어려운 분위기였다.

"다들 이곳을 '탑'이라고 해."

둘레둘레 주위를 둘러보는 사유리에게 아코가 슬쩍 속삭였다.

"어떤 사람들은 '바벨탑'이라고도 하지. 별로 재수 좋은 이름은 아니지만."

추카이는 비아냥거리듯이 양쪽 뺨을 실룩거리며 웃었다.

"사유리, 넌 8층 방을 써라."

그는 재킷 호주머니에서 카드를 꺼내 로비 입구에 설치된 카드리더에 꽂았다.

단조로운 전자음과 함께 빛을 내뿜는 듯한 두툼한 유리문이 스르르 열렸다.

안으로 들어서자 대리석에 세 사람의 발소리가 상쾌하게 울려서 주위의 조용함이 도드라졌다. 튼튼한 벽으로 뒤덮인 공간에는 채광을 위한 창이 몇 군데 뚫려 있고 청소업자가 묵묵히 바닥과 벽을 닦고 있었다.

"하필 오늘이 청소하는 날이었어? 별로 보기 좋은 꼴은 아니군. 미안해."

추카이가 한숨을 섞어 사과하는지라 사유리는 고개를 가로저었다.

"어때, 넓지?"

아코는 신이 난 목소리였다.

압도될 만큼 널찍한 로비는 마치 궁전 같았다.

"이곳은 우리만의 탑이야."

"우리?"

사유리는 되물으면서 저도 모르게 몸을 움츠렸다. 이상할 만큼 감시 카메라가 많은 게 마음에 걸렸다. 누군가 지켜보는 것만 같아 왠지 불안했다.

"우리 탑의 '꽃'은 사유리 너 혼자만 있는 게 아니야."

앞장서서 걷던 추카이가 고개를 돌려 말했다.

"꽃이라니요?"

모르는 말들이 자꾸 튀어나오는 바람에 사유리는 머릿속이 혼란스러웠다.

"여기서 어떤 일을 하는지, 미리 얘기는 들었지?"

추카이는 사유리에게 짐짓 신경을 써주듯이 느릿느릿한 말투로 물었다.

"네, 대강은……."

"여기서 너희는 '꽃'이라고 불리고 있어. 약간 촌스럽긴 하지만 그렇게 부르는 게 규칙이야. 그리고 '꽃'은 이 빌딩에 살면서 '은혜자'들과 교류하게 돼."

"아, '은혜자'라는 건 한 마디로 손님. 그냥 손님이라고 하면 될 텐데 괜히 멋을 부린답시고 특별한 이름을 붙인 거야."

아코가 부연 설명을 덧붙이며 투덜거렸다.

"아니, 그것도 규칙이야. 이곳의 시스템을 통일하기 위한 기호니까. 물론 개인적으로는 손님이라고 부르건 미친놈이라고 부르건 군이 말리지 않겠어."

추카이는 냉랭한 웃음을 내보이며 엘리베이터 버튼을 눌렀다. 그러자 기다렸다는 듯이 문이 열렸다. 엘리베이터라고 하기에는 지나치게 넓은 공간에 들어서자 문은 소리도 없이 닫히고 미끄러지듯이 위로 올라갔다.

사유리는 다시 주위를 둘러보았다.

버튼이 13까지 있는 걸 보면 13층 건물일 테지만 이 건물은 13층이라고 하기에는 이상할 만큼 높은 것 같았다. 발치에 깔린 검은 카펫은 몸무게를 모조리 흡수해버릴 만큼 푹신해서 자칫 중심을 잃을 뻔했다.

층수 램프가 8에서 깜빡거리자 엘리베이터가 멈춰 서고 문이 열렸다.

폭이 넓은 복도가 저 끝까지 이어졌다. 따뜻한 색으로 통일된 조명은 복도 구석구석까지 환하게 밝혀줬지만 묘한 정적 때문인지 어딘가 어둠침침한 느낌이 들었다.

최고급 호텔 같다고 생각하며 사유리는 곳곳에 놓인 장식품을 바라보았다.

"모두 값비싼 장식품들이지?"

아코는 복도 벽 앞에 서 있는 가늘고 긴 항아리를 손톱 끝으로 통 튕기며 말했다.

"정말."

사유리는 감탄을 담아 고개를 끄덕였다. 상쾌한 소리를 내는 그 청색 항아리에서 잠시 눈을 떼지 못했다.

"이 장식품들은 눈이 튀어나올 만큼 비싼 것들이야. 여기 아르바이트 그만둘 때, 한두 개 슬쩍 들고 나갈 생각이야."

"그만둔다는 소리는 제발 하지 마라. 은혜자들이 엉엉 울 텐데."

추카이가 머리를 가로저으며 말했다.

"네네, 아직은 그만둘 생각 전혀 없어요. 이런 좋은 일자리를 왜 그만둬?"

아코가 그렇게 대답한 것과 추카이가 어느 방 앞에서 멈춰 선 것은 거의 동시였다.

"이제부터 여기 803호실은 사유리 방이야."

탄탄한 문에 달린 은색 팻말에 고딕체로 '803'이라고 찍혀 있었다.

검은 카드를 다시 카드리더에 꽂자 자물쇠가 열리는 딸칵 소리가 복도에 울렸다.

방 안은 숨이 막힐 만큼 호화로웠다.

"와아, 굉장하다. 영화에 나오는 방 같아."

눈이 휘둥그레진 채 사유리는 저도 모르게 중얼거렸다. 중세의 귀족이 살았을 것 같은 방, 전체적으로 부티를 진하게 풍기는 방이었다. 아코는 사유리의 말에 까르르 웃었다.

"나도 처음에 똑같은 생각을 했어. 이런 고급스러운 방에서 어떻게 사나, 걱정될 정도였다니까."

장식은 모두 휘황한 빛을 내뿜는 것 같았다. 커튼은 활짝 열려 있고 키의 두 배쯤 되는 크고 긴 유리창 너머로 이케부쿠로 거리가 넓게 펼쳐졌다.

"금세 익숙해져. 공주님이 된 기분을 마음껏 누려봐."

추카이의 입에서 튀어나온 '공주님'이라는 말이 왠지 우스워서 사유리는 저절로 얼굴에 미소가 번졌다.

"여기서는 진짜 공주님 모시듯이 대접해줘. 사유리, 잠깐 이리 와봐."

아코가 창가로 다가가 사유리에게 손짓을 했다. 조심조심 다가가 아래를 내려다보았다. 움찔할 만큼 높아서 세상 모든 것이 발아래로 내려다보이는 느낌이었다. 온갖 색깔의 조명으로 반짝이는 거리가 사유리에게 납작 엎드린 듯한 착각이 들었다.

"8층인데 정말 높다."

사유리는 반쯤 넋이 나간 얼굴로 중얼거렸다.

"천장이 다른 건물들보다 훨씬 높거든."

그제야 사유리는 오싹할 만큼 높은 천장을 올려다보고 다시 바깥 세계를 내려다보았다.

"여기서는 세상을 내 발밑으로 내려다보며 살 수 있어. 그리고 아래 세상에 내려가면 네가 원하는 건 뭐든 가질 수 있어. 우리에게는 충분한 돈과 미모가 있으니까."

아코가 예언이라도 하듯이 느릿느릿 말했다. 사유리는 가슴이 두근거리는 흥분에 얼굴까지 불그레하게 달아올랐다.

"이봐, 아가씨들, 나를 잊어버린 거 아냐?"

추카이는 자신을 알아달라는 듯 툴툴거리며 아코와 사유리 사이로 끼어들었다. 그리고 사유리의 얼굴을 들여다보며 상냥하게 말했다.

"처음 와보는 곳이라 이래저래 피곤하지?"

사유리는 고개를 저었다. 피곤할 일 따위 전혀 없었다. 오히려 자신 속에 이렇게 생생한 것이 있었나 싶어 놀랄 만큼 힘이 솟구쳤다.

"지금은 흥분해서 그래. 피곤하다는 느낌은 나중에야 찾아오는 거야."

추카이가 아코에게 동의를 청하는 시선을 보냈다. 그녀는 볼이 부루퉁해졌지만 딱히 반론은 하지 않았다.

"아직 모르는 게 많겠지만 우선 오늘은 이 방에서 푹 쉬어. 내일 다시 올 테니까."

추카이는 그렇게 말하고 방에 놓인 옷가지며 비품을 대충 설명해주더니 반강제로 아코를 데리고 나가버렸다.

홀로 남겨진 사유리는 흥분이 가라앉으면서 서서히 불안이 몰려왔다.

사유리 혼자 쓰기에는 지나치게 넓은 방이었다. 게다가 자신의 물건이 하나도 없어서 마치 길 잃은 아이 같은 당황스러움이 덮쳐들었다.

어디에 앉을까 잠시 망설이던 끝에 킹사이즈의 침대에 털썩 누워 천장을 올려다보았다.

자신이 이런 곳에 와 있다는 게 신기하기만 했다. 아코에게 집에 대한 고민을 털어놓았을 때, 사유리는 거의 아무런 기대도 하지 않았다. 어딘가 입주로 아르바이트할 수 있는 곳이 있으면 좋겠다고 막연히 생각했을 뿐, 이렇게 척척 일이 해결될 줄은 상상도 하지 못했다.

이 아르바이트, 아무래도 어딘가 수상하다는 느낌은 있었다. 하지만 이상한 일들이 연달아 일어나는 바람에 멍해져버린 상태였고, 아코도 하는 일이라고 생각하니 한결 마음이 놓여서 사유리는 조금쯤 대담해질 수 있었다.

기이한 운명에 사유리는 피식 웃으면서 넓은 침대 위에서 데굴데굴 몸을 굴렸다.

앞으로 어떻게 될 것인지, 그런 것 따위는 더 이상 생각하고 싶지 않았다.

우연히 날아든 행운에 불평을 하는 건 죄가 되는 일이다. 자신은 선택된 사람이라는 만족감에 가슴이 설레었다.

화장을 지우기가 귀찮아 가볍게 샤워를 하고 목욕 가운으로 몸을 감싼 채 다시 침대에 누웠다. 그리고 넓은 침대에서 마음껏 데굴데굴 굴러보았다.

뜻하지 않은 행운에 머릿속이 마비된 느낌이었다. 하지만 그 희미한 욱신거림이 기분 좋아서 사유리는 온몸을 맡기듯이 침대에 팔다리를 쭉 펴고 누워 스르르 눈을 감았다.

침대에 자신의 냄새가 배었을 때쯤일까, 사유리는 조용히 잠 속으로 떨어져갔다. 꿈은 꾸지 않았다.

창문으로 비쳐 든 햇살이 따가워 사유리는 눈을 떴다.

잠이 덜 깬 눈으로 벽에 걸린 커다란 시계를 보았다. 시곗바늘은 7시 10분을 가리키고 있었다.

추카이에게서는 아직 어떤 지시도 내려오지 않았다. 사유리는 느릿느릿 침대에서 일어나 옷장 문을 열었다. 족히 백 벌은 됨 직한 옷들이 행거에 차곡차곡 걸려 있었다. 사이즈는 각각 달랐지만 사유리의 몸에 맞는 옷도 있었다.

어제 추카이는 마음에 드는 옷을 마음껏 골라 입으라고 했다. 하지만 옷이 너무 많아 어떤 것을 입어야 할지 망설여졌다.

사유리는 한참 만에 마음을 정하고 옷 한 벌을 꺼냈다.

붉은 와인처럼 짙은 색깔의 원피스였다. 차갑고 매끄러운 천이 살갗에 기분 좋게 휘감겼다. 어느 쪽인가 하면 원피스라기보다 드레스 같은 디자인이었다. 전체적으로 날씬하고 특히 허리 라인이 강조되었다. 멋지게 입어낼 자신은 없지만 그 자체가 예술작품처럼 아름다운 옷이었다.

원피스를 의자에 살짝 걸쳐놓고 다른 옷도 찾아보았다. 하나같이 명품 브랜드에 탄성이 터질 만큼 아름다웠다. 하지만 처음 고른 원피스보다 마음에 드는 옷은 찾을 수 없었다.

옷장 문을 닫고 의자에 걸쳐놓은 원피스를 다시 찬찬히 바라보았다. 적당히 기품 있는 광택이 햇빛과 교차하며 다이아몬드 가루처럼 빛났다.

원피스를 손에 들었다. 손바닥을 감싸고 있는 매끄러운 비단천은 자칫 세게 쥐면 사라져버릴 것처럼 부드러웠다.

입고 있던 티셔츠 끝을 말아 올려 벗으려는 찰나, 문득 누군가 지켜보는 듯한 기척이 느껴져서 사유리는 주위를 둘러보았다.

침묵에 잠긴 방.

물론 인기척 따위 있을 리 없었다. 8층이라서 창밖에도 사람은 없었다. 혹시나 해서 현관문이 잠겨 있는지 다시 확인하고 그다음에는 욕실로 향했다.

세면대와 욕실 사이는 투명한 유리 벽으로 널찍하게 나뉘어 있었다.

사유리는 욕실을 구석구석까지 살펴보고 이상이 없는 것을 확인한 뒤에야 방으로 돌아와 옷을 벗었다. 속옷만 걸친 날씬한 몸이 큼직한 거울에 비쳤다. 아직 완전한 성인 여자로 성장한 건 아니지만 희고 투명한 살결에 가느다란 몸매는 작은 나뭇가지에 하얀 눈이 쌓인 것처럼 안타까운 아름다움이 있었다.

잠시 거울에 비친 자신의 몸을 바라보다가 조심스럽게 붉은 원피스를 집어 들었다. 몸을 이리저리 틀면서 어깨며 허리선을 맞추고 거울로 확인했다. 꼭 맞는 사이즈였다.

손가락으로 머리를 가다듬고 크게 심호흡을 한 뒤에 거울에 비친 자신을 자세히 바라보았다. 겨우 기초화장만 한 얼굴이 마음에 걸렸지만 그럭저럭 잘 어울렸다.

한 바퀴 빙 돌면서 포즈를 취해보았다. 나쁘지 않았다. 저절로 미소가 번졌다. 그새 조금 어른이 된 것 같았다. 몸을 이리저리 돌려가며 다양한 각도에서 바라보느라 시간이 가는 줄도 몰랐다.

거울 속의 얼굴을 바라보며 연기하듯이 표정도 바꿔보았다.

"응, 느낌이 좋아."

그렇게 중얼거렸을 때, 갑작스럽게 벨이 울렸다. 사유리는 펄쩍 뛸 만큼 깜짝 놀랐다.

다시 벨이 울렸다.

갑작스레 어울리지 않는 드레스를 입고 있는 자신이 창피해졌다.

띠링띠링.

기다리기 답답하다는 듯 다시 벨소리가 울렸다.

얼른 옷을 벗으려 했지만 그럴 여유를 주지 않겠다는 듯 벨소리가 계속 이어졌다.

띠링띠링.

사유리는 벗어놓은 자신의 옷을 향해 달려갔다.

띠링띠링 띠링띠링.

허둥지둥 원피스를 벗으려 했지만 마음만 급했다.

띠링띠링 띠링띠링 띠링띠링.

쉴 새 없이 울리는 벨소리에 점점 더 손이 빗나갔다. 사유리는 얼굴을 일그러뜨리며 혼자 욕을 내뱉었다.

결국 옷을 갈아입는 건 포기하고 급히 현관으로 달려가 도어스코프를 들여다볼 새도 없이 문을 열었다.

복도에 추카이가 엷은 웃음을 지으며 서 있었다.

"도망간 줄 알았네."

하지만 그런 짓은 절대 불가능하다는 얼굴로 추카이가 인사를 건넸다.

"잘 잤니? 내가 너무 일찍 찾아왔나?"

추카이는 자신의 손목시계를 들여다보는 척했다.

"아뇨, 아까부터 일어나 있었어요."

사유리는 서둘러 대답하고 무의식중에 원피스를 손으로 가렸다. 그 모습을 본 추카이는 장난스럽게 휘이익 휘파람을 불었다.

"오, 예쁜데?"

"그, 그래요?"

자신감을 잃은 사유리는 반신반의하는 눈빛으로 추카이를 바라보았다.

"아주 예뻐. 아, 근데 약간 부족한 게 있군."

추카이는 복도에 설치된 전화 수화기를 들고 한두 마디 나눈 뒤에 다시 사유리에게 돌아왔다.

"잠깐 안에 들어갈까?"

추카이는 명령 투로 말하더니 사유리의 대답을 기다리지 않고 안으로 성큼 들어섰다.

"아, 네."

사유리는 그를 피하듯이 벽 쪽에 붙어 서서 길을 터주었다.

산책이라도 하는 것처럼 가벼운 걸음으로 방 한가운데 멈춰 선 추카이는 천천히 주위를 둘러보더니 진회색 2인용 소파에 앉았다. 사유리는 그 맞은편의 침대 쪽에 앉았다.

"푹 잤어?"

털썩 팔다리를 내던지듯이 소파에 앉은 추카이는 여전히 검은 정장 차림이었다.

"네."

"다행이군. 배고프지 않아?"

"아, 조금……."

사유리는 원피스의 허리 근처에 시선을 떨구고 대답했다.

"그렇지? 식사는 언제든지 전화로 주문하면 돼."

"전화 주문? 그럼 배달이 오는 거예요?"

사유리의 물음에 추카이는 하하 웃었다.

"배달은 무슨? 이 빌딩 안에 정식 요리사가 항상 대기하고 있어. 웬만한 식당에서는 먹을 수 없는 최고의 요리를 해줄 거야. 그리고 재료를 사다 줄 테니까 원한다면 직접 해 먹어도 돼. 물론 컵라면이나 햄버거가 먹고 싶다면 그것도 사다 주지. 꽤 많더라고, 정크푸드가 더 좋다는 애들이."

추카이는 이해할 수 없다는 듯 어깨를 들썩이며 말했다.

"하긴 아무리 좋은 것이라도 계속 먹다 보면 질리겠지. 하지만 그건 음식 탓이 아니라 먹는 사람 잘못이야. 사람이란 게 금세 감각이 둔해지는 생물이지. 대부분의 사람들은 습관이라는 것에 풍덩 빠져버려. 그런 멍청하고 무신경한 사람은 좋은 걸 먹을 자격이 없어. 사람이라면 좀 더 훌륭한 음식에 어울릴 만한 감각을 훈련해야지. 습관에 빠져서 자극에 게을러져서는 안 된다는 말이야."

주문이라도 외우듯이 중얼거리는 추카이는 눈빛이 멍해져 있었다. 사유리는 본능적으로 공포를 느꼈다.

사유리가 긴장한다는 것을 눈치챘는지 추카이가 금세 웃는 얼굴로 돌아왔다.

"하긴 사람도 제각각이니까 굳이 강요하지는 않겠어. 배가 고프면 여기 수화기 들고 1번을 눌러. 그러면 담당자가 받을 거야. 먹고 싶은 메뉴를 말하면 돼. 식사 외에도 뭐든 원하는 걸 말하면 해결해줄 거야. 인생 상담 같은 것도 들어줄 거고."

추카이가 손목시계를 들여다보았다. 그러자 약속이라도 한 것처럼 벨이 울렸다.

"왔군."

그가 자리에서 일어나 현관으로 갔다. 사유리는 아코일 거라고 생각했는데 추카이를 따라 들어온 사람은 남자였다.

하지만, 정말 남자인가?

사유리는 고개를 갸우뚱했다. 분명 남자인데 행동거지며 옷차림, 그리고 화장은 어떻게 봐도 여자였다.

극단적인 쇼트커트의 핑크색 머리, 각이 진 턱. 속이 비치는 파란 셔츠에 타이즈가 아닌가 싶을 만큼 찰싹 달라붙은 노란 바지. 모든 것이 이상했다.

"어머, 얘는 고급 원석이네."

여자 같은 남자는 뺨에 손을 대면서 립글로스를 바른 입술로 웃었다.

"잘 꾸미면 반짝반짝 빛나겠어."

부자연스러울 만큼 끝을 길게 늘이는 말투였다. 사유리 옆에 다가와 앉자 향수 냄새가 났다.

"안녕? 난 케이라고 해. 미용 담당 케이."

"미용 담당?"

사유리는 미간에 주름을 지으며 되물었다.

"화장해주는 사람이야. 스타일리스트 같은 거."

케이가 슬쩍 윙크를 건넸다.

"남자가 화장을 해요?"

사유리는 케이의 스스럼없는 분위기에 저도 모르게 말이 튀어나왔다. 케이는 잠깐 입을 꾹 다물었지만 금세 웃는 얼굴로 돌아와 사유리의 이마를 툭 쳤다.

"아이 참, 얄미운 소리도 잘하네. 내가 남자로 보였단 말이니?"

그러더니 짐승처럼 으르렁거리는 웃음 소리를 냈다.

"네……."

사유리는 진지한 얼굴로 고개를 끄덕였다. 그 모습에 케이가 다시금 요란하게 웃었다.

"좋아, 마음에 들었어. 이름은?"

"이름은 아직 정하지 않았어."

추카이가 대신 대답했다.

"어머, 웬일이래?"

케이가 추카이를 흘끔 바라보았다.

"항상 이름을 가장 먼저 지어주더니?"

"이유 같은 건 없어."

추카이는 뭔가 거북스러운 표정으로 내뱉고 얼굴을 홱 돌려버렸다.

"아무튼 나를 부른 건 화장을 해주라는 거지?"

그 말에 추카이는 반응을 보이지 않았지만 케이는 별로 신경 쓰는 기색 없이 들고 온 큼직한 공구 박스 같은 케이스에서 화장 도구를 꺼냈다.

"어린애 같은 이 화장부터 지워야겠지?"

케이는 사유리의 얼굴을 순하게 쓰다듬듯이 화장을 지워나갔다. 그러고는 꼼꼼하게 베이스 메이크업을 하고 아이라인으로 세세한 부분을 만들어갔다.

"화장은 아름다워지기 위해서만 하는 게 아니야. 또 한 사람의 나를 만들기 위한 것이기도 해."

케이는 마스카라를 칠해주면서 말했다.

"왜 또 하나의 나를 만드는지 알아?"

"아뇨."

사유리는 짧게 대답했다.

"계속 나 하나만 연기하면 피곤하잖니. 게다가 세상이란 게 한 개의 인격만으로는 볼 수 없는 게 너무 많아. 그래서 화장으로 새로운 나를 만드는 건 인생을 즐기는 데 꼭 필요한 거야."

"인생을 즐기는 데……."

사유리는 중얼거렸다. 지금까지 인생을 즐기며 산다는 생각 따위는 해본 적이 없었다. 그저 아등바등 인생이라는 불모지에 계속 달라붙어 있으려고 발버둥 쳤을 뿐이다.

"기왕 사는 인생, 즐겁게 살아야 하지 않겠니?"

사유리는 고개를 끄덕이려고 했지만 케이가 손끝으로 턱을 붙잡고 있어서 네, 라고 짧게 중얼거렸다.

"화려하게 살고 싶다면 화장을 화려하게. 그러면 인격도 저절로 화려해져."

루주를 발라주던 케이의 시선이 사유리와 마주쳤다.

"눈이 예쁘구나. 샘이 날 정도야."

케이는 혼잣말처럼 중얼거리고 다시 묵묵히 화장에 전념했다. 사유리는 몸을 고정시킨 자세로 추카이를 슬쩍 훔쳐보았다. 그는 어딘가 한 점을 응시한 채 나른한 옆얼굴을 내보이고 있었다.

사유리는 추카이의 시선을 따라가 보았다. 아름답게 차려입은 긴 머리의 여자 그림이 벽에 걸려 있었다. 값비싼 그림이라고 생각하며 바라보던 사유리는 곧바로 그 그림이 뭔가 이상하다는 것을 깨달았다.

여자에게는 얼굴이 없었다.

얼굴을 그려놓지 않은 게 아니다. 눈도 있고 코도 있고 입도 있었다. 하지만 생기가 전혀 느껴지지 않았다. 얼음처럼 고요한 얼굴. 그리고 눈을 떼면 금세 잊어버릴 것 같은 얼굴.

밋밋한 가면.

사유리는 그림 속 여자의 공백 같은 인상에 왠지 충격을 받아 등줄기에 서늘한 기운이 흘렀다.

"어라, 소름이 돋았네? 무슨 무서운 거라도 봤나?"

케이는 굳이 대답을 바라지 않는 질문을 던지더니 머리를 다듬어주고 화장을 끝냈다. 손끝으로 턱을 받쳐 들고 사유리의 얼굴을 구석구석까지 점검하더니 마지막으로 귓불을 살짝 쓰다듬었다.

"머리에 살짝 파마를 하고 싶지만 우선은 이걸로 완성이야. 자,

볼래?"

케이는 방 안의 큼직한 거울을 가리켰다. 사유리는 오한을 느끼면서도 떠밀리듯이 자리에서 일어나 거울 앞에 섰다.

하지만 그곳에 자신은 없었다.

자신이 아닌 다른 누군가가 그곳에 서 있었다.

"어때, 몰라볼 만큼 예뻐졌지?"

케이의 말에 사유리는 침을 꿀꺽 삼켰다.

"……정말 딴사람 같아요."

눈을 둥그렇게 뜨고 감탄했다.

"그래, 이제부터 너는 딴사람이야. 다시 태어난 거야."

케이의 말이 끝나자마자 등 뒤에서 소리가 울렸다.

톡톡.

돌아보니 추카이가 웃음을 띤 채 서 있었다.

"네 이름, 이제야 생각났어. 유리(百合)."

"유리? 그건 내 이름하고……."

사유리라는 자신의 이름과 별로 다를 게 없다고 말하려다가 입을 다물었다. 추카이가 흐뭇한 듯 웃고 있었기 때문이다.

"그 이름이 좋아. 사유리에서 한 글자를 줄이는 게 너한테 꼭 필요해."

추카이는 사유리의 마음속을 들여다본 것처럼 말하며 옆으로 다가왔다.

"이제부터 너는 사유리가 아니라 유리야. 그 이름으로 이 탑에서 사는 거야. 꽃으로."

그 말에 사유리는 얌전히 고개를 끄덕였다. 나는 이제 유리가 되었다.

"이렇게 예뻐질 수 있다니, 정말 믿어지지 않아요."

유리는 슬쩍 턱을 당기고 다시 거울 속을 바라보았다. 사유리라는 무거운 짐을 벗어던진 탓인지 말투도 우아하게 바뀌었다.

"너는 예뻐진 게 아니야. 다시 태어났어."

추카이는 유리의 귓가에 대고 속삭이듯이 말했다. 입김이 귀에 훅 끼쳤다.

띠링띠링.

벨이 울리는 바람에 흥분했던 유리의 가슴속 두근거림이 한순간에 지워졌다. 저도 모르게 후우 하고 가슴을 쓸어내렸다.

"네에!"

케이가 종종거리는 걸음으로 현관에 나갔고 곧바로 아코와 함께 돌아왔다.

"와아, 예쁘다."

아코는 감탄한 듯 고개를 끄덕이며 말했지만 푸른빛 드레스를 입은 아코는 유리가 알고 있는 어떤 친구보다 더 고귀하고 아름답게 보였다.

하지만 유리는 그런 아코와 비교하며 자신을 비하하지는 않았다. 아름다움의 종류가 다를 뿐, 자신도 틀림없이 아름답다는 자신감이 이미 마음속에 자리 잡고 있었다.

"그러면 다시 자기소개를 해볼까? 나는 이 탑에서 '스이렌(睡蓮)'이라는 이름으로 통해."

아코는 천진하게 두 손으로 스커트 자락을 잡아 슬쩍 치켜들며 무릎을 굽혀 인사했다.

"스이렌이라는 이름이 너무 촌스러워서 여기서만 쓰기로 했어. 밖에 나가면 다른 때처럼 아코라고 불러줘. 알았지?"

"응, 스이렌."

"그래, 스이렌이야. 너도 감을 잡았겠지만 이곳에 온 여자애들은 모두 꽃 이름이야. 사유리 넌 어떤 이름을 받았어?"

"유리."

"에이, 평범하다. 하지만 예쁜 이름이야."

스이렌의 미소에 유리도 마주 웃었다. 추카이가 붙인 이름을 칭찬해준 게 기뻤다.

"이제 일에 대한 얘기를 좀 할까?"

두 사람의 수다를 가로막듯이 추카이가 헛기침을 하며 끼어들었다.

"스이렌은 잠깐 자리 좀 비켜줄래?"

"아이, 이제 막 왔는데."

스이렌이 뾰로통하게 입을 내밀며 말했다.

"어서 나가봐."

추카이는 단호한 눈빛으로 스이렌과 케이를 쳐다보았다.

"알았어요."

스이렌은 부루퉁한 표정이면서도 겁에 질린 듯 눈빛이 흔들렸다. 이윽고 스이렌과 케이가 밖으로 나가자 유리는 추카이와 둘만 남았다.

그는 피곤한 듯 가벼운 한숨을 내쉬었다.

"잠깐 앉자."

추카이는 조금 전에 자신이 앉아 있던 소파를 가리켰다. 유리는 강아지처럼 그가 가리키는 소파로 쪼르르 달려가 앉았다.

"여기서 하루 지내보니까 어때?"

추카이는 아무 예고도 없이 유리 옆으로 옮겨 앉으며 물었다. 갑작스러운 일이라서 유리는 크게 당황했다. 하지만 추카이는 아랑곳하지 않고 질문을 이어갔다.

"여기서 지내본 소감은?"

"소감요?"

유리는 그의 눈치를 살피며 슬쩍 눈을 치켜뜨고 바라보았다. 그는 눈을 가늘게 뜨고 부드럽게 미소 짓고 있었다.

"그래, 뭔가 느낀 게 있을 거 아냐."

유리는 당혹스러웠다. 이곳에 온 뒤로 마치 꿈을 꾸는 것처럼 많은 일이 흘러가는 통에 감각마저 멍해져서 매사에 건성건성 넘어가고 말았다.

꿈이라고 해도 분명 고개를 끄덕일 것이다. 그럴 만큼 유리는 현실감 없는 세계에 빠져 있었다.

"아무튼 싫지는 않지?"

추카이가 질문을 바꾸었다. 유리는 즉시 고개를 끄덕였다.

"싫은 건 없어요."

천천히, 하지만 또렷하게 말했다.

"집에 다시 가고 싶진 않아?"

추카이가 유리의 눈을 들여다보며 물었다.

"아뇨, 설마."

유리는 저도 모르게 큰 소리로 대답하고 도리질을 쳤다.

집에 돌아가고 싶은 생각 따위, 눈곱만큼도 없었다. 그보다 집이라고 할 만한 곳이 이제 어디에도 없었다. 앞으로는 어떻게든 혼자 힘으로 살아가야 한다. 오래전에 엄마 집을 나오면서 그렇게 결심했었다.

추카이는 유리가 하려는 말을 다 알고 있다는 듯 고개를 끄덕이며 소파의 손잡이를 두드렸다.

톡톡.

손잡이는 천을 씌워서 소리가 나지 않았지만 유리의 귀에는 분명하게 그 소리가 들렸다.

"이제부터 네가 할 일은 생각만큼 편한 일이 아냐."

약간 엄격한 어조로 추카이가 말했다.

"몸으로 은혜자를 즐겁게 해줘야 하니까 말이야."

"네."

"할 수 있겠어?"

하지만 그는 대답을 듣기보다 먼저 유리의 입술을 탐하고 있었다. 그 입술에 응하는 것으로 유리는 할 수 있다는 뜻을 전했다.

그에게 안겨 침대에 누운 채 유리는 거칠게 숨을 몰아쉬며 일시에 흐트러졌다. 머리칼을 풀어헤치고 몸을 뒤틀며 추카이의 요구에 응했다.

피가 달아오르며 금세라도 죽을 것만 같았다. 황홀한 감각을 몇 번이나 맛보는 사이에 시야가 흐려지고 사고가 정지했다. 오로지 눈앞에 닥친 쾌락에 필사적으로 매달렸다.

창으로 비쳐 드는 햇살 속에서 유리의 헐떡이는 신음 소리가 구석구석까지 울렸다. 스스로도 놀랄 만큼 유리는 크게 소리 지르고 쾌락에 온몸을 떨었다.

단속적인 운동이 추카이에게서 유리에게로 전해지고 그 진동을 유리의 몸은 기꺼이 받아들였다.

뭔가 툭 끊겼을 때, 침대의 흔들림은 가라앉고 유리의 거친 숨소리만 방의 정적을 흔들고 있었다.

"음, 넌 소질이 있어."

기분 좋은 속삭임을 귀에 불어넣더니 추카이는 벌써 일어나 옷을 입고 있었다. 유리는 넋이 나간 듯 침대에 엎드린 채 아무 말도 하지 못했다. 온몸의 힘이 빠져나가 가벼운 경련을 일으키고 있었다.

"일단 일 시작해봐."

추카이가 유리의 멍한 눈을 들여다보며 말했다. 그리고 손에 든 노란 알약을 내밀었다.

"네가 꽃으로 살아가기 위해서는 한 가지 지켜야 할 게 있어. 은혜자를 만나기 전에 반드시 이 약을 먹어야 해."

무슨 약이냐고 유리는 눈으로 물었다.

"항균제와 영양제를 합친 거야. 감기에 걸리거나 묘한 병에 걸리지 않기 위한 예방약이지. 오늘은 한 알이지만 다음부터는 두 알씩 먹어."

추카이가 손끝으로 약을 유리의 입 속에 밀어 넣고 시원한 생수 페트병을 건네주었다.

유리는 가까스로 몸을 일으켜 페트병을 받아 들었다. 그리고 약을 삼키자마자 다시 털썩 누워버렸다. 시원한 물이 온몸에 흡수되는 게 느껴질 만큼 몸이 민감해져 있었다.

"맛이 이상해요."

유리는 천장을 올려다보며 혀를 빼물었다.

"금세 익숙해져. 자, 나는 그만 간다."

추카이는 그렇게 말하면서 고개를 돌렸다.

"벌써요?"

유리는 불만스러웠다. 좀 더 함께 있고 싶었다. 좀 더 이야기하고 싶었다. 좀 더 해주었으면 싶었다.

하지만 그 말은 유리의 입에서 나오지 못했다. 추카이가 내팽개치는 듯한 눈빛으로 바라보았기 때문이다. 지금까지와는 전혀 다른 추카이의 태도에 유리의 입술이 바짝 굳어버렸다.

"또 올 거야."

그런 말을 남기고 추카이는 가버렸다.

쾅.

문이 닫히는 소리가 공기를 흔들었을 때, 갑자기 유리의 몸이 풀쩍 뛰어올랐다.

이변.

몸 속이 후끈거리고 온몸의 피가 끓고 땀이 쏟아지고 눈이 극단적으로 맑아졌다.

숨이 가빠서 유리는 헐떡거리며 침대를 쥐어뜯었다. 일어서려고 했지만 몸이 마음먹은 대로 움직여지지 않았다.

땀에 흠뻑 젖은 채 유리는 몸을 버르적거렸다. 온몸이 뜨거웠다. 어떻게든 진정시켜야 해.

자신의 손으로 몇 번인가 절정에 달한 유리는 가까스로 달아오른 몸에서 풀려났다.

그리고 그대로 죽은 듯이 잠의 나락에 떨어졌다.

## 3

배가 고파서 눈을 뜬 유리는 시곗바늘이 12시를 가리키는 것을 확인하고 용수철처럼 풀쩍 뛰어 일어났다.

세 시간이나 자버렸다. 그토록 체력을 소모했는데도 몸 속에 넘쳐흐를 듯한 힘이 느껴졌다.

유리는 침대 선반에 놓인 전화기를 들고 1번 버튼을 눌렀다. 뭔가 좀 먹고 싶다고 말했다. 20분 뒤에 음울한 눈빛의 남자가 파스타와 샐러드, 옥수수 수프, 그리고 디저트로 아이스크림을 가져왔다.

제법 괜찮은 맛이었다. 정말로 전속 요리사가 있는 모양이라고 감탄하면서 허겁지겁 파스타를 빨아들였다.

배고픔이 가시자 유리는 침대에 누워 조금 전 추카이와의 일을 떠올려보았다.

—어라?

유리는 미간을 찌푸렸다.

겨우 서너 시간 전의 일인데 거의 아무것도 생각나지 않았다.

기억 자체가 상실된 것은 아니다. 그저 기억에 안개 같은 것이 서려 마치 공기를 붙잡은 듯 실감이 나지 않았다. 추카이를 만나 몸을 섞은 건 분명했다. 하지만 그런 큰 제목만 생각날 뿐, 실제 내용은 하나도 뚜렷하게 떠올릴 수 없었다.

기억을 곰곰 더듬어보았다.

아침에 일어나 새 원피스를 입었고 추카이가 찾아왔고 케이가 화장을 해주었고 스이렌에게 예쁘다는 칭찬을 들었다. 그리고 추카이와 몸을 섞었고…… 지금은 침대에 누워 있다.

시간을 따라 생각해보면 전혀 미심쩍은 점은 없었다. 하지만 그때그때의 행동이나 세세한 부분이 전혀 생각나지 않았다.

뭐, 별일 아닐 거야.

유리는 그렇게 생각하고 피식 웃었다. 쾌락만은 또렷이 기억났기 때문이다. 그 느낌을 다시 떠올리는 건 추카이를 그리워하는 것과 같은 뜻이라는 기쁨이 마음속에 흘러넘쳤다.

띠링띠링.

벨소리와 누군가 안에 들어오는 기척을 느낀 것은 거의 동시였다. 카펫 위를 걸어오는 발소리가 방 안에 퍼졌다.

"깨어 있었어?"

추카이는 벽에 매달리듯이 온몸을 기대고 서 있었다. 지친 표정에 눈 주위가 움푹 파인 듯 컴컴했다.

"왜 그래요?"

유리는 몸을 돌려 추카이를 바라보았다.

"아무것도 아냐."

추카이는 손을 살래살래 젓더니 소파로 느릿느릿 걸어가 쓰러지듯이 앉았다.

"아무것도 아니라니, 땀을 줄줄 흘리고 있어요."

그는 이마에 굵은 땀방울이 맺혔고 숨도 가쁜 것 같았다. 유리는 그 땀을 닦아주고 싶었지만 지금 눈앞에 앉은 추카이는 조금 전에 몸을 섞은 추카이와는 전혀 딴사람 같은 분위기를 풍기고 있었다.

"힘쓰는 작업을 좀 했을 뿐이야."

"힘쓰는 작업?"

"……필요 없어진 기계를 해체하는 작업."

추카이는 긴 머리를 손끝으로 긁어 올리더니 갑자기 화제를 바꾸었다.

"아까 하던 이야기를 마저 해야지?"

"무슨 이야기요?"

유리는 고개를 갸우뚱했다.

"네가 할 일."

"아, 네."

유리는 고개를 끄덕였다. 까맣게 잊고 있었다. 자신에게 일어난 일들을 따라가기에 바빠서 머리가 제대로 돌아가지 않는 모양이다.

"나는 무슨 일을 하면 돼요?"

유리는 처음으로 자신이 먼저 질문을 했다.

"나하고 한 것 같은 일을 하면 돼."

그 말을 듣고 유리는 얼굴이 붉어지는 것을 느꼈다.

"간단하지?"

미소 짓는 추카이와 시선이 마주친 유리는 몸을 숙이며 고개를 끄덕였다.

"하는 일은 그 정도로 연습했으면 됐고……."

추카이는 그러면서 손목시계를 보았다. 일 잘하는 샐러리맨 같은 그 몸짓에 유리는 조금 전 몸을 섞은 것이 업무의 일환이었던 것 같아 불쾌했다.

"언제부터 시작할 수 있지?"

"언제든지요."

유리는 퉁명스럽게 대꾸했다.

"뭐야, 화났나?"

"……."

"뭐, 됐다."

추카이는 더 이상 아무 말도 하지 않고 느릿느릿 일어섰다. 얼굴빛이 조금 나아져 있었다.

"한 사람당 다섯 시간이야. 은혜자는 스스로 시간을 관리하는 게 규칙이니까 너는 딱히 시간에 신경 쓸 필요 없어. 다섯 시간이라고 해도 이야기하고 차 마시는 시간까지 포함되니까 체력적으로는 문제없을 거야. 은혜자는 운과 권력을 동시에 거머쥔 사회적 지위가 높은 사람들이야. 수상한 놈들은 절대 접근하지 못하니까 안심해. 자, 질문 있어?"

추카이는 단숨에 거기까지 말하고 두어 번 심호흡을 했다.

"없는데요."

유리는 부루퉁한 얼굴로 대답했다.

"꽃으로 일하는 건 오늘 20시부터 시작한다. 20시 정각에 벨이 울릴 거야. 냉큼 문을 열고 맞아들이도록 해. 뭔가 궁금한 일이 있으면 전화기의 9번 버튼을 눌러. 내가 받을 테니까. 외출할 때는 반드시 내게 연락해야 돼. 아, 그리고 이거."

추카이는 그렇게 말하더니 검은 약병을 탁자에 턱 내려놓았다.

"아까 말했던 항균제야. 20시에 일 시작이니까 그 직전에 먹어 둬. 반드시 두 알이야. 꼭 먹어야 해."

명령하는 듯한 말투로 몇 번이나 다짐을 하더니 손가락으로 브이를 만들어 약병을 가리키고 추카이는 방을 나갔다.

20시까지 여섯 시간쯤 남아 있었다. 오늘 외출해도 되느냐고 물어보는 걸 깜빡했기 때문에 유리는 화장이 지워지지 않게 간단히 샤워를 하고 옷장 안의 드레스를 이것저것 입어보며 시간을 때웠다.

깃 뒤에 달린 태그에는 모두 명품 브랜드의 이름이 찍혀 있었지만 유리가 알지 못하는 브랜드도 많았다.

옷을 입어보고 다시 벗기를 되풀이했다. 거울 앞에 설 때마다 자신이 점점 더 아름다워지는 것 같았다. 하지만 스이렌의 미모에는 당해낼 수 없다.

스이렌.

사람에게 붙여진 호칭이라고는 느껴지지 않는 이름이지만 그녀에게는 무척 잘 어울렸다. 이 탑에서는 오히려 아코라는 이름이 싸구려처럼 느껴진다.

사유리라는 이름도 그렇다. 옛날 티를 풍풍 풍기고 어쩐지 소극적인 느낌이라서 사실 별로 마음에 들지 않았다. 그에 비해 유리라는 이름은 어쩐지 멋있다.

화려하고 아름답고, 무엇보다 추카이가 붙여준 이름이다.

난 다시 태어난 거야.

커다란 거울에 비친 유리는 자신감이 넘쳤다.

사유리는 죽었고 지금 거울에 비치는 건 유리라는 사람이다. 몸을 꽁꽁 묶고 있던 쇠사슬에서 풀려난 듯한 해방감이 느껴졌다.

옷을 번갈아 입어보는 데도 싫증이 나자 유리는 처음에 골랐던 빨간 원피스를 걸치고 새삼 방 안을 둘러보았다.

중세 유럽을 연상시키는 화려한 디자인의 방은 부자연스러울 만큼 정적에 감싸여 있었다.

너무 지나친 정적은 오히려 시끄럽다.

텔레비전이나 보면서 기분을 풀려고 했지만 막상 그 텔레비전이 눈에 띄지 않았다. 노트북도 라디오도 없는 것 같았다.

어쩌면 프로젝터 같은 게 있을지도 모른다고 생각한 유리는 스이렌에게 연락해보려고 휴대전화를 꺼냈다.

주소록에서 '아코'라는 이름을 검색해 버튼을 눌렀다. 하지만 전화 너머는 침묵한 채였다.

미간을 찌푸리며 액정화면을 들여다보니 '권외'라는 표시가 찍혀 있었다.

도심 한복판인데 전파가 닿지 않다니.

불안해진 유리는 벽에 설치된 전화기를 손에 들었다.

'9'를 눌러 추카이를 호출하려고 했지만 어쩐지 어려웠다. 망설이던 끝에 식사를 부탁했던 '1'을 눌러보기로 했다.

세 번의 콜 끝에 전화가 연결되었다.

"네, 무슨 일이죠?"

여자 목소리가 들려왔다.

"저어, 전화 연결이 안 되는데요."

"네?"

전화 너머의 여자가 어이없다는 듯이 되물었다.

"연결이 안 되면 지금 나하고 어떻게 전화를 하죠?"

그 말투가 비위에 거슬렸다.

"이 전화가 아니라 휴대전화가 안 된다고요."

목소리가 거칠어진 유리에게 여자는 얄미울 만큼 냉랭한 목소리로 대꾸했다.

"아, 휴대전화? 이곳 탑에서는 휴대전화 사용이 제한됩니다."

"제한이 돼요?"

"네, 전파를 차단하는 기계가 설치되어 있거든요."

"그런 걸 왜 설치했는데요?"

"외부에서의 도청이나 도촬을 방지하기 위해서죠. 은혜자 중에는 극히 드물게 그런 위반 행위를 저지르는 분들이 있으니까요."

"그런 일도 있어요?"

유리는 다시금 불안해졌다.

"아, 걱정할 거 없어요. 요즘은 엄밀하게 몸수색을 하고 있어서 그런 일은 없으니까. 하지만 세심한 주의를 기울여 대처하기 위해 휴대전화 사용은 제한하는 거예요. 이해해주시기 바랍니다."

불만스럽기는 했지만 어쩔 수 없이 받아들이기로 했다.

"그럼 텔레비전이 없는 것도 전파를 차단하는 그 기계 때문이에요?"

"잘 아시네."

여자는 뭔가 고소하다는 듯 냉큼 대꾸했다.

"근데 그것뿐만이 아니에요. 텔레비전이 없는 건 또 다른 이유가 있죠. 뭔지 아시겠어요?"

이 여자, 나를 갖고 장난치고 있어.

그런 생각이 들자 유리의 눈 밑이 파르르 떨렸다.

"그걸 내가 어떻게 알아요?"

전화를 끊어버리려고 귀에서 수화기를 뗐다. 하지만 그보다 먼저 여자 목소리가 귀에 들어왔다.

"또 한 가지 이유를 말씀드리죠. 텔레비전은 전혀 필요가 없기 때문이에요."

뜻밖의 대답에 유리는 수화기를 다시 귀에 댔다.

"텔레비전은 이미 죽은 물건이에요. 정보도 가치관도 연예오락조차도 현재의 텔레비전은 도무지 아무 쓸모도 없는 기기니까요."

"무슨 소리예요?"

"인간의 이해관계라는 필터를 거쳐 흘러나오는 정보 따위, 백해무익이죠. 그런 쓰레기 같은 정보는 모르는 게 오히려 평화롭게 살 수 있는 지름길이에요. 진실에서 멀어지지 않을 수 있거든요."

여자는 그렇게 말하고 피식 웃었다.

"이곳 탑에서는 휴대전화 사용이 제한될 뿐만 아니라 텔레비전도 노트북도 없어요. 하지만 그 이상의 것이 있죠. 그게 뭔지 알아요? 두 번째 질문입니다."

이 여자는 내가 대답할 수 없는 질문을 던져놓고 혼자 재미있어 한다. 그것이 약이 올라 유리는 생각나는 대로 말해버렸다.

"돈과 권력."

유리의 말을 듣고 여자는 잠시 아무 말도 없었다. 그리고 감탄했다는 듯한 목소리가 들려왔다.

"표현이 지나치게 단순하지만 정답이에요. 그래요, 그 두 가지가 이 탑에는 갖춰져 있죠."

"돈과 권력이 왜 텔레비전이나 휴대전화보다 더 대단하다는 거예요?"

"돈과 권력이 정보나 가치관, 오락을 좌지우지하기 때문이죠. 그 두 가지만 있으면 싸구려 정보나 가치관, 오락 따위는 필요 없어요. 그런 건 스스로 만들어내면 되니까."

여자는 그렇게 말하고 에헴 헛기침을 했다.

"내가 말이 좀 많았네. 용건은 휴대전화가 연결되지 않는다는 것뿐입니까?"

"그래요."

"그러면 이제 문제가 해결되었죠?"

여자의 말투는 비웃음이 섞인 것이었다.

"……그렇게 잘난 척하는 당신은 대체 누구예요?"

화가 나서 눈가를 푸들푸들 떨던 유리는 감정을 억누르듯이 목소리를 낮춰 물었다.

"당신의 콩시에르주예요."

"콩시에르주?"

"관리인이라고 생각하면 돼요. 이곳 탑에서 지내는 동안, 한 사람당 한 명씩 관리자가 있어서 가능한 한 요청을 들어줄 거예요. 아, 어린아이가 떼쓰는 식의 부탁은 들어줄 수 없지만요."

여자는 정말 어린애를 타이르는 듯한 말투였다.

"……그렇다면 나를 대하는 태도부터 고치세요."

유리는 톡 쏘아붙이고 내동댕이치듯이 수화기를 내려놓았다.

17시. 케이가 허리를 살랑살랑 흔들며 찾아와 화장을 고쳐주었다. 처음 일을 시작하는 날의 화장이라면서 전보다 화려하게 해주었다.

18시. 배가 고파 저녁식사를 주문했다. 전화를 받은 여자의 태도가 조금 전과 전혀 달라진 게 없어서 식사를 가져오면 욕이라도 해줘야겠다고 단단히 마음먹었는데 실제로 음식을 가져온 사람은 점심때와 마찬가지로 음울한 눈빛의 남자였다.

이탈리아 요리를 소음 하나 없는 방에서 혼자 묵묵히 먹고 난 유리는 그릇을 물렸다. 벌써 시계는 7시 45분을 가리키고 있었다.

그렇다고 딱히 준비할 것도 없었다.

벨이 울릴 때까지 유리는 아이스티를 마시며 불안한 마음으로 소파에 몸을 기대고 있었다.

별로 어려운 일도 아니다.

유리는 애써 마음을 달래며 피어오르는 불안을 지우려고 했다.

문득 추카이가 건네준 약을 먹지 않았다는 게 생각나서 펄쩍 뛰듯이 소파에서 일어났다.

띠링띠링.

벨이 울렸다.

테이블 위에 놓인 약병에서 알약을 꺼내 서둘러 아이스티로 꿀꺽 삼키고 현관으로 달려갔다.

"안녕?"

문을 열자 사십 대 후반으로 보이는 남자가 한눈에도 고급스럽게 보이는 감색 정장을 입고 서 있었다. 바지 주머니에 한 손을 넣고 또 다른 손에는 가죽 가방을 들었다. 세련된 옷차림에 어울리는 가벼운 웃음에서는 여유가 느껴졌다.

"아, 네, 들어오세요."

남자의 태연한 모습에 당황한 유리는 말을 더듬으며 문을 활짝 열었다. 남자는 고개를 끄덕이고 여유 있는 걸음으로 안에 들어서더니 한 차례 주위를 둘러보고 재킷을 벗었다.

"여기 좀 앉아도 될까?"

남자는 유리를 바라보며 소파를 가리켰다.

"네, 앉으세요."

유리는 테이블로 달려가 약병과 마시던 아이스티를 얼른 집어 들고 어딘가로 치우려고 허둥거렸다.

"그렇게 긴장할 거 없어."

남자는 나지막한 목소리로 만류하며 소파에 앉았다. 유리는 어떻게 해야 좋을지 몰라 그냥 우두커니 서 있었다.

"앉지 그래?"

남자의 말에 유리는 주위를 둘러보았다. 창가의 의자가 눈에 들어왔다. 옆에는 지름 30센티 정도의 둥근 테이블이 있고 하얀 꽃병에 꽃이 꽂혀 있었다. 유리는 창가의 그 의자에 앉기로 했다.

"나이 많은 아저씨라서 미안하군."

남자는 딱히 미안해하는 것 같지도 않은 말투로 한 마디 건네고 가죽 가방에서 봉투를 꺼내더니 테이블에 내려놓았다.

"이건 사례금이야. 확인해봐."

남자가 등받이에 몸을 기대며 말했다. 유리는 그 봉투를 집어 들었다. 두툼하고 묵직했다.

"얼마를……."

봉투의 존재감에 기가 죽은 유리가 머뭇머뭇 묻자 남자는 엷은 웃음을 지었다.

"이곳의 규칙대로 50만 엔이야."

유리는 침을 꿀꺽 삼키며 봉투에서 돈다발을 꺼내 헤아려보았다.

이렇게 큰돈은 세어본 적도 없어서 자꾸만 손이 헛나갔다. 가까스로 50만 엔을 다 세어보았을 즈음에는 온몸이 땀으로 흥건했다.

"정확하게 맞나?"

"네."

유리는 손바닥의 땀을 닦으며 돈을 테이블에 내려놓았다.

"자, 이건 팁."

남자는 벗어놓은 재킷에서 갈색 장지갑을 꺼내 만 엔 지폐들을 대충 빼내더니 자리에서 일어나 유리에게 건넸다.

"30만 엔이야. 탑에서 첫 일이라면서?"

유리는 눈이 휘둥그레졌지만 일단 고개를 끄덕였다. 남자는 만족스러운 표정이었다.

"처음 은혜를 베푸는 데 대한 사례라고 생각하면 돼."

남자는 유리에게 다가와 손을 내밀었다.

유리는 흠칫 몸이 긴장되었다. 각오는 했지만 역시 낯선 남자의 손이 자신의 몸을 건드리는 데는 저항감이 들었다.

하지만 남자는 유리의 머리만 한 차례 쓰다듬고 곧바로 주방 쪽으로 사라졌다.

"뭘 마실까?"

조금 전에 아이스티를 마셨는데도 왠지 자꾸만 목이 타서 유리는 시원한 걸로 달라고 대답했다.

"좋아, 소파에 앉아서 기다려."

그의 말대로 유리는 소파로 옮겨 앉았다. 주방에서 컵이 달그락거리는 소리를 들으면서 저 남자는 전에 이 방에 온 적이 있구나, 라고 생각했다.

잠시 뒤에 남자는 소파 앞 테이블에 뜨거운 커피와 아이스커피, 그리고 밀크가 든 작은 그릇을 내려놓았다.

"아이스커피, 괜찮지? 밀크와 시럽은 넣지 않았으니까 직접 넣어."

남자는 창가의 의자를 소파 앞 테이블로 들고 왔다. 유리와 남자는 마주 보고 앉게 되었다.

"여기 온 지 며칠이나 됐지?"

남자가 다리를 꼬고 앉아 커피 잔을 손에 들면서 물었다.

"어제 왔어요."

"호오, 그러면 아직 이곳이 익숙하지 않겠군."

"예에……."

유리는 김빠진 대답밖에 하지 못했다.

"이곳은 가끔 들르는 건 괜찮지만 눌러 살기에는 그리 편해 보이지 않아."

남자는 주위를 둘러보며 말했다. 아닌 게 아니라 방은 무척 넓지만 가구들이 너무 강한 존재감을 드러내는 바람에 사람이 머물 자리는 찾기 어려운 곳이었다.

"침대에서나 겨우 마음이 가라앉아요."

유리가 혀 짧은 소리로 대답하자 남자는 쾌활한 척하는 웃음 소리를 올렸다. 그리고 문득 생각난 듯 몸을 앞으로 내밀며 말했다.

"자기소개를 깜빡 잊었군. 나는 여기서는 '도고'라는 이름으로 통해. 가명이지만 이곳에서는 본명인 셈이지."

도고는 말을 이었다.

"내가 도고 헤이하치로라는 옛날 군인을 아주 좋아하거든. 그래서 그 이름을 빌려 쓰기로 했어. 너는 이름이?"

"유리예요."

새로 받은 이름을 다른 사람에게 써보는 게 처음이라서 약간 이질감이 있었다.

"유리. 그래, 유리, 잘 부탁한다."

그렇게 말하는 도고의 미소가 어쩐지 낯이 익었다.

"저어, 어디서 뵌 듯한……."

"아니, 내가 누구인지는 알려고 할 것 없어."

도고는 손을 들어 유리의 말을 가로막더니 가죽 가방에서 담배를 꺼냈다.

"너나 나나 서로를 위해서 말이야."

담배에 불을 붙이고 후우 연기를 토해냈다. 아무래도 낯익은 얼굴이었다. 유리는 기억을 더듬어보려고 눈을 깜빡였다. 머릿속에 인터뷰에 응하는 도고의 모습이 희미하게 떠올랐다. 고급스러운 정장을 입고 수많은 플래시를 받으며 환하게 빛나는 모습.

분명 텔레비전에서 본 것 같았다. 정치인이었던가. 이름은…….

"어이, 유리?"

강한 어조로 도고가 말했다.

"예? 아, 네."

깜짝 놀란 유리는 웅크리고 있던 등을 쭉 펴며 대답했다.

"마음이 딴 데 가 있군. 에이, 무시당하는 느낌이어서 너무너무 슬픈데?"

도고가 젊은 애들을 흉내 내듯이 유치한 말투로 내뱉는 바람에 유리는 혐오감으로 얼굴이 찌푸려지는 것을 겨우 참았다.

자꾸 목이 말라서 아이스커피에 밀크를 듬뿍 넣어 빨대로 단숨에 반쯤 마셔버렸다.

몸의 구석구석까지 수분이 스며드는 게 느껴졌다.

"오늘은 날씨도 덥고 우선 샤워라도 할까. 욕실, 내가 먼저 쓰지."

도고는 자리에서 일어나 욕실로 사라졌다. 혼자 남겨진 유리는 테이블에 놓인 돈다발을 바라보았다. 모두 합해 80만 엔. 시계를 보니 벌써 21시가 다 된 시각이었다.

유리는 몸이 후끈 달아오르는 것을 느꼈다. 남은 네 시간을 어떻게든 견뎌내면 이렇게 큰돈이 내 손에 들어온다. 흥분되지 않을 리 없었다.

대체 도고는 이 탑에 얼마나 돈을 내는 걸까. 짐작도 가지 않았지만 지금 그런 걸 생각하고 있을 여유는 없었다.

가장 먼저 뭘 살까. 가장 먼저 뭘 해볼까.

유리는 머릿속에서 계획을 세워봤지만 이 큰돈을 어디에 쓸지 선뜻 정하기 어려웠다.

"너도 들어올래?"

욕실 안에 울려서 웅웅거리는 도고의 목소리가 들려왔다.

유리는 천천히 소파에서 일어나 도고가 기다리는 욕실로 향했다. 땀에 젖은 몸을 어서 빨리 씻어내고 싶었다.

## 4

옷이 스치는 소리에 잠이 깬 유리는 멍한 눈으로 양복을 입은 도고를 바라보았다. 이곳에 왔을 때 그대로 감색 정장을 입고 엷은 웃음을 띠고 있었다.

"자, 기회가 되면 또 만나자."

웅웅 울리는 목소리가 나는가 싶더니 도고는 방을 나갔다. 유리는 시간을 확인해보았다.

새벽 1시.

정확히 다섯 시간이 지나갔다.

'이런 거구나…….'

몸을 일으키려고 했지만 힘이 주어지지 않았다.

일어서기를 포기하고 안개가 서린 듯한 의식 속에서 지난 다섯 시간을 돌아보았다.

하지만 제대로 생각이 나지 않았다.

도고가 왔고 그저 그런 대화를 나누었고 그는 샤워를 하러 들어갔다. 그가 불러서 함께 샤워를 하고 침대에 누워서 키스를 하고…….

그러나 그다음부터는 기억이 나지 않았다. 결코 잊어버린 건 아니다. 하지만 기억하고 있는 것도 아니었다.

그런 건 너무 깊이 생각하지 않는 게 나를 위한 일이라고 막연히 생각했다. 기분은 그리 나쁘지 않았다. 이대로 푹 자자. 침대에 얼굴을 대고 엎드려 유리는 그대로 끄덕끄덕 졸다가 잠 속으로 떨어져갔다.

방은 어둡고 여전히 정적에 휩싸여 있었다.

얕은 호흡. 잠든 숨소리. 의식을 잃은 유리의 벗은 몸을 달이 희미하게 떠올려주었다.

그리고 그 모습을 무수히 많은 눈이 관찰하고 있었다.

시곗바늘이 5시를 가리켰다.

창문으로 새어 드는 새벽빛이 방을 부옇게 비추며 어둠을 밀쳐냈다.

눈꺼풀이 파르르 떨리고 유리는 눈이 부신 듯 얼굴을 찡그렸다.

무거운 눈꺼풀을 몇 차례 깜빡인 뒤에야 목이 마르다는 것을 깨닫고, 일어서려고 몸에 힘을 넣었다. 하지만 온몸에 날카로운 아픔이 느껴졌다. 유리는 신음 소리를 흘리며 다시 침대에 풀썩 쓰러졌다.

"……왜 이러지?"

혀를 차면서 유리는 입술을 깨물었다. 온몸이 아픈 것을 꾹꾹 참으며 반듯이 돌아누웠다. 아침 해가 그녀의 벗은 몸을 비췄다.

"……왜 이러지?"

두 손을 천장을 향해 뻗으며 유리는 눈을 가느스름하게 떴다. 손목에 파랗게 멍든 자국이 있었다. 뭔가에 꽁꽁 묶였던 굵은 상처가 양쪽 손목 모두에 선명하게 남아 있었다.

하지만 전혀 기억나지 않는 일이었다.

유리는 흐물흐물 풀려버린 머릿속으로 멍든 자리를 가만히 바라보다가 퍼뜩 눈을 크게 뜨고 침대에서 굴러 내려왔다.

온몸이 아팠지만 이를 악물고 견디며 방에 있는 커다란 거울 앞에 섰다.

눈처럼 하얀 몸이 거울에 비쳤다.

이리저리 각도를 바꿔가며 몸을 구석구석까지 확인했다.

하지만 손목에 난 멍 이외에 별다른 상처는 눈에 띄지 않았다.

몸이 온통 멍투성이가 된 건 아닌가 걱정했던 유리는 안도의 한숨을 내쉬며 흐물흐물 그 자리에 무너져 태아처럼 몸을 웅크렸다.

"아, 다행이다……."

혼자서 중얼거리고 자신을 안아주는 것처럼 폭신한 카펫 위에서 눈을 감았다.

한꺼번에 너무 많은 일들이 일어났기 때문에 머릿속이 한없이 무겁기만 했다. 주위가 조용했다. 유리는 천천히 눈을 뜨고 다시 한 번 손목의 상처 자국을 보았다. 어쩌다가 생긴 것인지 알 수 없는 상처.

온몸이 욱신거리는 통증은 잠을 잘못 잔 탓인지도 모르지만 손목의 상처는 분명 뭔가에 묶였던 자국이었다. 도고를 만나기 전에는 없었던 상처니까 분명 지난 다섯 시간 사이에 생긴 것이라고 짐작할 수 있었다.

다섯 시간.

유리는 그 대부분을 기억하지 못했다.

기억에 남은 것이라고는 기껏해야 처음 한 시간 정도이고 나머지 네 시간은 전혀 아무것도 생각나지 않았다.

일시적인 기억 상실.

아니, 그건 아니라고 고개를 저은 것은 막연히 네 시간의 감각 같은 게 머릿속 한 귀퉁이에 남아 있었기 때문이다. 다만 그 시간에 도고와 어떤 대화를 했고 어떤 섹스를 했는지가 생각나지 않았다.

"그런 건 생각나지 않는 게 오히려 나아."

유리는 목쉰 소리로 혼자 중얼거렸다. 싫은 기억은 차라리 없는 게 낫다. 좋은 기억만 남길 수 있게.

추카이와의 정사를 회상했다. 하지만 추카이와의 기억도 애매했다. 도고만큼은 아니지만 자세히 생각해보려고 해도 안개가 서린 듯 뭔가 불완전한 기억일 뿐이었다.

내 머리가 고장 난 걸까.

그렇게 생각했을 때, 전화벨 소리가 방 안의 정적을 깼다.

태아처럼 웅크리고 있던 유리는 벌레가 기어가듯이 꾸물꾸물 침대로 기어올랐다. 그리고 침대맡의 수화기를 들어 귀에 댔다.

"일어났니?"

스이렌의 낭랑한 목소리가 들려왔다.

"응, 일어났어."

친구의 목소리가 너무도 반가웠다.

"얘기 들었어. 첫 일 했다면서? 고생했네."

"응."

"얼마 받았어?"

"80만 엔."

유리는 테이블에 놓인 돈다발을 쳐다보며 대답했다.

"와아, 꽤 좋은데?"

스이렌은 기쁨의 탄성을 올렸다. 유리는 칭찬받은 게 기뻤다.

"이렇게 이른 시간에 웬일이야?"

유리가 물어보자 스이렌은 웃으며 말했다.

"난 방금 전에 일 끝났어. 그래서 점심때쯤 너하고 쇼핑이나 할까 하고."

"쇼핑?"

"그래."

"응, 갈래."

"그럼 약속. 몇 시로 할까?"

"몸이 아파. 좀 쉬었다 가도 되지?"

당장이라도 나가고 싶었지만 이렇게 몸이 아파서는 힘들 것 같았다.

"몸이 아파? 잠을 잘못 잤나?"

"모르겠어. 방금 일어났는데 온몸이 너무 아파."

"그럼 내가 지금 약 갖다 줄게."

스이렌은 그렇게 말하고 전화를 끊었다. 정확히 10분 뒤에 스이렌은 달려와주었다. 그녀는 경쾌한 보라색 튜닉 차림이었다.

"자, 이거."

스이렌이 라벨이 붙지 않은 조그만 병을 내밀었다. 안에는 하얀 알약이 가득 차 있었다.

"이게 뭔데?"

유리는 침대에 누운 채 물었다.

"진통제. 하루에 두 알까지만 먹어야 해. 생리통에도 잘 드는 약이야. 이거 먹고 푹 쉰 다음에 나가자. 나중에 내가 또 전화할게."

스이렌은 그런 말을 남기고 방을 나갔다. 혼자 남겨진 유리는 병에서 하얀 알약을 하나 꺼내 그냥 침으로 꿀꺽 삼켰다. 그리고 침대에 잠겨들 듯이 다시 잠이 들었다.

11시 30분.

전화벨이 온 방 안에 울려서 유리는 눈을 떴다. 가볍게 자리에서 일어나 수화기를 들었다.

"여보세요."

"몸은 좀 어때?"

스이렌의 목소리가 귀에 기분 좋게 울렸다.

"응, 괜찮은 거 같아."

유리는 몸을 이리저리 움직여보며 대답했다.

"그 진통제가 효과가 있었나 봐."

실제로 몸의 통증은 마치 착각이었던 것처럼 흔적도 없이 사라졌다. 게다가 피곤하던 것도 완전히 풀렸다.

"그래? 다행이다. 그럼 1시에는 나갈 수 있지?"

"응."

"옷장에서 적당히 예쁜 옷 찾아 입고 기다려. 1시에 내가 네 방으로 갈게."

전화를 끊고 유리는 자리에서 일어나 땀과 화장을 샤워로 씻어낸 뒤, 서랍장에서 속옷을 꺼내 입고 큰 옷장 문을 열었다. 뭘 입고 나갈까. 하나같이 지나치게 고급 브랜드여서 이케부쿠로 거리를 돌아다니기에는 어울리지 않을 것 같았다.

욕실 앞에 벗어놓은 허름한 자신의 옷을 흘끔 바라보았다. 길거리를 돌아다니기에는 가장 무난한 차림이다. 하지만 빨지 못해서 입고 나갈 수 없었다.

결국 옷장 안에서 가장 수수한 파란 원피스를 고르고 구두도 거기에 맞춰 청색 펌프스를 신기로 했다.

화장을 하려고 세면대로 향했다. 케이가 해준 화려한 화장을 흉내 내보려고 했지만 제대로 되지 않아 결국 평소에 하던 대로 옅은 화장이 되어버렸다.

욕실을 나와 시계를 보니 12시 50분. 유리는 서둘러 수화기를 들고 버튼 '1'을 눌렀다.

몇 차례 벨이 울린 뒤에 전화가 연결되었다.

"네, 무슨 일이시죠?"

사람을 얕잡아보는 듯한 말투의 그 여자였다.

"세탁기가 없어요. 내가 입었던 옷 좀 빨아줘요."

유리는 부루퉁하게 내뱉었다.

"네, 세탁을 원하시는군요?"

"그래요, 여기 오기 전에 입었던 옷, 그리고 여기 온 뒤에 입은 옷, 모두 다."

유리는 침대 구석에 뭉쳐둔 빨간 원피스에 시선을 던지며 말했다.

"알았어요. 근데 옷이 잔뜩 있는데 여기 오기 전에 입었던 옷까지 빨 건 없잖아요? 실례지만 그리 좋은 옷도 아니었을 텐데? 내가 실제로 본 건 아니지만."

유리는 불끈 화가 났다.

"무슨 상관이에요? 아무튼 빨아달라고요!"

고함치듯이 말하고 힘껏 수화기를 내려놓았다.

숨을 씩씩거리며 가슴에 치미는 분노에 발을 동동 굴렀다. 이 여자, 한 마디 한 마디가 남의 속을 뒤집는다.

"무슨 이런 사람이 다 있어?"

그렇게 소리 내어 내뱉은 순간, 현관 벨이 울리고 스이렌이 찾아왔다.

"준비 다 됐구나?"

탭댄스를 하는 듯한 걸음으로 안에 들어온 스이렌은 아직도 화가 나서 씩씩거리는 유리를 보며 말했다.

눈부실 만큼 하얀 미니 원피스 차림의 스이렌이 너무도 아름다워서 유리는 저도 모르게 자신과 비교할 뻔했다. 하지만 그것도 한순간이었다. 나도 이제 스이렌처럼 세련된 여자가 되었다는 생각이 유리에게 당당한 자신감을 주었다.

"이 돈, 어떻게 하지?"

유리는 테이블 위의 돈뭉치를 보며 말했다. 이렇게 큰돈은 넣어둘 만한 지갑도 없었다.

"현금은 가져갈 거 없어. 이거 하나면 만사 오케이야."

스이렌은 자신의 지갑에서 검정색 카드 두 장을 꺼내 한 장을 유리에게 내밀었다.

유리는 미간을 좁히며 카드를 찬찬히 바라보았다.

"이 카드로 뭐든 살 수 있어. 현금 들고 다니면 좀 그렇잖아?"

스이렌은 침대로 다가가더니 그 옆 탁자에 놓인 전화기를 들고 두세 마디 짧게 이야기를 나눈 뒤에 전화를 끊었다.

"콩시에르주에게 말하면 현금은 은행에 예금해줄 거야. 물론 돈이 들어갈 때마다 잔고 증명서가 발행되니까 안심해도 돼. 우선 여기 80만 엔부터 은행에 넣어달라고 내가 방금 전화했어."

스이렌은 가벼운 걸음으로 현관으로 나갔다.

"카드로 지불하면 네 계좌에서 돈이 빠져나가. 어때, 편리하지?"

"와아."

유리는 손에 든 검정 카드를 들여다보며 감탄한 듯 고개를 끄덕였다.

"빨리 가자."

스이렌의 재촉에 유리는 자신이 처음 들고 왔던 가방만 집어 들고 현관을 나섰다.

변함없이 묵직한 정적에 감싸인 복도를 지나, 올라가는지 내려가는지 알 수 없을 만큼 흔들림이 없는 엘리베이터를 타고 로비에 내려갔다. 흑백 디자인으로 위압적인 분위기를 풍기는 정면 로비를 빠져나오자 후끈한 공기가 가득한 바깥세상이었다.

그곳은 늦더위의 열기로 숨쉬기조차 힘들 정도였다.

지저분한 아스팔트에 내려선 유리는 얼굴을 찌푸렸다. 거리의 잡다한 소음이 일시에 덮쳐들어 가벼운 이명이 들렸다. 얼굴을 찡그린 유리를 보며 스이렌은 예쁜 입술을 삐뚜름하게 틀며 웃었다.

"처음엔 다 그래. 탑이 너무 조용하니까 밖에 나오면 그 격차 때문에 귀가 왱왱 울릴 때가 있어. 나도 그랬으니까 안심해."

"응."

유리는 귀마개를 하듯이 고막에 힘을 주며 고개를 끄덕였다.

분명 소음이 귀가 아플 만큼 따갑게 울렸다. 게다가 공기도 더럽게 느껴져서 숨쉬기가 힘들었다.

"금세 익숙해질 거야."

스이렌은 통통 튀듯이 가뿐한 걸음을 내딛었다.

이케부쿠로 거리는 처음 탑에 찾아왔을 때 그대로, 전혀 달라진 것이 없었다. 길을 걸어가는 사람들의 웃는 얼굴에도, 거리의 표정에도 변화는 없었다. 스이렌을 흘끔거리는 남자들이 많은 것도 여전했다.

다만 한 가지 달라진 것이 있었다.

유리를 흘끔거리는 시선도 많아졌다는 것이었다.

아직 스이렌과 비교할 정도는 못 되지만 그래도 분명 유리를 홀린 듯이 바라보는 사람들이 있었다. 그것이 유리는 뿌듯했다.

큰길로 나서자 스이렌은 손을 들어 택시를 잡았다.

"이케부쿠로에서 쇼핑하는 거 아니야?"

유리가 물어보자 스이렌은 천만의 말씀이라는 듯 눈을 둥그렇게 떴다.

"이런 데서 싸구려 물건이나 사려고? 그랬다가는 우리가 번 돈, 죽을 때까지 다 못 써."

스이렌이 냉큼 택시에 오르는지라 유리도 서둘러 따라갔다.

"어디로 모실까요?"

백미러 너머로 스이렌을 바라본 운전기사가 눈이 둥그레지면서 물었다.

"긴자로 가주세요."

"네, 긴자, 잘 알겠습니다."

마른 몸집에 머리숱이 헤싱헤싱한 운전기사는 미터기를 꺾으며 차를 출발시켰다. 엔진의 낮은 진동이 유리의 몸을 흔들었다.

"사고 싶은 거 있니?"

스이렌은 배기가스로 흐려진 대도시의 경치를 바라보며 물었다.

"음, 글쎄……."

정말 뭘 사야 할지 고민이었다. 갖고 싶은 건 많지만 긴자라는 곳에서는 한 번도 쇼핑을 해본 적이 없어서 구체적인 물건이 바로 떠오르지 않았다.

"아이, 왜 그래? 사고 싶은 거 말이야. 잔뜩 있을 거 아냐."

스이렌은 이상하다는 표정으로 유리를 바라보았다. 사고 싶은 물건이 금세 생각나지 않는 게 몹시 기이한 일이라는 듯이.

그 시선을 피하며 유리는 고개를 숙였다. 자신이 들고 온 가방에 눈길이 멎었다.

"그럼 가방부터 살까?"

유리가 얼떨결에 말하자 스이렌은 유리의 가방을 흘끔 쳐다보았다. 그리고 마침 잘됐다는 듯 두 손가락을 따악 튕겼다.

"가방이라면 아주 좋은 가게가 있지."

스이렌은 운전기사에게 다시 한 번 정확한 행선지를 말해주고 좌석 등받이에 몸을 기댔다. 눈을 감고 뭔가 생각하는 기색이었다.

차 안에 침묵이 흘렀다.

단속적인 엔진 소리, 깜빡이가 딸칵거리는 반복적인 소리, 백미러 너머로 느껴지는 운전기사의 핥는 듯한 시선.

달리기와 멈추기를 반복하는 차 안에서 유리는 가방에 든 휴대전화를 꺼냈다. 탑에서는 사용하지 못한 휴대전화에 대한 반가움이 왈칵 밀려왔다.

스팸 문자 네 건. 그 밖에는 어떤 문자도 부재중 전화도 없었다.

무심히 전화번호부를 들여다보다가 휴대전화를 닫아버렸다.

"너, 남자친구 있어?"

좌석에 등을 기대고 눈을 감은 채 스이렌이 물었다.

"에이, 그런 거 없어."

유리는 웃었다.

남자 쪽에서 사귀자는 말이 전혀 없었던 건 아니지만, 힘든 형편 때문에 남자친구를 만들 생각은 해보지도 못했다.

"그래?"

스이렌은 퉁명스럽게 되묻고 다시 죽은 듯이 침묵했다.

유리는 길 가는 사람들을 바라보며 생각했다. 추카이라면 사귀어도 괜찮을지 모른다.

택시가 멈추고 두 사람은 긴자 거리에 내려섰다.

유리는 지금까지 긴자 거리에 나와본 적이 거의 없었다. 이런 부티 나는 곳에는 볼일이 없었기 때문이다. 하지만 꼭 그것 때문만은 아니었다.

자신과는 어울리지 않는 곳이라고 생각했었다.

지금 긴자 거리에 발을 내딛으면서 유리는 예전의 힘들었던 자신이 새삼 실감이 났다.

거리도 사람도, 긴자의 모든 것이 유리와는 정반대의 모습이었다.

이곳은 가진 자들만이 세련된 옷차림으로 드나들 수 있는 곳이었다. 돈이라는 권력을 움켜쥔 그들은 마치 내 세상이라는 듯 거리를 활보하고 있었다. 가진 자에게 긴자 거리는 너그럽게 활짝 열려 있었다. 하지만 그렇지 않은 자들에게는 일부러 거절하지 않는데도 왠지 소외감이 느껴지는 곳이다.

못 가진 자, 음지에서 허덕이는 자만이 알고 있는 소외감.

"왜 그래?"

스이렌이 멍하니 서 있는 유리의 등에 손을 얹었다.

"빨리 가자니까."

유리는 등을 떠밀려 걸음을 옮겼다. 그리고 마음속에 조용히 새겼다.

난 이제 가진 자가 될 거야. 절대로 비참한 그 시절로는 돌아가지 않을 거야.

"그래, 가자."

유리는 힘차게 대답하고 스이렌을 따라 걸음을 내디뎠다.

길에 넘치는 행인들은 모두 자기들 좋을 대로 걸었다. 사람들이 마치 움직이는 장애물처럼 거치적거려서 걸음을 옮기기가 쉽지 않았다.

유리는 인파 속에서 허둥거리는데 스이렌은 마치 헤엄이라도 치듯이 저만치 가고 있었다. 그 등이 점점 멀어졌다. 더위와 사람들의 열기 때문에 유리는 정신이 아득해질 지경이었다.

사람들과 부딪히면서 스이렌을 놓치지 않으려고 열심히 따라가 그 등에 손이 닿을락 말락 하는 참에 목적지에 도착했다.

"여기야."

스이렌이 눈짓으로 가리킨 곳에 나선 모양의 계단이 아래로 구부러져 들어간 것이 보였다.

"여기?"

유리문으로 뒤덮인 환한 부티크를 상상했던 유리는 어리둥절해서 입만 헤벌리고 있었다.

"그래."

스이렌은 검은 타일 벽을 손끝으로 가리켰다. 그곳에 가게 이름이 영어로 적혀 있었지만 어떻게 읽는지 유리는 알지 못했다.

스이렌이 가벼운 걸음으로 나선 계단을 내려갔다. 유리도 급히 그 뒤를 따라갔다.

나선 계단을 통해 한 바퀴 반을 돌아 내려갔다.

계단을 내려서자 안을 살펴볼 수 없는 흐린 유리문이 있고, 거기로 다가가자 낮은 모터 소리를 내며 자동문이 스르륵 열렸다.

매장 안은 수족관처럼 어슴푸레했다. 똑같은 간격으로 진열된 명품 백에만 환하게 조명이 밝혀져 있었다.

"어서 오십시오."

검은 스키니 바지와 같은 색의 타이트한 티셔츠를 입은 여자가 맞아주었다. 팔다리가 곤충처럼 긴 여자였다.

"어떤 게 좋을까?"

스이렌은 점원을 흘끔 쳐다보고는 고개를 돌려 유리에게 물었다.

"글쎄……."

유리는 세련된 조명 아래 명품 백들을 둘러보았다. 널찍한 매장이지만 가방은 손으로 헤아릴 정도밖에 놓여 있지 않았다. 그 가방들은 자신을 사줄 사람을 선택하겠다는 듯이 오만하고 당당한 모습이었다.

점원 여자는 매장 안쪽으로 돌아가 자리를 잡고 마네킹처럼 섰다. 그녀 외에는 다른 점원도 손님도 없는 것 같았다.

유리는 미술품이라도 감상하듯 천천히 걸음을 옮기며 명품 백을 바라보았다. 그리고 검은 가죽 핸드백에 눈이 멎었다. 심플한 디자인이지만 척 보기에도 고급스러웠다.

"그게 마음에 들어?"

스이렌의 말에 애매하게 고개를 끄덕인 유리는 가격표를 살펴보려고 목을 길게 뺐다. 하지만 가격표 같은 건 눈에 띄지 않았다.

"한번 들어보세요."

어느새 마네킹 같은 점원이 옆에 다가와 속삭이듯이 말했다. 유리는 그녀의 말대로 핸드백을 손에 들어보았다. 의외로 가볍고 가죽은 보들보들 부드러웠다.

"이거, 얼마예요?"

머뭇머뭇 물어보자 점원은 마치 여성 잡지에서 오려낸 듯한 웃음을 지었다.

"120만 엔입니다."

그 말에 일순 머릿속이 하얘졌다. 핸드백을 든 손이 파르르 떨렸다. 행여 떨어뜨릴까 봐 조심조심 원래 자리에 돌려놓았다.

"왜, 마음에 안 들어?"

스이렌이 다가와 유리가 들었던 가방을 다시 꺼냈다.

"아니, 그게……."

그렇게 큰돈은 없다.

작은 소리로 말하려고 했을 때, 스이렌이 가방을 점원에게 쑥 내밀었다.

"너한테 아주 잘 어울렸어. 내가 사줄게."

그렇게 말하며 지갑에서 검정 카드를 꺼냈다.

"뭐?"

유리는 눈을 둥그렇게 뜨고 되물었다.

"동업자가 된 기념으로 특별히 사주는 거야."

스이렌이 살짝 미소를 지으며 말했다. 그 얼굴은 가진 자의 얼굴이었다.

몇 번이나 사양했지만 결국 스이렌이 사준 핸드백을 받아 든 유리는 감사와 불안이 뒤섞여 변변히 고맙다는 인사도 하지 못했다. 그와 동시에 자신에게 다가온 행운에 가슴이 떨리기도 했다.

이런 명품 백을 망설임 없이 친구에게 선물할 만큼 이번 일은 돈이 벌리는 것이다. 물론 떳떳하다고는 할 수 없는 직업이지만 그리 위험한 것 같지도 않다. 오히려 즐거움까지 느끼지 않았는가. 그 짓을 하는 것만으로 120만 엔짜리 명품 백도 척척 살 수 있는 것이다.

상상을 뛰어넘는 행운을 실감하고 반쯤 넋이 나간 사람처럼 휘적휘적 걸어가는 유리의 손을 잡고 스이렌은 근처 카페로 들어갔다.

이름이 꽤 많이 알려진 체인점 카페였지만 실내 디자인은 다른 지역의 점포보다 고급스러워서 간접 조명과 재즈 배경 음악이 침착한 분위기를 빚어냈다.

"아휴, 더워."

에어컨의 냉기로 땀이 걷히는 것을 느끼며 유리는 아이스티와

카페라테를 둥근 테이블에 내려놓았다.

"고마워."

먼저 자리를 잡은 스이렌은 빨대를 입에 쏙 넣었다. 매력적인 입술이 오물거리며 아이스티를 빨아들였다.

"나야말로 정말 고마워."

유리는 방금 산 핸드백을 쓰다듬으며 말했다.

"아이, 그런 인사는 안 해도 돼."

스이렌이 손을 내저었다.

"그래도……."

"글쎄 됐다니까 그러네."

스이렌은 몸을 앞으로 내밀며 목소리를 낮췄다.

"실은 좋은 꽃을 데려와 채용되면 추카이가 돈을 듬뿍 집어주거든."

스이렌이 삐딱한 웃음을 내보였다.

"진짜?"

"그래, 그러니까 미안해할 거 없어."

그 말에 유리는 입을 다물었다. 나를 데려오고 얼마를 받은 걸까.

"너, 지금 얼마나 받았을까 생각했지?"

"응?"

갑작스럽게 마음속을 들킨 유리는 얼굴이 붉어졌다.

"하긴 궁금하기도 하겠지. 얘, 근데 넌 누구 데려오면 안 된다?"

"왜?"

"좀 더 신임을 받은 다음에 해야지. 나중에 추카이가 여자애를 소개해도 된다고 말해줄 거야. 그러면 그때 내가 소개비로 얼마나 받았는지 알려줄게. 아무나 막 데려오려고 하다가 괜히 탑에 대한 얘기가 밖에 새나가면, 그냥 쫓겨나는 것만으로는 끝나지 않아."

스이렌이 의미심장한 말을 했다.

"뭔가 무섭다."

"아이, 무섭긴. 밖에 나가서 탑에 대한 얘기는 절대로 하지 않는다, 그것만 지켜주면 돼. 전혀 아무 문제 없어."

실눈이 되어 웃는 스이렌의 말투에는 더 이상 알려고 하지 말라는 명령 같은 것이 담겨져 있었다.

카페는 사람들로 북적였지만 테이블 간격이 넓고 손님들도 조용조용 이야기를 나누어서 그런지 별로 시끄럽다는 느낌은 들지 않았다.

"탑에는 우리 같은 애들이 몇 명이나 돼?"

"우리라니, 꽃들?"

"응."

스이렌은 입술에 손가락을 대고 잠시 생각에 잠겼다.

"확실한 건 나도 모르지만, 현재는 스무 명이 좀 못 될 거야."

"그거밖에 안 돼?"

유리는 왠지 김이 빠졌다. 탑의 규모가 커서 좀 더 많은 꽃들이 있을 거라고 상상했다. 게다가 '현재는'이라는 스이렌의 말이 마음에 걸렸다.

"응, 아마도. 서로 얼굴 마주칠 일이 없어서 나도 잘 몰라. 그런 거에 관심도 없고."

스이렌은 퉁명스럽게 내뱉고 화제를 바꾸었다.

"그보다 첫 일은 어땠어?"

호기심으로 눈을 반짝이며 묻는 스이렌의 얼굴은 같은 여자가 봐도 후끈 달아오를 만큼 아름다웠다.

"어땠느냐면……."

"느낌 같은 거 말해봐."

"느낌이라……."

유리는 혼잣말처럼 중얼거리며 생각해보았다. 하지만 거의 기억이 나지 않아서 어떻게 대답해야 할지 알 수 없었다.

"별로 기억이 안 나."

유리는 있는 그대로 대답했다. 그러자 스이렌은 눈 속 깊숙이 들여다보는 듯한 시선으로 고개를 갸우뚱했다.

"기억나지 않다니, 전부 다 기억이 안 난다는 거야?"

"아니, 대강은 기억나는데 세세한 부분이 생각나질 않아. 하지만 잊어버린 것도 아니고……. 뭐랄까, 머릿속에 안개가 낀 듯한 느낌이야.”

유리는 그렇게 말하고 어깨를 움츠렸다.

“어떤 게 기억나는데?”

스이렌은 다시 탐색하는 듯한 질문을 던져왔다.

“어떤 거냐면, 그냥 평범한 거.”

“평범한 거?”

“극히 평범한 성행위라고 할까…….”

그 대답에 스이렌은 풋 웃음을 터뜨렸다.

“좋아, 그 정도만 기억하고 있으면 돼.”

“그런가?”

“괜히 세세한 부분까지 기억나면 좀 짜증나잖니.”

유리는 정말 맞는 말이라고 생각했다. 그런 일은 어서 잊어버리는 게 좋다.

하지만 기억이 억지로 지워지고 뭔가 왜곡된 듯한 이질감은 그리 기분 좋은 건 아니었다. 머릿속에 누군가 흙발로 처들어왔다가 나간 듯한 불쾌감이 두통처럼 들러붙어 있었다.

“되도록 신경 쓰지 않는 게 좋아.”

스이렌은 만족스러운 듯 고개를 끄덕이고 다시 빨대를 입에 넣었다. 그녀의 말을 듣고 보니 유리도 그냥 혼자서 착각한 듯한 마음이 들어 더 이상 그 문제에 대해서는 깊이 생각하지 않기로 했다.

16시를 지난 시각이었다. 카페 안의 손님이 조금씩 줄어들면서 다른 이들이 나누는 이야기 소리가 또렷하게 들려왔다.

“얘, 그때 거기에 투자한 건 어떻게 됐어?”

유리의 시선 끝에 앉아 있던 사십 대 초반의 세련된 옷차림의 여자가 들뜬 목소리로 말했다. 얼핏 보기에도 돈과 시간이 남아도는 아줌마들이었다. 점점 시들어가는 나이를 돈의 힘으로 어떻게든 메워보려고 화려한 옷차림과 진한 화장을 하고 있었다.

“언니, 놀라지 마. 우선 1000만 엔을 투자했는데 반년 만에 세 배가 됐어.”

또 한 명의 여자는 좀 더 젊어서 서른예닐곱 살로 보였다. 컬이 들어간 긴 머리칼, 돈 냄새를 풍풍 풍기는 모습은 맞은편 여자와 똑같았다.

“어머머, 세 배나?”

진한 화장의 여자가 숨을 헉 삼켰다.

“우리 남편이 투자한 것이라서 나도 자세한 건 모르겠는데, 아무튼 투자금을 좀 더 늘릴 거래.”

머리에 컬이 들어간 여자는 한껏 우월감이 가득한 말투였다.

“어머, 굉장하다. 근데 그 증권사, 아직 창업한 지 3년밖에 안 됐잖아? 정말 괜찮을까?”

진한 화장의 여자는 부러움과 시샘이 뒤섞인 시선으로 물었다.

"괜찮지 그럼. 우리 남편 회사의 이사님들이 죄다 거기에 투자했다는데 뭘. 정부에서도 공적자금을 투입할 정도니까 믿고 투자할 수 있어. 아, 그게 뭐였더라, 희귀광물이라던가? 그거에 대한 이권을 그 증권사에서 대량으로 보유하고 있다잖아."

"그렇구나. 나도 우리 남편한테 한번 말해볼까……."

"응, 투자해봐. 내가 소개해줄 테니까."

"그래?"

진한 화장을 한 여자의 눈이 밉살스럽게 번들거렸다. 유리의 눈에는 어쩐지 그 여자들이 군침을 질질 흘리는 야수들처럼 보였다.

"뭘 그렇게 쳐다봐?"

스이렌의 목소리에 유리는 퍼뜩 정신을 차렸다.

"응?"

"멍하고 있을 때가 아냐. 그만 나가자."

스이렌이 계산서를 들고 자리에서 일어났다. 유리는 두 여자를 흘끔 돌아보고 계산대로 향했다. 돈의 망자亡者들. 그런 말이 무척 잘 어울리는 얼굴들이었다.

하늘은 불그레한 저녁노을로 물들었지만 거리는 그보다 더 화려한 조명이 출렁거리며 빛을 뿜었다. 도로 양쪽에 늘어선 점포들의 디스플레이가 사람들의 욕망을 자극하듯이 요란한 조명을 밝혀놓고 있었다.

"이제 그만 들어갈까?"

산책이라도 하듯이 하늘하늘 걸어가던 스이렌이 말했다.

"넌 쇼핑할 거 없어?"

"나?"

스이렌이 자신의 가슴팍을 가리키며 묻는지라 유리는 고개를 끄덕였다. 스이렌은 잠시 생각해보더니 주위를 휘휘 둘러보고 어느 가게에서 시선이 멈췄다.

"모처럼 나왔는데 빈손으로 돌아가면 섭섭하겠지?"

스이렌이 들어간 곳은 긴자의 유명한 보석점이었다.

브라운색으로 통일한 매장 안은 조명이 은은했지만 쇼케이스 안에는 별을 흩뿌린 듯 보석들이 빛나고 있었다.

"저거 주세요."

매장 안에 들어서자마자 스이렌이 큼직한 다이아몬드가 촘촘히 박힌 목걸이를 가리켰다.

점원은 한순간 눈이 둥그레졌지만 스이렌의 얼굴을 확인하고는 금세 접대용 미소를 내보였다.

"매번 감사합니다."

점원이 쇼케이스에서 목걸이를 꺼내 스이렌에게 건네주었다.

스이렌은 걸고 온 목걸이를 풀고 그 다이아몬드 목걸이로 바꿔 걸더니 점원에게 검정 카드를 내밀었다.

"어때, 괜찮아?"

매장의 거울을 흘끔 돌아보더니 유리에게 물었다.

"응, 잘 어울려!"

유리는 탄성을 올렸다. 최상의 아름다움과 최상의 액세서리가 만나 비현실적인 존재처럼까지 보였다.

"그래? 좋았어."

점원에게서 검정 카드를 받아 들며 스이렌이 빙긋 웃었다.

"자, 가자."

느릿느릿한 걸음으로 스이렌은 매장 입구로 향했다. 유리는 그녀가 가져간 목걸이 자리를 얼른 확인해보았다. 가격표에 '150만 엔'이라고 적혀 있었다.

밖에서 저녁을 먹고 갈까 아니면 탑에 들어가 먹을까 고민했지만 결국 탑으로 돌아가기로 했다. 식당마다 손님이 많아 줄을 서서 기다려야 했고 탑에서 챙겨주는 것보다 더 좋은 음식은 눈에 띄지 않았기 때문이다.

택시를 잡으려고 이리저리 고개를 돌리는 스이렌의 뒤편에서 유리는 무심코 행인들을 바라보았다.

가진 자의 웃음, 가진 자의 여유, 가진 자의 탐욕스러움이 행인들의 표정에 배어 있었다. 못 가진 자 따위, 전혀 알 바 아니라는 듯 행복한 얼굴들이었다.

저녁 공기는 습기를 품고 한낮 열기의 여운을 길게 끌면서 살갗에 휘감겼다.

손으로 얼굴에 부채질하며 주위를 둘러보던 순간, 마치 압핀으로 고정한 것처럼 유리의 시선이 한 곳에서 멈췄다. 의식적으로 그쪽을 쳐다본 것이 아니었다. 그쪽에서 잡아끌었다고 하는 게 옳을 것이다. 그만큼 강한 뭔가가 유리의 의식을 때렸다.

사람들이 바쁘게 오고 가는 북적북적함 속에서 그 남자는 일직선으로 유리 쪽을 향해 걸어오고 있었다. 사람들을 피해 걸어오는 게 아니었다. 사람들 쪽에서 피해주는 것이었다. 하지만 신기하게도 다른 사람들은 그 남자에게 별다른 주의를 기울이지 않았다. 마치 그의 존재가 보이지 않는 것처럼 누군가 뒤를 돌아보는 일도 없었다.

특이한 차림새였다.

위아래 똑같이 회색 양복에 회색 구두, 얼굴에는 핏기가 전혀 없고 그것과는 대조적으로 눈동자는 불타는 듯한 검은빛이었다.

마치 슬로모션처럼 느릿느릿 걷는데도 유리 쪽으로 쭉쭉 다가오는 것처럼 느껴진 것은 그 남자가 풍기는 특이한 분위기 때문이었다. 주위의 풍경이 그 남자로 인해 모조리 흐릿해졌다.

인간이 아닌 사람, 뭔가 인간을 초월해버린 듯한 존재.

유리는 순간적으로 그렇게 느꼈다.

남자는 시선을 허공에 던진 채 유리 쪽으로 다가왔다.

손을 뻗으면 닿을 만한 거리까지.

스윽 흘러가듯이 남자의 시선이 유리의 눈을 사로잡았다.

남자가 슬쩍 뺨을 풀었다. 그 표정이 미소라는 것을 깨달은 그 순간, 남자는 지나가는 바람처럼 유리 옆을 빠져나가 어딘가로 가버렸다.

유리는 돌이 된 것처럼 바짝 굳어버렸다. 심장까지 얼어붙은 것 같았다. 고개를 돌려보려고 했지만 그것조차 마음먹은 대로 되지 않았다.

미지를 마주한 듯한 공포감. 압도적인 뭔가가 앞을 가로막았을 때 느끼는 외경畏敬.

온몸의 피가 바닥으로 주르륵 새나간 것처럼 유리의 몸은 한순간 체온을 잃었다.

“얘, 어서 타!”

저주에서 풀어주는 듯한 스이렌의 목소리에 유리는 겨우 숨이 돌아왔다. 멍한 눈빛으로 스이렌을 찾았다. 그녀는 그 남자를 알아보지 못한 것 같았다.

말없이 택시에 올라 좌석 등받이에 머리를 기대고 가쁜 숨을 내쉬었다. 그때서야 온몸이 물을 뿌린 듯 땀에 젖어 있다는 것을 깨달았다.

## 5

스이렌과 함께 외출했던 날로부터 2주일이 지났다. 혼자 탑 밖에 나가는 것도 허락되어서 네 번쯤 쇼핑을 나갔지만 대부분의 시간은 꽃으로서의 일을 하면서 보냈다.

유리가 만난 은혜자 중 반절쯤은 어디선가 본 적이 있는 얼굴들이었다. 텔레비전을 통해 낯이 익은 연예인, 뉴스 방송에서 이따금 눈에 띄는 정치인도 있었다. 하지만 은혜자들은 반드시 가명을 썼고 사생활에 대한 이야기는 극도로 꺼리는 눈치였다.

난생처음 보는 은혜자도 있었지만 그들도 하나같이 돈 냄새를 풍겼다. 모두 가진 자 쪽의 사람들이다.

유리는 하루에 한 명, 많을 때는 두 명의 은혜자를 접대하고 정해진 액수와는 별도로 팁이라는 형식으로 10만 엔 정도를 받았다. 겨우 2주일 만에 500만 엔이 넘는 돈을 저금할 수 있었다.

꽃이 하는 일은 그런 고액의 대가에 비하면 별로 힘들지 않았다. 케이가 와서 화장을 해주고, 은혜자를 만나기 직전에는 약을 먹고, 찾아온 은혜자를 만나 한 시간쯤 그저 그런 이야기를 나눈 뒤에 함께 잔다. 그런 사이클을 반복하는 것뿐이었다.

지극히 단순한 사이클이지만 이상하게도 유리는 실제로 섹스를 하던 때의 일은 제대로 생각나지 않았다. 하지만 그런 건 깊이 생각하고 싶지 않았다. 그때의 기억 따위, 없는 게 더 편했기 때문이다.

다만 한 가지, 마음에 걸리는 것이 있었다.

은혜자를 만나고 난 뒤, 잠에서 깨어나면 몸에 상처가 나 있곤 했다. 확연히 눈에 띄는 상처는 아니었다. 살짝 베인 상처에서부터 뭔가 할퀴고 지나가 지렁이처럼 굵직하게 부어오른 자국, 멍든 곳, 타박상 같은 흔적 등이었다. 통증은 진통제로 그럭저럭 가라앉힐 수 있었지만 그런 상처들만은 아무래도 마음에 걸렸다. 그저 마음에 걸리는 정도로 끝날 일이 아니라 뭔가 원인을 따져보아야 할 만한 상처였다. 하지만 유리는 마치 생각하는 능력을 잃어버린 사람처럼 온종일 머릿속에 안개가 부옇게 서린 상태였다. 그래서 심각한 상처를 보고도 위기감을 품는 일은 없었다.

어디서 어떻게 상처가 났는지 전혀 기억에 없었다. 아무리 생각해보려고 해도 뚜껑을 단단히 덮어버린 것처럼 아무것도 떠오르지 않았다.

잠을 잘못 잔 거야. 어느새 유리는 자신의 상처를 그렇게 해석하는 게 버릇이 되었다. 다만 마음속 한구석에서는 공포감이 모락모락 피어올랐다. 하지만 유리는 그것을 큰 문제로 받아들이려 하지 않았다.

오늘도 유리는 은혜자가 돌아가는 소리를 한 귀로 멍하니 들으며 침대에 누워 있었다. 요즘은 항균제와 진통제를 함께 먹기 때문에 일이 끝난 뒤에 통증 때문에 힘들어하는 일도 없었다.

시각은 19시를 넘어섰다.

의식은 아직 혼돈의 세계를 헤매고 있었다. 이대로 푹 자자고 생각했다. 한숨을 내쉬며 가물가물 잠의 깊은 나락으로 스르르 빨려들었다. 하지만 의식이 없어지기 직전, 현관 벨이 울렸다. 뭔가가 심장을 움켜쥔 듯한 불쾌감에 휩싸였다.

띠링띠링. 띠링띠링.

잠시 침묵이 이어졌다.

띠링띠링. 띠링띠링.

마치 맥박을 치듯이 벨소리는 규칙적으로 울렸다. 왠지 추카이일 것 같았다.

유리는 억지로 눈을 뜨고 자리에서 일어나 잰걸음으로 현관으로 향했다.

추카이가 호주머니에 손을 넣고 한쪽 뺨만 초승달처럼 치켜 올리며 웃고 있었다.

"이제 막 일 끝났는데, 미안하다."

"아뇨, 괜찮아요."

눈을 슬쩍 치켜뜨며 유리는 달콤한 목소리를 냈다.

"잠깐 들어갈까?"

추카이는 천천히 안으로 들어와 소파에 앉았다. 항상 앉는 그 자리였다.

"꽃 일은 이제 좀 익숙해졌나?"

담배에 불을 붙이고 추카이는 흘끗 유리를 쳐다보며 물었다.

유리는 맞은편 의자에 앉았다. 옆에 앉고 싶었지만 그것을 허락하지 않는 위압감이 추카이에게는 있었다.

"네, 그럭저럭."

"그래?"

퉁명스럽게 중얼거리더니 별말 없이 자신이 피워 올린 담배 연기만 바라보았다.

유리는 추카이의 얼굴을 슬그머니 쳐다보았다. 몸에 상처가 난 것, 기억이 애매해지는 것에 대해 몇 번이나 그에게 물어보려고 했다. 하지만 추카이는 그런 눈치가 보이기만 하면 번번이 유리의 시선을 피하듯 벽을 쌓고 침묵 속에 가라앉곤 했다. 화장을 해주는 케이는 상냥하기는 했지만 그런 일을 상의할 만한 분위기는 아니었다. 스이렌에게는 말할 수 있었지만, 뭔가 착각하는 거라고 피식 웃으며 대수롭지 않게 넘어갈 뿐이었다.

"저어……."

유리는 마음먹고 입을 열었다. 그저 그것뿐인데도 벌써 심장이 아플 만큼 두근거렸다.

"왜?"

추카이가 담배 연기를 바라보던 시선을 돌려 유리에게 나른한 눈빛을 보내왔다.

숨을 크게 들이쉰 유리의 입에서 나온 것은 그저 공기일 뿐, 소리가 되지 못했다.

"아, 아무것도 아니에요."

가까스로 도리질을 치며 대답하는 유리를 보며 추카이가 피식 웃었다.

톡톡.

항상 하는 그 버릇, 둘째손가락으로 소파의 팔걸이를 두드리는 소리에 유리는 몸이 바르르 떨렸다.

추카이가 자리에서 일어나 유리의 허리를 안고 거칠게 입을 맞췄다. 유리는 거기에 응하면서 머릿속이 녹아드는 듯한 감각에 빠져들었다.

침대에 내동댕이치고 온몸을 주물러대는 그 아픔과 쾌락에 몸을 내맡겼다. 그는 유리의 몸을 거칠게 다루었지만 그보다 더한 쾌락을 주었다.

수많은 뱀들이 몸 위를 기어가고 옥죄고 깨물었다. 체액으로 미끈거리는 그의 살덩이로 애무를 받는 감각. 유리는 아픔에 신음소리를 올리고 쾌락에 헐떡였다.

모든 것이 끝나자 추카이는 연달아 담배 두 대를 피우고 옷을 챙겨 입었다.

말없이 방을 나서는 그를 유리는 침대 위에서 배웅했다.

의식이 아득해지는 가운데, 모든 것이 리셋된 듯한 공백감이 느껴졌다. 이윽고 유리는 깊은 잠으로 한없이 굴러 떨어졌다.

탑에 온 뒤에 한 번도 꿈을 꾸지 않았다는 것을 유리는 깨닫지 못했다.

잠에서 깨어나 시계부터 확인했다. 바늘 두 개가 22시를 가리키고 있었다. 추카이가 다녀간 뒤로 세 시간이 지난 셈이었다.

창밖은 어둠에 뒤덮였고 거리의 가로등도 저 멀리로 보였다.

이대로 더 자도 상관없었지만 속이 울렁거릴 만큼 배가 고파서 유리는 손을 뻗어 수화기를 들었다. 대충 눈짐작으로 버튼 '1'을 눌렀다.

"네, 무슨 일이시죠?"

항상 듣던 말투로 기계적인 대답을 한 것은 바로 그 건방진 여자였다. 실제로 만나본 적은 없지만 틀림없이 삐딱한 얼굴일 거라고 유리는 상상했다.

"밥 주세요."

유리는 퉁명스럽게 내뱉었다. 그 참에 욕도 한 바가지 퍼붓고 싶을 만큼 이 여자가 싫었다.

"밥? 좀 더 구체적으로 말해야지, 자칫하면 그냥 쌀밥 한 공기만 올려 보낼 수도 있어요."

"농담할 기분 아니에요. 뭐든 쌈빡한 걸로 보내주세요."

여전히 비위에 거슬리는 말투로 느물거리는 바람에 유리는 짜증스럽게 대꾸했다.

"아, 파스타로 할게요. 쌈빡한 파스타. 해물이나 일식 파스타가 좋아요. 크림 소스는 싫으니까 그건 보내지 마세요."

"영양 밸런스가 엉망인 음식만 먹는군요."

"됐으니까 그걸로 보내요."

"그럼 일식 파스타와 수프, 건강을 생각해서 샐러드, 그리고 식후의 가벼운 디저트. 마실 건 홍차로 보내드리죠."

"좋아요."

"자, 그럼 잠시 뒤에."

"아, 저기요."

여자가 전화를 끊으려는 기척에 유리는 저도 모르게 입이 내달려버렸다. 스스로도 왜 그런 말을 했는지 이상했다.

"아직도 필요한 게 있어요?"

여자는 귀찮다는 목소리였다. 유리는 말할까 말까 망설였지만 무의식중에 입이 움직였다.

"그게 좀…… 마음에 걸리는 게 있어서……."

"뭐가 마음에 걸리는데요? 내 말투를 고쳐달라는 얘기라면 말해봤자 소용없어요."

"아뇨, 몸에 상처가……."

유리는 말을 하면서도, 매번 얄미운 소리만 하는 이 여자에게 왜 이런 이야기를 털어놓는 걸까, 후회가 되었지만 이제 와서 멈출 수는 없었다.

"내 몸에 상처가……."

"아하, 고민거리가 있는 모양이죠? 좋아요, 내가 지금 좀 한가하니까 얘기해봐요. 상처라니, 무슨 상처?"

"꽃으로 하는 일을 끝내고 나서 눈을 떠보면 내 기억에는 없는 상처가 나 있어요."

"잠버릇이 안 좋은 모양이네. 역시 아직 어린애라서……."

"대체 왜 나를 무시하는 거예요!"

유리는 화가 나서 낮게 부르짖었다. 그 소리에는 비통한 여운이 깃들어 있었다.

에헴.

여자는 사과하듯이 헛기침을 한 차례 했다. 그 기침 소리가 여자에 대해 품고 있던 경계심을 풀어주었다.

"그래서 상처는 어느 정도?"

여자도 둘 사이의 벽을 허물어버린 듯 편안한 말투로 물어왔다. 유리는 자신의 몸에 난 상처를 들여다보며 자세히 설명했다.

이야기를 다 듣고 난 여자는 수화기 너머로 가까스로 들릴 만큼 한숨을 내쉬었다.

"상처는 분명 큰 문제지만, 그보다 더 큰 문제가 있다는 걸 모르겠어?"

"……모르겠어요."

"지금까지 그걸 문제로도 여기지 않았다는 게 더 큰 문제야."

유리는 여자가 무슨 말을 하는지 알아들을 수 없었다.

"너는 생각하기를 포기하고 있어. 그리고 기억도 내던져버렸어. 시험 삼아 항균제라는 약을 먹지 않는 건 어때?"

"하지만 그건……."

항균제를 먹지 않으면 성병에 걸릴지도 모른다.

"강요하진 않겠어. 나로서는 중요한 충고를 해준 거야."

여자는 일방적으로 전화를 끊었다. 그리고 15분 뒤에 무뚝뚝하고 눈빛이 음울한 남자가 파스타를 가져왔다.

다음 날, 유리는 혼자서 탑을 나와 이케부쿠로 거리를 산책하고 백화점에 들러 필요도 없는 물건을 닥치는 대로 사들였다. 갖고 싶었던 물건도 아니지만 그런 것밖에는 돈을 쓸 다른 방법을 알지 못했다. 물건을 사면 점원이 여왕처럼 모셔주었다. 돈의 힘에 모두 납작하게 머리를 숙였다. 자신을 우러러보는 부러움의 시선을 한 몸에 받았다. 그건 그리 기분 나쁘지 않은 일이었다.

양손에 가득 쇼핑 봉투를 들고 탑에 돌아온 게 18시였다. 로비를 지나 엘리베이터에서도, 복도를 걸어갈 때도 인기척은 없었다. 다른 꽃을 만난 적도 없고 은혜자를 덜컥 마주치는 일도 없었다. 정말로 사람이 살고 있는지 의심스러울 만큼 고요한 공간이었다.

방으로 돌아와 쇼핑 봉투를 구석에 내던지고 곧바로 일할 준비를 했다. 20시에 예약이 있었다.

샤워를 하고 콩시에르주가 세탁해준 붉은 원피스로 갈아입고 시간이 되기를 기다렸다. 은혜자가 오기 한 시간 전에 케이가 화장을 해주러 왔다.

화장 도구를 펼쳐놓고 늘 하던 대로 유리를 욕실 거울 앞에 앉혔다.

"2주일 전의 네 모습은 생각도 안 날 만큼 예뻐졌어. 젊음이란 정말 무서운 거라니까."

케이는 화장을 해주면서 감탄한 듯 말했다. 느린 말투의 목소리와는 대조적으로 화장을 해주는 손은 재빠르게 움직였다.

"이보다 더 예뻐지면 질투할 거 같아."

"아무리 예뻐져도 자꾸 상처가 많아지니까 질투할 거 없어요."

유리는 마음먹고 얘기를 꺼내보았다. 그 말을 들은 순간, 케이는 묘한 표정을 보였다. 난처한 듯한, 슬퍼하는 듯한 표정이었다.

"그런 거, 신경 쓰지 마."

그렇게 말하고 케이는 묘한 표정을 지워버리듯이 웃었다.

20여 분 만에 화장이 끝나자 케이는 검지와 중지로 유리의 뺨을 쓰다듬었다.

"오케이, 완벽해."

케이는 만족한 듯 고개를 끄덕였다. 그리고 화장 도구들을 정리하다가 문득 작은 한숨을 내쉬며 다이아몬드가 박힌 손목시계를 들여다보았다.

"이제 30분 남았구나, 은혜자가 올 시간."

"네."

유리는 고개를 끄덕이며 케이의 눈치를 살폈다. 다른 때는 화장이 끝나자마자 방을 나갔는데 오늘은 한참이나 뭉그적거리며 뭔가 생각에 잠긴 기색이었다.

이윽고 케이는 자리에서 일어나 천천히 벽 쪽으로 향했다.

"왜 내가 여기서 일하는지 알려줄까?"

케이는 벽에 몸을 기대며 말했다. 유리는 조명을 받은 거울 속에서 그녀의 얼굴을 바라보았다.

"난 밖에 있을 때도 화장을 해주는 게 직업이었어. 나름대로 충실한 하루하루를 보냈어. 이렇게 살다가 죽어도 괜찮겠다고 생각했으니까. 근데 어느 날, 내 인생이 뭔가 좀 부족하다는 느낌이 들더라."

케이는 혼잣말처럼 이어가다가 스스로를 비웃듯 피식 웃었다.

"왜냐면 추카이를 만났기 때문이야. 높은 분이 주최하는 파티에서였어. 나 같은 사람은 감히 들어가기도 힘든 화려한 파티인데 어느 연예인의 화장을 담당하던 때라서 우연히 따라간 거야. 당연히 화장할 때 외에는 아무 할 일이 없어서 널찍한 회장 한구석에서 술만 마셨지. 혼자 술잔을 기울이며, 값비싼 옷으로 몸을 휘감은 사람들을 나와는 전혀 다른 세상의 사람을 보듯이 쳐다봤어. 표정도 몸짓도 웃음 소리도 모든 것에 여유와 오만함이 배어 있는 사람들이야. 나하고는 아예 종이 다른 족속들. 아니, 딱히 나를 비하하려는 건 아냐. 내게는 나만의 영역이 있고 거기서 살아가는 게 만족스러웠으니까. 한참 그 사람들을 관찰하고 있는데 문득 시선 끝에 검은 그림자가 들어왔어. 그게 바로 추카이였지. 지금까지 왜 알아보지 못했는지 이상할 만큼 그의 존재는 회장 안에서 따로 놀고 있었어. 나는 추카이를 본 순간, 직감적으로 내 편의 사람이 아니라고 생각했어. 그렇긴 한데 파티의 주역들이 살아가는 그 세계 사람도 아니었어. 뭔가 또 다른 종족, 이름 붙이기 어려운 또 다른 세상에 사는 사람 같았어."

케이는 양손으로 자신의 팔을 끌어안았다.

"이윽고 추카이도 나를 알아보고 내게로 걸어왔어. 그 순간에 나는 이미 사랑에 빠졌어. 아니, 사랑 따위의 값싼 것이 아니야. 좀 더 격렬하고 헌신적인 감정이야. 컬트 종교 비슷한 것인지도 모르겠어. 한 마디로 나의 모든 것을 부정하고 내 목숨을 바쳐도 좋다는 마음이었어. 첫눈에 그렇게 빠져버리다니, 좀 이상하다고 생각하겠지? 하지만 여자란 원래 그런 면이 있는 거야."

케이는 진짜 여자보다도 더 여자다운 미소를 지었다.

"그때 무슨 이야기를 했는지는 기억나지 않아. 아무튼 엄청 충격을 먹은 상태였으니까. 하지만 가까스로 연락처를 알아내고 맹렬하게 대시한 결과, 이 탑에서 일할 수 있게 됐지. 그리고 지금까지 이러고 있어. 나는 추카이와 함께 살 거야. 그가 있으면 모든 게 만족스럽게 채워져. 그가 없으면 아무것도 채워지지 않아. 그와 함께 있을 수만 있다면 그것만으로도 난 만족해. 어느 누구도 우리 사이를 방해할 수 없어. 설령 누군가를 살해하는 일이 있더라도, 범죄에 가담하는 일이 있더라도, 난 언제까지나 그 사람과 함께할 거야."

마지막 말은 평소의 부드러운 목소리가 아니라 자신의 마음속에 억지로 새겨 넣으려는 듯한 강한 말투였다. 케이는 짧게 쳐올린 머리칼을 손끝으로 쓰다듬더니 거울 너머로 유리의 눈을 바라보았다.

"아직 만난 지 얼마 안 되었지만 난 네가 좋아. 그래서 한 가지 충고해줄게."

케이는 벽에서 몸을 떼고 유리의 등 뒤로 다가와 양 어깨에 손을 얹었다.

"약을 꼬박꼬박 잘 챙겨 먹어. 그게 네가 행복해질 수 있는 유일한 길이야."

어깨에 놓인 손에 힘이 들어가 살을 살짝 파고들었다.

케이가 돌아가자 은혜자와 약속한 시간까지 15분쯤 남아 있었다. 은혜자는 약속한 시간에 정확히 찾아온다. 그 사이에 유리는 혼자 고민에 빠졌다.

전화를 받아주는 여자 관리인의 말대로 약을 먹지 말아야 할까. 아니면 케이의 충고대로 약을 먹어야 할까.

케이의 말이 더 자신에게 유리할 것 같은 생각이 들었다. 확신은 없지만 연민의 눈빛으로 바라보던 케이의 말에서는 거짓이 느껴지지 않았기 때문이다.

하지만 앞으로도 계속 그 약을 먹다 보면 과연 나는 어떻게 될까. 유리는 무엇보다 머릿속에 배기가스처럼 가득한 안개를 깨끗이 걷어내고 싶었다. 그러기 위해서는 약을 먹지 않는 게 나을지도 모른다.

미처 마음을 정하지 못한 참에 현관 벨이 울렸다. 은혜자가 찾아온 것이다. 정확히 20시.

유리는 재빨리 약병에서 알약 두 개를 꺼내 손에 든 채로 현관으로 향했다.

문을 열자 서글서글한 웃음을 지으며 도고가 서 있었다. 검은색 고급 재킷에 하얀 바지를 맞춰 입고 있었다.

"여어."

도고는 한 손을 쳐들어 인사하고 안으로 들어왔다. 그리고 마치 자기 집인 것처럼 편안하게 곧장 주방으로 사라졌다.

"뭐 마실래?"

도고의 목소리만 유리의 귀에 들어왔다.

"항상 마시던 걸로요."

유리는 제 위치인 침대에 걸터앉으며 말했다.

도고는 유리가 꽃 일을 시작한 뒤로 벌써 네 번이나 찾아왔다. 다른 은혜자는 기본적으로 한 번, 많아야 두 번이 고작인데 도고만은 반복적으로 유리를 찾았다.

그런 도고가 싫지는 않았다. 하지만 딱히 좋지도 않았다. 그저 다른 은혜자보다 마음 편히 대할 수 있다는 것뿐이었다. 그 이외에는 아무런 감정도 없었다.

주방에서 잠시 달그락거리는 소리가 들리더니 도고가 한 손에 커피, 또 한 손에 유리를 위한 아이스티를 들고 나타났다. 유리에게 잔을 건네주고 그는 소파에 앉았다.

"잘 지냈니?"

도고는 엷은 웃음을 띠고 있었다. 수많은 여자를 홀렸을 터인 그 웃음은 유리에게는 시대에 뒤처진 것으로 느껴졌다.

"뭐, 그럭저럭요."

"어째 시큰둥한 대답이네."

도고는 재킷을 벗고 하얀 와이셔츠 한 장 차림이었다. 그리고 늘 하던 대로 돈다발이 든 봉투를 꺼내 테이블에 내려놓았다.

"일은 잘되나?"

커피를 한 모금 마시며 물었다.

"뭐, 그럭저럭요."

"그거, 다행이군."

유리는 아이스티에 시럽을 넣으면서 대답하다가 흘끗 돈 봉투를 쳐다보았다.

“도고 씨는 무슨 일을 하세요?”

“갑자기 왜 그런 걸 묻지?”

도고의 눈빛이 상대의 진의를 탐색하듯이 한 곳에 고정되었다.

“아뇨, 이렇게 큰돈을 마음껏 쓸 수 있는 게 신기해서요. 어떤 일을 하면 이렇게 부자가 되나요?”

유리는 상대를 치켜세우려는 게 아니라 진심으로 궁금했다. 어떤 일을 하면 이렇게 부자가 될 수 있을까. 이곳에 오기 전까지는 물 쓰듯이 돈을 쓰는 사람들이 있다는 건 알지도 못했다.

“딱히 부자라고 할 정도도 아냐. 그저 남들보다 돈이 좀 있는 편이지.”

“어떤 일을 하면 그만큼 벌 수 있어요?”

“왜 그런 게 궁금하지? 내가 처음에 말했을 텐데? 시시콜콜 캐묻는 건 서로를 위해 바람직하지 않다고.”

목소리는 여전히 부드러웠지만 눈빛은 날카로웠다. 도고의 그런 분위기에 기가 죽어 유리는 작게 몸을 웅크렸다.

“죄송해요…….”

“아냐, 알면 됐어.”

자신만만하고 여유 있는 평소의 표정으로 돌아온 도고는 그저 그런 시시한 이야기를 시작했다.

그리고 정확히 한 시간이 지났다.

속으로 계산하고 있었던 듯한 한 시간.

문득 어떤 은혜자든 반드시 한 시간씩은 이런 대화를 한다는 것을 깨달았다.

도고는 갑자기 말을 끊고 자리에서 일어나 유리에게 다가왔다. 그리고 말없이 침대에 쓰러뜨렸다.

유리는 가벼운 비명을 올리며 오늘은 샤워도 하지 않고 성급하게 구는구나, 하고 생각했다.

도고에게 깔려 반듯하게 눕혀지기 직전에 유리는 바닥에 나뒹구는 노란 알약을 잠깐 바라보았다.

추카이가 꼭 먹으라고 했던 알약.

"준비됐지?"

도고는 코가 맞닿는 거리에서 속삭이듯이 물었다. 커피 찌꺼기가 남은 듯한 입 냄새가 불쾌했다.

유리는 무슨 준비인지도 알지 못한 채 애매하게 고개를 끄덕였다. 도고는 눈빛을 기묘하게 번득이며 붉고 큼직한 입을 쩍 벌렸다.

항상 웃는 표정이던 도고의 가느다란 눈이 접시처럼 휘둥그렇게 뜨여 있었다.

순간, 둔탁한 소리가 고요한 방 안에 울렸다. 유리의 눈앞에 불꽃이 튀고 숨이 턱 막혔다. 도고의 주먹이 유리의 배에 박혀 있었다.

"어제는 시험에서 최악의 점수를 받았다면서?"

도고는 알랑거리는 듯한 소리로 말했다. 하지만 그 얼굴은 야차처럼 흉악한 형상이었다.

졸지에 유리는 도망치려고 했지만 그가 온몸으로 유리를 찍어누르고 있었다.

소리를 지르려고 해도 아파서 숨이 쉬어지지 않았다.

"그래서야 되나. 아버지가 하는 말을 듣지 않으니까 그 꼴이 되는 거야, 알겠어?"

도고는 그렇게 말하고 오른손으로 유리의 목을 조르고 왼손으로는 뺨을 어루만졌다.

유리는 너무도 큰 고통에, 아직은 자유로운 두 손으로 도고의 오른손을 할퀴었다.

"아얏!"

목을 조르던 손을 흠칫 거둬들인 도고는 큰 소리를 지르며 힘껏 유리의 뺨을 내려치고, 잽싼 동작으로 벌떡 일어서더니 이번에는 옆구리에 발길질을 했다.

"아버지를 할퀴어? 정말 화나게 할 거야?"

눈초리가 올라가고 얼굴이 거무칙칙하게 변해버린 도고는 다시 사정없이 발길질을 하며 흐트러진 자신의 머리칼을 쓸어 올렸다.

유리는 지독한 아픔에 신음을 올렸다. 온몸이 공포로 부들부들 떨렸다.

"그래, 늘 하던 대로 따끔하게 벌을 줘야겠군."

도고는 덮치듯이 유리에게 몸을 들이대더니 긴 혀로 목덜미를 타고 내려가며 철떡철떡 핥았다.

"너는 번번이 나를 무시했어. 내 옆에 오지 마라, 냄새 난다, 하면서 말이지. 하지만 내가 진짜로 화가 나면 너 따위는 얼마든지 없애버릴 수 있어!"

유리는 온몸에 오싹 소름이 돋았다. 도대체 무슨 말을 하는지 알 수 없었다.

도고는 중노동이라고는 전혀 알지 못하는 그 손가락으로 유리의 딱딱하게 굳어버린 작은 젖가슴을 주물럭거렸다. 점점 그 손이 아래로 내려가는가 싶더니 음부를 더듬어 힘껏 헤집었다.

비명도 나오지 않았다.

눈만 휘둥그렇게 뜬 유리는 공포로 온몸이 굳어버렸다. 입 안이 바짝 말라 숨도 쉬어지지 않고 식은땀으로 흠뻑 젖은 몸뚱이만 파르르 떨렸다.

"뭐야, 무서워? 무서우냐?"

너무도 흡족하다는 듯 도고가 부르짖었다.

"오늘도 벌 좀 받아야지? 손을 꽁꽁 묶고 나한테 정성껏 서비스를 해야 돼. 그리고 실컷 얻어맞아야지. 어때, 가벼운 벌이지? 대궐 같은 집에서 살게 해주고 비싼 사립학교에 보내주고 개인과외도 붙여주고 용돈도 두둑하게 줬잖아? 네가 원하는 건 뭐든 다 사줬잖아? 일하지 않는 자는 먹지도 말라고 했어. 아버지한테 좀 더 감사할 줄 알아야지!"

빙긋이 웃으면서 도고는 벨트를 풀고 바지를 벗었다.

그 모습이 눈물로 얼룩진 시야에 비쳤다.

유리는 돌연 감정이 모두 사라진 것처럼 표정을 잃었다. 몸의 떨림까지 딱 멈췄다.

온갖 감각이 차단되고 시야가 흐려져서 도고의 모습이 거의 보이지 않았다.

너 자신을 죽여 없애라고 본능이 부르짖고 있었다. 그러지 않으면 네 목숨이 위험해. 의식이 몸에서 떨어져 나가고 유리는 실 끊긴 인형처럼 부자연스럽게 축 늘어져 누워 있었다.

무섭다. 하지만 생각하지 않는다. 더러워. 하지만 생각하지 않는다.

이 시간이 끝나면 다시 쇼핑을 하러 나가자. 조금이라도 마음에 드는 건 모두 다 사들이고 점원의 납작 엎드리는 인사를 받고 주위에서 쏟아지는 부러움의 시선에 취해보자.

나는 가진 자 쪽의 사람이 된 거야. 이건 그 대가야. 어쩔 수 없잖아. 그러니 꾹 참아.

감정을 가능한 한 밋밋하게 유지해야 돼.

그 순간, 예전에 목격했던 신비한 인물이 느닷없이 머릿속에 떠올랐다. 회색 남자. 그 칠흑처럼 타오르던 눈동자가 유리의 머릿속을 가득 채우고 뇌를 뒤흔들었다.

유리는 눈을 깜빡였다. 몇 번이고, 몇 번이고. 조금쯤 시야가 환해졌다.

그 시야의 끝에는—.

사람을 잡아먹는 악마가 있었다.

"……싫어."

"뭐라고?"

바지를 벗어 던진 도고의 움직임이 멈췄다.

유리는 구역질과 함께 찢어질 듯한 소리를 내질렀다.

"싫단 말이야! 나를 놔줘!"

소리를 내지르고 울부짖고 혼신의 힘을 다해 도고의 몸을 밀쳐냈다.

"……어, 어떻게 된 거야?"

상황을 미처 파악하지 못한 도고는 입을 헤벌리고 멍해져 있었다.

"내 옆에 오지 마!"

유리는 아픔을 견디며 비명 같은 소리를 연거푸 내질렀다. 도고의 입이 파들파들 경련을 일으켰다.

"설마, 너, 약을 안 먹었어?"

"오지 말라니까!"

"제기랄!"

도고가 욕을 내뱉는 것과 동시에 난폭하게 문이 열리는 소리가 들렸다. 급하게 뛰는 발소리와 함께 추카이가 나타났다. 머리를 흐트러뜨리고 핏발 선 눈을 부라리고 있었다.

아, 살았다.

유리는 추카이에게 도움을 청하는 눈빛을 보냈다. 하지만 추카이는 그것을 무시했다.

"죄송합니다."

바지를 벗어 던지고 와이셔츠와 트렁크팬티, 양말만 신고 있는 우스꽝스러운 모습의 도고에게 추카이는 머리를 조아리고 있었다.

"허 참, 뭐야, 이거? 일을 똑바로 해줘야지."

흥분을 억누르기 위해서인지 유난히 거만한 태도로 도고는 한숨을 섞어 말했다.

"아직 좀 더 즐기고 싶었는데, 대체 뭐야?"

"정말 죄송합니다."

추카이는 고개를 숙인 채 다시 한 번 사과했다.

"뭐, 어쩔 수 없지. 이번 한 번은 눈감아주겠어. 현재 구매 희망자가 몇 명이나 되지?"

"현재 도고 씨를 포함해 세 명의 은혜자 님께서 이름을 올리셨습니다."

"최고액은?"

"다른 분이 1000만 엔을."

"분명 낙찰가가 1500만 엔이었지?"

도고는 바지를 주워 입으며 물었다.

"네."

"그러면 내가 내기로 하지."

"감사합니다. 구매 날짜는?"

"오늘 당장. 앞으로 여섯 시간 뒤로 하자고. 나는 스케줄 조정해야 하고 잠깐 잠도 좀 자야겠어."

"네, 잘 알겠습니다."

도고는 지갑에서 카드를 빼내 추카이에게 건네주었다. 추카이는 공손하게 카드를 받아 들더니 그대로 방을 나가버렸다.

그 뒷모습을 지켜보며 마치 자신이 이 자리에 존재하지 않는 것처럼 취급하는 두 사람의 행태에 유리는 머리가 멍해져버렸다.

"이, 이게, 뭐예요?"

무의식중에 내뱉은 유리의 중얼거림에 도고는 그제야 이쪽을 돌아보았다.

"왜 약을 먹지 않았지?"

"그, 그건……."

"뭐, 이미 지나간 일이니 어쩔 수 없지. 하지만 약을 먹지 않은 건 너 자신에게 아주 나쁜 선택이었어."

도고는 이미 근엄한 어른이라는 살가죽을 둘러쓰고 있었다.

"대, 대체 무슨 말이에요……?"

질문을 하기는 했지만 도고의 대답을 듣기가 두려웠다.

"하긴 이런 케이스도 그리 나쁘지는 않아. 좀 더 놀고 싶었지만, 별수 없지."

분노를 억누르는 듯한 도고의 얼굴에 황홀하게 도취된 표정이 일순 스쳐갔다.

"대체 무슨 말이냐고 묻잖아요!"

유리는 공포와 분노가 뒤섞인 쇳소리를 내질렀다. 하지만 도고는 전혀 동요하는 기색이 없었다. 입을 꾹 다물고 유리를 빤히 바라보다가 조용히 입을 열었다. 침이 실처럼 흘러내린 입이 초승달처럼 꼬리를 치켜들며 헤벌어졌다.

"넌 내 손에 죽어. 살해되는 거라고."

말을 마치자마자 큰 소리로 웃어젖혔다.

"어때, 살해될 거라는 말을 들으니까 어떤 기분이 들지?"

무슨 뜻인지 얼른 알아들을 수 없었다. 아랑곳하지 않고 도고가 말을 이었다.

"나에게 능욕을 당하고 얻어맞고 불에 지져지고 난도질을 당할 거야. 울어도 소리쳐도 아무도 구해주러 오지 않아."

빙긋이 웃는 그 얼굴은 이미 제정신이라고는 보이지 않았다.

도망쳐야 해.

머릿속에서 둔하게 메아리치는 경고음이 울렸다. 팔다리를 움직여보려고 했지만 부들부들 떨릴 뿐 힘이 주어지지 않았다.

그래도 도망쳐야 해.

그렇게 생각했을 때, 추카이가 다시 돌아왔다.

"수속을 끝냈습니다. 카드는 돌려드리겠습니다."

추카이는 고개를 숙이며 도고에게 카드를 건네주더니 두 걸음 뒤로 물러섰다. 그리고 흘끗 유리에게로 시선을 던졌다.

"잠시 눈을 붙이실 방을 준비했습니다. 따로 지시하실 일은 없으십니까?"

"저 물건을 단단히 묶어둬. 내 손을 할퀸 망아지야. 제대로 버릇을 가르쳐야겠어."

도고는 오른손에 난 손톱 자국을 슬슬 문지르며 말했다.

"네, 잘 알겠습니다."

추카이가 다시 머리를 숙이자 도고는 유리에게 웃음을 던지고 방을 나갔다.

도고가 문을 닫는 것을 확인하더니 추카이는 느닷없이 유리에게 덮쳐들어 아무 망설임도 없이 수갑을 채우고 침대에 넘어뜨렸다. 한순간의 일이라서 유리는 저항조차 해보지 못하고 그의 손아귀에 잡혀버렸다.

"왜 약을 안 먹었지?"

유리의 몸 위에 올라탄 채 추카이가 물었다.

순간, 전화 통화만 했을 뿐인 그 건방진 관리인 여자가 머릿속을 스쳤지만 유리는 그 여자에 대한 이야기는 입 밖에 내지 않았다.

"이게 다 무슨 일이에요? 제발 얘기해주세요."

분노와 실망과 공포로 뒤범벅이 된 유리의 목소리는 뜻밖에도 냉정했다. 추카이는 흥 코웃음을 쳤다.

"얘기해달라고? 간단해. 유리 너는 팔렸어."

"팔려요?"

"그래. 이 탑은 흔해빠진 성매매업소가 아니야. 옥션이 이뤄지는 곳이지. 이 방이 왠지 으스스하게 느껴진 적이 있지?"

유리는 아무 대답도 하지 못했지만 추카이는 그것을 긍정으로 받아들인 모양이었다.

"그 이유는 감시 카메라 때문이야. 이 방에는 수많은 카메라가 설치되어 있어. 외부에서 네가 사는 모습을 모조리 감시할 수 있다고."

유리의 등줄기에 서늘한 것이 내달렸다. 분명 이 방은 왠지 으스스했다. 누군가 지켜보는 듯한 기척이 항상 따라다녔다. 하지만 그건 지나치게 넓은 공간, 익숙하지 않은 가구들에 둘러싸여 있기 때문이라고 생각했었다.

"은혜자들은 감시 카메라로 일단 너의 일상생활을 관찰하고 돈을 지불하고 접촉해본 다음에 구매를 결정하게 돼. 물론 한창 접촉하고 있을 때는 은혜자의 프라이버시를 위해 감시 카메라는 꺼놓지. 그래도 위급한 때를 대비해 나만은 영상을 지켜보고 있어. 은혜자들은 너를 놓고 차례차례 경매 가격을 올려가. 그러면서 자신들이 원하는 여자인지 아닌지, 별도 요금을 내고 접촉하면서 확인해. 그리고 다시 경매 가격을 놓고 서로 경쟁하지. 그런 시스템이야."

유리는 추카이가 무슨 소리를 지껄이는 것인지 여전히 알 수 없었다.

"너는 아주 높은 가격에 팔렸어. 축하한다. 약간의 변칙이 발생하긴 했지만 처음에 설정한 상한가로 낙찰되었거든. 게다가 2주일 만에 낙찰이 된 건 가장 빨리 팔린 케이스야. 자랑스럽게 생각해라."

그는 싱글벙글 웃고 있었다. 대체 뭐가 그렇게 흐뭇한 것일까. 유리는 추카이에게 침을 뱉으며 노려보았다. 나를 이렇게 속이다니. 그래도 누구보다 믿었던 사람인데. 흠모하는 마음도 있었는데. 그런 자신의 마음을 철저히 깨부숴버렸다.

"그렇게 무서운 얼굴을 하면 안 되지."

추카이는 얼굴에 묻은 침을 그대로 둔 채, 수갑 하나를 더 꺼내 유리를 침대 기둥에 고정시켰다.

"약간 아깝긴 하다."

"아깝다고? 대체 뭐가?"

유리는 발로 차보려고 버둥거렸지만 추카이가 무릎을 덮쳐누르고 있어서 마음대로 움직일 수 없었다.

"네가 죽어가는 건 좀 슬퍼. 지금까지 다른 여자들에게서는 전혀 느껴본 적이 없는 감정이야. 처음 면접했을 때, 너를 보고 왠지 반가웠어. 내가 처음으로 범하고 살해한 여자를 꼭 닮았거든. 살해 작업은 남의 손이 아니라 내가 하고 싶다는 마음도 있었어. 하지만 네 목숨은 1500만 엔에 팔려버렸어. 더 이상 내가 어떻게 해볼 수도 없어."

추카이는 유리에게서 떨어져 나갔다.

"내가 할 수 있는 최소한의 선심은 써줄게. 사체 처리를 나 혼자 해주는 거."

추카이는 그렇게 말하고 탭댄스를 하듯 발로 바닥을 두드렸다.

톡톡.

# 6

정적에 휩싸인 방에 혼자 남겨진 유리는 분노의 감정이 서서히 가라앉고 그 자리를 메우듯이 공포와 슬픔이 점점 커져갔다. 심장이 으스러지는 듯한 아픔이 덮쳐왔다.

수갑을 풀어보려고 힘껏 손을 당겼지만 풀릴 기미도 없이 살갗이 찢어지고 피가 흐를 뿐이었다. 그래도 멈출 수 없었다. 유리는 수갑을 당기고 또 당겼다.

이건 그냥 질 나쁜 장난이야.

그런 희망 사항이 아직도 머리 한 귀퉁이에 남아 있었다.

그래, 수준 낮은 블랙개그. 틀림없이 그거야. 첫째로, 도무지 현실감이 없는 얘기잖아. 사람의 목숨을 사고팔다니, 그런 일이 아무렇지도 않게 일어날 리 없어. 더구나 이곳은 도심 한복판이야. 절대로 그런 일이 있을 리 없어.

하지만 유리의 의식은 이 상황을 거의 사실로 인식하고 있었다.

무섭다는 단순한 감각이 아니었다. 모든 감정이 폭발해버린 것처럼 제대로 조절이 되지 않았다.

커다란 방에 혼자 남겨진 채 큰 소리로 울었다. 울면서 분노했다. 몇 번이고 필사적으로 수갑을 풀어보려고 했다. 자신의 피로 손목이 빨갛게 물든 것을 보고 아픔보다 공포감이 더욱 크게 밀려왔다. 수갑은 덜컥덜컥 소리를 냈다. 전혀 풀릴 기미가 없었다.

큰 소리로 부르짖으며 욕을 퍼부었다. 하지만 어디에서도 응답은 없었다.

시계의 분침은 추카이가 방을 나간 뒤로 한 바퀴를 돌았다.

신기하게도 추카이라는 한 개인에 대한 원망은 솟구치지 않았다. 미워하지 않는다고 한다면 거짓말이겠지만, 유리의 분노는 돈으로 무엇이든 만족시키려고 하는 은혜자들에게로 향하고 있었다.

문득 누군가 지켜보는 듯한 감각이 엄습해서 주위를 돌아보았다. 이 상황도 그놈들이 훔쳐보고 있을 거라고 생각하니 구역질과 공포로 시큼한 위액이 치밀었다.

딸칵.

현관문이 열리는 소리가 귀에 들어와 유리는 흠칫 긴장한 채 귀와 눈의 감각을 최대한 열어두었다.

카펫을 스치는 느린 발소리. 검은 그림자가 유리 앞에 모습을 드러냈다.

"괜찮니?"

스이렌이 빨간 드레스를 입고 서 있었다.

"아, 아……."

유리는 제대로 말도 나오지 않았지만 친구의 모습이 눈에 들어오자마자 왈칵 눈물이 쏟아졌다. 몇 번이나 신음한 끝에 겨우 쉰 목소리를 냈다.

"아코, 나 좀 살려줘! 여기, 정말 나쁜 데야. 얼른 도망쳐야 해."

"도망쳐? 왜?"

고개를 갸우뚱하며 피식 웃는 스이렌을 보고 유리는 모든 것을 깨달았다.

"네, 네가 나를 속인 거야?"

"속였다고? 듣기 사나운 소리를 하는구나. 너는 이 일을 하겠다고 스스로 동의하고 이곳에 왔잖아?"

"이런 짓을 한다는 얘기는 들은 적이 없어!"

유리는 목이 터져라 외쳤다. 하지만 스이렌은 재미있다는 듯 웃을 뿐이었다.

"좀 더 영리하게 굴었으면 나처럼 살아남을 수 있었을 텐데. 하지만 이제 소용없어. 너는 결국 착취당하는 쪽이야. 그리고 나는 착취하는 쪽이고."

"아코, 너도 결국은 꽃이잖아?"

"처음에는 그랬지. 어쩌면 나도 너 같은 꼴이 되었을지도 몰라. 하지만 나는 이겨냈어. 너처럼 꺾인 꽃으로 팔려가는 것보다는 꽃을 심는 재능이 뛰어나다고 인정받은 거지. 스카우터라고나 할까? 너 같은 인재를 이곳에 데려와 일을 시키는 역할이야. 그리고 은혜자에게 그 꽃을 딸 기회를 제공해주는 거야."

스이렌은 한 걸음 유리에게 다가섰다. 추카이가 서 있던 곳과 완전히 똑같은 지점이었다.

"시키는 대로 약을 잘 먹었으면 좀 더 오래 살 수 있었는데, 안됐다."

스이렌은 유리를 내려다보듯이 실눈을 뜨고 얼굴을 찡그렸다.

"아코, 그냥 장난이지? 그렇지?"

유리는 제발 자신을 구해주기를 간절히 빌면서 떨리는 목소리로 물었지만 스이렌은 아무 말이 없었다.

"빨리 장난이라고 말해줘!"

감정이 폭발했다. 유리는 울부짖으며 온몸을 버둥거렸다.

"소용없어. 포기해."

물 위를 철썩 내려치듯이 스이렌이 단호하게 말했다.

"이 세상에는 꽃을 꺾는 쪽과 꺾이는 쪽, 두 가지밖에 없어. 힘을 가진 소수의 사람들이 대다수를 지배하지. 이 세상이 그런 구조로 굴러간다는 건 너도 지금까지 살면서 충분히 깨달았을 텐데?"

나쁜 짓을 한 학생을 나무라는 교사 같은 말투였다.

"딱하기도 하지. 이 세상에는 지배를 받고 착취당하는 것 말고는 아무 존재 가치가 없는데 그것도 모른 채 멍하니 살아가는 사람이 너무 많아. 자각이 부족한 거야. 잡아먹히는 쪽이라는 자각

말이야. 하긴 그 덕분에 착취하기가 훨씬 쉽지."

"그, 그렇다고 사람을 죽인단 말이니?"

"무슨 소릴? 권력자에게는 살인도 오락이야."

"그런 짓을 했다가는 살인자로 경찰에 잡혀가!"

유리의 말에 스이렌은 폐의 공기를 한꺼번에 내뱉듯이 웃었다.

"법률은 누가 만드는지 아니? 바로 권력을 쥔 사람들이야. 법을 집행하는 사람보다 더 많은 돈과 권력을 움켜쥔 사람들이 법을 두려워할까? 경찰도 그래. 경찰보다 더 막강한 힘을 가진 자가 경찰에 잡혀가겠니? 대답은 노, 야. 법치 국가니 뭐니 하는 그럴싸한 말도 있더라만, 글쎄 과연 그럴까? 잡혀가는 건 약자들뿐이야. 범죄 피해자보다 살인자를 더 보호해주는 괴상한 나라란 말이야. 힘 있는 자가 자신에게 불리한 것을 쉬쉬하며 지워버릴 수 있는 멋진 나라야."

스이렌은 고개를 가로저었다.

"난 네가 싫지는 않았어. 그래서 몹시 안타까워. 좀 더 오래 살아줬으면 했는데. 이제 네게 남은 인생은 그 변태 아저씨에게 실컷 당하는 것뿐이야. 그 나쁜 새끼, 딸과 비슷한 나이의 여자애를 죽이는 게 그렇게도 좋은가 봐. 텔레비전에서는 그야말로 점잖은 척 썰을 풀면서 잘난 척하지만 그자의 정체는 쾌락 살인자야. 제물이 울부짖는 소리를 들으면 저절로 사정을 한다더라. 그래도 잡혀가는 일은 없어. 권력도 있고 돈도 있으니까. 여기 '탑'이라는 시스템이 모든 것을 어둠 속에 묻어버릴 거니까. 자아, 열심히 울부짖어봐. 유리, 영원히 바이바이."

스이렌은 마치 물건이라도 보는 듯한 시선으로 유리를 바라보며 손을 살랑살랑 흔들고 방을 나갔다.

다시 정적이 찾아왔다.

방 안에 남겨진 유리는 마치 빈 허물처럼 멍하니 천장의 한 곳을 응시하고 있었다. 시간이 째깍째깍 쉴 새 없이 흘러갔다.

그래, 이제 아무려나 상관없어.

아코마저 자신을 속일 줄은 생각도 못 했다. 아니, 처음부터 지나치게 달콤한 이야기였다. 하지만 설마 일이 이렇게 될 줄이야…….

유리는 자조적인 웃음을 흘렸다.

이젠 너무 지쳤어. 좀 더 재미있게 살고 싶었는데. 마음껏 날개를 펼치고 싶었는데.

그저 평범한 집안에서 태어나 평범하게 자라고 평범한 하루하루를 보냈더라면 이런 곳까지 흘러 들어올 일도 없었을 것이다.

평범한 집…….

내게는 그 최소한의 권리조차 주어지지 않았다.

눈물이 쏟아졌다.

슬펐다. 숨이 막힐 만큼 슬펐다. 살고 싶다. 그저 평범하게 살고 싶다. 그렇게 해주지 않는 세상이 미웠다.

하지만 이제 그만 끝내기로 하자.

유리는 혀를 길게 내밀었다. 자신의 혀를 깨물어 이쯤에서 죽기로 했다.

그런 변태 아저씨에게 실컷 능욕을 당하고 온몸을 난도질당해 살해되느니 스스로 죽음을 택하는 게 그나마 인간다운 일이다.

떨리는 혀에 의식을 집중하고 크게 숨을 들이쉰 그때였다. 문이 열리고 다급한 발소리가 들려왔다.

시계를 흘끔 바라보았다. 아직 그들이 말했던 시간은 되지 않았다.

어서 죽어야 해.

유리는 힘껏 혀를 깨물었다. 흐흡, 숨을 들이쉬는 짧은 비명과 함께 눈앞이 캄캄해졌다. 점점 흐릿해지는 의식 속에서 누군가의 목소리가 들려왔다. 먼 곳에서 들려오는 듯 아득한 목소리.

"뭐 하고 있어! 빨리 어떻게 좀 해봐요!"

어라. 전화로만 이야기를 나눴던 그 건방진 여자의 목소리 같다. 그 여자가 이런 다급한 말투를 쓰는 건 들어본 적이 없어서 분명하게 그 여자 목소리라고 단언할 수는 없지만.

"나도 알아."

또 한 명, 남자의 목소리는 매우 조용하지만 긴장한 듯한 음성이다. 약간 딱딱한 느낌의 목소리. 흐릿한 눈으로 유리는 낯선 스킨헤드의 남자가 자신의 뺨을 감싸는 것을 보았다.

"피를 뿜고 있잖아! 좀 더 빨리 구하러 왔어야 했다니까!"

아, 역시 전화를 받아주던 그 건방진 여자다. 매번 설교를 늘어놓고 나를 어린애 취급하던 여자. 하지만 평소와는 달리 뭔가 허둥거리고 있다.

"혀를 깨물어도 즉시 치료하면 죽지 않아. 게다가 혀가 잘린 건 아니니까 괜찮을 거야."

비명과도 같은 여자의 목소리에 남자는 작은 소리로 대꾸했다. 괜찮아, 괜찮아, 라고 유리에게 들려주듯이 몇 번이나 중얼거렸다.

숨쉬기가 힘들었다. 하지만 왠지 몸이 가벼워진 것 같았다.

"사유리! 이런 데서 죽으면 안 돼!"

여자가 외쳤다. 그건 항상 자신을 어린애 취급하던 건방진 말투가 아니었다. 간절함이 담긴 부르짖음이었다. 유리는 혼란스러운 의식 속에서 뭔가가 되살아나는 것을 느꼈다.

그래, 나는, 내 이름은, 사유리야.

그렇게 깨달은 순간, 유리는 의식을 잃었다.

유리는 스킨헤드의 남자의 팔 안에서 축 늘어졌다.

# 7

어둠침침한 사무실로 돌아왔다. 모니터와 전자 기기가 돌아가는 낮은 소리가 희미하게 공기를 흔드는 이 공간은 커튼이 내려져 있고 모니터의 푸르스름한 빛 때문에 물건과 물건의 경계가 애매했다.

안에 들어서려던 추카이는 곧바로 이변을 깨달았다. 즉시 자세를 낮추고 시선을 집중했다.

침입자가 있어.

숨을 죽이고 오감을 최대한 활용하며 안으로 한 발 한 발 들어갔다. 언제라도 공격할 수 있도록 어깨를 숙인 자세로.

복도를 지나고 거실을 건너 사무실로 들어갔다. 항상 자신이 앉아 있던 자리에 누군가가 앉아 있었다. 침입자는 미동조차 하지 않고 이쪽을 지그시 바라보았다. 어둠에 녹아든 그 모습은 정확히 판별이 되지 않았다.

무기는 소지하지 않은 것 같았다. 게다가 상대는 앉아 있다. 여차하면 거리를 좁혀 당장 죽여주마. 그렇게 생각하며 추카이는 침입자를 응시했다.

“아주 멋진 성城이야.”

침입자가 입을 열었다. 추카이의 눈이 차츰 어둠에 익으면서 그

자의 얼굴이 뚜렷하게 확인되었다.

낯선 얼굴이었다.

핏기 없는 얼굴에 회색 정장. 곱실거리는 검은 머리가 길게 늘어져 윤곽이 또렷한 얼굴의 반쯤을 덮고 있었다. 방의 어둠과 뒤섞여 서양의 망령처럼 보이는 모습이지만 그 눈에는 강한 의지가 깃들어서 지옥의 불길 같은 광채를 내뿜었다.

"어디로 들어왔지?"

추카이는 감정을 억누르며 조용히 물었다. 이 탑은 이중 삼중의 감시 체계를 갖춘 보안 시스템으로 지켜지고 있다. 외부에서의 침입은 불가능할 터였다.

"이 성의 보안은 제법 튼튼했어. 우리도 상당히 애를 먹었지."

침입자는 긴 다리를 포개 얹었다.

"하지만 내부에서의 침입은 예상하지 못했던 모양이지? 의외로 허술하더군. 조금 전에 우리의 목적을 성공적으로 마쳤어."

"무슨 소리야?"

그 말에 침입자는 엷은 웃음을 보였다.

"고객 데이터."

추카이는 눈을 부라렸다. 그리고 순간적으로 판단했다. 이자를 어떻게든 없애야 한다.

온몸의 근육을 수축시키고 그 힘을 폭발시킬 기회를 노렸다.

"나를 죽여봤자 상황은 전혀 나아지지 않아."

침입자는 담담하면서도 절대적인 자신감이 담긴 목소리로 말을 이었다.

"이미 데이터는 외부로 내보냈어. 네가 아무리 발버둥 쳐도 이미 때늦은 일이야."

"그렇다면 왜 여기 남아 있지?"

추카이는 침입자와 두 걸음으로 거리를 좁혔다. 하지만 그는 여전히 미동도 하지 않은 채 추카이를 바라볼 뿐이었다.

좋아. 이 정도 거리라면 한순간에 목뼈를 부러뜨릴 수 있다.

추카이는 약간 마음의 여유를 얻었다.

"고객 데이터를 입수한 데 대한 감사 인사를 할까 하고."

마음대로 훔쳐 간 주제에 헛소리를 주절거리는구나.

추카이는 목까지 올라온 말을 꿀꺽 삼켰다.

"이 탑은 그야말로 돈 많은 자들의 낙원이더군."

"여기를 어떻게 알았지?"

"어느 분께서 이곳의 존재와 그 목적을 알려주셨어. 위치를 알아내느라 고생 좀 했지. 내 막강한 정보망으로도 여기까지 찾아오는 데 상당한 시간이 걸렸으니까 말이야."

침입자는 실망스럽다는 듯한 목소리로 의미심장한 웃음을 지었다.

"사람 목숨까지 상품으로 거래하다니, 웬만해서는 생각해내기도 힘든 비즈니스야. 나도 꽃꽂이는 좋아하지만 설마 사람을 제물 삼아 꽃꽂이를 할 줄이야."

"무슨 엉뚱한 소리야? 여긴 그냥 성매매를 알선하는 데야. 그것도 위법인 건 사실이야. 하지만 사람 목숨을 거래하다니, 어이가 없군. 당신, 무슨 괴상한 꿈을 꾼 거 아냐?"

추카이는 상대를 업신여기는 말투로 나갔다.

"성매매 알선이라고? 음, 나름대로 부드러운 표현이로군. 하지만 정확히 말하자면 인신매매겠지. 게다가 목숨을 상품으로 파는 곳. 권력자라는 건 제 배부른 것을 알지 못하는 편식 금붕어 같은 존재야. 손에 넣기 힘든 것을 원하고 그 욕망에도 한이 없어. 그건 네가 가장 잘 알고 있을 거야."

그의 말투는 이미 모든 것을 꿰뚫어본 것처럼 여유가 있었다.

추카이는 머리를 굴렸다. 여기서 이 남자를 죽이는 건 간단하다. 하지만 혹시라도 정보가 외부에 새나갔다면 접점을 일찌감치 끊어버리는 건 별로 득이 되지 않는다. 꼬리를 잡아서 이 남자의 뒤에 있는 조직과 협상하거나 혹은 그 조직을 붕괴시키는 쪽으로 몰아가는 게 정석이다. 그러자면 이쪽의 페이스대로 일을 끌고 가야 한다.

톡톡.

추카이는 발로 바닥을 두드렸다.

"당신, 대체 누구야? 여기는 어떻게 들어왔어?"

"나는 시스템을 단절시키는 데 뛰어난 실력을 가진 여성 전문가를 고용했어. 선을 끊거나 완전히 다른 곳으로 연결하는 기술이지. 최근에 이 탑에 새로운 사람이 들어왔을 때, 그쪽 회선을 우리 쪽으로 연결해서 접선을 시도했어."

유리 얘기인가. 추카이는 마음속으로 혀를 찼다.

"내선 '1'번을 누르면 시스템 단절 전문가와 언제든지 이어질 수 있도록 설정해놓고, 의심을 사지 않도록 최소한의 접촉 외에 식사 등의 용건은 그대로 원래 연결된 장소로 돌려주었어."

추카이는 유리가 전화를 길게 해도 딱히 신경 쓰지 않았고 그 내용도 굳이 알려고 하지 않았었다. 감시 카메라도 영상만 보일 뿐 음성까지 들리는 사양은 아니었다. 이미 때늦은 일이지만 분통이 터졌다.

"어떻게 그런 일을 할 수 있지?"

"간단해. 당신이 고용한 청소업자는 나를 도와주는 동지였어."

"청소업자?"

"로비와 복도의 청소를 맡은 업자. 물론 이 탑의 심장부까지는 들어갈 수 없었지만, 그 정도면 충분해. 비밀 유지를 위해 인원을 최소한으로 줄인 것이 오히려 너의 약점이었어. 남의 눈이 없는 만큼, 감시 시스템을 절단해버리면 이 탑 안에서 얼마든지 자유롭게 움직일 수 있거든. 그리고 조금씩 이 탑의 시스템을 잠식해서 마침내 오늘, 고객 데이터와 너희의 범행을 처음부터 끝까지 낱낱이 입수했어. 시간을 맞춰서 참으로 다행이야."

"시간을 맞췄다고?"

"희생자가 나오기 전에 일을 마쳤으니까."

추카이는 벌레 씹은 표정으로 어떻게든 마음을 가라앉히려고 침입자에게 시선을 고정한 채 심호흡을 했다.

"대단한 분이군. 생긴 건 야쿠자처럼 보이지는 않는데. 혹시 공안부에서 나왔나?"

"아니지."

침입자는 미소를 지으며 대답했다.

위아래 똑같이 회색 정장에 회색 조끼, 회색 넥타이. 이류 영화에나 나올 법한 신사 차림이었다. 요즘 말로는 '신사 코스튬'이라고 하는 게 더 어울릴 것 같다.

"그럼 약물에 중독된 미치광이겠군. 게다가 소름 끼칠 만큼 패션 센스가 제로야. 그런 차림새, 나는 창피해서 도저히 못 입을 거 같은데 말이야."

추카이는 필사적으로 상대를 깎아내리는 말을 내뱉었지만 남자는 얼굴빛 하나 변하지 않았다.

"미치광이? 그렇군, 그 말이 가장 적합할지도 모르겠어."

추카이는 침이라도 뱉어주고 싶었다. 그러고 보니 8월에 일어난 연쇄 강도 사건의 주범이 회색 옷을 입은 남자라고 어디선가 읽은 기억이 났다. 혹시 이자가?

"선 채로 긴 얘기를 하는 것도 힘들 텐데 거기 좀 앉지."

침입자 주제에 마치 자기 방인 것처럼 지시했다. 추카이는 그 말을 무시하고 그대로 서 있었다.

주도권을 잡기는커녕 도리어 명령을 받고 있는 것에 분통이 터졌지만, 일단 임전 태세의 레벨을 한 단계 내렸다. 우선 이자의 뒤에 버티고 있는 조직을 알아내야 한다.

"당신 얘기가 사실이라고 해도, 이제 어쩔 거지? 나를 협박할 건가? 죽일 거야?"

"너를 기다린 건 그저 인사나 해두고 싶어서야."

침입자가 그렇게 말했을 때, 그의 호주머니에서 휴대전화가 울렸다.

추카이는 비로소 고객 데이터가 외부로 유출되었다는 것을 실감했다. 보안 시스템의 전파 방해 장치가 작동해서 탑 안에서는 휴대전화를 쓸 수 없었다. 휴대전화가 울렸다는 건 그 전파 방해 장치가 뚫렸고 그렇다면 엄청난 고객 데이터를 외부에 유출시키는 것도 얼마든지 가능하다는 얘기다.

"잠깐 실례하겠네."

침입자는 휴대전화를 꺼내 짧게 이야기를 끝내고 곧 끊었다.

"만나자마자 미안하지만, 이제 슬슬 가봐야겠어."

침입자는 자리에서 일어나 중절모를 슬쩍 들어 올려 인사를 건넸다.

"이 탑의 정보는 내게 매우 귀중한 자산이야. 고맙네."

"고객 데이터를 대체 어쩔 건데?"

추카이의 다급한 질문에 침입자는 천천히 몸을 돌렸다.

"고객 데이터, 그리고 감시 카메라 동영상과 녹화된 범행 동영상. 그 모든 것이 내 목적을 위해 꼭 필요한 자료야."

"그러니까 대체 어디에 쓸 거냐고 묻잖아!"

추카이는 거의 부르짖음 같은 소리를 냈다. 하지만 침입자는 전혀 흐트러짐 없이 조용한 미소를 지었다.

"그 밖에 네가 사체를 유기한 장소도 알고 있어."

"협박하는 거야?"

거의 넋이 나가버린 추카이는 크게 숨을 들이쉬고 어떻게든 침착해지려고 손끝으로 허벅지를 두드렸다.

톡톡.

"천만에, 협박이라니."

침입자는 천천히 고개를 가로저었다.

"그럼 대체 뭐냐고!"

"그건 아직 말해줄 수 없군. 하지만 머지않아 알게 될 게야."

침입자는 미간을 찌푸리며 느긋한 걸음으로 추카이에게 다가왔다.

손이 닿을 위치까지 왔다. 지금이라면 덮칠 수 있다.

그렇게 생각하기는 했지만 추카이는 마치 뭔가에 들씌운 것처럼 꼼짝할 수 없었다.

침입자가 추카이의 눈앞에서 멈춰 섰다. 온몸의 털이 곤두설 만큼 위압감이 느껴졌다. 추카이는 뒤로 주춤 물러서려는 다리를 애써 버텼다.

"너의 비즈니스를 방해하지는 않겠어. 그리 좋은 비즈니스라고는 결코 말할 수 없지만 그것을 바로잡는 건 내가 할 일이 아니라 썩어빠진 경찰이 할 일이지. 하긴 그쪽의 높으신 분이 회원이시니 검거를 기대하기도 어렵겠군."

역시 정보가 새나갔다. 추카이는 침입자의 말에 다시 한 번 정보 유출을 실감하고 사안의 중대성을 새삼 인식했다. 이자를 지금 죽이는 건 불리하다. 일단 놓아준 뒤에 그들의 조직을 파악해서 반드시 무너뜨려야 한다.

추카이는 사냥감을 만난 듯이 침입자를 마주 노려보았다. 그는 시선을 정면으로 받아들였지만 여전히 미소를 잃지 않았다.

"아, 내가 충고해줄 일이 두 가지가 있어."

침입자의 눈빛이 갑작스럽게 변하면서 찌를 듯이 추카이를 똑바로 바라보았다.

"첫째, 사람 목숨을 매매하는 짓거리는 당장 그만두는 게 좋아."

"흥, 그만두면 이 탑은 의미가 없어져."

추카이는 씹어뱉듯이 대꾸했다.

"이건 너를 위해 하는 말이야. 앞으로도 계속 그 짓을 하다가는 너의 명줄을 당기는 결과가 될 게야. 가능하면 너의 상부 조직에는 통상적으로 영업을 하는 척하면서 실제로는 휴업 상태로 당분간 운영하도록 해. 혹시라도 또 다른 희생자를 내서는 안 돼. 그렇게 1년 반쯤 유지해주었으면 하네. 상부 조직에 상납금을 내야 한다면 그건 내가 대신 넣어주지."

"거절하면 당신이 나를 죽이러 올 건가?"

"아니, 내가 오지는 않아."

역시 이자는 조직에 속한 사람이다. 어떻게든 그 정보를 캐내야 한다. 그때까지는 이자의 말대로 서투른 짓은 하지 않는 게 좋다. 나 또한 강력한 조직의 일원이다. 세력을 총동원해서 이자의 뒷조사를 하고 보란 듯이 납작하게 뭉개줄 것이다.

추카이의 침묵을 침입자는 긍정의 뜻으로 받아들인 모양이었다.

"내 말을 알아들은 것 같아서 다행이군. 그런 식으로 두 번째 충고도 순순히 들어주기를 바라네."

침입자는 잠시 말을 끊고 핏기가 느껴지지 않는 오른손을 쳐들어 추카이를 가리켰다.

"두 번째는, 우리가 입수하지 못한 정보가 있다면 내 지시에 따라 모조리 건네달라는 거야."

명령하는 그 말투에 추카이는 눈을 부릅뜨며 풍선이 터지는 듯한 웃음을 터뜨렸다.

"정말 웃기는군. 내가 왜 그래야 하는데?"

"왜냐고? 내가 오늘 입수한 정보만으로도 당신은 끝장이야."

침입자는 오히려 추카이의 웃음을 이해할 수 없다는 듯 어리둥절한 기색으로 말했다.

"이보쇼, 나를 뭘로 보는 거야? 당신에게 새로운 정보를 내줄 이유도 없고, 애초에 나한테 아무 이득도 없는 일이란 말이야."

"아니, 아주 큰 이득이 있지."

단정하지만 피가 통하지 않는 듯한 침입자의 입술이 슬쩍 벌어졌다. 그 웃음을 목격하고 추카이는 오랫동안 느껴보지 못한 공포감에 휩싸였다.

"네 목숨만은 건질 수 있다는 것. 내가 말한 두 가지를 지켜준다면 네 목숨을 보장하지. 나중에 연락할 때까지 내 충고를 가슴에 새겨두는 게 좋아."

웃기는 소리.

추카이는 불끈 화가 뻗쳐 당장 발차기를 날리고 싶은 충동이 들었다. 하지만 지금 이자를 죽인다면 유출된 정보의 소재지를 알 수 없게 된다. 언젠가 반드시 꼬리를 드러낼 터였다. 무엇보다 조직의 상부에 이 일이 알려져서는 안 된다. 그건 곧 자신의 죽음을 의미하는 일이었다. 어떻게든 혼자서 해결해야 한다.

침입자는 추카이의 마음속에 오고 가는 갈등을 훤히 알고 있다는 듯 고개를 끄덕이며 곁으로 다가와 어깨에 손을 얹었다. 그 손은 죽은 자의 것처럼 차가웠다. 추카이는 몸 속의 심지까지 얼어붙는 듯한 한기를 느꼈다.

"아 참, 잊을 뻔했군."

침입자는 둘째손가락으로 방 한구석에 놓인 가방을 가리켰다.

"한 소녀를 내가 사도록 하지. 저 안에 2000만 엔이 들어 있어. 이걸로 그녀의 이름과 몸을 되찾는 거야. 물론 도고라는 낙찰자가 기꺼이 동의해줬으니까 그 점은 염려 마."

침입자는 말을 마치더니 추카이의 어깨에서 손을 뗐다. 그리고 소리 없는 유령처럼 방을 나갔다.

혼자 남은 추카이는 크게 숨을 토해냈다. 그리고 바로 옆에 있던 컴퓨터 모니터를 들어 힘껏 바닥에 내동댕이쳤다.

탑을 나선 남자는 길옆에 정차된 아무 특징도 없는 차로 다가가 조수석에 올랐다.

"수고했어."

운전석에 앉아 있던 어깨 폭이 넓은 건장한 스킨헤드의 사내에게 말을 건네자 차가 스르르 출발했다.

"다카노, 상황을 보고해줘."

남자는 슬쩍 숨을 내쉬고 운전 중인 스킨헤드에게 물었다. 그는 마흔 살이 넘은 나이였지만 바위 같은 체격을 가지고 있었다.

"대상을 확보했습니다. 혀를 깨물고 자살을 꾀해서 즉각 응급처치를 한 뒤에 고즈에와 함께 탑을 탈출했습니다. 고즈에가 내부 해킹으로 시스템을 파괴했기 때문에 우리가 다녀간 흔적은 깨끗이 지워졌습니다. 물론 감시 카메라도 무력화시켰습니다."

"고객 데이터는?"

"여러 컴퓨터에 이미 전송이 끝났습니다. 혹시나 해서 복사본도 만들었습니다."

다카노는 품에서 소형 메모리스틱을 꺼내 남자에게 건넸다.

"여기에도 고객 데이터가 들어 있습니다."

"음, 좋아."

남자는 짤막한 대답과 함께 입을 굳게 다물고 메모리스틱에 시선을 떨구었다. 다카노는 침묵에 잠긴 남자의 옆얼굴을 살펴보며 뭔가 말을 하려다가 망설였다.

"무슨 물어볼 거라도?"

메모리스틱에 시선을 던진 채 튀어나온 남자의 말에 다카노는 흠칫 놀랐다.

"아, 아뇨. 그저 탑을 어떻게 하실 건지 궁금해서……."

탑의 기능을 잘 알고 있는 다카노는 억누를 수 없는 분노로 몸이 파르르 떨렸다.

"어떻게 하기를 원하지?"

남자는 다카노의 마음속을 꿰뚫어본 것처럼 조용히 웃었다. 다카노는 선뜻 말이 나오지 않았다.

"저들을 죽이기를 원해?"

남자가 조용히 물었다.

"예, 그야……."

다카노는 가슴속에 오고 가는 생각을 억누르듯이 잠시 허공을 노려보다가 고개를 끄덕였다.

"그 심정은 잘 알아. 하지만 아직 때가 일러."

남자는 그렇게 말하고 고개를 들어 다카노를 바라보았다. 찌를 것처럼 강한 시선에 다카노의 얼굴이 딱딱하게 굳었다.

"우리의 목적을 달성하기 위해서는 좀 더 시간이 필요해."

땅 속에서 울려 나오는 듯한 목소리. 깊은 한을 토해내는 듯한 신음 소리. 거스를 수 없는 절대자의 명령이었다.

"더 이상 희생자가 나오지 않도록 손은 써두었어. 감시도 붙였고."

"예."

그 말에 안도한 다카노는 더 이상 고민하는 일 없이 운전에 집중했다.

남자의 시선은 다카노에게서 다시 메모리스틱으로 향했다. 그리고 자기 자신을 타이르듯이 나지막한 목소리로 중얼거렸다.

"……이것으로 나는 거의 모든 자료를 손에 넣었어. 이제는 때를 기다리는 것뿐이지. 신은 무능했어. 악을 심판하지 못한 채 그저 내팽개쳐두고. 그뿐인가, 거짓된 평화의 일상까지 안겨주었지. 비뚤어진 세상을 방치해두는 신, 나를 무시해버린 무자비한 신, 아무것도 하지 못하는 무능한 신. 이제 손가락이나 빨면서 내가 하는 일이나 지켜보시기를."

남자가 움켜쥔 주먹 안에서, 메모리스틱이 삐걱거리는 소리를 냈다.

"무능한 신을 대신해서 내가 심판해줄 테니."

남자의 핏발 선 눈은 야수처럼 빛나고 악다문 이가 으드득 울렸다.

# 제2장

## 1

비가 내리는 날은 날씨가 좋지 않다, 라는 속담이 있다. 너무나 당연한 일, 누구나 뻔히 다 아는 일에 대한 비유다.

강자가 약한 처지의 사람을 괴롭힌다.

어쩌면 이것도 지극히 당연한 일일 것이다.

사쿠마 료타로는 덮쳐드는 두통을 꾹 참으며 멍한 시선으로 로커 안을 바라보았다. 두 다리는 피곤하다 못해 욱신욱신 굳어버린 채 지친 몸을 가까스로 지탱하고 있었다.

사무실 로커에는 귀중품이며 갈아입을 옷가지를 넣어둔 가방이 있었다. 그 가방 속에 누군가 허옇고 탁한 액체를 들이부었는지 구역질이 날 만큼 역한 냄새를 풍기고 있었다.

썩은 우유인가.

내심 그렇게 짐작하면서 가방 속에서 물건을 하나씩 하나씩 꺼냈다. 허연 액체가 풍기는 고약한 냄새 때문에 숨을 쉬기조차 힘들었다. 료타로는 숨을 멈추고 묵묵히 작업을 계속했다. 초등학생 왕따도 아니고 이게 무슨 짓인가. 마음속으로 욕을 퍼부었다. 하지만 분노라는 감정은 일어나지 않았다. 그럴 여유도 없을 만큼 료타로의 마음은 절망과 피곤으로 가득했다.

가방에서 물건을 모두 꺼내고 크게 숨을 토해냈을 때, 마치 그 순간을 노린 듯 누군가 사무실로 들어왔다.

"이게 무슨 냄새야?"

듣기만 해도 위가 싸르르해지는 요시무라의 굵은 목소리가 등 뒤에서 들려왔다.

"진짜 냄새 지독하네요."

웃음이 터지려는 것을 애써 참고 있는 표정으로 시노하라는 그렇게 말하더니 못으로 칠판을 긁는 것 같은 몹시 거슬리는 웃음소리를 냈다. 살집이 오른 시노하라는 물렁한 떡 뭉치를 연상시키는 모습이었다.

"어이, 료타로, 거기서 나는 냄새냐?"

을러대는 듯한 요시무라의 목소리에 료타로는 파르르 떨리는 몸을 돌려 그를 바라보았다.

"뭐야, 사무실 지저분하게? 이거 네 몸에서 나는 냄새 아냐?"

입 끝을 올리고 요시무라는 료타로에게 경멸의 시선을 던졌다. 막대처럼 비쩍 마른 몸을 최대한 크게 보이려고 그는 항상 가슴을 툭 내밀어 상대를 위협하곤 했다.

료타로는 애매한 웃음을 내보였다. 이런 표정이 그의 처세술이고 이 자리에서 무사히 풀려날 수 있는 유일한 답이었다.

"느물느물하기는. 에잇, 재수 없어."

요시무라가 침을 뱉듯이 말했다. 로커의 스페어키를 갖고 있는 사람은 이 매장에서 요시무라 점장 한 사람뿐이다. 저절로 범인은 그로 좁혀진다. 하지만 그런 말을 할 수는 없었다.

"일도 못하고 말도 제대로 못하고 기분 나쁘게 느물느물 웃기나 하고, 게다가 로커까지 더러워? 지저분한 냄새는 네놈 하나만으로도 충분해. 이봐, 눈에 거슬리니까 그거 빨리 치우고 매장 청소도 깨끗이 해놓고 가. 문단속 잊어버리면 안 돼. 아 참, 내일모레 중요한 전시회가 있는데 그 컴컴한 얼굴 좀 성형하고 나와라."

요시무라는 거칠게 쏘아붙이고 뒷문으로 향했다.

"나도 그만 간다."

사람을 깔보는 듯한 소리를 내며 시노하라도 서둘러 요시무라의 뒤를 따라갔다.

혼자 남겨진 료타로는 가방에 고인 썩은 우유를 화장실에 버리고 화장지로 안을 닦아냈다. 그리고 아무도 없는 매장을 한 시간여 동안 묵묵히 청소했다. 조금이라도 먼지가 있으면 또 잔소리를 듣게 될 터라서 긴장을 늦출 수 없었다.

잠깐 쉬는 시간도 없이 온종일 선 채로 일한 탓에 몸이 마음대로 움직여지지 않았다. 청소를 마쳤을 때쯤에는 당장 그 자리에 쓰러질 것처럼 녹초가 되었다.

문단속을 확인하고 매장의 보안 시스템을 세팅한 뒤에 조명을 껐다.

아직도 역한 냄새를 풍기는 가방을 들고 료타로는 한 차례 한숨을 내쉬고는 보석점을 나섰다.

2013년 8월.

습도가 높은 열대야여서 바깥은 바람 한 점 없이 눅눅한 공기가 고여 있었다. 료타로는 역을 향해 걸었다. 금세 땀이 쏟아져 와이셔츠가 살갗에 달라붙었다. 밤 11시. 길거리에는 지나다니는 사람도 드물었다.

쇼윈도에 비친 자신의 모습이 눈에 들어와 료타로는 무심코 발을 멈췄다.

여위어서 날카롭게 깎인 뺨을 손으로 문지르고 길게 자란 머리칼을 쓸어내렸다. 휴일에는 지칠 대로 지쳐 하루 종일 잠만 자느라 머리 깎으러 갈 시간도 없었다. 제대로 된 식사를 못 해서 그런지 얼굴빛이 창백하고 전체적으로 건강하지 못한 인상이었다.

료타로는 크게 한숨을 내쉬며 고개를 돌려버렸다. 다리에 힘을 넣으며 걸음을 뗐다. 갑작스레 눈앞이 캄캄해졌다.

"제기랄."

빈혈이었다. 휘청거리는 몸을 이를 악물며 가까스로 버티고 다시 걸음을 옮겼다. 변변히 먹은 것도 없이 계속 일만 해서 그런지 컨디션이 영 좋지 않았다.

점장 요시무라는 료타로가 잠깐이라도 쉴라치면 반드시 나타나 일거리를 떠안겼다. 그 바람에 밥을 먹을 틈도, 잠시 숨 돌릴 틈도 없었다. 잔업은 한 달에 거의 백 시간 이상이었다. 물론 수당도 없는 잔업이었다.

하루 일이 끝나면 료타로는 숨쉬기도 힘들 만큼 지쳐버렸다. 겨우 잠자리에 들어도 밤중에 몇 번씩 눈이 떠져서 푹 잤다는 실감이 나지 않았다. 육체적인 피로와 정신적인 피로, 두 가지가 료타로를 갉아먹고 있었다.

게이힌도호쿠 선 전차를 타고 빈자리에 앉았다. 딱히 이유도 없이 휴대전화를 열었지만 아무도 연락해준 사람은 없었다. 힘에 부쳐서 휴대전화를 든 손이 파르르 떨렸다.

졸음과 싸우며 30분쯤 전차의 진동에 시달리다 보니 이윽고 쓰루미 역에서 차가 멈췄다. 료타로는 좌석에 파묻혔던 몸을 떼어내듯이 하여 플랫폼으로 내려섰다. 그리고 허청거리는 걸음으로 역을 나섰다.

풀릴 길 없는 피곤이 차곡차곡 쌓여서 더 이상 식욕도 나지 않았다. 의무 사항처럼 역 앞 편의점에서 삼각 김밥 두 개를 사 들고 집으로 향했다.

역에서 15분 거리에, 지은 지 30년 된 낡은 연립 주택이 료타로의 거처였다. 좁은 원룸에 들어서자마자 기계적으로 텔레비전 전원을 켜고 무너지듯이 침대에 쓰러졌다. 텔레비전에서 흘러나오는 여자 아나운서의 밋밋한 목소리가 방 안 공기를 흔들었다.

"……시장의 93퍼센트를 독점하고 있는 중국을 비롯한 미국, 오스트레일리아, 캐나다, 그린란드, 남아프리카 등의 자원 보유국은 자원 부족을 우려하여 희귀광물의 수출을 제한하고 있습니다. 그로 인해 자원을 보유하지 못한 일본은 대체품, 혹은 또 다른 수입 루트를 찾아야 하는 상황이어서……."

햇볕에 내다 말린 게 언제였나 싶게 눅눅한 이불 속으로 납처럼 무거운 몸이 스르르 가라앉았다. 아득한 암흑으로 떨어져가는 이 느낌은 달콤했다. 이대로 깨어나지 않는다면 얼마나 좋을까. 다시는 깨어나고 싶지 않다. 료타로는 그렇게 생각했다. 그렇게 되기를 진심으로 기원했다.

"……안전 보장과 산업 분야에서 꼭 필요한 희귀광물은 디지털 카메라, 디지털 오디오 플레이어, 휴대전화, 노트북 등 우리 주변의 친근한 상품에도 사용되는 자원입니다. 희귀광물의 부족은 일본의 산업 전반에 큰 영향을 끼칠 우려가 있기 때문에……."

날마다 직장 상사의 괴롭힘에 시달리고 전 인격을 부정당하면서, 어디로 달아날 곳조차 없는 생활. 과연 끝까지 참고 견딜 만한 가치가 있을까. 세상 살 이유가 없는 쓰레기라는 욕을 듣고 잠자는 시간도 줄여가며 억지로 얼굴에 웃음을 찍어 바르고 알량한 월급을 받으며 연명하는 이 생활에 과연 무슨 의미가 있을까.

"……대체품 개발이 진행되고 있지만 아직 실용화 단계까지는 요원한 상태입니다. 이 문제를 해결하기 위해 정부에서는 몽골의 광업권 일부를 보유한 도모슨 상사에 5000억 엔의 대출금을 지원하기로 결정하였습니다. 도모슨 상사가 보유한 지역에서는 중국에 대한 의존에서 벗어날 수 있는 막대한 양의 희귀광물이 발견되어서, 이번 지원으로 일본은 대량의 희귀광물 자원을 확보하게 될 전망입니다. 또한 잉여분의 희귀광물을 각국에 수출하여 거두게 될 수익은……."

한없이 이어질 것 같던 아나운서의 말이 끝나자 담배로 목이 상한 듯한 남자의 목소리가 잠시 이어지고 곧바로 광고로 넘어갔다.

광고 음악 소리를 듣고 료타로는 지금까지 거의 의식하지 않았던 텔레비전 화면으로 눈길을 돌렸다.

— 쇼팽의 〈혁명〉.

료타로는 눈을 깜빡이며 시선의 초점을 맞췄다. 텔레비전 화면에 음악과는 전혀 어울리지 않는 운송회사의 영상이 흐르고 있었다. 트럭이 도로를 달리고 마지막에 회사 로고가 뜨면서 짧은 메시지를 던진다.

— 새로운 물류의 가치를.

그저 그것뿐인 광고였지만 왠지 묘하게 인상에 남았다.

이 회사는 2년여 전에 각 경제 전문지를 통해 잠시 화제가 되었다. 업계 6위의 회사를 무명의 벤처기업이 인수했고 이어서 업계 3위와 4위의 회사까지 사들였다. 배송망을 확대하고 시간을 최대한 단축하는 한편, 배송 요금은 획기적으로 낮추는 등의 '혁명'을 거쳐 이제는 배송업계의 1위 자리에 군림하고 있었다. 하지만 주식 상장을 하지 않았을 뿐만 아니라 사장단은 미디어의 인터뷰 요청에 한 번도 응한 적이 없다는 수수께끼 같은 회사였다.

운송회사 광고가 끝나자 그다음은 아무 특징도 없는 맥주 광고로 넘어갔다. 여배우가 환하게 웃으며 유리잔에 든 맥주를 뺨 옆에 치켜들고 뭔가 말하고 있었다. 료타로는 냉장고에 맥주가 있다는 게 생각나서 얼굴을 찌푸리며 천천히 몸을 일으켰다.

맥주를 꺼내 침대에 걸터앉아 한 번에 반병쯤 마신 뒤에야 삼각 김밥을 베어 물었다. 아무 맛도 느껴지지 않았다.

내 인생, 결코 이럴 리 없다는 억울함이 술기운 대신 몸을 달구었다.

료타로는 부모님이 일찍 돌아가신 뒤에 어린 남동생과 함께 이모 집에서 자랐다. 아이가 없었던 이모는 심성이 착한 분이어서 별로 불편함을 느낀 적은 없었다. 하지만 무의식중에 주위의 눈치를 살피면서 마음속 어딘가에 항상 불편한 뭔가가 똬리를 틀고 있었다. 그래서였는지 대학만 졸업하면 도쿄로 나가 취직하겠다고 혼자 마음먹고 있었다. 하지만 여기저기 취직난이 극심한 시절이어서 지원한 회사마다 떨어지고 말았다. 마음에 드는 직장을 따질 때가 아니라는 것을 깨달은 건 이미 대부분의 기업 채용이 끝나버린 뒤였다.

료타로는 결국 공개 채용이 아니라 이모의 소개로 도쿄의 보석점에 일자리를 얻었다. 딱히 보석에 흥미가 있었던 것도 아니고 고객을 상대하는 일에 소질이 있는 것도 아니어서 별로 내키지는 않았다. 하지만 막상 일을 시작하고 보니 급여도 근무 환경도 나쁘지 않았다. 막연하게나마 앞으로 이 일을 계속해도 괜찮겠다고 생각했다.

하지만 한 가지 사건을 계기로 그 모든 것이 암흑으로 변해버렸다.

이제는 마차를 끄는 말처럼 온종일 욕을 얻어먹으며 고통을 견디는 나날일 뿐이다. 과중한 업무로 근근이 하루하루를 이어가느라 친구들을 만나는 일도 점점 줄어들었다. 지옥 같은 생활이 벌써 반년째 계속되고 있었다. 보석점을 그만둘 생각도 해봤지만 소개해준 이모에 대한 미안함도 있고, 대학 입시에 실패하여 재수학원에 다니는 동생의 학원비도 대줘야 했다. 쉽게 사표를 던질 수는 없었다. 경기 불황이라 재취업 가능성도 애매했다.

맥주를 마시며 삼각 김밥을 꾸역꾸역 밀어 넣었다. 고통스러운 하루하루가 머릿속에 떠올랐다.

대체 어쩌다 이 지경이 되었는가. 다시 억울함이 가슴에 먹먹하게 밀려왔다.

문득 테이블 위를 바라보자 보험 명세서가 눈에 들어왔다. 이모가 권해서 가입했던 생명보험의 약관을 지난 며칠 동안 혼자 곰곰곱씹어왔다. 입사 직후에 가입한 보험이지만, 가입자가 자살했을 경우에라도 어느 정도 보험금이 나온다고 했다. 그리 많은 돈은 아니더라도 그 정도면 동생의 학비를 충당할 수 있는 액수였다.

저주받은 듯한 이 생활에서 해방되고 싶었다. 요시무라 점장은 내일모레 있을 보석 전시회에 대비하여 료타로에게 어이없을 만큼 과중한 책임량을 떠안겼다. 그가 정해준 만큼 실적을 올리지 못하면 또 무슨 봉변을 당할지 알 수 없었다.

료타로는 눈을 감고 한참이나 몸을 끄덕끄덕 흔들며 앉아 있었다. 몸 속 깊은 곳이 조용히 아파왔다.

텔레비전의 잡음, 시곗바늘이 새겨나가는 정확한 소리, 자동차 소음, 마음이 무너지는 소리.

료타로는 눈을 떴다. 마음이 정해졌다.

태어나 지금까지 26년, 지나칠 만큼 긴 시간이었다.

## 2

귀에 거슬리는 전자음에 료타로는 무거운 눈꺼풀을 떴다.

시야에 들어오는 하얀 천장. 그것이 료타로를 압박하듯이 덮쳐들었다.

눅눅한 타월담요를 옆으로 밀쳐내고 자리에서 일어나 세면실 거울 앞으로 갔다. 평소의 모습이 그곳에 있었다. 전혀 달라진 게 없었다. 피망처럼 얼굴색이 푸르죽죽했다.

세수는 하지 않고 입만 헹군 채 거실로 향했다.

아침 5시 30분.

여름이라 그새 바깥이 부옇게 밝아왔지만 커튼을 열 마음은 나지 않았다.

침침한 가운데 토스트를 굽고 커피를 끓였다. 기계적으로 입에 넣고 우물우물 삼켰다.

조용한 아침이었다.

항상 하던 대로 와이셔츠를 입고 넥타이를 맸다. 행거에 걸린 검은 정장을 잠시 쳐다보다가 끌어내 몸에 걸쳤다.

밖은 아직 선선했다.

료타로는 잠시 멈춰 서서 심호흡을 하고 걸음을 옮겼다. 평소와 다름없는 걸음걸이로.

회사로 가는 게이힌도호쿠 선을 탔지만 곧바로 가마타 역에서 내려 도큐다마가와 선으로 갈아탔다.

많은 사람들이 전차에 타고 내렸다. 얼굴 모습은 각양각색이지만 하나같이 지친 표정들이었다.

얼마나 차의 진동에 몸을 맡기고 있었을까. 안내 방송으로 흘러나오는 역 이름이 료타로의 귀에 들어왔다.

다마가와 역.

료타로는 여기서 내리기로 했다.

출근하려는 사람들이 밀려드는 역 밖으로 도망치듯이 걷다 보니 어느새 눈앞에 다마가와 강이 길게 누워 있었다. 탁한 빛깔의 강물이 아침 해를 반사하며 흐늘흐늘 출렁였다.

강가를 따라 한참 걷다가 낡은 벤치가 눈에 띄어 그곳에 자리를 잡고 앉았다.

시각은 9시 25분.

회사 출근 시간까지 이제 5분밖에 남지 않았다.

료타로는 약간의 죄의식을 느끼며 휴대전화 전원을 꺼버렸다. 주위를 둘러보니 평일이라서인지 사람들의 발길이 뜸해서 한적한 인상이었다.

무거운 몸을 일으켜 다시 걸음을 옮겼다.

의미 있는 걸음. 막연히 머릿속에 그려본 죽을 자리를 찾아가는 걸음.

나는 이제 죽을 것이다.

재킷 안주머니에 넣어둔 로프가 가슴팍에 묵직하게 느껴졌다. 생활용품 매장에서 구입한 크레모나 로프라는 질긴 흰색 밧줄이었다.

그렇게 강가를 한 시간쯤 걸었다. 하지만 마음에 드는 장소는 좀체 눈에 띄지 않았다.

강을 벗어나 인근 동네를 정처 없이 헤맸다.

조용조용 낡아가는 폐가, 잊어버린 물건처럼 우두커니 서 있는 사찰, 완만한 산의 울창한 숲. 하지만 모두 그가 원하는 자리는 아닌 것 같았다.

양복 윗도리를 벗어 손에 들고 넥타이를 약간 느슨하게 풀었다. 꽤 오랜 시간을 걸은 탓인지 정강이와 발바닥이 뜨거웠다.

사람들의 시선을 피하려고 내내 고개를 숙이고 걸었다.

'다이라쿠인'이라는 절을 건너가려는데 향불 냄새가 코끝을 간질였다. 저도 모르게 멈춰 서서 절 문을 올려다보았다. 어쩐지 자신에게 문을 활짝 열어주는 듯했다.

문득 깨닫고 보니 료타로는 이미 다이라쿠인 문 안에 들어와 있었다.

경내는 한산하고 인적이 없었다. 도회지의 절치고는 드물게 건물은 낡았고 문기둥은 비와 흰 개미에 갉아먹혀 뒤틀려 있었다.

본당 지붕에 멋들어진 용 조각, 그리고 본당 앞 등롱에도 용이 새겨져 있었다. 유서 깊은 절인 듯한데 지붕 기와는 군데군데 빠졌고 외벽도 금이 가고 색이 변해 떨어져 나간 채 제대로 손질하지 않은 모습이었다.

하지만 이상하게도 쇠퇴한 기미 없이 묵중한 기운이 감돌아서 호화찬란한 절보다 오히려 차분한 분위기였다.

료타로는 잠시 경내를 둘러보다가 누가 재촉이라도 한 것처럼 징검돌이 깔린 좁은 길을 따라 뒤편의 묘지 쪽으로 갔다.

죽은 자들이 있는 곳에 가면 죽음을 엿볼 수 있을 것 같았다. 하지만 막상 묘지를 바라봐도 그들은 묘비 아래서 침묵할 뿐 료타로에게 아무것도 드러내주지 않았다.

저만치 떨어진 묘비에서 향불 연기가 피어오르는 것을 보고 료타로는 주위를 경계하며 그쪽으로 다가갔다. 조금 전까지도 사람이 있었을까. 아이리스 꽃이 꽂혀 있고 향대에 올린 향은 아직 길게 남았다. 주위를 둘러봤지만 역시 인기척은 없었다.

다시 묘비로 시선을 돌렸다. 비석 옆에 토끼풀이 미풍에 작은 몸을 떨고 있었다.

료타로는 한참이나 묘비를 응시하고 있다가, 무의식적으로 두 손을 맞대고 있는 자신을 깨달았다. 얼른 그 손을 풀고 도망치듯이 총총히 다이라쿠인을 뒤로했다. 얼굴이 화끈거렸다. 아직도 미련을 버리지 못하고 죽은 자에게 도움을 청하는 자신이 그만 지긋지긋했다.

죽을 자리를 찾아 다시 다마가와 강가를 따라 걸었다. 그냥 내 방에서 죽었으면 좋았잖아. 머리 한 귀퉁이에서 그런 생각이 스쳤지만 발을 멈출 수 없었다. 자살하기로 결심했지만 어느 누구에게도 발견되지 않은 채 홀로 부패해가는 것만은 싫었다. 가능하다면 어느 누구의 눈에도 띄지 않게 죽을 수 있고, 또한 금세 발견될 만한 곳이었으면 싶었다.

계속 걸어가다 보니 다시 다마가와 역 근처로 되돌아오고 말았다. 한숨을 내쉬며 허우적거리는 시선으로 주위를 돌아보았다. '가메노코야마 고분古墳'이라는 글씨가 적힌 팻말이 눈에 들어왔다. 별 생각도 없이 화살표가 가리키는 방향으로 향했다.

널찍한 저택이 이어진 길을 빠져나가자 이윽고 잡목림이 보여서 그쪽으로 발길을 옮겼다. 항상 울창한 나무에 가려져 있는 탓인지 비가 내린 것도 아닌데 땅바닥이 축축했다. 숲은 적당히 정비되어 자그마한 산책 코스가 길게 이어졌다. 주말이면 사람들이 산책을 하러 나올 만한 곳이었다.

제법 마음에 드는 곳이다.

평일 오후, 사람들의 모습은 보이지 않고 숲은 그곳에 있는 것조차 잊힌 것처럼 고요함을 유지하고 있었다.

괴괴하게 가라앉은 철 지난 피서지의 숲 같은 하이킹 코스를 걸었다.

나무들 틈새로 다마가와 강물이 보이고 사람들의 시선을 피하듯이 숲 그늘에 쳐놓은 파란 텐트도 군데군데 눈에 띄었다.

일상에서 떨어져 나온 듯한 이 공간은 료타로의 결심을 든든하게 밀어줄 만큼 힘이 있었다. 여름날 오후인데도 주위는 온통 서늘하고 나무 사이로 이따금 비쳐 드는 햇살이 살갗을 어루만졌다. 절망으로 가득했던 마음에 모래알 하나만 한 안도감이 싹텄다. 계속 이런 마음을 유지할 수 있다면 아직은 좀 더 살아도 괜찮으리라. 하지만 현실로 돌아가면 지옥 같은 하루하루가 자신을 기다린다는 건 이미 분명한 일이었다.

어설픈 희망에 매달려서는 안 된다.

료타로는 뻘쭘하게 서 있는 자동판매기에서 캔 커피 하나를 뽑아 돌 벤치에 자리를 잡고 풀탭을 당겼다. 상쾌한 소리가 주위에 퍼졌다.

마지막 한 잔의 커피인지도 모른다고 멍하니 생각하며 조금씩 입 안에 흘려 넣었다. 어디선가 사람 소리가 들려왔다. 료타로는 흠칫 고개를 숙이고 소리 나는 쪽을 슬쩍 살펴보았다.

젊은 엄마와 어린 딸이었다. 여자애는 엄마의 팔에 매달리듯이 몸을 기대고 뭔가 신이 난 듯 종알거리고 있었다.

료타로는 그들이 지나가기를 조용히 기다렸다.

"와아, 예쁘다."

여자애의 손을 잡으며 젊은 엄마가 말하자 아이가 맞장구를 치듯 연신 고개를 끄덕였다.

"정말, 빨간 오렌지 같아!"

여자애는 나무와 나무 사이로 보이는 하늘을 가리키며 환성을 올렸다. 아이의 말이 재미있다는 듯 엄마가 까르르 웃었다. 너무도 천진한 아이의 목소리에 료타로도 덩달아 하늘을 바라보았지만 이내 시선을 돌리고 깊은 한숨을 내쉬었다.

"그래, 저녁노을이 빨간 오렌지 같다."

엄마의 목소리가 소곤소곤 들려왔다.

행복이라는 것의 모범 답안 같은 젊은 엄마와 딸아이의 모습에 료타로는 저절로 미소가 흘렀다. 저 두 사람에게는 빛나는 미래가 기다리고 있으리라.

비참한 자신과는 거의 정반대편에 서 있는 사람들.

하지만 부럽다는 마음은 들지 않았다. 이런 상황에 빠진 것은 다른 누구도 아닌 내 탓인 것이다.

엄마와 아이가 손을 잡고 멀어져가는 모습을 지켜보며 료타로는 다시 캔 커피를 들었다. 입 안에 퍼지는 들척지근함이 그를 더욱 더 감상적인 기분으로 몰아갔다.

다시 한 번 하늘을 올려다보았다.

그의 눈에는 더 이상 하늘이 아름답게 보이지 않았다. 빨간 오렌지처럼 붉디붉은 저녁노을이 그에게만은 회색으로 보였다.

죽음이 내 가까이에 있어.

료타로는 그렇게 감지했다.

너무 일찍 세상을 떠나버린 아버지 어머니와는 추억이라고 할 만한 것도 없었다. 그 대신 자신과 동생을 키워준 이모는 곧잘 형제를 산책에 데려가곤 했다. 동생은 이모를 친어머니처럼 좋아했다. 방금 지나간 여자애처럼 옆에 찰싹 달라붙어 한껏 흐뭇한 웃음으로 이모를 바라보았다. 료타로는 항상 한 걸음 뒤처져 따라가며 두 사람의 모습을 지켜보곤 했다. 딱히 자신만 사랑받지 못했기 때문이 아니었다. 내성적인 성품이라서 왠지 겸연쩍어 동생처럼 마음껏 이모를 좋아할 수 없었을 뿐이다.

"잠깐 앉아도 될까?"

등 뒤에서 갑작스럽게 들려온 말에 료타로는 엉거주춤 몸을 일으키며 돌아보았다.

회색 남자—.

회색 남자가 뒤에 서 있었다.

190센티쯤으로 보이는 큰 키, 몸에 걸친 옷은 회색빛 정장과 회색빛 조끼에 넥타이까지 회색이었다. 구두는 검정색이지만 그것도 회색빛으로 보였다. 한 치도 흐트러짐 없는 단정한 차림이었다. 칠흑처럼 빛나는 눈동자와 길게 웨이브진 검은 머리, 그것을 빼고는 모조리 회색이었다.

나이는 알 수 없었다. 아직 젊은 사람처럼도 보이고 한참 나이 든 사람처럼도 보였다. 얼굴에 깊이 파인 고뇌의 흔적 같은 주름이 오히려 나이를 가늠할 수 없는 인상을 빚어내고 있었다.

웃는 것인지 괴로워하는 것인지 판별할 수 없는 기묘한 표정으로 남자는 료타로의 눈을 지그시 바라보았다.

"그레이……."

갑작스럽게 나타난 남자를 향해 료타로가 저도 모르게 그런 말을 흘린 것은 그가 '그레이'라는 우주인을 떠올리게 하는 풍모였기 때문이다. 그렇다고 큼직한 얼굴에 컴컴한 눈과 왜소한 몸집을 가진 전형적인 우주인 그레이를 닮은 건 아니었다. 다만 외계 생명체라는 기이한 존재로 그가 이곳에 불쑥 나타난 듯한 느낌이 들었을 뿐이다. 게다가 만일 그레이라는 우주인이 실재한다면 분명 이런 모습일 것이라는 생각이 얼핏 들었다.

남자는 고개를 갸우뚱하며 피식 웃었다.

"여기 빈자리 아닌가?"

그 말에 료타로는 퍼뜩 정신을 차리고 눈을 둥그렇게 뜬 채 주위를 둘러보았다. 벤치는 이곳 말고도 세 개나 되고 모두 비어 있었다.

"……아, 예."

료타로는 얼굴이 붉어지는 것을 의식하며 애매하게 대답했다. 남자는 웃는 얼굴로 옆자리에 앉았다.

그의 시선이 산책로로 향해져 있어서 료타로 쪽에서는 남자의 옆얼굴밖에 보이지 않았다. 포개 얹은 다리가 길고 콧날이 곧아서 처음에는 일본 사람이 아닌 듯한 인상을 받았지만 찬찬히 보니 어던지 모르게 전형적인 일본 사람의 풍모 같기도 했다. 하지만 중동 쪽 사람이라고 하면 그렇게도 보일 것 같고 서양인이라고 하면 거기에도 고개가 끄덕여질 것 같았다. 국적을 파악하기가 어려운 모습이었다.

검고 곱슬거리는 머리가 눈 근처까지 길게 내려와 작은 얼굴을 반쯤 덮고 있었다.

료타로가 곁눈으로 관찰한다는 것을 알았는지 남자가 고개를 돌려 이쪽을 바라보는 바람에 순간적으로 그 눈길을 피했다.

그 동작이 그의 웃음을 샀다는 것이 공기의 떨림으로 전해져 왔다.

"방금 나를 보고 그레이라고 했나?"

남자가 조용히 물었다. 료타로는 머뭇머뭇 그의 눈을 마주 보았다. 강한 의지가 엿보이는 큰 눈동자가 료타로의 눈을 똑바로 바라보고 있었다.

"아, 아무것도 아닙니다."

호기심 가득한 남자의 시선으로부터 도망치듯이 료타로는 말했다. 그 몸짓에서 거부감을 느꼈는지 남자는 눈을 가늘게 하고 입꼬리를 쓰윽 올리더니 낮은 목소리로 물었다.

"수상한 사람으로 보인 모양이지?"

료타로는 잠깐 망설였지만 슬쩍 고개를 끄덕였다. 남자는 무언가를 감싸 안는 듯한 다정한 웃음을 보였다.

"그래, 자네 눈에 나는 수상한 사람일 거야. 하지만 그건 말 그대로 수상하다는 것뿐이지. 나는 수상하게 보이는지는 모르겠지만 위험한 사람은 결코 아니야. 자네는 수상한 사람은 미리감치 거부해버리는 편인가?"

료타로는 의아한 표정으로 고개를 가로저었다. 그와 동시에 '수상한 사람은 미리감치 거부해버리는'이라는 말이 어쩐지 재미있게 느껴졌다.

"그렇다면 지금 당장 자네에게 거부당할 일은 없겠군. 근데 수상한 자의 정체를 파악할 때, 자네는 혹시 마녀재판 같은 고문을 사용하는가?"

남자의 엉뚱한 말에 료타로는 다시 고개를 저었다.

"거, 다행이군. 죽진 않겠어. 불 고문을 당할 일도 없을 것 같고. 내가 더위에는 강한 편이지만 역시 불 고문까지는 싫거든."

남자는 호탕하게 웃고는 다시 입을 열었다.

"마지막으로 한 가지만 더 물어볼까. 이대로 대화를 계속해도 자네, 불쾌하지는 않겠지? 나를 어떻게 생각하건 상관없지만 자네를 불쾌하게 할 마음은 전혀 없어. 물론 무슨 이상한 신을 믿으라고 전도하려는 것도 아니야."

남자는 대답을 기다리듯이 료타로의 얼굴을 들여다보았다. 이 사람은 분위기를 유쾌하게 만들려 하고 있다. 그것을 깨달은 료타로는 그제야 얼굴이 환하게 풀렸다.

"죄송합니다. 제가 낯을 가리는 편이라서."

료타료의 말에 남자는 난처하다는 듯 웃었다.

"아니, 낯을 가리는 건 좋은 일이야. 사려 깊은 성격이니까. 매사를 신중하게 되새겨보는 건 아주 중요한 일이지. 그 반면에 지나치게 깊이 생각하다가 고민의 소용돌이에 빠져 허우적거리는 경향도 있지만 말이야."

료타로는 갑자기 나타난 이 남자를 찬찬히 살펴보았다. 이곳에 존재하는 것 자체가 어딘지 장소를 잘못 짚은 듯한, 마치 영화 같은 데서 빠져나온 듯한 사람이었다. 지금까지 한 번도 본 적이 없는 모습, 땅을 흔드는 듯 깊고 낮은 목소리. 보면 볼수록 보통 인간과는 한참 동떨어진 존재 같았다.

하지만 몇 마디 말을 나누다 보니 처음 나타났을 때보다 친밀감이 느껴졌다.

"실례되는 말이지만, 실은 아저씨를 처음 보자마자 언뜻 그레이가 생각났어요."

"그레이?"

남자가 고개를 갸웃하며 물었다.

"네, 우주인 그레이. 아, 하지만 우리가 보통 알고 있는 그 그레이를 닮았다는 건 아니에요. 그냥 어쩐지 아저씨가 우주에서 온 사람 같다고 할까……. 어떻게 설명해야 할지…….”

혼란에 빠진 료타로는 설명을 하려다가 뒷말을 대충 얼버무렸다.

남자는 료타로의 말에 잠시 귀를 기울이다가 하늘로 시선을 던지더니 충분히 알아들었다는 듯 고개를 끄덕였다.

“자네에게는 내가 그레이, 즉 우주에서 온 사람처럼 보였단 말이지? 실례는커녕 오히려 영광인데?”

“영광이라고요?”

이번에는 료타로가 되물었다.

“응, 잘 생각해봐.”

남자는 큰 눈을 반짝이며 말을 이었다.

“그레이처럼 보였다는 건 인간이 아니라는 얘기야. 인간으로 보이지 않았다니, 그보다 더 큰 칭찬이 또 있을까?”

료타로는 대답할 말이 없어 애매하게 웃었다. 남자는 밀어붙이듯이 말했다.

“자네는 ‘당신은 인간이다’라는 말을 들으면 기분이 좋을까?”

“당연한 얘기라서 딱히 좋을 것도 없겠죠.”

“맞아. 그렇다면 ‘당신은 당연히 인간이다’라는 말을 들으면 기분이 좋을까? 당연하다는 건 말을 바꾸면 보통이다, 평범하다, 라는 뜻이야.”

"그건 별로 기분 좋지는 않겠네요."

료타로는 점점 그의 말장난 같은 이야기에 빨려들었다.

"그렇다면 처음 만난 순간에 '당신은 인간이다'라는 말을 듣는 것보다 '당신은 그레이다'라는 말을 듣는 게 더 기분 좋겠지?"

"……그런 말을 들어본 적이 없어서 잘 모르겠는데요."

"나도 지금까지는 알지 못했어. 갑작스럽게 나를 그레이로 착각해준 게 얼마나 행복한 일인지를."

남자는 재미있다는 표정을 지으며 기품이 엿보이는 소리로 웃더니 문득 말없이 료타로를 위에서 아래까지 관찰하듯이 바라보았다. 그리고 불쑥 말을 던졌다.

"참고로 말하겠는데 자네는 그레이로는 보이지 않아."

"그건 유감이군요."

료타로는 쓴웃음을 지으며 대답하고, 남은 캔 커피를 마셨다. 남자는 꼬고 있던 다리를 바꾸면서 뾰족한 자신의 턱을 쓰다듬었다. 행동거지 하나하나에 기품이 있었다.

내가 지금 꿈을 꾸고 있는 건가, 하고 료타로는 입술을 살짝 깨물어보았다. 그런 것으로 꿈인지 아닌지를 확인해보려고 하는 자신이 우스꽝스러워서 풋 웃음이 터졌다. 마음 깊은 곳에서 흘러나온 거짓 없는 웃음이었다.

"왜 웃지?"

남자가 고개를 갸웃하며 물었다. 불타는 의지를 간직한 듯한 남자의 강한 눈빛을 바라보며 료타로의 마음속에 그에게 매달리고 싶은 희망이 싹텄다. 그렇게 생각한 순간, 벌써 말이 입 밖으로 흘러나왔다.

"……웃을 일은 없고 고통스러운 일만 너무 많았어요."

말을 내뱉은 순간, 료타로는 몸이 납덩이처럼 무거워지는 것을 느꼈다. 이런 하소연을 해본들 이 남자가 나를 구해줄 리 없다. 부질없는 자기만족일 뿐이다. 다시 모락모락 피어오르는 자신에 대한 혐오감에 료타로의 미간에 깊은 주름이 새겨졌다.

남자는 그런 료타로의 옆얼굴을 눈도 깜빡이지 않고 지켜보다가 조용히 고개를 끄덕였다. 뭔가를 깊이 이해했다는 듯이.

"자네에게 오늘은 미지와 조우한 기념할 만한 날이야. 좀 더 이야기를 해도 괜찮겠지?"

"……네."

료타로는 가까스로 고개를 끄덕였다.

"왜 나를 그레이라고 생각했지? 참고로, 나는 지금까지 한 번도 그레이라는 말을 들어본 적이 없었어."

"그건…… 옷차림을 보면 누구라도……."

료타로의 말에 남자는 지금까지 자신이 온통 회색 옷을 입었던 것을 전혀 알지 못했던 사람처럼 뜻밖이라는 표정을 지었다. 그리고 긴 손가락으로 옷자락을 잡더니 한 마디 중얼거렸다.

"화려한 옷은 별로 좋아하지 않거든."

지금 그 옷도 나름대로 충분히 화려하다고 생각했지만 료타로는 그 말은 입 밖에 내지 않았다.

남자는 인도 쪽으로 시선을 돌렸다.

"한 가지 물어봐도 될까?"

남자가 속삭이듯이 말했다.

"네."

료타로는 긴장했던 어깨를 풀며 고개를 끄덕였다.

"자네, 정장을 입은 걸 보면 회사원인 것 같은데 평일 이 시간에 이런 곳에 와 있다는 건 정상이라고 할 수 없겠지?"

남자의 질문에 료타로는 어떻게 대답해야 할지 몰라 말문이 막혔다.

"혹시 세계를 구하기 위해 하루하루 악과 싸우는 회사원인가?"

"아, 아뇨."

남자의 엉뚱한 말에 료타로는 다시 웃음이 터져서 고개를 가로저었다.

"그러면 그레이를 찾아다니는 UFO 연구자?"

"아닙니다."

"그럼 설마 그레이를 생포하려고 했다는 미국 공군 '에어리어

51'의 관련자인가?"

"아뇨, 그냥 평범한 회사원이에요. 긴자 보석점에서 일하고 있어요."

대답하지 않으면 자꾸만 이야기가 엉뚱한 곳으로 튈 것 같아 료타로는 순순히 털어놓았다.

남자는 그 말을 듣고 뭔가를 음미하듯이 잠시 몸을 숙이고 생각에 잠겼다. 그러더니 고개를 들고 다시 물었다.

"평범한 회사원이 왜 이런 곳에?"

료타로는 선뜻 대답이 나오지 않았다. 죽을 자리를 찾아다니던 중이라는 말은 차마 할 수 없었다. 그런 고백을 해봤자 별 뾰족한 수가 나올 리도 없고 일단 발설해버리면 자살 결심이 흔들릴 것 같기도 했다. 료타로는 입을 굳게 다물었다.

그런 료타로를 바라보며 남자는 유리 파편을 줍듯이 신중한 웃음을 지었다.

"어쨌든 자네는 이곳에 있고, 나를 만났어."

료타로는 남자의 말에 눈을 들어 마주 바라보았다.

"아저씨는 누구신지……."

료타로는 남자를 향해 물었다.

그 질문을 기다렸다는 듯 남자는 반달눈의 친근한 미소를 내보였다.

"나 말인가? 나는 그레이라고 하네."

그레이는 자기소개를 할 때처럼 인사를 건네며 유쾌하게 웃더니, 앞으로 그 이름을 써야겠어, 라고 덧붙였다.

자리에서 일어난 그레이가 앉아 있는 료타로에게 손을 내밀었다.

"이제 어떻게 할 생각인가, 자네……, 아, 이름이……?"

"사쿠마라고 합니다. 사쿠마 료타로."

"료타로……, 료타로……."

그레이는 오른쪽 둘째손가락으로 관자놀이를 짚으며 이름을 외우려는 듯한 몸짓을 보였다.

"료타로, 자네는 이제 어떻게 할 생각인가?"

그레이는 쏘아보는 시선으로 료타로의 눈 속을 응시했다.

"……뭐, 어떻게든 해야겠죠."

료타로는 말문이 막혔지만 애써 대수롭지 않은 척 받아넘겼다. 나는 이제 죽을 것이다. 이미 결심한 일이다. 묘한 분위기의 사람을 잠깐 만났다고 해서 중단할 수는 없다.

그레이는 거부의 장벽을 둘러친 료타로를 지그시 바라보며 신중하게 입을 열었다.

"방금 만났으면서 이런 얘기는 주제넘은 참견인지도 모르겠지만……."

그레이는 거기서 잠깐 뜸을 들였다. 그러고는 마치 변덕이 난 듯이 갑자기 가벼운 말투로 뒤를 이었다.

"자살 따위는 집어치우고 내가 하는 일이나 좀 도와줄래?"

그 말에 료타로의 심장이 쿵쾅 뛰었다.

## 3

요란한 전자음.

신기할 만큼 상쾌하게 느껴지는 자명종 소리에 눈을 뜬 료타로는 침대에서 내려와 시간을 확인했다.

시곗바늘은 낮 12시를 가리키고 있었다.

느릿느릿 욕실 세면대 앞으로 걸어가 크게 하품을 했다.

오랜만에 푹 자고 일어났더니 컨디션이 꽤 좋아졌다.

주방에서 토스트를 구워 브런치를 먹은 뒤에 정장으로 갈아입었다. 14시에 집을 나서 국회의사당 역으로 향했다.

게이힌도호쿠 선과 도쿄 메트로 지요다 선을 갈아탄 끝에 국회의사당 역에 도착한 료타로는 역에서 가까운 그랜드캐피털 호텔로 갔다.

대기실에 들어서자 점장 요시무라와 시노하라를 비롯한 직원들이 벌써 나와 있었다.

"어제는 무단결근을 하더니 오늘은 맨 꼴찌로 나타나? 지금 날 놀리자는 거야?"

신경질적으로 뺨을 푸들푸들 떨면서 요시무라가 료타로에게 삿대질을 하며 쏘아붙였다. 료타로는 마치 깊은 계곡 밑으로 떠밀린 것처럼 갑작스럽게 몸 여기저기가 쑤셔왔다.

어제는 무단결근을 했지만 오후에 요시무라에게 전화를 걸어서 감기에 걸려 꼼짝도 못 했노라고 해명했었다.

"죄송합니다."

최대한 요시무라의 그 눈을 쳐다보지 않으려고 깊이 고개 숙여 사과했다. 심장이 지나치게 급한 운동을 하는 통에 제대로 숨이 쉬어지지 않았다. 요시무라의 얼굴만 봐도 과호흡 비슷한 상태에 떨어지는 것이다.

"죄송은 무슨 얼어 죽을 죄송이야? 기껏 감기 핑계로 결근을 해? 네가 빠지는 바람에 전시회 준비가 얼마나 힘들었는지 알아?"

요시무라는 그랜드캐피털 호텔 전시장의 부스 준비를 모조리 료타로에게만 떠맡길 생각이었다.

"죄송합니다."

료타로는 다시 작은 소리로 대답했다.

"쓰레기 같은 놈, 네가 바이러스인데 무슨 감기에 걸려? 참 내, 어이가 없네. 넌 나와봤자 매상도 못 올리잖아? 결근할 거면 당장 무능함을 인정하고 자진해서 사표 쓰란 말이야. 아, 오늘 전시회에서 책임량 못 채우면 시말서 잔뜩 쓰게 할 테니까 그런 줄 알아."

요시무라는 악담을 퍼부으며 분통이 터진다는 듯 몇 번이나 혀를 찼다.

1년에 한두 차례 열리는 전시회, 정식 명칭 '엘레강스 장식전'은 대기업 상사가 주최하고 각 메이커와 대리점, 보석점이 한데 모여 보석을 판매하는 행사였다. 각 보석상에서 초대한 고객은 디너쇼를 즐기며 평소에 매장에서 판매하지 않는 최신 모델의 보석을 구입하게 된다.

료타로의 보석점에서도 이번 '엘레강스 장식전'에 특히 힘을 쏟아, 기존 고객 외에 신규 고객을 개척하기 위해 3억 엔의 루비와 다이아몬드를 배합한 반지를 주요 상품으로 출시했다.

그랜드캐피털 호텔 봉황실鳳凰室에는 20여 개의 둥근 테이블이 마련되었고 총 200명의 고객이 초대를 받았다. 출입구에는 전시된 보석에 붙은 태그와 금속에 반응하는 탐지기가 설치되었고 수많은 경비원이 곳곳에서 눈을 번득이고 있었다.

사방 벽을 따라 진열된 유리케이스 안에서는 조명을 받은 보석이 반짝반짝 빛을 발했다. 단상 양옆에는 높이 3미터에 달하는 호화 꽃꽂이가 전시회에 한층 화사함을 더해주고 있었다.

각 보석상에서 초대받은 고객은 15시부터 17시 30분까지 자유롭게 전시회장 안을 돌면서 최신 모델의 보석을 손에 들고 찬찬히 구경한 뒤에 구매를 결정하게 된다. 구매 결정이라고는 해도 이 자리에서는 매매 계약을 체결할 뿐이고 나중에 각 보석점 매장에 나가 금전을 주고받는 시스템이었다.

요시무라와 시노하라 일행이 부스의 좋은 위치에 진을 치고 고객을 맞이하는 동안, 료타로는 뒤쪽에서 회장을 둘러보았다.

한껏 사치스럽게 차려입은 사람들이 담소를 나누며 보석을 살펴보고 있었다. 거센 불황의 태풍이 몰아치는 가운데, 이곳에서 피어오르는 열기는 참으로 기묘한 현상이라고 료타로는 생각했다.

'엘레강스 장식전'의 봉황실에 초대받은 고객들은 모두가 '성공'이라는 것을 거머쥐고 군림하는 자들이었다.

돈이 돈을 부르고 부자는 한층 더 부자가 된다.

보석점에 근무하면서 료타로가 실감한 것 중의 하나였다.

문득 한 여자의 모습이 눈에 들어와서 료타로는 흠칫 긴장했다.

료타로를 단숨에 힘겨운 지경에 몰아넣은 장본인이 온몸의 비곗덩어리를 출렁이며 유리케이스 안의 보석을 둘러보고 있었다. 분명 내장까지 비곗살로 가득 차 있는 것이리라. 바깥은 한여름 날씨지만 전시회장은 그야말로 쾌적한 온도로 유지되고 있는데 그 여자는 먼눈으로 보기에도 금세 알아볼 만큼 땀을 줄줄 흘려서 이마에 앞머리가 찰싹 달라붙어 있었다. 얼굴에 진하게 바른 하얀 파운데이션과는 대조적으로 두툼한 입술은 으스스할 만큼 빨갛게 번들거렸다. 마치 그 부분만 별도의 생물처럼 꿈틀거리는 것 같았다. 눈을 희번덕거리며 보석을 탐하는 모습은 영락없이 살찐 아나콘다였다.

료타로는 치밀어오르는 혐오감에 저절로 얼굴이 찌푸려졌다.

료타로가 점장 요시무라의 구박을 받는 처지가 된 것은 단 한 번의 실수 때문이었다.

입사 초기에는 모든 일이 순조로웠다. 영어회화가 가능한 것이며 소박한 외모 덕분에 손님들 사이에서도 평이 좋아 료타로는 이 보석점에 없어서는 안 될 직원이었다. 일부러 그의 이름을 대며 찾아오는 단골이 많아서 동기 입사자 중에서도 실적이 좋은 편이었다. 점장 요시무라에게도 자주 칭찬을 듣곤 했다.

이 보석점에서 가장 중요한 고객으로 꼽히는 여자가 있었다. 고급 식재료로 채워진 듯한 뚱뚱한 몸을 값비싼 보석으로 휘감고 다니는 중년 여자. 한 달에 두어 번쯤 매장에 들렀고 그때마다 보석을 구입해 갔다. 그야말로 돈이 열리는 나무 같은 손님이었다. 들리는 이야기로는 사망한 남편의 유산과 대대로 물려받은 땅이 많아 굳이 일하지 않아도 재산이 점점 더 불어나는 대부호라고 했다. 요시무라 점장도 이 고객만은 다른 보석점에 빼앗기지 않으려고 필사적으로 최상의 서비스를 해주고 있었다. 전 직원이 행여 이 고객의 반감을 사는 일이 없도록 특히 주의하라는 교육을 받았다.

그 고객이 다행히 료타로를 마음에 들어 해서 이윽고 전속 담당자처럼 그녀를 맡게 되었다. 료타로에게서 도합 1억 엔이 넘는 보석을 구입했을 즈음, 그 여자는 함께 저녁식사나 하자고 청해왔다. 그 말을 들은 순간, 료타로는 여자가 원하는 것이 무엇인지 대략 짐작이 갔다. 점장 요시무라에게 상의했지만 꼭 참석하라는 말만 할 뿐이었다. 결국 별로 내키지 않는 저녁식사 초대에 응할 수밖에 없었다. 장소는 아니나 다를까 고급 호텔의 레스토랑이었다. 식사가 끝나자 바에서 가볍게 한 잔씩 마시고 기분 좋게 취기가 올랐다. 그러자 여자는 자연스럽게 호텔의 가장 비싼 객실로 료타로를 안내했다.

료타로는 하룻밤쯤이라면 어떻게든 견뎌보자고 체념하고 있었다. 하지만 막상 옷을 벗는 단계에 이르렀을 때 문득 거센 오한이 덮쳐왔다. 여자에 대한 혐오감, 그리고 자기 자신에 대한 불신감에 짓눌려서, 문득 깨달았을 때는 호텔 방을 뛰쳐나오고 있었다. 뭔가 설명할 수 없는 분노에 휩싸여 씩씩거리며 집으로 돌아가면서 료타로는 자신의 행동이 결코 잘못된 것이 아니라고 믿어 의심치 않았다.

다음 날, 보석점에 클레임이 들어왔다. 그 중년 여자 고객에게

서였다. 직접 료타로의 이름을 지목하며 불만 전화를 걸어온 것이었다. 이런 너저분한 매장은 두 번 다시 오지 않겠다고 욕을 퍼부었다. 그 말을 들은 요시무라는 불같이 화를 냈다.

그뿐만이 아니었다. 그 고객이 가진 인맥이 대단해서 다른 단골 고객들과 대부분 통하고 있었다. 결국 매상은 급격히 떨어져갔다. 본부에서 요시무라 점장에 대한 문책이 거듭되고 정리해고의 가장 유력한 후보 목록에 오르고 말았다.

그 뒤부터 요시무라를 비롯한 직원들의 태도가 확 변했다. 특히 요시무라 점장은 이유도 없이 료타로에게 고함을 지르고 인격을 부정하는 욕설도 서슴지 않았다. 모자란 놈, 동료의 피해는 안중에도 없는 놈, 당장 사표 써라, 멍청한 놈, 쓰레기, 나가 죽어라…….

그런 점장에 합세하듯이 다른 직원들도 자주 미운 소리를 내뱉었다. 특히 시노라하는 마치 즐기듯이 료타로를 괴롭혔다.

점장을 비롯한 직원들의 집요한 괴롭힘이 이어지면서 료타로는 점점 일 처리에서 실수를 하는 일이 많아졌다. 그때마다 한층 더 가혹한 폭언이 쏟아졌다.

이윽고 료타료의 정신은 우울증 같은 상태에 빠져들었다.

그 상태가 반년이 넘도록 계속되고 있었다.

료타로는 점점 다가오는 그 중년 여자에게서 달아나듯이 부스 밖으로 나가려고 걸음을 옮겼다.

"어이, 어딜 가려고?"

료타로의 어깨를 왈칵 움켜쥔 요시무라가 도끼눈을 뜨고 말했다. 어깨를 잡은 손에 힘이 들어가 손끝이 살을 파고드는 것 같았다.

"고객 접대, 한 명도 안 했지? 일을 하겠다는 거야, 말겠다는 거야?"

주위에 들리지 않을 만큼 작은 소리였지만 잡아먹을 듯한 그 눈빛에 료타로는 기운이 쭉 빠졌다.

"책임량도 못 채우고 도망갈 수 있을 줄 알아? 넌 끝까지 몰아붙여서, 차라리 죽는 게 낫다는 생각이 들게 해주고 말 거야."

침을 튀기며 쏘아붙이더니 홱 떠밀듯이 료타로의 어깨에서 손을 뗐다.

료타로는 몸의 떨림이 멈추지 않아 얼어붙은 것처럼 그 자리에 우두커니 서 있었다.

17시 30분.

고객들은 둥근 테이블에 둘러앉아 디너를 즐기고 있었다. 정해진 코스에 따라 차례차례 다양한 음식이 나왔다. 그들이 먹고 마시는 음식과 술은 전액 각 보석점에서 대접하는 것이었다. 하나같이 최고의 요리사들이 솜씨를 발휘한 창작 요리였다. 고객들은 그 성찬을 즐기면서 보석에 대한 이야기를 주고받았다.

봉황실에 준비된 상품은 양은 그리 많지 않지만 최상급 보석으로만 엄선한 것이어서 총액이 100억 엔에 달했다. 게다가 모두 각 매장에서는 구입할 수 없는 신작이었기 때문에 고객들의 이야깃거리도 끊일 새가 없었다.

디너가 시작되고 잠시 지나자 출입문이 닫히고 쇼가 시작되었다.

마이크를 든 여자 MC의 인사말이 끝나자 게스트가 등장했다.

텔레비전에도 자주 얼굴을 내미는 유명한 재즈 여가수였다.

회장에 박수가 쏟아졌다. 조명이 은은하게 바뀌고 연주가 시작되었다. 허스키한 목소리와 피아노의 선율이 회장 안을 한층 온화한 분위기로 만들었다.

30분 동안의 노래와 연주가 끝나자 시간은 19시를 넘어서고 있었다.

조금 전의 MC는 어디로 갔는지 이번에는 교복 차림에 헌팅 모자를 쓴 또 다른 소녀가 MC로 나와서 가수의 노래에 대한 느낌을 말한 뒤에 흥분한 목소리로 멘트를 날렸다.

"자, 이번에는 초대형 특별 게스트를 모셔볼까요?"

식사를 마치고 한껏 만족스러운 표정의 사람들이 일제히 단상 위를 바라보았다.

"과연 누구일까요? 여러분, 궁금하시죠? 그럼 모셔보겠습니다, 바로 이분입니다!"

회장 안의 조명이 꺼지고 한순간에 암흑과 정적이 몰려왔다.

단상 위에만 긴 띠를 그린 조명이 켜졌다.

그곳에는 회색 중절모를 쓰고 회색 양복을 입은 키 큰 남자가 서 있었다.

그 모습을 보고 회장에 있던 고객의 4분의 1은 어리둥절한 얼굴로 고개를 갸웃거렸다. 또 다른 4분의 1은 '그 사건'을 떠올리며 흠칫 놀랐지만 곧바로 변장을 한 모양이라고 생각하며 박수를 보냈다. 그리고 나머지 반은 수준 낮은 개그라며 얼굴을 찌푸렸다.

"이 사회의 승리자 여러분, 안녕하셨습니까?"

중절모를 깊숙이 눌러 써서 차양 밑으로 입가만 보이는 회색 남자가 웃으며 인사를 건넸다.

"돈으로 온몸을 휘감고 돈의 힘으로 사람들을 굴복시키는 여러분을 만나 뵙게 되어서 영광입니다. 짧은 시간이나마 저의 쇼를 함께 즐겨주시기 바랍니다."

회색 남자가 허리 숙여 인사하는 것과 동시에 다시 전시회장 전체가 환하게 밝혀졌다.

사방을 에워싸듯이 10여 명의 남자들이 나타났다. 하나같이 눈 부분만 뚫린 검은 복면을 쓰고 있었다. 특히 출입구 쪽에 촘촘히 몰려선 그들은 저마다 권총을 들고 있었다.

"여러분께 몇 가지 부탁이 있습니다. 절대 큰 소리를 내셔서는 안 됩니다. 움직이지 말고 지금 그 자리를 지켜주시기 바랍니다."

회색 남자는 불타는 듯한 힘찬 눈빛으로 고객들을 둘러보더니 번쩍 손을 쳐들었다. 그와 동시에 주위를 에워싸듯이 서 있던 정체불명의 남자들이 일제히 유리케이스를 깨고 전시된 보석들을 가방에 넣기 시작했다.

일시에 회장 안의 술렁거림이 멈추고 몇 개의 작은 비명이 터져 나왔다. 하지만 대부분의 고객은 회색 남자가 지시한 대로 입이 얼어붙은 듯 조용했다. 하긴 비명조차 내지 못하는 것은 공포에 질려 부들부들 떨었기 때문이지만.

복면의 남자들은 빈틈없이 잽싼 동작으로 전시 보석을 전량 수거했다. 수량이 적어서 작업은 순식간에 끝이 났다.

"그럼 또 다른 부탁을 말씀드릴까요? 현재 여러분의 몸에 매달린 보석을 모두 테이블 위에 풀어놓으십시오."

그 요구에 사람들은 선뜻 반응을 하지 못했다.

회색 남자는 한숨을 내쉬었다.

"똑같은 말을 되풀이하는 건 답답한 일이지요."

그렇게 말하더니 손을 들어 단상 옆을 가리켰다. 시선이 일제히 그쪽으로 향했다.

복면의 두 남자에게 양팔을 잡힌 채 한 사내가 그곳에 서 있었다.

료타로의 눈이 둥그레졌다. 요시무라 점장이었다.

"불쾌한 기억을 남겨서는 안 되겠지요?"

총구가 요시무라의 관자놀이에 바짝 겨누어져 있었다.

사람들은 서둘러 몸에 차고 있던 보석을 풀어 테이블 위에 올려놓았다.

그제야 회색 남자는 만족스러운 듯 고개를 끄덕였다. 복면의 남자들이 각 테이블을 돌며 그 보석을 거둬들였다.

료타로에게 노골적으로 정사를 요구했던 중년 여자가 아래턱의 비곗살을 바들바들 떨며 공포에 질려 있는 모습이 눈에 들어왔다.

보석을 회수하는 작업이 끝나자 요시무라는 풀려났다. 양팔을 놓아주자마자 그는 털썩 주저앉아 오줌을 지렸다.

모든 작업이 끝나는 것을 지켜본 회색 남자는 료타로를 흘끔 바라보며 빙긋이 웃었다. 하지만 곧바로 눈길을 돌리며 중절모 차양을 손끝으로 슬쩍 집어 올렸다.

"협력해주셔서 고맙습니다. 마지막 부탁을 드려야겠군요. 지금부터 눈을 감고 아무것도 쳐다보지 말 것. 어떤 소리도 듣지 말 것. 어떤 추측도 하지 말 것. 알겠습니까? 목숨은 아까운 것이죠. 특히 여러분은."

회색 남자의 마지막 말에 사람들은 더욱 더 공포에 질려 즉시 눈을 질끈 감았다.

"그럼 멋진 밤, 마음껏 즐기시기를."

조명이 침침하게 낮춰졌다.

발소리.

출입구 문이 열리는 소리.

다시 불이 켜졌을 때, 회색 남자는 이미 사라지고 없었다.

눈 깜짝할 사이에 모든 것이 끝났다.

그랜드캐피털 호텔에 출동한 경찰관의 간단한 조사를 마치고 료타로는 별다른 의심을 받는 일 없이 무사히 풀려나 집에 돌아왔다.

다음 날, 료타로는 그레이가 일러준 대로 가메노코야마 고분의 공원 입구로 향했다. 점장 요시무라가 쇼크 상태로 입원해버렸기 때문에 보석점 매장은 임시 휴업이었다.

약속한 14시가 되자 한 대의 차가 료타로 앞에 멈춰 서더니 뒷좌석의 문이 열렸다. 료타로는 잠시 망설였지만 마음을 정하고 그 차에 올랐다. 조수석에는 그레이, 그리고 뒷좌석에는 교복 차림의 소녀가 앉아 있었다.

"출발하지."

문이 닫힘과 동시에 그레이는 운전석에 앉은 스킨헤드의 남자에게 말했다.

스킨헤드의 남자는 침묵 속에 조용히 차를 몰았다.

"어제는 고마웠네."

그레이의 말에 료타로는 가볍게 머리를 숙였다.

옆에 앉아 있던 교복 입은 소녀가 아무 말 없이 보스턴백을 료타로의 무릎 위에 올려놓았다. 묵직한 느낌이 허벅지에 실렸다.

"그건 사례금이야. 현금으로 1억 5000만 엔. 보석도 필요한가?"

그레이가 환한 목소리로 물었다. 료타로는 고개를 가로저었다.

"자네가 도와준 덕분에 겨우 1억 5000만 엔을 지불하고 우리는 100억 대의 보석을 손에 넣었어. 그러니 사양할 것 없네."

조수석의 그레이는 백미러 너머로 료타로에게 윙크를 보냈다. 료타로는 저도 모르게 그 시선을 피했지만 다시 고개를 들어 그의 표정을 살펴보았다. 그레이는 이미 눈길을 거두고 창밖을 내다보고 있었다.

그저께, 죽을 자리를 찾아다니던 료타로는 우연히 그레이를 만났다. 그는 뜻밖에도 료타로에게 보석전 습격을 도와달라고 제안했다. 료타로는 그 제안을 받아들여 보석전의 내부 사정이며 일정표, 보안에 대해 자신이 알고 있는 정보를 건네주었다. 어째서 그런 돌연한 제안을 받아들였는가. 료타로 스스로도 알 수 없었다. 죽음을 결심한 극한 상태에서 우연히 마주친 그레이라는 존재가 너무도 신비한 힘을 갖고 있었기 때문인지도 모른다.

"한 가지, 질문 좀 해도 될까요?"

"물론 괜찮지."

머뭇머뭇 말하는 료타로와는 대조적으로 그레이는 환한 목소리였다.

"정말 이런 일을 해도 괜찮은 건가요?"

괜찮을 리 없다. 머리로는 잘 알면서도 료타로는 그렇게 묻지 않을 수 없었다.

료타로의 질문에 그레이는 잠시 침묵했다.

신호가 빨간불로 바뀌고 차가 멈춰 섰다. 그동안에 침묵이 차 안을 지배했다. 눈앞으로 몇 대나 되는 차가 지나간 뒤, 신호등에 파란불이 켜지면서 차가 천천히 출발했다. 그와 동시에 그레이가 입을 열었다.

"나는 강자로서 군림하는 자들이 아니면 습격하지 않아. 보통 사람에게는 최대한 피해가 가지 않도록 조심하고 있지. 이번 일도 마찬가지야. 그 보석전에는 보험이 걸려 있었어. 그리고 그 손실 보험사도 또 다른 보험사에 재보험을 드는 식으로 리스크가 분산되어 있지. 그래서 누군가 한 개인에게 막대한 피해를 줄 일은 없어. 어제 일만 말하자면, 예외로 고객들의 보석까지 빼앗아 왔지만 그 정도쯤은 돈이 남아도는 그들에게는 아무것도 아니야. 보석을 강탈당했다고 그들의 생활이 곤궁해지는 건 아니라는 말이지. 이 얘기는 그저께 내가 미리 말했었지? 그래서 자네도 이번 일에 가담해주었고."

"예."

"그렇다면 속편을 이야기해볼까."

그레이는 이런 설명이 즐겁다는 듯 경쾌한 말투였다.

"나는 강자를 반드시 습격해야 할 필연적인 이유가 있어. 내 배를 채우기 위한 일이 아니야. 좀 더 큰 목표를 위해 돈을 모아야만 해. 그러기 위한 특별한 재능도 있어."

"특별한 재능?"

"그렇지. 내가 가진 재능은 사람의 마음속을 꿰뚫어보는 것, 특히 자살을 각오한 사람을 한눈에 알아보는 능력이 있어. 절망을 감지해내는 능력이지. 그저 그것뿐인 딱 하나의 재능이지만 그것만 있으면 내 목표를 향해 다가갈 수 있어."

"어떤 목표인데요?"

료타로는 아무것도 모른 채 강탈 사건에 가담한 자신이 엉뚱하다 못해 우스꽝스럽기까지 했다. 정말 아무것도 모른 채 급작스럽게 강탈 사건을 도와준 것이다. 어떻게 그런 짓을 했는지 이제야 새삼스럽게 정말 신기하다는 생각이 들었다. 죄의식도 적지 않았지만 마치 꿈꾸는 것처럼 현실감 없는 일이 연달아 벌어지는 바람에 미처 죄를 범했다는 실감도 나지 않았다.

백미러 너머로 그레이의 얼굴을 살펴보았다. 한없이 깊어 보이는 그의 눈이 차창 밖을 흘러가는 도시의 경치를 내다보고 있었다. 료타로는 타오르듯이 빛나는 그 눈동자에 자꾸만 빠져드는 자신을 느꼈다.

"그걸 알고 싶은가?"

그레이는 짐짓 대답을 미루려는 듯 되물었다.

"안 될까요?"

료타로는 그의 손바닥 위에 올려진 듯한 느낌 속에서 되물었다. 그레이는 슬쩍 눈을 가늘게 뜨고 목소리 톤을 낮췄다.

"다른 데 가서 발설해서는 안 돼."

"말을 해도 아무도 믿지 않을 거예요."

그레이는 숨을 토해내듯이 풋 웃으며 고개를 끄덕였다.

"내 목표는 재분배야."

그 말을 이해하는 데 몇 초쯤 걸렸다. 하지만 말을 이해한 뒤에도 무슨 뜻인지 전혀 알 수 없었다.

"재분배라고요?"

"음. 지금은 그 이상 말해줄 수 없어."

그레이는 뭔가 신이 난 목소리였다.

"그 목표를 위해 자네에게 이번 일을 부탁했어. 강도질이 선행이냐고 묻는다면 대답은 물론 노, 겠지. 하지만 나는 재분배라는 목표를 이루기 위해서는 저들에게서 강제로 빼앗을 수밖에 없어. 나에게는 지금 돈이, 그리고 사람이 필요해."

그레이는 백미러 너머로 료타로의 시선을 붙잡았다. 이번에는 그 눈빛을 피할 수 없었다.

"사람도…… 훔칩니까?"

이윽고 튀어나온 료타로의 말소리는 가늘게 떨리고 있었다.

"그건 일이 흘러가는 대로, 그 흐름에 맡긴다네. 내 일을 도와줄 사람이 있다면 언제든 대환영이야."

료타로는 그레이의 의미심장한 눈빛과 미소를 바라보며 마음을 굳게 정했다. 그런 의미로 무릎에 놓인 보스턴백을 교복 차림의 소녀에게 다시 돌려주었다. 소녀는 환영한다는 듯 조용히 웃음을 건넸다.

"내가 과연 그 일에 필요한 인재가 될 수 있을지, 아직 잘 모르겠어요. 하지만 나도 함께하게 해주시겠습니까, 그 재분배라는 일에?"

그레이는 미소를 지으며 몸을 돌려 료타로의 눈 속을, 아름답게 느껴지는 그 눈빛으로 바라보았다. 료타로는 뺨이 붉어지고 온몸에 불이 붙은 듯 달아오르는 것을 느꼈다.

"물론 대환영이야. 내게로, 잘 와주었네."

그레이는 료타로를 향해 긴 팔을 내밀었다.

## 4

료타로 일행을 태운 차는 추적자를 따돌리듯이 다양한 장소를 경유하며 한참을 달렸다. 그리고 도쿄 역에서 그리 멀지 않은 오피스가로 향하더니 고개를 젖혀 우러러봐야 할 만큼 높은 빌딩의 지하 주차장으로 들어갔다.

"뜻하지 않게 동지로 합류해줬으니 우선 우리에 대해 알아둘 시간을 갖는 게 좋겠지."

그레이는 은근한 말투로 그렇게 말하고 백미러 너머로 웃음을 건넸다.

차는 출입구와 가장 가까운 자리에 정차했다. 사이드 브레이크를 당긴 스킨헤드의 남자는 그레이의 지시를 기다리듯이 조용히 앉아 있었다.

"여기가 어디죠?"

"회사라네."

그레이가 웃으며 차에서 내리는지라 료타로도 서둘러 차 문을 열었다.

그레이와 료타로, 그리고 교복을 입은 소녀가 차에서 내리자 스킨헤드의 남자는 핸들을 돌려 어딘가로 사라졌다.

멀어지는 차의 뒷모습을 확인하고 그레이는 앞장서서 엘리베이터에 올랐다.

그가 30층까지 표시된 버튼의 최상층을 눌렀다.

"료타로, 불안한가?"

흔들림이 전혀 느껴지지 않는 엘리베이터에 실려가면서 그레이는 료타로에게 조용히 말을 건넸다.

"예, 조금."

료타로는 솔직히 대답했다. 하지만 갑작스럽게 강도질에 가담한 사람치고는 침착한 편이었다. 그 이유가 그레이라는 든든한 존재 때문이라는 건 틀림이 없었다.

지옥에서 자신을 구해준 사람.

죽음의 심연에서 다시 돌아오게 해준 존재.

여름날의 태풍처럼 모든 것을 베어 넘기고 환하게 펼쳐진 푸른 하늘을 남겨준 신비한 사람. 아니, 사람이라는 틀은 그에게는 어울리지 않았다.

인간을 초월한 존재.

명확한 근거는 없었다. 하지만 그의 눈빛이나 분위기, 고뇌를 모조리 섭렵한 듯한 표정을 보면 그렇게 생각하지 않을 도리가 없었다.

료타로는 그레이의 단단한 옆얼굴을 바라보며 생각했다. 이 사람은 내 목숨을 구해주었다. 그러니 나 또한 그에게 도움이 되는 사람이고 싶다.

료타로는 그런 자신의 생각에 혼자 고개를 끄덕였다. 그 모습을 교복을 입은 소녀가 곁눈으로 훔쳐보고 있었다.

엘리베이터가 10층에서 한 차례 멈춰 서자 양복 차림의 남자가 올라탔다. 감색 넥타이에 풀 먹인 와이셔츠. 난처한 듯 양 끝이 축 처진 눈썹이 심약한 내면을 고스란히 보여주는 것 같았다. 나이는 서른을 넘었을까. 바짝 마른 몸매였다.

"아, 이제 돌아오십니까?"

"음, 잘 다녀왔네."

남자는 그레이에게 친밀감이 담긴 웃음과 함께 인사를 건넸고 그레이도 미소로 응했다. 잘 다녀왔다는 그레이의 말을 듣고는 금세 남자의 얼굴에 웃음이 번졌다. 교복의 소녀와 료타로에게도 각각 인사를 건넸다. 하지만 더 이상은 별다른 말 없이 18층에서 엘리베이터를 내려 사라져갔다.

다시 엘리베이터에 사람이 들어왔다.

이번에는 두 명의 남자였다. 한 사람은 유도라도 했는지 몸집이 큼직하고, 또 한 사람은 키는 작지만 깔끔하게 잘생긴 얼굴이었다.

"잘 다녀오셨습니까?"

두 사람 모두 그레이를 보자마자 조금 전의 남자처럼 경애하는 눈빛으로 인사를 건넸다. 그레이가 마주 인사하자 두 남자는 어린 애처럼 흐뭇한 표정이었다. 그들 역시 이전의 남자와 마찬가지로 료타로와 교복의 소녀에게도 슬쩍 고개 숙여 인사하고 별말 없이 26층에서 내렸다.

엘리베이터에서 만난 그 세 명의 남자는 저마다 그레이에게 최대한의 경의를 표하고 료타로와 교복의 소녀에게도 호의적인 웃음을 보여주었다.

그들은 외경畏敬이라는 말 한 마디로는 정리될 수 없는 깊은 감정을 그레이에게 품고 있는 것 같았다.

교조와 신자.

그런 관계와 비슷한 것일 수도 있지만 그것과 똑같은 건 아닌 것 같기도 했다.

엘리베이터는 최상층인 30층에서 멈춰 서고 세 사람은 두툼한 카펫이 깔린 복도로 나섰다.

연한 회색빛 카펫은 생각보다 훨씬 폭신해서 료타로는 몇 차례 휘청거리며 그레이의 뒤를 따라갔다.

"이곳이야."

그레이는 그렇게 말하고 묵직해 보이는 문을 노크했다.

노크?

료타로는 고개를 갸우뚱했다. 자신의 사무실이라면 노크할 필요는 없다. 얼른 보기에는 회사의 경영자가 사용하는 사무실처럼 중후한 문이었다. 그 문을 노크했다는 건 그레이보다 더 높은 사람이 있다는 것일까. 하지만 과연 그런 사람이 있을까. 료타로가 급하게 생각을 굴리고 있으려니 방 안에서 우물거리는 목소리가 들려왔다.

"들어와요."

그 목소리를 듣고서야 그레이는 문을 열었다.

방 안은 흰색과 검정색으로 통일되어 있었다. 벽과 바닥의 타일은 흰색이지만 소파와 책상, 의자 등의 가구는 하나같이 검정색이어서 입체적인 오셀로 게임Othello game(두 사람이 하는 반상盤上 게임의 하나. 64구획의 반에 흑백 표리表裏로 된 동그란 말을 늘어놓고 상대편의 말을 자기의 말 사이에 끼이게 하여 자기 말의 색깔로 바꾸어가면서 승패를 결정한다_옮긴이)의 세계에 깜빡 잘못 발을 들인 것 같았다. 어쩐지 이곳에 어울리지 않는다고 생각된 것은 창가에 슬그머니 숨어 있는 관상용 화분이었다. 그리고 검은 책상에 펼쳐진 자료를 노려보고 있는 여자. 프러시안블루의 정장에 가느다란 은테 안경을 쓰고 있었다.

"보시다시피 내가 지금 몹시 바빠. 나한테 별 이익이 안 될 이야기라면 거기 문서절단기에 넣어버려."

자료에서 눈도 떼지 않은 채 부루퉁하게 쏘아붙이고 여자는 어깨 길이의 머리를 귀 뒤로 넘겼다.

"아, 일을 방해해서 미안해."

그레이의 말에 안경을 쓴 여자는 소음에 반응하는 강아지처럼 그제야 쓰윽 얼굴을 들었다. 고양이를 연상시키는 얼굴이었다.

"어머, 항상 미리 연락하고 오시더니 오늘은 무슨 바람이 불어서 이렇게 갑자기 찾아오셨죠?"

안경을 쓴 여자는 퉁명스럽게 말하더니 책상 앞에서 일어나 흘끔 료타로를 쳐다보고 다시 그레이에게로 시선을 돌렸다. 목소리는 조금 전보다 한결 부드러워져 있었다.

"하하, 갑작스레 찾아와서 미안해. 부탁할 일거리가 있어."

"뭔데요?"

"세탁."

여자는 일순 어리둥절한 얼굴이었지만 금세 진지한 얼굴로 돌아왔다.

"꽤 오랜만에 일이 들어오는군요."

여자는 한숨을 내쉬며 팔짱을 꼈다.

"요즘 별로 활약상을 보여주지 않아서 이제 그만 손을 씻으신 줄 알았어요. 근데 역시나 어제 일어난 보석전 강탈 사건, 당신이

한 짓이었군요?"

"흠, 마지막 작업이 1년 전이었으니까 그럴 만도 하지. 너무 오랜만이라서 별로 신이 나질 않더라고."

그레이는 회상이라도 하듯이 잠시 먼 곳을 응시했다.

"맞아요, 작년 8월이 마지막 작업이었죠."

그 말을 듣고 료타로의 머릿속에 잠들어 있던 기억이 부스스 눈을 떴다.

연쇄 강도 사건.

통칭 '8월 강도 사건'으로 불리는 일련의 사건이다.

그토록 세상을 떠들썩하게 진동시켰던 사건을 지금은 까맣게 잊고 있었다.

료타로는 그레이의 뒷모습을 바라보았다.

이 사람이 회색 남자…….

"하긴 조용히 숨죽이고 계신 동안에도 여전히 그때 그 일을 천박스러운 주간지에서 계속 떠들어대더군요. 어제의 강도 사건도 각 신문을 대문짝만 하게 장식했고요."

여자는 일부러 그러는지 은근한 어조로 말하고는 소파 앞 테이블을 턱 끝으로 가리켰다.

"미디어 쪽 인사들도 꽤 바쁘실 텐데 아직도 그 사건을 잊지 않고 써주던가? 이것 참, 과분한 영광이로군."

그레이는 장난꾸러기 같은 웃음을 지으며 잡지 한 권을 집어 들었다.

"아, '무능한 경찰국가 일본'이란 말이지? 제목을 그럴싸하게 잘 뽑았어."

그레이는 한숨을 내쉬며 잡지를 제자리에 내려놓았다.

"그래서, 이번에는 뭐죠?"

여자는 책상 앞으로 돌아가 서류가 쌓인 책상 끝에 슬쩍 엉덩이를 대고 앉았다. 몸매를 강조한 정장의 짧은 타이트스커트가 눈에 들어와 료타로는 의식적으로 시선을 딴 곳으로 돌렸다.

"보석이야."

그레이의 말에 여자는 뜻밖이라는 듯 눈을 동그랗게 떴다.

"얼마나 되는데요?"

"100억 정도."

"그것뿐이에요?"

"응, 그것뿐이야."

"흠."

여자는 의미심장한 소리와 함께 큼직한 한숨을 내쉬었다.

"보석은 세탁하기가 힘들다니까요. 아무튼 해보긴 하겠는데, 그보다 왜 지금 그런 보석전을 습격한 거예요? 100억 엔쯤의 돈은 당신에게는 그야말로 하찮은 액수일 텐데."

"얼마나 걸릴까?"

여자의 질문을 무시하고 그레이가 물었다.

"……빨라야 열흘 정도?"

여자는 자존심이 상한 듯 눈을 치켜떴지만 목소리는 짐짓 태연한 척하고 있었다.

"좋아. 보석은 다카노가 보관해뒀으니까 그쪽으로 연락해."

"항상 하던 대로 엔화?"

"응."

"알았어요. 그 정도 양이라면 홍콩에서 대충 처리할 수 있어요. 수수료 빼고 70억 엔쯤으로 예상하세요."

여자는 말을 마치고 료타로에게로 시선을 던졌다.

"근데 이 친구는 누구죠? 버림받고 비에 쫄딱 젖은 고양이 새끼를 데려오셨나?"

"이번 일을 도와준 친구야. 앞으로 우리와 함께 일하기로 한 동지."

"훙, 그러세요?"

여자는 료타로를 평가하듯이 찬찬히 뜯어보고 있었다. 그리고 낙담한 듯 한숨을 내쉬었다.

"당신이 직접 스카우트한 사람치고는 평범하네요. 무슨 특기라도 있나요?"

여자는 노골적으로 업신여기는 듯한 시선을 던지며 료타로에게 물었다.

료타로는 뭔가 말을 하려고 했지만 여자의 기에 눌려 선뜻 입이 열리지 않았다.

"말을 못 하시나? 특기 말이야, 특기."

"영어를 좀……."

료타로는 겨우 입을 열어 대답했다. 여자는 코웃음을 쳤다.

"취업 준비생도 아니고, 그게 뭐야. 또 다른 건?"

"다른 건……."

식은땀이 났다. 점장 요시무라에게 심한 꾸지람을 들을 때처럼 숨이 답답해져왔다.

"다른 건 딱히……."

료타로의 대답에 여자는 참으로 이상하다는 듯 그레이를 돌아보았다.

"대체 왜 데려왔죠?"

"나는 재능 여하로 누군가에게 도움을 청하지는 않아."

그레이는 여전히 웃음을 잃지 않았다. 여자는 그 대답이 불만스러웠는지 씁쓸한 표정이었다.

"뭐, 됐어요. 어차피 친위대겠죠."

"친위대?"

저도 모르게 료타로가 되물었다. 그 반응에 여자는 불쾌한 듯 입술을 삐뚜름하게 틀었다.

"한 마디로 설명해줄까? 당신은 죽을 때까지 충성을 다하는 자들과 한편이 되었다는 얘기야."

여자는 가학적인 취미를 그대로 드러내듯이 하얀 이를 내보이고 웃으며 말했다.

"그쯤 해두지."

그레이는 온화하지만 거스르기 힘든 목소리로 그녀의 말을 가로막고, 교복 차림의 소녀 쪽을 돌아보았다.

"료타로에게 이 빌딩 좀 안내해줄까?"

"네."

"여기서 무슨 일을 하는지도 간단히 알려줘."

"알겠습니다."

고개를 끄덕이자마자 교복 차림의 소녀가 곧바로 밖으로 나가는 바람에 료타로는 서둘러 그 뒤를 따라갔다.

교복 차림의 소녀는 말없이 엘리베이터에 타고 료타로가 따라온 것을 확인하더니 4층 버튼을 눌렀다.

엘리베이터는 조용히 두 사람의 몸을 싣고 내려갔다.

료타로는 뭔가 말을 건네고 싶었지만 딱히 할 말이 생각나지 않아 멍하니 소녀의 등만 바라보고 있었다. 여고생처럼 교복을 입고 다니는 소녀였다. 그건 이 빌딩의 분위기와는 전혀 어울리지 않는 차림새였다.

빛을 품은 듯이 아름다운 머리칼. 조그만 얼굴에 큰 눈, 입 끝이 올라가 있어서 항상 미소를 짓는 듯한 표정이었다.

하지만 왜 그런지 예쁘장하다기보다 매력적이라는 표현이 더 어울릴 것 같았다. 몸매의 선이 가늘고, 검은 하이삭스를 신은 다리가 길었다.

"아까 그 여자, 성격 못됐죠?"

소녀는 돌아보지도 않고 료타로에게 물었다.

갑자기 튀어나온 질문에 료타로는 머릿속에 떠오른 음험한 생각을 얼른 지우고 붉어진 얼굴을 긁적이며 입을 열었다.

"응, 그리 좋지는 않은 것 같더라."

료타로는 어떻게 대답해야 할지 망설였지만 우선 생각난 대로 말했다. 조금 전 은테 안경의 여자는 이 빌딩에서 만난 다른 사람들과는 어딘가 다른 분위기를 갖고 있었다. 가시를 품은 듯한 성격, 화려한 차림새, 그레이를 대하는 태도, 모든 것이 별종이었다.

"나도 처음 봤을 때 최악이라고 생각했었어요."

소녀는 교복 스커트 밑으로 나온 하얀 다리를 X자로 겹치면서 그때를 떠올리듯이 엘리베이터 천장을 바라보았다.

"근데 그렇게 나쁜 사람은 아니에요. 그 사람도 동지인데, 특별한 부서에서 일하니까 우리하고 좀 다른 건 어쩔 수 없죠."

"특별한 부서?"

료타로는 그만 머리를 부여잡고 싶은 충동에 휩싸였다. 너무 많은 물음표가 머릿속에 가득 찼기 때문이다.

그런 눈치를 챘는지 소녀는 어깨를 슬쩍 흔들며 웃었다.

"이상한 나라에 들어온 앨리스 같은 심정이죠, 지금?"

"응, 정확히 그런 심정."

료타로는 항복하듯이 두 손을 번쩍 쳐들었다.

"차츰 얘기해줄 테니까 서두를 거 없어요."

다시 웃었다. 동그란 뺨이 그녀의 원래 나이를 새삼 떠올리게 했다.

엘리베이터 문이 열리고 소녀는 하얀 타일이 깔린 복도로 걸어 나갔다. 료타로는 그 뒤를 따라가면서 주위를 둘러보았다.

4층은 복도를 따라 유리 벽의 부스가 연달아 이어졌고 그 부스 하나하나가 회의실처럼 꾸며져 있었다. 복도에서 안을 들여다볼 수는 있지만 사람들의 말소리는 전혀 외부로 새어 나오지 않았다.

몇몇 부스에는 사람들이 마주 보듯이 앉아 있었다. 고급스러운 양복을 입은 사람, 털털한 차림새의 대학생 또래의 젊은이, 브랜드 정장을 멋지게 차려입은 여자, 부유해 보이는 노부부. 고객으로 보이는 다양한 부류의 사람들을 상대하고 있는 건 단정한 양복으로 몸을 감싼 남녀였다. 나이는 제각각이지만 뛰어난 두뇌를 느끼게 하는 풍모였다.

"무슨 일을 하는 회사야?"

부스 안을 바라보며 물었다.

"도모슨 증권이라고, 들어본 적 있어요?"

"도모슨 증권? 처음 듣는 것 같은데."

"별로 알려져 있지 않은가? 이곳의 거래 기준이 자산 2억 엔 이상이니까 일반 서민들과는 별 인연이 없는 회사인지도 모르겠네요."

"……2억 엔?"

일반적인 샐러리맨이 월급 전액을 평생 모으면 겨우 마련할 만한 돈일까.

"아슬아슬하게 2억 엔의 자산을 가진 사람들은 이곳에 오지 않죠. 대개는 제한액을 훌쩍 뛰어넘어 5억 엔 이상의 자산을 가진 사람들이니까요."

"……5억 엔이라고?"

서글프지만 료타로는 얼른 상상하기도 힘든 액수였다.

"도모슨 증권은 상류층 사이의 입소문으로 알려진 회사예요."

소녀는 복도 가장 안쪽의 문을 열고 료타로에게 들어오라고 손짓을 했다.

방은 완전히 프라이버시가 보장되어 있지만, 실내 구조는 조금 전의 부스와 거의 다를 것이 없었다. 직사각형의 책상에 편안해

보이는 의자. 방 한쪽 구석에는 관상용 화분. 개성이 느껴지지 않는 평범한 방이었다.

다만 한 가지, 보통 부스와 다른 것이 있었다. 벽에 걸린 그림이다. 섬세한 터치로 머리가 긴 여자가 그려져 있었다. 몹시 아름다운 얼굴이지만 시선을 떼자마자 금세 잊어버릴 것 같은 신기한 얼굴 그림이었다.

"여기가 내게 주어진 공간이에요. 하긴 이곳에 와 있는 일은 거의 없지만."

료타로는 실내를 구석구석 둘러보았다. 사용한 흔적이 거의 없어서 모두 다 새것이었다.

"이 빌딩에 대해 간단히 설명해주는 게 좋겠죠?"

소녀는 4인용 테이블의 오른편 안쪽 의자에 앉으며 말했다.

"응, 부탁해."

료타로는 왼편 안쪽 의자에 앉으며 대답했다. 직사각형 테이블을 끼고 둘이 마주 앉은 모양새였다.

소녀는 한 차례 헛기침을 하고 입을 열었다.

"이 빌딩은 1층에서 10층까지 도모슨 증권이 쓰고 있어요. 날마다 부자들의 자산을 불려주는 일을 하죠. 부자들, 특히 졸부들은 기를 쓰고 좀 더 부자가 되려고 안달을 하는 모양이에요. 아예 돈을 싸 들고 와서 투자에 열을 올리는 덕분에 도모슨 증권은 실적이 쭉쭉 늘고 있어요."

소녀는 돈 많은 투자자들을 비웃는 듯한 말투였다.

"그리고 11층부터 30층까지는 도모슨 상사의 사무실이에요."

"도모슨 상사?"

비슷비슷한 이름이 튀어나와서 료타로는 적잖이 혼란스러웠다. 하지만 도모슨 상사라면 어디선가 들은 듯한 이름이었다. 분명 뉴스 방송에서…….

료타로의 생각을 가로막듯이 소녀는 설명을 이어나갔다.

"3년 전에 설립된 도모슨 상사는 아랍 에미리트와 관련이 깊은 회사예요. 그 밖에 주로 멕시코와 몽골의 일부 지역에 대한 권리를 보유하고 그곳에서 여러 가지 물자를 실어 나르거나 자원을 발굴해서 이익을 거두고 있죠. 관련 회사로는 2년 전에 설립된 파라온 운송주식회사 등이 있는데, 뭐, 지금은 별로 상관없는 얘기인가? 어때요, 대충 설명해드렸는데, 질문 있으세요?"

소녀는 고개를 갸우뚱하며 료타로의 질문을 기다렸다. 나이에 어울리지 않는 어른스러운 몸짓에 료타로의 심장이 저도 모르게 빠르게 두근거렸다.

"30층은 사장실인가?"

"아 참, 그걸 깜빡 빠뜨렸네."

소녀가 혀를 날름 내밀며 말했다.

"거긴 세탁소예요."

"세탁소?"

료타로는 미간을 찌푸리며 되물었다. 아무리 생각해도 세탁을 하는 곳으로는 보이지 않았었다. 하지만 그레이도 조금 전에 '세탁'이라는 말을 했었다.

"네, 세탁소. 정말이에요. 다들 그렇게 말해요. 나도 자세한 건 모르지만, 훔쳐 온 돈 같은 걸 세탁해서 깨끗하게 해주는 곳이래요. 그 여자 이름은 신도, 그런 쪽의 세탁 전문가예요. 머니 론더링, 우리말로는 돈세탁이라고 한다던데요?"

"돈세탁……."

료타로는 혼잣말처럼 중얼거렸다.

비자금이나 범죄, 탈세, 뇌물 따위와 관련된 정당하지 못한 돈을 정당한 돈처럼 탈바꿈시키는 일. 부정한 자금을 여기저기 해외로 빼돌렸다가 다시 들여오는 것으로 그 출처를 추적하기 어렵게 한다는 설명을 어느 책에선가 본 것 같았다.

"어떻게 하는지는 나도 모르겠지만, 상당히 솜씨가 뛰어나다고 하더라고요."

소녀는 자랑스러운 표정이었다.

그건 그럴 것이다. 100억 엔 상당의 보석을 겨우 열흘 만에 범죄성 없는 엔화로 탈바꿈시킨다는 것은 한 10여 년 전이라면 모를까

요즘처럼 돈세탁에 대한 대책이 철저한 때에는 거의 마술 같은 일이다.

료타로는 신도라는 이름의 여자를 다시 머릿속에 떠올렸다. 역시 일 잘하는 엄격한 느낌의 미인 커리어우먼이라는 표현이 딱 맞는 모습이었다.

"어떻게 경찰에 들키지 않고 그런 일을 할 수 있지?"

료타로는 감탄해서 중얼거렸다.

"아, 언젠가 잡혀갈 뻔한 적이 있었대요. 여기 오기 전의 이야기지만."

소녀는 얼굴을 앞으로 내밀며 목소리를 낮췄다.

"신도 씨가 은행원이던 시절에 부업으로 야쿠자 자금 같은 걸 몰래몰래 세탁해줬나 봐요. 그게 경찰에 알려져서 야쿠자는 적발되고 신도 씨는 은행에서 해고됐거든요."

"해고? 경찰에 잡혀가지는 않고?"

"네, 다행히 그 사람이 구해줬어요."

소녀는 그렇게 말하고 진심으로 흐뭇한 듯한 표정을 보였다. 그 표정을 보고 료타로는 즉시 그 사람이 누구인지 알았다.

"아, 그레이가 구해줬구나."

"그레이?"

소녀는 어리둥절한 듯 눈을 둥그렇게 떴다.

"우리하고 함께 보석을 훔쳤던 그 사람……."

거기까지 말하다가 료타로는, 그 사람을 그레이라고 부르는 건 자신뿐이라는 것을 깨달았다.

"……그 사람 이름이 그레이였어요?"

"아, 아냐, 그건 나 혼자 그냥 붙여본 이름이야."

"그렇게 부르니까 그 사람은 어떤 반응을 보였죠?"

"반응?"

"싫어했어요? 아니면 좋아했어요?"

소녀는 흥미진진한 눈빛으로 재우쳐 물었다. 료타로는 겸연쩍어서 얼굴을 슬쩍 뒤로 뺐다.

"글쎄 어느 쪽이었는가 하면 꽤 마음에 들어 했던 거 같은데?"

"진짜요?"

샘을 내는 것일까, 소녀는 아쉽다는 듯 아랫입술을 깨물었다.

"다른 사람들은 그이를 뭐라고 부르지?"

료타로는 괜한 자랑을 한 것 같아 얼른 화제를 돌렸다.

"그 사람, 아니면 그분. 신도 씨만은 당신이라고 부르기도 해요. 직접적으로 부르는 호칭은 아니지만 심오한 분, 이라고 지칭하는 사람들도 있죠."

"그냥 그것뿐이야?"

"네."

"그러니까 이름은 다들 모르는 거야?"

"뭐, 그렇죠. 그보다 아까 그 그레이라는 건 미확인 존재라는 뜻이에요?"

소녀는 캐묻는 눈빛으로 료타로의 대답을 재촉했다.

"아니, 뭐……. 그나저나 그레이가 신도 씨를 구해줬다는 건 무슨 얘기지?"

료타로는 말끝을 흐리며 다시 화제를 바꾸었다. 첫인상이 우주인 그레이를 연상시켰다는 말을 했다가는 이 소녀가 분개할 것 같았다.

소녀는 불만스러운 듯 입을 뾰로통하게 내밀었지만, 곧바로 료타로의 질문에 응해주었다.

"자세한 건 나도 몰라요. 아무튼 야쿠자가 경찰에 적발되면서 신도 씨가 그 일에 가담했다는 게 밝혀졌나 봐요. 경찰이 신도 씨의 그간의 죄를 샅샅이 뒤져내 결국 구속될 처지가 된 참에 갑작스럽게 무죄로 풀려난 거예요. 그 사람이 그렇게 되도록 뒤에서 손을 썼대요."

"어떻게 그런 일이……."

료타로가 미심쩍다는 표정으로 중얼거리자 소녀는 환하게 웃었다.

"그 사람은 무엇이든 할 수 있는 분이에요."

"그래도 경찰에까지 개입한다는 건 좀……."

"경찰도 인간이죠. 그리고 그분은 인간 이상의 존재예요."

가로채듯이 그렇게 말하고 소녀는 나이에 어울리지 않는 눈빛으로 요염하게 웃었다.

분명 그레이는 인간을 뛰어넘는 존재로 보였다. 그래서 소녀의 말을 부정할 마음은 없었다. 하지만 정말 그는 누구인가. 료타로는 적절한 말이 찾아지지 않는 게 답답했다.

그 뒤에도 몇 가지 질문을 던져보았지만 료타로의 머릿속에 가득한 물음표를 말끔히 정리할 수는 없었다. 오히려 알 수 없는 일이 점점 더 많아졌을 뿐이다.

알아낸 것이라면, 도모슨 상사가 전 세계 각국에 이권을 확보하고 있고 특히 몽골 지역에서 산출되는 특수 금속, 이른바 희귀광물을 통상보다 훨씬 낮은 가격으로 판매하려 하고 있다는 것, 그 희귀광물에 대한 투자 사업은 도모슨 증권이 담당하고 있다는 것 등이었다. 그리고 희귀광물은 중국이 최대 산출국이어서 일본 정부는 줄곧 그곳에 의존해왔지만 앞으로 그 그늘에서 벗어나는 것을 목표로 도모슨 상사에 엄청난 액수의 지원을 해주고 있다는 것. 희귀광물은 또 다른 나라에도 매장되어 있지만 지반 문제 때문에 중국에서보다 발굴 비용이 많이 들어 각국은 자원 부족을 우려하여 수출을 규제하고 있는 상황이기 때문에 일본은 입수 루트를 찾기에 고심하고 있다는 것. 도모슨 상사는 몽골에서 산출된 희귀광물의 수입을 단독으로 맡고 있고, 그것을 활용하여 다양한 방법으로 엄청난 이익을 거두고 있다는 것. 그리고 또 한 가지는 돈세탁을 하는 신도 씨는 나이가 서른여섯이고 아직 결혼한 경험이 없으며 사귀는 남자도 없다는 것.

료타로가 알게 된 것은 그런 정도였다.

"아, 목말라. 잠깐만 기다리세요."

쉬지 않고 설명해주던 소녀가 목을 비비며 자리에서 일어나 밖으로 나갔다. 그 뒷모습을 지켜보던 료타로는 시선을 돌려 벽에 걸린 그림을 찬찬히 바라보았다.

볼수록 뭔가 이상한 그림이었다.

그림 속의 여자는 일단 눈을 뗀 순간, 두 번 다시 기억해낼 수 없는 얼굴이었다. 미소를 짓는 것처럼, 무표정한 것처럼, 슬퍼하는 것처럼, 분노하는 것처럼 보였다. 아니, 단순한 눈의 착각일까. 순간순간 전혀 다른 인물로 보이고 게다가 전혀 기억에 남지 않는 얼굴이라니.

어딘지 음울한 분위기에, 눈동자에서는 무기질의 광기가 느껴지기도 했다.

"콜라인데, 괜찮아요?"

소녀는 숨을 헐떡이며 돌아와서 캔 콜라를 내밀었다.

"응, 고마워."

받아 든 캔은 손이 달라붙을 만큼 차갑게 얼어 있었다. 소녀도 똑같이 캔 콜라를 들고 풀탭을 당겨 한 모금 마시더니 크르륵 트림하는 소리를 냈다.

"저 그림, 뭐가 이상한가요?"

소녀가 턱 끝으로 벽에 걸린 그림을 가리켰다.

"뭔가 기묘한 그림이야. 분명하게 잡히는 구석이 없다고 할까, 무척 아름다운데도 이렇다 할 특징이 없는 얼굴이라서……."

료타로는 느낀 그대로 말했다.

"저 그림, 예전의 나예요."

"나라니, 너?"

료타로는 그림과 소녀를 번갈아 바라보며 물었다. 비슷한 구석이라고는 전혀 없었다. 애초에 그림 속의 여자는 소녀라기보다 좀 더 나이 든 사람이고 서양인이었다.

"물론 그림 속의 여자가 훨씬 더 아름답고 얼굴 모양도 전혀 달라요. 하지만 저 여자도 나처럼 자기 자신이라는 게 벗겨져나간 밋밋한 가면 같은 얼굴이죠. 그런 의미에서 똑같다는 거예요. 저 그림 속의 여자는 아마 화가에게 자기 자신을 빼앗겨버렸을 거예요. 예전의 내가 그랬던 것처럼. 그래서 어리석은 나 자신을 경계하려고 저 그림을 내 방에 걸어두었어요. 뭐, 이 방에 자주 들르지는 않지만."

소녀는 그렇게 말하고 문득 입을 다물었다.

료타로는 그다음 이야기도 듣고 싶었지만, 어쩐지 캐물어서는 안 되는 이야기인 것 같아서 말없이 소녀를 바라보았다.

갑자기 부끄러워졌는지 소녀가 뺨을 붉혔다.

"후우, 없는 지식을 탈탈 털어 뭔가를 설명해주는 건 역시 피곤한 일이네요."

그만 힘이 빠졌다는 듯 한숨을 내쉬었다.

"실은 나도 이 회사에 대해 설명해줄 만큼 잘 알지는 못해요. 원래부터 모르는 것도 많고 아무리 설명해줘도 못 알아듣겠는 것도 많더라고요. 방금 얘기한 건 수없이 듣고서 겨우 알게 된 거죠."

"수없이 들었다고?"

"네, 신도 씨에게 핀잔을 들어가며 배운 거예요. 내가 질문을 하면 마구 짜증을 낸다니까요."

소녀는 어깨를 움츠렸다.

료타로는 천진한 소녀가 냉랭한 표정의 커리어우먼에게 가르침을 청하는 장면을 상상하고는 저절로 웃음이 터졌다.

"왜 웃어요?"

토라진 소녀에게 료타로는 고개 숙여 사과했다. 그 나이 또래의 소녀다운 모습이 이제야 나온 것 같아서 어쩐지 마음이 턱 놓였다.

"미안, 갑자기 웃음이 터져서."

그렇게 말하고도 다시 터지려는 웃음을 겨우겨우 참았다.

"아이, 뭐야? 괜히 웃고."

소녀가 볼이 부은 채 투덜거렸다.

"근데 나한테 이렇게 비밀을 다 털어놔도 괜찮아?"

웃음이 가라앉지 않아 목소리 톤이 조금 높아졌다. 료타로의 말에 소녀는 어리둥절한 표정이었다.

"뭐가요?"

"아니, 그게……."

거기까지 말하다가 료타로는 깨달았다. 이미 자신은 이쪽 편 사람인 것이다.

"그래요, 당신은 이미 공범이니까요."

료타로의 마음속을 꿰뚫어본 것처럼 소녀는 고개를 끄덕이며 말했다.

"이제 동지예요. 하지만 그건 함께 보석전을 습격했기 때문이 아니에요. 그 사람에게 인정을 받았기 때문에 동지인 거죠. 그 사람이 가진 능력, 뭔지 알아요?"

"글쎄, 내가 듣기로는 자살하려는 사람을 한눈에 알아본다든가……."

"맞아요. 하지만 그게 정말 특수한 능력이라고 실감할 수 있어요?"

소녀의 물음에 료타로는 생각해보았다. 자살하려는 사람을 한 눈에 알아보다니, 그건 일반적으로 가능한 일은 아닐 것이다.

"그건 특이한 능력이라고 생각해. 누군가의 자살을 미리 알아차리는 건 무척 어려운 일이지."

"아니, 그게 아니에요."

소녀는 료타로의 눈 속으로 뛰어들려는 듯 강한 시선으로 쏘아보았다.

"남의 죽음을 예언하는 게 아니에요. 죽음으로 향하려는 사람을 민감하게 감지하는 거죠. 당신은 침울한 사람과 슬퍼하는 사람을 분간할 수 있나요?"

"그런 정도라면 가능할 거 같은데?"

"그것과 마찬가지예요. 상대가 어떤 생각을 하는지, 어떤 감정을 품고 있는지, 주의 깊게 지켜보면 극한의 궁지에 몰려 있는 인간을 분간할 수 있어요. 자살하려고 하는 사람은 반드시 어떤 사인을 보내는 법이에요. 하지만 그걸 알아봐주는 사람이 거의 없는 게 문제죠."

이론적으로는 이해가 되었다. 하지만 표정이나 몸짓에서 읽어낼 수 있는 정보에는 한계가 있다. 만일 관찰만으로 상대의 마음속을 알아본다면 그건 범상치 않은 일이고 어쩌면 초능력이라고 할 수도 있을 것이다.

"너도 그게 가능해?"

"물론 못하죠."

소녀는 단호하게 말했다.

"하지만 그 사람은 가능해요. 그게 가능하니까 죽음을 서두르는 당신을 발견하고 동지로 선정해서 우리와 만나게 해주었죠."

료타로는 그 말을 듣고 위가 오그라드는 것 같았다.

그랬다. 자신은 죽으려고 했던 것이다. 죽을 자리를 찾아다니다 그레이를 만났고 그에게 구조되었다. 그런데 어느새 료타로의 마음속에는 자살에 대한 생각이 깨끗이 사라지고 없었다. 그토록 오랫동안 고민한 끝에 죽음에서 구원을 찾으려 했었다는 게 이제는 마치 거짓말 같았다. 물론 그레이 덕분이라는 건 틀림이 없었다.

"그럼 이곳에 있는 사람들도?"

조심스럽게 물어보는 료타로의 말에 소녀는 망설임 없이 고개를 끄덕였다.

"네, 다들 자살을 결심하고 행동에 나섰다가 그 사람에게 구조된 사람들이에요."

"그렇다면 그레이는 자살 지원자들을 모집해서 그 재분배라는 것을 하려는 건가."

료타로는 그레이의 말을 떠올리면서 중얼거렸다.

"우리는 썩을 대로 썩어버린 이 세상의 손에 살해되려던 참에 구조되었어요. 그러니까 그 사람에게 은혜를 갚아야겠죠. 그렇잖아요?"

소녀는 힘찬 눈빛으로 대답을 구했다. 료타로도 똑같은 생각이었기 때문에 조용히 고개를 끄덕였다. 소녀의 얼굴이 환하게 풀렸다.

"그래서 우린 신도 씨에게 친위대라는 말을 듣는 거예요."

"신도 씨는 우리하고 다른가?"

"아까 내가 특별한 부서라고 말했죠? 이따금 능력을 인정받아 동지가 되는 경우도 있어요."

그 말을 듣고 료타로는 겨우 이해가 되었다. 이 빌딩에서 만난 다른 사람들과 신도는 분명하게 분위기가 달랐다.

"하지만 그런 사람을 동지로 삼아도 괜찮을까?"

"괜찮냐니, 뭐가요?"

"자칫 경찰에 밀고할 수도 있잖아."

"아니, 그럴 걱정은 없어요. 능력을 인정해서 선발된 사람들은 모두 그 사람에게 약점을 잡힌 상태고, 게다가 이미 공범이니까요."

"모두 한통속이라는 거로군."

"그리 좋은 비유는 아니지만, 뭐, 그런 셈이죠."

소녀는 다시 콜라를 마셨다. 그 몸짓을 바라보며 료타로는 이 소녀도 자살하려고 했었나, 하고 생각해봤지만 아무래도 그런 건 아닌 것 같았다.

"너도 특별한 부서?"

료타로의 물음에 소녀는 고개를 가로저었다.

"아이, 설마. 나는 다른 동지들하고 똑같아요. 그리고 당신하고도 똑같죠. 진심으로 죽음을 원했고, 스스로 내 목숨을 끊으려고 했어요. 아슬아슬한 참에 그 사람에게 구조되었죠."

소녀는 동지에 대한 친밀감이 담긴 눈빛으로 료타로를 바라보았다.

착각인 걸까.

그 순간 눈앞에 있던 소녀는 사라지고 한 여자가 모습을 드러냈다. 깊은 상처를 안은 사람이 지닌 눈빛. 배신당한 사람만이 가질 수 있는 우는 듯한 웃음. 몸이 찢기는 듯한 고통을 맛보고 마음이 너덜너덜해질 만큼 어둠의 깊이를 알아버린 사람이 가진 기척.

"너는 언제부터 이곳에?"

료타로가 바싹 마른 입을 움직여 물었다. 그러자 어른스러운 소녀는 희미하게 웃었다.

"1년 전쯤부터."

소녀는 그렇게 말하더니 문득 벽에 걸린 그림으로 시선을 돌렸다. 그리고 조용히 료타로를 바라보았다. 그 눈동자는 정말 그림 속의 여자를 꼭 닮은 것 같았다.

“내 이름은 ‘너’가 아니에요. 사유리. 좋은 이름이죠?”

사유리는 자칫 쏟아져버릴 듯한 슬픈 감정을 애써 억누르듯이 미소를 지으며 말했다.

# 제3장

## 1

2013년 11월 29일.

명품 정장을 차려입은 이와자키 유키는 찬바람에 몸을 웅크린 채 집으로 가는 걸음을 서두르고 있었다. 반짝반짝 잘 닦인 가죽구두, 10만 엔이 넘는 가죽 가방, 왼쪽 손목에는 해외 명품 손목시계, 마치 자신의 본성을 남들에게 들키지 않으려는 듯 온몸을 부티로 휘감은 모습이었다.

사무 처리를 하다가 깜빡 귀가 시간이 늦어졌다. 손목시계를 들여다보니 새벽 1시가 다 된 시각이었다. 주위에 인기척은 없었다.

이제 슬슬 달력이 12월을 준비하면서 겨울이 본격적으로 깊어져가고 있었다. 뼛속까지 닿는 듯한 추위에 이와자키는 가벼운 두통을 느꼈다. 키 큰 몸이 바르르 떨려왔다.

코트를 입고 오지 않은 것을 후회했지만 집까지 이제 5분쯤 걸어가면 된다. 조금이라도 온기를 유지하려고 가죽 장갑이 늘어나도록 주먹을 움켜쥐었다.

사무실에서 고급 주택가에 자리 잡은 집까지는 도보로 15분 정도. 차를 타기에는 너무 가깝고 자전거를 타는 건 귀찮았다. 걸어서 출퇴근하는 것이 운동 부족의 몸에 좋은 운동이 된다고 해서 꽤 열심히 걸어 다니게 되었다. 뭐니 뭐니 해도 건강이 최고다.

이와자키는 하얀 입김을 토해내며 무의식중에 손으로 왼쪽 가슴팍을 더듬었다.

양복 깃에서 반짝이는 금빛 배지가 이와자키의 아이덴티티였다. 스트레이트로 사법 시험에 합격하고 부모가 대준 돈으로 변호사 사무실을 개설했다. 대형 로펌에 들어가 경험을 쌓는 것은 과거 경력이 문제가 되는 만큼 되도록 피하고 싶었다. 고객은 친척 변호사를 통해 소개를 받기 때문에 나름대로 괜찮은 실적을 올리고 있었다.

그 지긋지긋한 사건 이후로 용케도 이만큼까지 재기에 성공했다고 스스로도 이따금 놀랄 정도였다. 거지 같은 놈들과 함께 어울리는 바람에 까딱하면 희망찬 미래를 고스란히 잃을 뻔했다.

희망찬 미래. 물론 어떤 것도 영원히 이어지지 않는다는 건 잘 알지만, 앞으로도 계속 이어질 것이라는 착각이 들 만큼 애착이 가는 나의 미래. 이와자키는 그것을 무엇보다 소중하게 생각했다.

미야마에 구의 모녀 유괴 살인 사건. 이와자키는 그 사건의 가해자 중 한 사람이었다. 엄마와 딸아이를 유괴하여 폭행을 가한 끝에 죽음에 이르게 한 범인 중의 한 사람. 그리고 폭력적인 취향을 자랑하고자 그 사진들을 세상에 내보내자고 제안한 장본인.

이와자키는 한 번도 멈추는 일 없이 걸음을 옮기면서 가볍게 혀를 찼다.

그 사건 때문에 이와자키의 인생은 암초에 부딪쳐 산산조각이 날 뻔했다. 그 미친 친구 놈들의 장난질이 너무 지나쳤던 것이다. 굳이 죽일 것까지는 없었는데.

이와자키는 자신이 뿜어내는 하얀 입김을 무심히 바라보며 생각했다.

철없던 시절의 젊은 혈기에 의해 빚어진 일이다. 성에 대한 호기심이 폭주한 것이다. 악의 없는 장난이었을 뿐이다.

그 사건을 기억에서 깨끗이 지워버리고 싶었다. 그러면서도 한편으로는 언제까지나 기억 속에 담아두고 싶은 마음도 적잖이 있었다.

그런 경험은 두 번 다시 할 수 없다. 귀중한 체험을 가슴속에 꽁꽁 담아두고 현재의 내 생활을 만끽하면 된다. 변호사로서 일도 잘하고 아내와 두 아이도 있다. 사회적인 지위도 연봉도 스스로 충분하다고 생각할 만큼 최상급이다.

이렇게 집으로 향하는 길을 걸어가듯이 확실한 걸음걸이로 행복한 인생을 살 것이다. 당연히 그래야지. 나는 그럴 만한 권리가 있어. 어느 누구도 막을 수 없지.

집이 저만치에 보였다. 스물여섯 살 나이에 얻은 내 집이다. 집안의 도움이 있었다고는 해도 1억 엔을 들여 구입한 단독 주택이다. 모든 일이 술술 잘 풀리고 있는 것이다. 내 집에는 아내와 두 아이가 행복에 젖어 평화로운 잠을 자고 있으리라. 저절로 웃음이 비어져 나왔다.

그때였다.

가로등 불빛 아래 누군가 서 있었다. 그자는 유령처럼 기척도 소리도 없이 자신을 기다리듯이 서 있었다.

이와자키는 흠칫 발을 멈추고 자세히 살펴보았다. 온통 회색으로 칠한 듯한 남자. 중절모를 눈까지 깊숙이 내려 써서 얼굴은 보이지 않았지만 입가의 살빛이 죽은 사람처럼 창백한 것이 핏기가 전혀 감지되지 않았다.

"한밤중에 갑작스럽게, 미안하군."

회색 남자는 그렇게 중얼거리고 회색빛이 도는 입술을 삐뚜름하게 틀었다.

웃은 건가?

이와자키가 그렇게 생각했을 때, 문득 회색 남자가 세상을 시끄럽게 하고 있다는 뉴스가 생각났다.

등 뒤로 인기척이 느껴졌다.

그리고 다음 순간, 이와자키는 의식을 잃었다.

## 2

같은 해 12월 2일.

나미키 가쿠토는 허청거리는 걸음으로 어둠침침한 거리를 걷고 있었다. 18시부터 혼자 술집에 들어가 맥주 여섯 잔을 마시고 성매매업소에 들렀다 돌아오는 길이었다.

술기운이 노동의 피곤을 달래주고 성을 사들인 뒤의 만족감이 몸을 가볍게 해주었다.

공장이 쉴 때는 그 전날에 항상 혼자서 술을 마시고 성매매업소를 찾았다. 그곳에 마음에 드는 여자가 있었다. 애교가 있고 웃으면 덧니가 내보였다. 눈이 많은 북녘 출신이라서 그런지 속이 비칠 듯 하얀 피부였다. 살결이 거칠기는 했지만 밤일을 하는 여자니까 그건 어쩔 수 없다. 나미키가 찾아가면 이제는 업소의 규칙보다 더한 것까지 해주었다. 내 여자로 만들고 싶다는 생각이 솔솔 들었다.

그 사건을 겪은 뒤부터 나미키는 보통 여자들과는 사귈 수 없게 되었다. 그래서 항상 업소 여자들을 찾아다녔다. 보통 여자들과는 사귀어본 적도 없지만 아무튼 보통 여자 앞에만 서면 성기가 말을 들어먹지 않았다.

죄의식에서 오는 성기능 부전. 어쩌면 그런 것인지도 모른다. 하지만 그보다 이제는 몸뚱이 자체가 평범한 여자로는 만족할 수 없게 길들여진 것이다. 성매매업소도 SM을 내걸은 곳이 아니면 가지 않았다. 괴롭히는 때도 있고 괴롭힘을 당하는 때도 있었다. 양쪽 모두에 나미키는 흥분이 되었다.

괴롭히는 쪽이 될 때면 가해자였던 자신이 나타나 그 사건 때의 기묘한 흥분을 다시 떠올릴 수 있었다.

괴롭힘을 당하는 쪽이 될 때면 피해자의 심정을 상상하면서 도덕을 내팽개치던 순간의 쾌감을 충분히 맛볼 수 있었다.

살인을 저지른 것은 진심으로 후회하고 있었다. 하지만 그때 맛본 기묘한 쾌감만은 나미키의 뇌리 심층부에 깊이 뿌리를 내리고 확실하게 뭔가를 왜곡시켰다.

손목시계를 들여다보니 벌써 23시를 넘어서고 있었다.

내일은 공장이 쉬는 날이니까 집에 돌아가 한잔 더 하자. 그리고 죽은 듯이 자는 것이다. 비곗살이 붙기 시작한 배를 슬슬 문지르며 나미키는 크게 숨을 토해냈다.

컴컴한 길을 종종걸음으로 걸어가는데 느닷없이 뭔가에 발이 걸렸다. 몸이 균형을 잃을 뻔했지만 가까스로 발을 버텨 넘어지는 것은 면했다. 혀를 끌끌 차며 땅바닥에 시선을 던졌지만 뭐에 걸렸는지 어두워서 보이지 않았다.

술 냄새가 밴 숨을 내쉬며 고개를 들었다. 그러자 거기에 조금 전에는 없었던 웬 사람이 서 있었다.

온몸이 회색으로 뒤덮인 인간. 옷차림만이 아니다. 분위기도 존재조차도 회색처럼 느껴졌다.

나미키는 가슴이 철렁했다. 이유는 모르겠지만 이자의 눈에 띄어서는 안 될 것 같은 느낌이었다. 도망치려고 했지만 다리에 힘이 빠져서 마음만 급했다.

그가 동요한다는 것을 알아챘는지 회색 남자는 슬쩍 코웃음을 치며 얼굴을 반쯤 덮고 있던 중절모의 차양을 들어 올렸다.

지옥의 불길 같은 눈동자가 나미키를 찌를 듯이 쏘아보았다. 심장이 얼어붙고 목에 뭔가 걸린 것처럼 숨이 턱 막혔다.

"너를 데리러 왔다."

회색 남자가 그렇게 말하는 것과 동시에 등 뒤에서 양팔을 움켜쥐는 게 느껴졌다. 그 힘에 떠밀려 나미키는 옆에 서 있던 차 안에 처박혔다.

## 3

같은 해 12월 4일.

고다 마코토는 레이스 커튼이 내려진 침침한 방 안에서 와인을 마시고 있었다.

8층 맨션의 최상층. 경치를 즐길 목적으로 만들어진 큼직한 창은 비에 젖어 묵직하게 가라앉은 구름을 레이스 틈새로 내보이고 있었다.

와인을 입에 털어 넣고 치즈를 듬뿍 베어 먹었다.

가출소한 지 3일째. 해방감에 젖을 사이도 없이 안 좋은 일이 연거푸 일어나 기분이 영 엉망이었다.

교도소를 나와 집에 돌아가자 아버지와 어머니는 마치 괴물이라도 만난 것처럼 벌벌 떨었다. 시내 맨션의 관리를 맡길 테니 제발 집에서 나가달라고 간청했다. 재회의 기쁨을 누릴 새도 없이 그날로 고다는 집에서 내쫓겨 다이토 구의 맨션에서 지내게 되었다. 집을 나올 때, 아버지와 어머니는 임대료 수입 외에 용돈도 보내줄 테니 다시는 집에 돌아오지 말아달라고 했다. 역시 그 말에는 부아가 났지만 신발장을 한 차례 걷어차는 정도로 끝냈다.

아버지 어머니가 함께 살자고 해도 내 쪽에서 거절할 참이었다고.

고다는 마음속으로 욕을 퍼부으며 난폭한 손놀림으로 다시 유리잔에 와인을 따랐다. 병에서 흘러나온 와인이 유리잔을 넘쳐 테이블을 적셨다. 붉은 와인이 피처럼 번졌다.

하긴 범죄자 자식에 대한 대우치고는 그리 나쁜 편은 아니었다. 아버지는 몇 개나 되는 회사를 경영하며 막대한 이익을 얻고 있었다. 고다에게 관리를 맡긴 다이토 구의 맨션은 방 세 개짜리 큰 평수라서 월 임대료가 20만 엔이었다. 역세권인 데다 고급 건축재로 마감한 멋진 건물이다. 거기에 용돈까지 합하면 수입은 보통 샐러리맨의 몇 배는 될 것이다. 전과가 있으니 번듯한 직장을 잡을 생각은 애초에 하지도 못했지만, 그 대신 예상했던 것보다 훨씬 넉넉한 돈을 아버지가 대주기로 한 것이다.

하지만 아버지와 어머니의 그 태도가 마음에 들지 않았다. 골칫덩이를 어서 빨리 내쫓으려는 표정. 공포로 벌벌 떠는 눈빛. 대화조차 거부하는 몸짓.

"흥, 마음대로 하라지."

고다는 화가 치밀어 혼자 중얼거렸다.

그 사건을 일으키기 전부터 아버지와 어머니는 고다를 마치 이 세상에 존재하지 않는 사람처럼 취급했다. 화분에 물을 주듯이 오로지 돈만 쏟아부으며 키웠다. 사랑 같은 건 느껴본 적이 없었다. 그들은 각자 좋아하는 세계를 갖고 있었고 그중 어디에도 고다가 있을 자리는 없었다.

하지만 그런 이유 때문에 범죄를 저질렀다는 말은 차마 할 수 없었다.

그 사건은 고다 스스로 원해서 일으킨 것이었다.

미성년자라는 특권을 이용해 최대한 흉악한 범죄를 저지르겠다고 혼자 결심했었다. 그 대가로 3년쯤 소년원에 들어가는 것도 괜찮겠다고 내심 철저히 계산도 했다.

오산이었던 것은 검찰에 송치되어 형사 사건으로 넘어간 것이었다. '심신 쇠약'을 방패로 내세워도 예상했던 것만큼 감형은 되지 않았다. 검사가 수완이 뛰어난 사람이었던 탓에 12년 징역을 먹고 꼼짝없이 지난 10년 동안 교도소 담장 안에서 보내야 했다. 재판 때 좀 더 확실하게 연기를 했더라면, 하는 억울함이 남아 있었다.

그래도 고다는 아직 스물일곱이다. 인생을 즐기기에 늦은 나이는 아니었다. 우선 돈이 넉넉했다. 돈만 있으면 일하지 않고서도 얼마든지 인생을 즐길 수 있다.

고다는 와인을 따라 마치 물처럼 단숨에 비우고 미간에 주름을 잡았다.

또 한 가지, 두고두고 아쉬운 일이 있다.

기왕 징역살이를 할 바에는 그 사건을 좀 더 즐겼으면 좋았을 텐데.

그렇게 빨리 사건이 세상에 드러날 줄은 생각도 못 했다. 그리고 인간이라는 게 그렇게 빨리 망가지는 존재인지 알지 못했다. 인간의 강도強度라는 게 겨우 이 정도인가, 하고 그만 김이 빠져버릴 정도로 약한 존재였다.

당시 일을 떠올리기만 해도 흥분이 되었다. 비명, 애원, 절망, 포기, 무반응. 그 모든 것이 기막히게 멋있었다. 재판 때, 방청석에 남편이라는 사람이 유족으로 참석했었다. 그 남자의 절망적인 표정도 괜찮은 구경거리였다.

당신이 사랑하는 여자의 모든 것을 빼앗았어. 내 것으로 만들었어. 바로 내가.

그 남편이라는 자에 대한 우월감을 실컷 맛보았다. 저절로 웃음이 비어져 나오려는 것을 꾹꾹 참느라 힘이 들 정도였다.

달콤한 회상에 젖어 있던 고다는 문득 정신을 차린 듯 눈을 크게 뜨고 자조하듯이 코웃음을 쳤다.

과거는 이미 교도소 담장 안에서 지겨울 만큼 회상했잖아. 이제 환한 세상으로 나왔으니까 앞으로의 일을 생각해야지.

다시 한 번, 그런 경험을 해보고 싶다. 하지만 더 이상 미성년자도 아니고 재범이 되면 극형에 처해질 가능성도 있다. 다시 경찰 신세를 지는 건 피해야 한다. 잡혀가지 않을 방법은 없을까. 범죄가 들통 나지 않을 방법은 없을까.

그러고 보니 돈으로 여자를 마음껏 유린하고 잔인하게 살해하기까지 한 성매매업소를 적발했다는 뉴스가 있었다. 분명 이케부쿠로 쪽이라고 했다. 사건 현장이 된 맨션은 경찰이 수색을 한 모양이지만 범인은 아직 잡지 못했고 조직의 실체도 밝혀지지 않았다는 뉴스였다. 고다는 혀를 내밀어 입술을 핥았다. 만일 범인이 살아 있다면 다시 한 번 그런 업소를 만들어주기를 간절히 기도했다.

어쩌면 거기 말고도 그런 일이 가능한 또 다른 업소가 있을지도 모른다.

특별한 기호품, 인간을 돈으로 살 수 있는 곳.

돈만 있으면 무엇이든 할 수 있는 사회다. 돈으로 사람 목숨을 사는 일도 강자가 약자를 착취하는 자본주의 사회에서는 그리 잘못된 일이 아니다. 오히려 그 이론에 딱 맞는 거 아닌가.

좀 더 떳떳하게 돈의 권리를 누릴 수 있는 장소를 만들기만 하면 되는 것이다. 약자는 힘 있는 자를 위한 거름이 될 뿐이라는 것을 극대화한 장소.

소외 계층과 함께 가는 사회라느니 노블레스 오블리주라느니 하는 그럴싸한 소리는 어차피 부조리한 사회를 겉으로만 봉합하기 위한 장식 같은 것이다. 약한 자가 먹잇감이 되어 잡아먹히지 않고서는 이 사회는 발전할 수 없다.

나는 잡아먹는 쪽에 서 있는 사람이다.

마음속으로 그렇게 중얼거린 고다는 거칠게 잔을 집어 들고 와인을 꿀꺽꿀꺽 들이켰다. 입 가장자리로 핏빛 술이 주르륵 흘렀다. 그것을 손등으로 닦으며 천천히 창밖으로 시선을 던졌다. 잔뜩 구름이 낀 하늘은 벌써 어둠의 기척을 품고 있었다.

불을 좀 켜볼까. 그렇게 생각하고 일어서려던 순간, 이변을 깨달았다.

유리창에 누군가 검은 그림자가 되어 비치고 있었다.

"편히 쉬는 참에 미안하군."

그 누군가는 땅 밑바닥에서 대지를 후르르 떨리게 하는 듯한 목소리를 내며 한 걸음 성큼 다가왔다.

고다는 엉거주춤 몸을 일으키며 뒤를 돌아보았다. 본능적으로 위험을 감지하고 몸이 움츠러들었다.

키가 커서 창처럼 꼿꼿하게 솟은 듯한 사람이었다. 온몸이 회색으로 감싸여 있었다. 회색 중절모가 얼굴의 반을 가렸고 검고 긴 곱슬머리가 얼굴 옆면을 덮고 있었다. 보통 때라면 킬킬거리며 비웃을 만한 예스러운 차림새였지만 그런 생각은 전혀 떠오르지도 않을 만큼 고다는 한순간에 압도되었다.

회색 남자. 그렇게 표현할 수밖에 없는 모습이었다.

"누, 누구야!"

고다는 위협하듯이 고함을 내지르며 잽싸게 와인 병을 집어 들고 공격할 태세를 취했다.

"대답해, 누구야!"

다시 고함을 내지른 고다는 회색 남자가 흉기를 들지 않은 것을 보고 자신에게 승산이 있다고 판단했다.

"나는 그레이야."

남자는 그렇게 말하고 다시 한 걸음 고다에게로 다가왔다.

고다의 심장이 급하게 뛰었다. 남자와의 거리를 재보면서 언제라도 머리통에 술병을 내리칠 수 있도록 의식을 집중했다.

눈 위까지 깊숙이 내려 쓴 중절모 때문에 남자의 표정은 파악하기 어려웠다. 그것이 고다의 공포감을 부채질했다.

"그레이? 무슨 개뼈다귀 같은 소리야!"

부들부들 떨리는 것을 들키지 않으려고 짐짓 허세를 부렸다. 남자는 아무 말 없이 다시 한 걸음 거리를 좁혀왔다. 고다는 저도 모르게 주춤 뒷걸음질을 쳤다.

"그레이를 모르다니, 꽤 유명하다고 자부했었는데."

"뭐야? 이거, 미친놈 아냐?"

고다는 공포에 질린 웃음을 흘리며 말했다.

남자가 다시 한 걸음 다가왔다. 대담하고 유연한 동작. 고다도 거기에 맞춰 한 걸음 뒤로 물러섰다. 다시 남자가 거리를 좁혀왔다.

좋아, 그렇게 원한다면 죽여주마. 이건 정당방위야.

고다는 손에 든 술병을 힘껏 움켜쥐었다. 두려움과 당혹감이 뒤섞여 다리가 후들거렸다.

남자가 다시 한 걸음 나섰다. 고다는 눈짐작으로 거리를 쟀다.

이제 한 걸음만 더 오면.

다시 한 걸음만 더 오면.

지금이다!

고다는 숨을 멈추고 술병을 번쩍 치켜들었다.

하지만 남자는 깜짝 놀랄 만큼 민첩한 동작으로 한순간에 거리를 좁히고 긴 팔로 고다의 목을 낚아채 바닥에 내동댕이쳤다.

"크윽."

허를 찔려 뒤통수를 세게 찧으며 나동그라진 고다의 입에서 괴상한 비명이 터졌다. 손에 쥐고 있던 술병이 데구루루 굴러가는 소리가 울렸다. 크르륵 소리와 함께 기도가 짓눌렸다. 두 손을 허우적거리며 목을 누르는 남자의 팔을 풀어내려고 버둥거렸다.

그러자 뜻밖에도 남자는 금세 손의 힘을 풀어주었다.

반격해야 한다.

고다는 휘청거리는 몸을 가까스로 일으켰다.

죽여버리겠어.

고다는 침을 튀기며 남자를 향해 덤벼들었다.

그 순간 뒤에서 뻗어온 손에 두 팔이 뒤로 젖혀지는가 싶더니 뭔가가 입을 틀어막았다.

순식간에 의식이 가물가물해졌다.

뒤에 있던 사람은 분노로 불타는 눈을 한 다카노였다.

그는 고다의 몸뚱이를 난폭하게 캐리백에 처넣고 아무 일도 없었다는 듯 그레이와 함께 방을 나섰다.

*

어둠침침한 방에서 눈을 뜬 고다 마코토는 자신이 처한 상황을 파악하는 데 한참이나 시간이 걸렸다. 바닥에 옆으로 누운 자세로 쓰러져 있었다. 머리가 아파서 이마를 만져보려고 했지만 손이 움직여지지 않았다. 그제야 자신의 손이 묶여 있다는 것을 깨달았다. 바짝 타들어 가는 목구멍으로 겨우겨우 침을 삼키고 기억을 더듬어봤지만 얼른 생각이 나지 않았다.

천장에는 알전구가 빛나고 있어서 어슴푸레하게나마 시야를 확보할 수 있었다. 눈동자만 움직여 주위를 살펴보았다. 머리 위에 대형 캐리백 같은 것이 있었다. 나를 저기에 넣어 데려온 건가. 시야의 끄트머리쯤에 두 개의 커다란 덩어리가 넘어져 있는 게 보였다. 찬찬히 쳐다보니 사람이고 무척 낯익은 얼굴이었다.

이와자키와 나미키. 함께 어울려 사람을 죽였던 친구들. 두 사람은 정신을 잃었는지 눈을 감고 입을 뻐끔 벌린 채였다.

몸을 움직여보고 싶었지만 공포로 몸이 굳어서 등 뒤를 살펴볼 수 없었다.

하지만 이와자키와 나미키가 이곳에 함께 끌려온 것을 보자마자 고다는 모든 것을 눈치챘다. 그레이라는 남자는 그 사건과 관계가 있는 인물이다. 그자는 대체 누구인가. 전혀 본 적이 없는 사람이었는데.

"정신이 들었나?"

실내의 정적을 깨뜨리는 목소리에 고다는 부르르 떨면서 눈만 둥그렇게 뜬 채 숨을 죽였다. 주위가 얼어붙은 듯 고요해졌다. 고다는 떨리는 몸을 최대한 동그랗게 말아 어떤 변화에도 대응할 수 있도록 눈알을 굴리며 주위를 경계했다.

누군가의 다리가 고다의 머리 옆으로 다가오는 기척을 느끼고 눈으로 확인하려는 참에 배를 걷어차여 몸의 방향이 바뀌었다. 그리고 시야에 들어온 또 한 사람.

피가 통하지 않는 것 같은 피부에 칠흑의 눈과 머리칼. 움푹 꺼인 뺨과는 어울리지 않는 큼직한 입. 누군가 그를 흡혈귀라고 한다면 분명 그렇다고 믿어버릴 만큼 으스스한 분위기를 풍기는 사람이었다. 위아래 회색 양복과 창처럼 꼿꼿한 등. 목소리는 땅 밑바닥에서 흘러나오는 듯했다.

"기분이 어떤가?"

의자에 앉은 그레이는 미소를 지으며 말했다. 천장에 매달린 침침한 전구의 불빛이 남자를 마치 망령처럼 띄워 올리고 있었다.

"여, 여기가 어디지?"

고다는 얼굴을 찌푸리며 가까스로 물었다. 배를 얻어맞은 아픔에 침이 주르륵 흘렀다.

"그건 알 필요 없어."

그레이는 다리를 포개 앉으며 고다를 내려다보았다.

"대체 왜 이러는 거야?"

고다의 말에 그레이는 대답하지 않았다.

"제발, 제발 왜 이러는지 말해줘."

고다는 매달리듯이 간청했다. 자신의 생사를 저쪽에서 거머쥐고 있다는 것은 누가 봐도 명백한 일이었다. 섣불리 비위를 거스르지 않는 게 좋겠다고 생각했다.

"어떻게 모를 수 있지?"

그레이의 목소리가 희미하게 떨렸다.

"너희가 왜 이런 상황에 처했는지, 어떻게 모를 수가 있어?"

"우, 우리가 저지른 그 범죄 때문에?"

고다는 냉큼 대답했다. 그 말에 그레이는 대답하지 않았다. 무언의 긍정이라고 고다는 생각했다.

"그, 그 일에 대해서는 크게 반성하고 있어. 날마다 후회하고 있다고. 교, 교도소에 가 있는 동안에도 날마다 가위에 눌렸어. 지금도, 지금도 마찬가지야. 그런 죄를 저지른 거, 진심으로 후회하고 있다고."

고다는 묶여 있는 몸을 억지로 일으켜 똑바로 앉았다. 기도하는 자세로 필사적으로 용서를 빌었다. 빌면서 마음속으로, 그런 옛날 일을 이제 새삼 왜 또 꺼내는 거야, 하고 욕을 퍼부었다.

이자는 그 사건과 무슨 관계가 있는 건가. 가족인가. 형사인가. 어쩌면 자신을 정의의 사도라고 착각하는 미친놈인지도 모른다.

고다는 머릿속에서 여러 가지 생각을 굴리며 용서를 비는 말들을 늘어놓았다.

"내가 그때 정신이 나갔었어. 정말 머리가 어떻게 됐었어. 나도 내가 무서워. 그런 짓을 저지른 나를 반성하고 또 반성하면서 그 가족과 친지들, 관계된 모든 사람들에게 참회하는 심정으로 살았어."

자신의 입에서 줄줄이 튀어나오는 말들이 고다는 내심 우스웠다. 마음에도 없는 말을 주저리주저리 늘어놓는 것은 숨을 쉬는 것보다 더 쉬운 일이었다. 재판 때도 그랬다. 이런 능수능란한 화술이 자신을 구해주었다. 이번에도 그 능력을 최대한 발휘해서 기필코 살아 나갈 것이다.

속마음을 들키지 않도록 주의하면서 다시 입을 열었다.

"평생 반성하고 참회할 작정이야. 남은 인생은 다른 사람들을 위해 살아갈 거야. 교도소 안에서 그렇게 맹세했어. 하늘의 신께도 참회했어. 그런 끔찍한 짓을 저지른 나 자신을 죽이고 싶어. 죽음으로 사죄하고 싶다고. 정말이야. 내 말을 믿어줘. 그러니까 제발 험한 짓은 하지 말아줘."

그레이는 소리 없이 의자에서 일어섰다.

"밧줄을 풀어줘라."

고다의 뒤편에 서 있던 다카노가 말없이 다가와 밧줄을 나이프로 잘라냈다. 고다는 자유를 얻은 두 손을 확인하며 마음속으로 '됐다!' 하고 부르짖었다. 이제 이 괴상한 놈에게서 도망칠 수 있어.

"그 나이프를 놈에게 건네줘."

그레이가 말하자 다카노가 뒤쪽에서 고다에게 나이프를 내밀었다.

엇?

고다는 나이프를 받아 든 채 멍하니 입을 벌리고 그레이를 바라보았다.

"그 나이프로 네 눈을 도려내."

그의 말이 얼핏 머릿속에 들어오지 않았다.

"그렇게 한다면 너를 풀어주지."

우뚝 선 채로 그레이는 그렇게 말했다.

눈을 도려내라고?

가까스로 무슨 말인지 이해한 고다는 '미친놈'이라고 다시 한 번 마음속으로 욕을 퍼부었다. 그런 게 가능할 리 없다. 고다는 주위의 상황을 파악하려고 시선을 내달렸다.

여기가 어디인지는 모르겠지만 상대는 두 명이다. 눈앞에 뻗대고 서 있는 놈의 허를 찔러 쓰러뜨리면 그다음엔 뒤에 있는 놈과 일대일 상황으로 몰고 갈 수 있다. 승산이 충분히 있었다. 저쪽이 쥐고 있는 주도권을 일거에 빼앗는 것이다.

그레이는 느긋한 걸음으로 아무 대비도 없이 가까이 다가왔다.

"너 자신을 죽이고 싶다고 네 입으로 말했어. 그러니 그 증거를 조금이라도 보여줘야지. 자, 찔러봐."

비틀비틀 일어선 고다에게 더 이상 그의 목소리는 들려오지 않았다.

뒤에 선 놈은 조금 전보다 한참 뒤로 물러선 것 같았다. 걸음 수로 보자면 자신과 그레이 사이가 훨씬 더 가깝다. 내 손에는 나이프가 있다. 감금당한 지금 이 상태에서 놈을 찌른다면 충분히 정당방위가 될 터였다.

"……아, 알았어."

네놈이 그 사건과 무슨 관계가 있어서 나를 이렇게 괴롭히는 거야, 하고 마음속으로 악을 쓰면서 고다는 나이프를 얼굴 앞까지 들어올렸다. 알전구의 빛을 받아 칼날이 번쩍 빛을 발하면서 자신의 얼굴을 비췄다. 광기에 물든 얼굴이었다.

허리를 한껏 낮추고 나이프 끝을 잽싸게 회색 남자에게 들이댔다.

"네놈이 뭔데 나한테 이래라저래라 명령이야!"

고다는 몸을 날려 단숨에 거리를 좁히고 그레이의 심장을 향해 나이프를 겨눴다.

오래도록 잊고 살아온 감촉이 되살아났다. 살에 칼이 박히는 그 감촉.

하지만 그 감촉이 주는 쾌락에 마음껏 취했어야 할 고다의 얼굴이 일그러졌다.

나이프가 뭔가에 가로막혀 멈춰버린 것이다. 그자는 방인防刃조끼를 입고 있었다.

"죽어버려!"

고다는 고함을 지르며 이번에는 목을 향해 나이프를 휘둘렀다. 하지만 칼날이 닿기 전에 그레이는 단숨에 고다의 손을 쳐내고 양

손으로 목을 움켜쥐었다.

그레이의 손끝이 목을 잘라낼 듯이 파고들었다. 너무도 강한 손아귀 힘에 고다는 의식이 가물가물해졌다.

"……정말로 네 눈을 찔렀다면 조금쯤 사정을 봐줄 수도 있었는데 말이야."

목뼈가 어긋나는 소리와 함께 점점 더 목이 졸렸다. 고다의 눈은 눈알이 튀어나올 만큼 크게 확장되고 흰자위는 핏빛으로 물들었다.

목을 조르는 손에 점점 힘이 더해졌다.

"네 목숨이 그렇게도 귀했어?"

고다는 버둥거렸다. 마구 주먹을 휘두르고 무릎을 쳐올렸다. 하지만 그레이는 거목처럼 버티며 꿈쩍도 하지 않았다.

이윽고 고다는 의식을 잃었다.

"단죄는 이 나라에 복수한 다음에 해주지."

그레이는 혼잣말처럼 중얼거리고 고다의 목을 풀어주었다. 그리고 뒤편에 조용히 서 있는 다카노에게로 시선을 돌렸다.

다카노는 벌레를 보는 듯한 눈빛으로 고다를 노려보고 있었다.

# 제4장

## 1

세리자와 다케시는 전차의 딱딱한 의자에 피곤한 몸을 맡긴 채 닳아빠진 구두 끝을 까닥까닥 흔들고 있었다. 귓가의 머리칼에 드문드문 섞인 새치가 그의 고뇌를 보여주는 것 같았다.

서른일곱 살이라는 제 나이보다 훨씬 늙어 보이는 얼굴이었다. 피부는 아직 팽팽하고 옷차림에도 제법 신경을 쓴 모습이지만 그를 휘감고 있는 공기가 몇 살이나 더 늙어 보이게 하고 있었다.

세리자와는 멍한 눈으로 차내 광고를 올려다보았다.

변함없이 정치인의 비리 사건이며 연예인의 스캔들에 관한 제목이 춤을 추는 가운데 네 달 전에 일어난 보석전 강도 사건이 아직도 내걸려 있었다.

"……회색 남자."

부르튼 입술에서 새어 나온 그 말은 차바퀴가 레일에 맞부딪는 소리에 지워졌다.

그랜드캐피털 호텔이 습격을 당해 약 100억 엔의 보석을 강탈당한 사건이다. 여러 목격자의 말에 따르면 회색 옷을 입은 남자와 교복 차림의 소녀, 그리고 10여 명의 복면을 쓴 사람들이 한순간에 해치운 범행이었다. 호텔의 감시 카메라에도 그들의 모습이 또렷하게 찍혀 있었다.

보안 시설이 상대적으로 허술할 수밖에 없는 전시회에서 일어난 대담한 범행이었다. 도주 경로는 아직도 파악되지 않았다. 완전 범죄라는 얘기가 떠돌 만했다.

게다가 이 사건은 예전에 일어난 또 하나의 사건과 거의 동일한 수법이었다.

다른 점이라면 교복 차림의 소녀가 새롭게 가담했다는 것뿐이다. 그 교복을 조사해 신원을 파악하려고 했지만 목격자가 본 그 교복은 실제로는 존재하지 않는 것이었다.

보석전 강도 사건이 일어난 것은 올해 8월. 정확히 네 달 전 여름이다. 그 사건으로 시민들은 1년 전에 일어난 연쇄 강도 사건이 다시 재개되었다는 것을 직감했다.

작년 8월의 나흘 동안.

회색 남자가 일으킨 것으로 보이는 연쇄 강도 사건은 1년 전인 2012년 8월에 갑작스럽게 일어났다. 사건이란 원래 아무런 전조도 없이 일어나게 마련이지만 그 사건은 마치 천재지변 같은 충격을 전 국민에게 안겼다. 그 강렬한 인상이 아직까지도 꼬리를 남기고 있었다.

총액 300억 엔의 강도 사건.

전국 곳곳의 은행, 현금 수송 차량, 대형 보석점 등이 동시다발적으로 습격을 받아 현금이며 보석을 빼앗겼다.

성공률은 백 퍼센트.

그에 비해 범인 체포는 아직 한 건도 성공하지 못했다. 요즘처럼 보안이 삼엄한 세상에 마치 소설이나 드라마 같은 사건이 터진 것이었다.

그 사건은 작년 8월 12일에 시작되어 8월 15일에 끝났다. 이것을 한데 묶어 '8월 강도 사건'이라고 이름 붙이고 그에 관한 온갖 억측이 난무하며 한동안 세상이 들끓었다. 사람들이 호기심을 품고 그 사건을 지켜본 것은, 사상자가 한 명도 나오지 않았다는 것, 그리고 그들이 노린 곳이 하나같이 규모가 큰 시중 은행이나 대형 보석점이었다는 것, 즉 서민들의 지갑을 털어간 건 아니라는 점 때문이었다.

그로 인해 미해결 사건인데도 어느 극단에서는 그 사건을 소재로 연극을 무대에 올렸고, 모 주간지에서는 강도단을 '의적'이라는 식으로 미화했다가 식자들의 비판을 받기도 했다. 또한 회색 패션이 크게 유행하고 온몸을 회색 옷으로 감싼 코스튬으로 거리를 활보하는 사람들이 나타나기도 했다. 처음에는 경찰에서 단속에 나서기도 했지만 그 숫자가 너무 많은 데다 별 효과를 거두지 못한 탓에 점점 손을 놓고 지켜보기만 하게 되었다.

세리자와는 이런 일련의 소동 때마다 반드시 등장하는 문구를 머릿속에 떠올렸다.

'아직까지 단서도 못 잡아.'

범행은 모두 동일 집단에 의한 것으로 추정되었다. 딱히 단서가 있었던 건 아니고 나흘 동안에 일어난 완벽한 범행 수법, 피해자가 전혀 없었던 것, 범인들은 아직 도주 중이며 목격자의 증언이 기묘할 만큼 일치했다는 것 등의 키워드를 끼워 맞춰서 나온 결론, 즉 예측일 뿐이었다.

하지만 모두가 범인들은 동일 집단이라고 확신하고 있었다. 그 근거는 목격자의 증언이었다.

현금 수송 차량의 경호원과 은행원, 보석점 점원, 몇 안 되는 일반 시민까지, 목격 증언이 하나같이 범인의 모습에 대해 동일한 말을 하고 있었다. 그리고 감시 카메라에 남은 영상에도 또렷이 찍혀 있었다.

회색 남자.

옷차림도 회색일 뿐만 아니라 피가 통하지 않는 듯한 피부도 회색에 가깝고 검고 긴 머리칼이 얼굴의 반을 덮었으며, 회색 중절모는 쓰고 있을 때도 있고 벗고 있을 때도 있었다. 한 시대 전의 옛날 티를 풍기는 영국 신사. 댄디즘이라고 표현할 수밖에 없는 차림이었다. 키는 고개를 들고 올려다봐야 할 만큼 크고, 호리호리하지만 단단한 체격이었다.

그 기묘한 차림의 남자가 몇몇 사람들과 함께 범행에 나섰다는 것이다. 모든 범행에 다 참여한 건 아니었다. 나흘 동안 열 건의 범행이 집중적으로 일어났지만 회색 남자를 보았다는 증언이 나온 곳은 네 건이었다. 즉 회색 남자는 하루에 한 곳의 사건 현장에만 출현한 셈이다. 하지만 다른 여섯 건의 강도 사건에서도 범인들은 어떤 형태로든 '회색'을 몸에 걸치고 있었다. 그건 은행 내부, 보석점 내부에 설치된 감시 카메라 영상을 통해서도 확인되었다. 경찰은 남겨진 영상을 샅샅이 분석했지만 신원을 밝혀낼 만한 단서는 아무것도 찍혀 있지 않았다.

백주대낮에 일어난 연쇄 강도 사건. 마치 자신의 물건을 회수해 가는 것처럼 당당하게 강탈해 간 것이다. 면밀한 사전 준비를 거쳐 물 흐르듯이 자연스럽게 일이 착착 진행되어 오히려 김이 빠질 만큼 범인들에게서 긴장감이라고는 찾아볼 수 없었다.

경찰도 이 기묘한 연쇄 강도 사건의 수수께끼를 풀지 못해 골머리를 썩었다.

일부러 눈에 띄는 기묘한 차림새로 강도짓을 하러 나오는 사람은 없다. 그랬다가는 유력한 목격자의 증언이 속출할 게 뻔하다. 처음에 경찰에서는 피해자들이 뭔가 착각에 빠져 회색 남자라는 말에 과민 반응을 보이며 어이없는 소리를 한다고 생각했다. 하지만 회색 남자가 실제로 목격된 네 건에서 모든 피해자들이 범인의 모습에 대해 약속이라도 한 듯이 똑같은 증언을 했다. 실제로 매장 안의 감시 카메라에도 그런 모습이 찍혀 있었다. 도저히 실없는 소리로 흘려 넘길 수 없는 일이었다.

경찰은 회색 남자를 주범으로 보고 그의 행방을 추적했다. 특히 프로파일링팀은 그들의 특이한 차림새며 범행의 대담성으로 보아 정신적인 망상 증세가 있는 이른바 '유쾌범愉快犯(세상을 놀라게 하여 쾌감을 얻는 것을 목적으로 하는 범죄_옮긴이)'의 소행으로 결론을 내렸다. 일단 도주 경로를 파악하기 위해 현장 주변의 감시 카메라를 확인하는 작업에 들어갔다. 하지만 어떤 영상 기록에서도 그런 남자는 눈에 띄지 않았다. 그자는 미꾸라지처럼 카메라를 피해갔던 것이다. 마치 어디에 어떤 각도로 감시 카메라가 설치되어 있는지 훤히 알고 있는 것처럼.

게다가 시내의 방범 카메라 대부분이 해킹에 의해 범행 시간 동안 먹통이 되어 있었다.

그제야 경찰은 해킹의 침입 경로에 대한 조사에 들어갔다. 하지만 해킹 흔적이 남아 있는데도, 어디서 어떻게 해킹을 했는지는 결국 밝혀내지 못했다. 교묘하기 짝이 없는 수법에 전문가들도 두 손을 들어버렸다. 간혹 어렵사리 알아내더라도 인물 검증이 허술한 인터넷 카페, 아니면 아무도 사용하지 않는 폐허의 방 한 칸일 뿐이었다. 폐허에는 범행에 사용된 것으로 보이는 컴퓨터가 다수 남겨져 있었지만 거기에서도 이렇다 할 단서를 얻을 수 없었다.

사건 현장에서의 수사도 예상 외로 난항을 겪었다.

피해를 당한 은행이며 보석점이 경찰 수사에 비협조적이었던 것이다. 일반적인 강도 사건에서도 피해자 측이 수사에 소극적인 태도를 보이는 경우가 적지 않다. 그동안 감춰온 자신들의 치부가 드러나는 것을 우려하는 심리가 작동하기 때문이다. 특히 은행은 털면 반드시 뭔가가 나온다고 할 만큼 허물이 많은 곳이다. 하지만 '8월 강도 사건' 때는 비협조적인 것을 넘어 거의 신경질적인 거부 반응을 보였다.

마치 겁에 질린 사람들처럼, 혹은 협박을 받은 것처럼 한사코 경찰을 멀리했다. 그 결과 수사는 시작 단계부터 대폭 늦어졌다.

조직적인 범행이라는 데는 의견이 일치해서 공안부 쪽에서도 바쁘게 움직였다. 조직범죄 대책본부가 편성되어 사상 단체, 우익 단체, 좌익 단체, 폭력단, 마피아, 해외의 절도단까지 샅샅이 조사했다. 하지만 모든 것이 허탕으로 끝났다. 애초에 어떤 조직이 되었건 '8월 강도 사건'과 같은 대규모의 사건을 일으켰을 때는 반드시 전국에 깔아놓은 네트워크에 걸려서 어떤 형태로든 경찰의 귀에 정보가 들어올 터였다. 하지만 그런 정보가 전혀 없었다. 그것은 완전히 독자적인 조직이고 또한 자체적으로 완결된 조직이라는 뜻이었다. 외부와 일절 접촉하지 않고 개개의 구성원이 단 한 방울의 정보도 흘리지 않는 단체. 하지만 그런 단체는 이 세상에 존재하지 않을 터였다.

회색 남자.

마치 옛날 영화에서 튀어나온 듯한 이 인물에 세상은 강한 호기심과 함께 매력마저 느끼고 있었다.

모든 기사를 구멍이 나도록 읽어본 세리자와도 그중 한 사람이었다.

전차가 가나가와 현의 후타코신치 역에 정차했다.

세리자와는 플랫폼으로 내려가 터덜터덜 개표구를 지났다. 그리고 역을 빠져나와 불빛이 적은 좁은 길로 들어섰다.

15분쯤 걸어가자 찻집 하나가 변덕스러운 심보를 가진 인간처럼 어둠 속에서 덜렁 모습을 드러냈다.

가게 이름을 밝히는 간판의 전구가 다 닳았는지 '샤토디프'라는 고딕체 글씨가 아지랑이처럼 흔들렸다.

흰 유리를 끼워 넣은 가게 문을 열자 방울 소리가 손님이 찾아왔다는 것을 알렸다.

카운터 너머에서 비쩍 마른 로쿠조 씨가 세리자와를 시들한 눈빛으로 흘끔 쳐다보고는 금세 고개를 돌려버렸다. 등이 약간 굽기는 했지만 고집스럽게 찌푸려진 얼굴에 아직 30년은 더 산다, 라고 적혀 있는 것 같았다.

"아직 살아계시네?"

세리자와의 말에 로쿠조는 둥글고 두툼한 안경을 밀어 올리며 흥, 코웃음을 쳤다.

"내 눈에는 네가 먼저 나자빠질 것 같은 꼬락서니로 보이는데?"

"아이, 난 아직 서른일곱이에요. 로쿠조 씨보다 더 일찍 죽는다면 그건…… 사건에 휘말려 길바닥에 나자빠질 때겠죠. 하지만 세상 이치로 따지자면 로쿠조 씨가 먼저예요."

실없는 소리를 내뱉고 세리자와는 카운터에 앉았다. 여전히 손님은 하나도 없이 가게 안이 썰렁했다.

주인 로쿠조는 노인 요양 시설에 갈 거라면 차라리 아무도 모르게 길바닥에서 쓰러져 죽겠다는 사람이다. 그가 이 허물어져가는 찻집을 사들인 것이 10년 전이었다. 그때부터 하루도 빠짐없이

'샤토디프'의 문을 여는 모양인데, 세리자와는 자기 말고는 다른 손님이 앉아 있는 것을 본 적이 없다.

로쿠조라는 인물에 대해 세리자와는 거의 아무것도 알지 못했다. 어쩌다 던져주는 이야기를 통해 경찰 출신이라는 건 대충 감을 잡았지만 자세한 건 알 수 없었다. 로쿠조도 별로 말하고 싶지 않은 눈치였고 세리자와도 굳이 캐묻고 싶지 않았다.

"나는 이런 너절한 세상을 빨리 하직하고 천국이라는 뜨뜻미지근한 곳에 몸을 푹 담그고 싶어. 관광객으로 가득한 온천보다는 훨씬 쾌적할 거야."

로쿠조의 그 말은 본심인지, 세상일에 대해 아무 미련도 없는 기색이었다.

"야박스러운 세상이라서 천국도 죄다 장삿속일걸요? 그쪽에 가시면 미리 내 자리도 잡아주세요."

"네 자리가 있으면 그건 내가 아래로 휙 던져둘 테니까 마음 놓고 죽어."

"나는 지옥에 가도 민폐만 끼칠 거예요."

"그럼 거래처가 정해질 때까지 열심히 살아."

로쿠조는 가늘어진 목구멍을 긁듯이 한바탕 웃고는 바닥 두툼한 유리잔에 위스키를 찰랑찰랑 따라서 퉁명스럽게 턱 내려놓았다.

"얼음은 없어요?"

"얼음 없이 마셔야 몸이 후끈해지는 법이야."

로쿠조는 그렇게 말하고는 턱을 치켜들었다.

세리자와는 척 보기에도 독한 빛깔의 위스키를 한 모금 마셨다.

목이 타버릴 듯한 자극에 저절로 크윽 소리가 났다. 하지만 위에 들어가자마자 찌르르하면서 온몸에 불이 켜진 듯 후끈해졌다.

갑자기 세리자와의 배에서 꼬르륵 소리가 났다.

"먹을 거 있어요?"

"있다마다."

"뭐라도 좋으니까 좀 주세요."

"3000엔이야."

빈틈없는 시선을 쓰윽 던지더니 로쿠조는 가게 안쪽으로 들어갔다가 금세 돌아와 세리자와 앞에 접시를 내려놓았다. 햄이 열 장쯤 얹혀 있었다.

세리자와는 미간을 찌푸렸다.

"에이, 겨우 이거?"

"냉동 카레도 있어. 밥은 없지만."

로쿠조는 씨익 웃더니 다시 한 번 확인하듯이 3000엔이라고 말했다.

"쳇, 알았어요. 부조금 미리 드리는 걸로 하죠."

세리자와는 미운 소리를 한 마디 던지고 햄을 한 장 집어 입 안에 넣었다.

가나가와 현경의 경감 세리자와 다케시가 이 찻집에 드나든 것은 5년쯤 전부터였다. 형사라는 직업이 슬슬 지겨워지던 참이었다. 세상의 온갖 추악한 꼴을 일부러 파헤치고 다니는 일에도 지칠 대로 지쳤고 경찰 조직에 대해서도 회의감이 들었다. 그런 때에 우연히 들른 곳이 '샤토디프'였다. 몇 번 드나들다 보니 마스터 로쿠조는 어느새 세리자와에게 '당나귀 귀' 같은 존재가 되었다. 업무 내용이나 수사에 관한 정보는 가족에게도 발설해서는 안 되는 것이 암묵의 규칙이다. 하지만 피곤에 절고 불만이 첩첩 쌓일 때면 더 이상 견딜 수가 없었다. 누군가에게 하소연이라도 하고 싶어 거의 폭발 직전이던 때, 가진 것이라고는 귀밖에 없는 로쿠조는 참으로 고마운 탈출구였다. 점점 말수가 많아져서 수사 내용까지 털어놓게 되었다.

경찰로서 규칙에 어긋나는 짓을 한다는 죄책감도 있었지만 그보다는 해방감이 훨씬 더 컸다.

세상만사를 통달하다 못해 해탈해버린 듯 고독한 로쿠조 영감은 세리자와의 이야기를 그냥 한 귀로 듣고 한 귀로 흘려주었다. 하소연을 하고 돌아설 때마다 느꼈던 일말의 불안감도 서서히 걷혀갔다. 그에게만은 마음 놓고 수다를 떨 수 있었다.

조용히 들어주는 영감 덕분에 한결 스트레스가 풀리는 것을 실감한 세리자와는 점차 중요한 정보도 띄엄띄엄 꺼내놓았다. 죄책감 따위는 사라지고 지난 5년 동안 '샤토디프'의 로쿠조는 충실히 '당나귀 귀' 역할을 해주었다.

음악도 없는 침침한 찻집 안에서 세리자와는 홀짝홀짝 위스키를 마셨다. 로쿠조는 손님 접대는 잊어버렸는지 카운터 안의 둥근 의자에 앉아 색 바랜 문고본 책을 읽고 있었다. 로쿠조 뒤편에 낡아빠진 텔레비전이 있어서 간간이 뉴스가 흘러나오기도 했지만 오늘은 그것도 꺼져 있었다.

침묵이 이어졌다.

세리자와가 내려놓은 두툼한 유리잔이 카운터 테이블에 닿아 텅 울렸다.

"……이케부쿠로 사건, 영감님도 아시죠? 인간이 어떻게 그런 짓을 할 수 있는지, 그놈들은 인간도 아니에요."

세리자와가 4분의 1쯤 남아 있는 갈색 액체를 바라보며 중얼거렸다. 로쿠조는 읽던 책에서 슬쩍 고개를 들었다.

"성매매업소 사건 말이지? 그거, 경찰에서 애먹게 생겼더라."

"고급 맨션을 건물째로 빌려서 가출 소녀를 유인해 성매매를 했더라고요. 그 사건, 애먹네 마네 할 정도가 아니에요. 솔직히 성매매만 했다면 그나마 낫죠. 목숨까지 사고팔았다니, 참 세상 말세예요."

세리자와가 역겨움을 토해내듯이 말했다.

이케부쿠로 역에서 그리 멀지도 않은 장소에서 저질러진 그 범죄는, 취미도 더러운 호러 영화 같은 사건이었다.

가출 소녀나 외박이 잦은 소녀들을 유인해 성매매를 알선했을 뿐만 아니라 그 아이들을 경매에 붙여, 낙찰받은 자에게는 소녀의 목숨을 뺏을 권리가 주어지는, 그야말로 미치광이 파티였다. 지금까지 밝혀진 피해자는 10세에서 18세까지의 소녀. 살해된 소녀들의 사체는 토막이 나 있어서 아직 여섯 구의 시신밖에 찾아내지 못했다. 이런 끔찍한 사실은 아직 일반인에게는 공개되지 않았다.

"아직 나이도 어린 딸이 실종된 거잖아요. 정상적인 부모라면 필사적으로 찾아나서는 게 당연하잖습니까? 그런데 이번에 신원이 확인된 네 명 중에서 세 명의 부모들은 딸이 없어진 것도 모르고 있더라고요. 그런 사람들이 부모라니, 정말 어처구니가 없어요."

세리자와는 가슴속에 고인 울분을 풀어내듯이 씩씩거리며 애먼 로쿠조를 노려보았다.

"네 명 중에 세 명이라니, 그럼 나머지 한 명의 부모는 못 만났어?"

세리자와의 분노한 시선 따위는 아랑곳하지 않고 로쿠조는 느릿느릿 물었다.

"그 여자애는 부모도 살해됐더라고요."

"살해돼?"

로쿠조의 눈이 가늘어졌다.

"백골 시신으로 발견되었어요. 꽤 오래전에 살해된 거예요. 그 여자애는 부모의 사체를 방 안에 둔 채로 중학교에 다닌 것으로 밝혀졌어요. 게다가 꽃뱀 사기를 치다가 고등학교 올라가자마자 퇴학을 당했더군요. 이웃 사람들 말에 의하면, 살해된 부모가 대마초 사건으로 잡혀간 적이 있었대요. 그 여자애가 초등학교에 다닐 때부터 온갖 방법으로 돈벌이를 시켰던 모양이에요. 참 끔찍한 얘기죠. 맨션에 감금되었던 다른 소녀들의 증언에 따르면 그 여자애는 범인들과 한 패였다는데, 뭐, 이미 죽어버렸으니 확인할 도리도 없죠."

"자기들끼리도 패가 갈라졌나?"

"자세한 건 모르겠지만 패가 갈라졌을 가능성이 높아요. 살해된 지 얼마 안 된 깨끗한 사체였고, 살해 방식도 총알 한 방이었으니까요. 피해자들의 증언에 의하면 그 여자애는 거기서 '스이렌'이라는 이름으로 통했답니다."

로쿠조는 나무아미타불 관세음보살, 이라 중얼거리고 말을 이었다.

"발견된 또 다른 사체의 신원은 파악을 못 했어?"

"예, 사지가 절단된 데다 지문도 없고 치아도 없었어요. 게다가 콘크리트로 묻어버렸더라고요. 대체 인간을 뭘로 보는 건지. 부패도 심해서 신원 파악에 상당한 시일이 걸릴 것 같은데, 어찌 됐든 조만간에 밝혀질 겁니다. 하지만 이 사건, 앞으로도 사체가 더 많이 나올 거예요."

"흠, 말세로고."

"누가 아니랍니까. 그 맨션에서 꽤 오래전부터 그 짓을 했던 거 같아요. 게다가 익명으로 이케부쿠로 사건을 제보해준 자가 있는데 그자가 사체가 아직도 많다는 얘기를 슬쩍 흘려줬어요."

세리자와는 위스키 잔을 기울여 목을 축였다.

"제보해준 자가 알려준 장소와 그 주변을 찾아봤는데 발견된 건 여섯 구뿐이었죠. 그중 한 명이 우리 관할이어서 벌써 주민들이 숙덕숙덕하는 중이에요. 그나저나 로쿠조 씨, 1년에 행방불명자가 몇 명이나 되는지 알아요?"

"관계 기관에서 인지하지 못한 것까지 합하면 대략 20만 명쯤 된다던데."

"어라, 잘 아시네?"

"지난번에 어떤 잡지에서 봤어."

"그래요?"

로쿠조가 선수처럼 쓱싹 대답하는 것이 세리자와는 공연히 불만스러운 표정이었다.

"아무튼 미야마에 경찰서 관할만 따져도 실종자가 한둘이 아니에요. 가출자까지 합하면 정말 엄청난 숫자라고요. 이번 사건을 계기로 요즘에는 너도나도 휴지 조각 던지듯이 실종 신고서를 우리 서에 마구 던져놓고 갑니다. 경찰도 인원이 부족해 쩔쩔 매는 판이니 그걸 일일이 조사할 수도 없는 형편인데 말이에요."

"하지만 그 휴지 조각 속에 피해자가 있을지도 몰라. 인원 부족이라는 건 핑계 아닌가?"

"그럼 형사를 좀 더 늘리고 월급도 올려줘야죠. 무능한 정치인들이 고액 연봉은 받아가면서 아무것도 안 하니까 이 나라가 자꾸 썩어가는 거 아닙니까."

입술을 비틀며 성토하는 세리자와에게 로쿠조가 동감의 웃음을 보였다.

"그래서 범인이 누군지 대충 감이 잡혔어?"

로쿠조가 하품을 하면서 물었다. 관심이 있는 건지 없는 건지, 심드렁한 태도였다.

"아직 감도 못 잡았어요. 현장에 고객 데이터는 물론이고 범인의 흔적까지 아주 깨끗이 지워졌더라고요. 살해되기 전에 구조된 소녀들이 얘기해준 범인에 대한 인상이 유일한 단서예요. 추카이라는 이름의 젊은 남자, 화장해주던 여자 같은 남자, 그리고 여자애들을 모집해오던 스이렌이라는 여자애. 이번에 구조된 소녀들이 사건 직후 발견된 사체가 바로 그 스이렌이라는 여자애라고 증언했으니까 현재 경찰에서 쫓고 있는 건 주범으로 보이는 추카이라는 남자, 그리고 화장해주던 여자 같은 남자, 둘뿐이에요."

"그 두 사람의 행방에 대해 뭔가 알아낸 건 없어?"

"도시마 구 관할 사건이라서 우리 서에서는 이러니저러니 의견을 낼 수가 없는 형편이에요. 물론 피해자들의 주소지가 광범위해서 공동 수사 태세를 취하고 있죠. 하지만 행적은 전혀 파악하지 못했어요. 그런 대규모의 판을 벌려온 걸 보면 틀림없이 뒤에 거대한 조직이 있을 거예요. 현재로서는 중국계 마피아가 가장 유력한데 증거가 없어요. 이 잡듯이 뒤져도 꼬리가 잡히지 않는 걸 보면 우리 손이 닿지 않는 지하 깊숙이 잠복했거나 스이렌이라는 그 여자애처럼 제거되었거나……."

세리자와는 문득 생각난 듯 가슴팍 호주머니에서 담배를 꺼내 불을 붙였다. 그리 좋아하는 편은 아니지만 형사 노릇을 오래 하다 보니 골초가 되어버렸다.

"지금까지 알아낸 건 피해자 네 명의 신원뿐이에요. 범인이 누군지, 대체 어떤 조직인지도 파악을 못 했죠. 정보를 흘려준 자의 정체도 아직 모르고 있으니 내가 생각해도 참 한심합니다."

"정보 제공자는 그레이라고들 하던데?"

로쿠조가 주간지에서 얻어들은 이야기를 했다.

"미확인 생물체라는 뜻으로 그런 이름을 댄 건지 뭔지, 이건 뭐,

우리 경찰을 갖고 노는 걸로밖에는 안 보여요."

이번 이케부쿠로 사건의 정보를 흘린 인물은 전화로 스스로를 '그레이'라고 밝혔다고 한다.

전화가 걸려 온 것은 회색 남자가 주범으로 보이는 보석전 강도 사건에서 정확히 20일 뒤였다. 범행 시기의 간격으로 보자면 그레이와 회색 남자가 동일 인물일 가능성도 없지는 않았다. 언론에서도 그레이라고 이름을 밝힌 자와 회색 남자가 동일 인물이라고 보고 있었다. 이케부쿠로 사건에 가담한 인물이 그레이라는, 아무 근거도 없는 기사를 게재한 주간지도 있었다.

명백히 밝혀진 것보다 아직 어둠 속에 가려진 부분이 압도적으로 많아서 이 사안을 어떻게 파악해야 좋을지 알 수 없었지만, 단 한 가지 확실한 점이 있었다.

1년이라는 공백으로 인해 사망설까지 나돌던 회색 남자가 아직 살아 있다는 것이다. 즉 앞으로 또 다른 사건이 일어날 가능성이 높다는 점이었다.

회색 남자가 관련된 사건마다 번번이 궁지에 몰렸던 경찰은 일찌감치 계엄 태세를 취하고 이케부쿠로 사건의 주범으로 보이는 추카이라는 남자와 똑같이, 이 사건을 흘려준 그레이라는 인물도 추적해왔다. 하지만 어떤 단서도 잡힐 기미가 없었다.

"떠도는 얘기로는 공안부까지 나섰다고 하던데 그쪽에서는 무엇을 어디까지 파악했는지 전혀 모르겠어요."

"흥, 일본 경찰, 예상보다 훨씬 무능하군."

로쿠조의 말에 세리자와는 반쯤은 동의하고 반쯤은 반격하고 싶은 듯한 복잡한 웃음을 흘렸다.

"N 시스템으로 교통도 감시하고 마음만 먹으면 도청도 얼마든지 할 수 있죠. 거리마다 감시 카메라도 설치되어 있어요. 공안부 쪽의 수사팀은 그야말로 만능이죠. 그런데도 잡지 못한다는 건 유령이거나 아니면 외계에서 튀어나온 진짜 그레이겠지요."

"그럼 미군의 에어리어 51에 잠입해보면 범인이 나올지도 모르겠네."

로쿠조의 농담에 세리자와는 고개를 끄덕였다.

"아, 그거 좋네. 수사반을 미국에 파견하자고 내가 위에 얘기해볼게요."

시시한 농담을 하면서도 세리자와의 표정은 진지했다. 로쿠조는 그 표정을 알아보고 다시 질문을 던졌다.

"뭔가 마음에 걸리는 일이 있나?"

그 말에 세리자와는 슬쩍 자세를 바로잡았다.

"그냥 내 추측인데요, 아무래도 경찰 고위층은 이 사건을 해결할 마음이 없는 것 같아요."

그렇게 말한 뒤, 울화가 터지는지 눈앞의 위스키 잔을 단숨에 비워버렸다.

"해결할 마음이 없다니, 대체 무슨 소리야?"

"8월 연쇄 강도 사건이 일어났을 때, 우리는 총동원 태세로 죽을 둥 살 둥 그 회색 남자의 뒤를 추적했어요. 하지만 결국 못 잡았죠. 완전히 녹다운됐어요. 뛰어난 두뇌, 그것을 실천에 옮길 체력, 시스템을 해킹하는 설비, 일본에서는 입수할 수 없는 무기, 그리고 배신자가 한 놈도 없는 이상적인 조직을 갖고 있는 것 같아요. 빈틈이 없고 다른 조직과의 연결도 전혀 없거든요. 당연히 정보꾼들에게도 알려진 게 없죠. 경찰은 그냥 우두커니 손 놓고 바라볼 수밖에 없었어요. 그러다가 보석전 강도 사건이 일어나고, 이어서 이케부쿠로 사건이 만천하에 드러났어요. 내가 이상하게 생각하는 건 이케부쿠로 사건이 일어난 뒤 경찰의 태도예요."

"호오."

로쿠조가 올빼미 같은 소리를 냈다.

"이건 정말 엄청난 사건이잖습니까. 국가의 위신을 걸고 그 추카이라는 자를 잡아내고, 뭔가 관련이 있을 터인 그레이를 추적해야죠. 근데 윗선에서 자꾸 이러니저러니 잔소리만 하는 거예요."

"잔소리?"

"그렇다니까요. 수사본부에 본청의 높으신 분이 자꾸 들락거리는 모양이에요. 처음에는 흉악 범죄라서 위에서도 열의를 보이는 거라고 생각했는데, 가만 보니 그게 아니더라고요. 우리 같은 관할 외의 경찰에까지 본청 사람들이 일일이 참견하면서 날마다 보고서에 대해 심문이라도 하듯이 꼬치꼬치 캐묻고 있어요. 게다가 수사본부와는 별도의 팀을 동원해서 사건을 추적한다는 소문도 돌고 있죠. 거기에 독자적인 판단 기준에 따라 움직이는 공안부까지 관여하고 있잖습니까. 이건 뭐, 수사본부보다 먼저 범인을 잡으려고 경쟁하는 꼴이에요."

"그러니까 윗선에서는 뭔가를 알고 있고 자기들이 먼저 추카이와 그레이를 잡으려고 한다는 건가?"

로쿠조는 주름이 쪼글쪼글한 손가락으로 관자놀이를 지그시 누르며 말했다.

"억측인지도 모르지만 아무래도 그런 감이 들어요."

세리자와는 그렇게 말하면서 오른손으로 턱을 비볐다. 경찰 혹은 그에 상당한 권력을 가진 인물이 이케부쿠로 사건과 어딘가에서 연결되어 있는지도 모른다.

그것을 들춰낸다면 분명 전국이 뒤엎어질 엄청난 사건이 될 것이다. 하지만 확인할 도리가 없었다.

"그리고 또 한 가지, 마음에 걸리는 게 있어요."

"뭐야, 오늘은 유난히 말이 많네."

"이래저래 쌓인 게 많다고요. 잠자코 좀 들어봐요."

"어허, 인상 찌푸리는 것 좀 보소. 노인네한테는 공손해야 한다는 것도 안 배웠냐?"

로쿠조는 어깨를 움츠리며 세리자와의 빈 잔에 위스키를 채워 주었다.

세리자와는 찰랑찰랑 채워진 유리잔을 들여다보며 거기에는 손을 대지 않고 남은 한 장의 햄을 입에 던져 넣었다.

"최근에 아주 묘한 사건이 있었어요. 11월 29일에 이와자키 유키, 12월 2일에 나미키 가쿠토, 그리고 12월 4일에 고다 마코토라는 세 명의 남자가 실종됐거든요."

"뭐야, 그건 또?"

로쿠조는 그런 얘기는 듣지 못했는지 고개를 갸웃거렸다. 세리자와는 그의 질문은 무시하고 자기 페이스로 말을 이어갔다.

"고다라는 놈은 미성년이던 시절에 살인죄를 저질러서 징역 12년이 선고됐는데 교도소에서 착실하게 지냈는지 10년째인 올해 가출소한 자예요. 그리고 놈이 실종된 게 가출소 사흘 만이었습니다. 이번에 홀연히 사라진 그 세 놈이 모두 똑같은 사건의 가해자였어요."

"어허, 이거 보통 일이 아니네. 그래서 지금 어디 있는지 알아냈어?"

로쿠조는 흰 터럭이 더 많은 턱수염을 손끝으로 비비 꼬며 물었다.

"아뇨, 목격자도 없고 단서도 없어요. 경찰인 내가 이런 말을 하는 건 창피하지만, 이건 완전히 신의 솜씨예요. 하지만 용의자는 좁혀졌습니다. 다카노 기요미라는 이름, 혹시 들어본 적 있어요?"

세리자와의 물음에 로쿠조는 눈을 껌뻑이며 천장을 바라보았다.

"흠, 어디서 들은 것 같기도 한데……."

"그럼 미야마에 구의 모녀 유괴 살인 사건은?"

"호오, 그것도 귀에 익은데……."

"지금으로부터 10년 전인 2003년에 일어난 사건이에요."

세리자와는 오래된 상처를 다시 헤집듯이 고뇌의 표정을 지으며 말했다.

기억을 더듬으며 혼잣말을 웅얼거리던 로쿠조는 이윽고 알았다는 듯이 손을 탁 쳤다.

"아, 생각나네. 미야마에 구의 모녀 유괴 살인 사건, 그거야. 세 명의 미성년자가 일으킨 살인 사건."

"맞아요. 이번에 실종된 세 놈이 바로 그 사건의 가해자들이에요."

"흠."

로쿠조는 입을 툭 내밀면서 고개를 끄덕였다.

"그리고 이번 실종 사건이 나기 2년 전부터 이와자키, 나미키, 두 놈 주위에 다카노 기요미라는 자가 자주 나타났었어요. 경찰에 몇 차례 하소연을 했었죠. 두 사람 모두 죄를 저지른 처지라서 그런 일에 민감했거든요. 그래서 조사해봤는데 아닌 게 아니라 수상쩍은 인물을 봤다는 목격 증언이 나왔어요."

"수상한 인물? 다카노 기요미가 얼쩡거렸단 거야?"

"처음에는 누군지 몰랐어요. 다카노는 2006년 이후로는 행방불명 상태였으니까요. 우연히 다카노 기요미의 얼굴을 아는 경관이 순찰을 나간 덕분에 그자인 줄 알았죠. 뭐, 다카노 기요미를 아는 경찰이 꽤 많으니까 늦건 빠르건 알려질 일이긴 했어요."

"다카노가 그렇게 유명한 인물이야?"

"경찰 안에서는 유명하죠. 다카노 기요미는 경찰 조직에 원한과 불신감을 품고 있는 자예요. 경찰서 안에서 난동을 부린 강적이죠."

"어허, 조직폭력배인가?"

"아뇨, 또 다른 사건의 피해자 유족이에요."

세리자와의 대답에 로쿠조는 뜻밖이라는 표정을 지으며 잠시 입을 다물었지만 정신을 수습하고 다시 물었다.

"그럼 세 놈의 실종 사건으로 일단 그자는 조사를 했겠네?"

"우연히 그자라는 걸 알게 된 것까지는 좋았는데, 그 뒤로 다카노의 행적을 도무지 알 수가 없더라고요."

세리자와는 한숨을 내쉬며 말을 이었다.

"고다가 실종된 게 가출소 사흘째 되는 날이니까 이건 명백히 계획적인 납치겠지요. 고다가 사라지기 전에 약속이라도 한 듯이 이와자키와 나미키도 행방이 묘연해졌어요. 이와자키는 결혼해서 가정이 있었고, 나미키도 여기저기 막일을 하면서 나름대로 생활 기반이 있었으니까 세 놈이 모여서 또 말썽을 부릴 일은 없었을 거란 말이에요. 현재로서는 다카노 기요미가 그놈들 주위를 얼쩡거렸다는 목격 증언뿐이에요."

"세 사람이 실종된 사건을 네가 담당한 거야?"

"아뇨. 하지만 미야마에 구 모녀 유괴 살인 사건을 담당한 자로서 아무래도 마음에 걸려서요."

세리자와는 혀를 차며 긴 한숨을 토해냈다.

그것을 신호로 로쿠조의 당나귀 귀로서의 역할은 끝이 났다는 듯 세리자와는 굳게 입을 다물었다.

'샤토디프'를 나온 것은 밤 12시도 지난 때였다.

평일이라서 승객도 거의 없는 전차를 타고 바퀴의 진동에 몸을 맡긴 채 세리자와는 눈을 감고 얼근한 취기에 젖었다. 이윽고 가지가야 역이라는 안내 방송이 들려왔다. 지친 얼굴의 샐러리맨들과 함께 전차에서 내렸다. 집에서 가장 가까운 역이다.

개표구를 나와 변변한 오락 시설 하나 없는 거리를 멍하니 바라보며 신호등의 신호가 바뀌기를 기다렸다. 도로에 자동차도 거의 없어서 신호를 무시해버리는 사람들이 많은 속에서도 세리자와는 파란불이 켜질 때까지 기다렸다.

신호등이 바뀌자 세리자와는 코트 주머니에 넣은 손을 움켜쥐고 추위에 부르르 떨면서 비틀비틀 술 취한 걸음으로 집을 향해 걸었다. 스트레이트로 마신 위스키가 평형 감각을 어지럽히고 있었다.

고요하게 가라앉은 한밤의 주택가는 어두컴컴해서 일정한 간격으로 켜져 있는 가로등 불빛도 불안하기만 했다.

안개가 낀 듯한 머릿속으로 그간의 사건을 더듬어보았다.

1년 전에 일어난 충격적인 연쇄 강도 사건. 네 달 전에 일어난 보석전 강도 사건. 이케부쿠로의 끔찍한 사건. 그리고 세 사람의 실종.

세리자와는 그 모든 사건에 대해 기사와 정보를 스크랩하고 자신이 알고 있는 수사 정보를 낱낱이 기록해두었다. 그것은 직무와는 또 다른 열정으로 한 일이었다. 하지만 진상에 근접했다는 실감이 전혀 없었다. 오히려 미로의 초입에도 들어서지 못한 듯한 안타까움만 더해갔다.

다만 한 가지, 단서가 있었다.

바로 다카노 기요미.

오래전에 경찰관의 태만을 비난하며 경찰서 안에서 난동을 부린 것으로 유명한 인물.

찬바람에 몸을 부르르 떨며 세리자와는 눈을 가늘게 좁히고 이를 악물었다.

'샤토디프'에서 마신 술이 추위 때문에 벌써 빠져나간 모양이다. 훈훈해졌던 몸이 서서히 얼어붙었다. 취기는 완전히 사라졌다.

이제 조금만 더 가면 집이다. 세리자와는 몸을 웅크리고 걸음을 서둘렀다.

점점이 이어지는 가로등은 군데군데 푸른색 빛으로 바뀌었다. 마음을 가라앉히는 색깔이라고 요즘 범죄를 방지할 목적으로 여기저기서 새롭게 교체되는 가로등이다. 하지만 차디찬 겨울 하늘 아래에서 보는 그 푸른 불빛 때문에 추위가 더욱 심해지는 것 같았다.

이제 저 가로등을 몇 개만 지나면 내 집이다. 혼자 사는 처지라 집에 가봐야 기다리는 건 바깥 공기와 별반 다를 것도 없는 썰렁한 방이지만 그래도 푹신한 이불 속이 그리웠다. 어서 그 안에 들어가 언 몸을 녹이고 싶다는 생각을 하고 있을 때였다.

눈앞의 가로등 밑에서 문득 인기척을 느끼고 유심히 바라보았다.

푸른 불빛에 드러난 사람은, 훌쩍 키가 큰 몸을 회색 정장으로 감싸고 회색 중절모를 쓰고 있었다.

회색 남자다.

세리자와는 그렇게 직감하는 것과 동시에 몸이 얼어붙은 것처럼 그 자리에 멈춰 섰다.

"밤늦은 시간에 미안하군요."

남자는 정중하게 인사를 건넸다.

"누구요?"

세리자와의 목소리는 공포로 가늘게 떨렸다.

남자는 모자 차양으로 얼굴을 가린 채 고개를 숙이고 있어서 세리자와 쪽에서는 입가밖에 보이지 않았다. 그 입이 웃었다.

"지금은 그레이라고 이름을 댈 수밖에 없군요."

세리자와는 온몸의 근육이 오그라들도록 긴장했다.

"당신이 왜 여기 있지요?"

세리자와는 스스로를 격려하듯이 큰 소리로 물었다. 찬바람이 뺨을 때리며 그의 의식을 맑게 깨워주었다.

"내가 지금 쫓기는 몸이라 미안하지만 짧게 말씀드려야겠소."

그레이는 세리자와의 말에 대답하는 대신, 양해를 청해왔다.

"당신에게 고마워하는 사람이 있어서 잠깐 소개하지요."

담담하지만 한 마디 한 마디에 혼이 깃든 말투였다.

"미야마에 구 모녀 유괴 살인 사건에서 당신은 형사로서 사건에 관여하여 마지막까지 가해자를 규탄하고 검찰과 협력하여 피해자를 위해 최선을 다해주셨소. 피해자의 유족이 그 점을 매우 감사하게 생각하고 있어요."

"그, 그건……."

그건 그렇지 않아.

세리자와는 마음속에서 중얼거렸다.

단지 악을 용서할 수 없었을 뿐이다. 범죄자가 오히려 이익을 보는 이 세상을 어떻게든 깨보고 싶었을 뿐이다. 악은 당장 매장해버려도 상관없다고까지 생각했다.

세리자와는 피해자의 심정까지 헤아려본 적은 한 번도 없었다. 오로지 악을, 부정과 부패를 미워했을 뿐. 그래서 요즘 경찰이라는 기관에 의문을 품기 시작한 것이다. 경찰이라는 부조리한 조직에 그만 지쳐버린 것이다.

그레이는 세리자와의 마음속 부르짖음을 듣기라도 한 듯 빙그레 웃었다.

"이유가 무엇이건 당신의 이념은 훌륭해요. 마지막까지 악에 저항하는 자세를 보여준 당신은 칭찬받을 자격이 있지요. 그러니 고마움을 품은 피해자의 유족을 대신해 나 그레이가 답례를 할 생각이오."

"답례?"

그레이는 세리자와의 말에 고개를 끄덕이며 캄캄한 어둠 속으로 눈길을 돌렸다. 그러자 그 어둠 속에서 또 한 사람이 나타났다.

세리자와는 순간적으로 경계 태세를 취했지만 그레이가 그를 안심시키려는 듯 부드러운 목소리로 말했다.

"아니, 염려할 것 없어요. 나의 동지랍니다."

"동지?"

세리자와의 질문에 그레이는 대답하지 않았다.

아직 젊은 그 남자는 작은 종이 봉투를 세리자와 앞에 조용히 내려놓더니 다시 어둠 속으로 사라졌다.

"……."

세리자와는 발밑의 종이 봉투와 어둠 속으로 사라진 남자 쪽을 번갈아 바라보았다.

"그 봉투 안에 10억 상당의 보석이 들어 있어요. 물론 범죄와 아무 관련도 없는 깨끗한 보석이지요. 그것을 당신에게 드릴까 합니다."

"어째서 이걸 나한테?"

세리자와는 그가 무슨 말을 하는지 이해가 되지 않았다.

"조금 전에 말했다시피 당신에게 드리는 답례예요. 그리고 또 한 가지, 실례를 무릅쓰고 당신의 은행 계좌를 해외 은행에 개설했습니다. 10억 엔 남짓한 돈을 넣어두었지요. 이건 그 예금을 찾을 수 있는 카드입니다."

그레이는 세리자와에게 다가와 작은 사각 봉투를 건네주었다.

"그 안에 인증번호가 적힌 종이, 그리고 지금부터 두 달 동안 사용 가능한 두바이행 항공권도 함께 들어 있어요."

"두바이? 대체 무슨 소리요?"

"그곳이 마음에 들지 않는다면 북유럽이든 남프랑스든 원하는 곳에 가서 살아도 됩니다. 지나친 사치만 아니라면 평생 전 세계를 여행하며 살 정도의 자금은 준비해드릴 테니. 그렇게 사는 것도 나쁘지는 않겠지요?"

"아니, 왜 내가 해외에?"

세리자와는 혼란스러운 가운데 가까스로 그런 질문을 던졌다. 그레이는 잠시 말이 없었다. 영원처럼 느껴지는 침묵. 한겨울 찬바람이 불어치는 속에서 세리자와의 등줄기에는 땀이 흐르고 있었다.

이윽고 그레이가 조용히 웃었다.

"일본이 이제 곧 끝장날 것이기 때문이오."

그레이는 말을 이었다.

"하지만 그 전에 한 가지 도와줄 일이 있소."

"뭘 도와달라는 겁니까?"

"자세한 내용은 추후에 연락을 드리지요. 이런 말씀은 실례가 되겠지만, 당신이 어떤 판단을 내리는지 시험하는 것이라고 생각해주시오."

그 말을 남기고 그레이는 소리도 없이 어둠 속으로 사라져갔다.
시험이라고?
대체 뭐가 어떻게 된 건가.
세리자와는 잠깐 멍하니 서 있다가 문득 정신을 차려 한 차례 부르르 떨고 큰소리로 외쳤다.
"도대체 무슨 짓을 하려는 거야!"
하지만 어둠 속에 던져진 세리자와의 질문은 그레이를 다시 불러 세우지 못했다.
이틀 뒤.
두바이행 항공권을 들여다보며 고민에 빠진 세리자와 앞에 머리를 깨끗이 민 험상궂은 얼굴의 남자가 아무 예고도 없이 찾아왔다.
잘 아는 얼굴이었다.
남자는 다카노라고 자신의 이름을 밝혔다.

## 2

12월 14일.
엉겁결에 가담했던 강도 사건도 벌써 4개월 전의 일이 되었다.

료타로는 근무하던 보석점을 사건 후에 곧바로 그만두었다. 그레이의 말대로 처음 한 달 동안은 아무 일도 하지 않고 느긋한 하루하루를 보냈다.

한 달이 지났을 즈음, 그레이의 소개로 료타로는 파라온 운송주식회사에 취직했다.

불황이 전국을 뒤덮은 가운데 작은 벤처기업이 업계 6위의 적자 운송회사를 매입하고 뒤를 이어 실적 부진에 허덕이던 3위와 4위 운송회사까지 흡수 합병하여 이제는 업계의 톱을 유지하고 있었다. 이들 운송회사를 매입한 벤처기업은 도모슨 상사. 파라온 운송주식회사는 그 도모슨 상사의 자회사였다.

료타로가 배속된 곳은 1년 전에 개설한 파라온 운송주식회사의 니혼바시 제2본점으로, 주로 각 지역에 있는 지점의 감독 및 감시 업무를 하는 곳이었다. 한편으로 니혼바시 제1본점은 흡수 합병 이전의 건물을 사용하면서 실질적인 운송 업무를 하고 있었다.

료타로가 근무하게 된 제2본점에서의 업무는 도쿄 사업소에 소속된 지점의 시찰이었다. 이건 업무라고 할 만큼 힘든 일거리도 아니었다. 일주일에 두 번 정도 근처의 지점을 돌며 견학을 하고 그에 대한 보고를 도모슨 상사에 메일로 보내는 간단한 일이었다. 남은 사흘은 뭔가 문제가 생기면 지점으로 출동한다는 대기 업무였다. 하지만 아직 한 번도 호출된 적은 없었다.

있어도 없어도 그만일 듯한 업무. 다른 동지들이 바쁘게 움직이는 것을 옆에서 지켜보며 료타로는 미안한 마음이 들곤 했다. 하지만 료타로는 아직 그 자리를 지키며 근무하고 있었다.

네리마 지역의 지점을 돌고 난 료타로는 잠시 이케부쿠로에 들러 되도록 사람이 적은 카페로 들어갔다.

이 카페는 테라스가 자랑거리인지 자리의 반절이 바깥에 놓여 있었다. 하지만 추운 겨울에 굳이 테라스 자리를 찾는 괴짜 손님은 없었다.

햇볕이 따스한 날씨였지만 료타로는 카페 안의 자리에 앉기로 했다. 커피를 주문하고 간단한 보고서 작성에 들어갔다.

보고서에는 어려운 얘기는 쓰지 않고 새롭게 알게 된 것이 있을 때만 기록하면 되는데 그런 게 없을 때는 회사 분위기는 양호했다는 식의 짧은 문장 몇 개를 나열하면 끝이었다.

10여 분 만에 보고서 작성을 마치고 료타로는 가만히 숨을 내쉬며 노트북을 가방에 챙겨 넣었다.

이제 니혼바시 지점으로 돌아가면 된다. 아직 오전 11시였지만 하루 일이 끝나버려서 마음이 한껏 풀어졌다.

점심이라도 먹자고 메뉴판을 펼치는데 양복 가슴팍 호주머니의 휴대전화가 진동했다. 사유리에게서 온 것이었다.

"응, 웬일이야?"

료타로는 주위에 들리지 않게 목소리를 낮췄다. 하지만 오전의 어중간한 시간이라서 료타로 외에 다른 손님은 없었다.

"오후에 시간 있어요?"

톤은 높지만 기분 좋은 여운의 목소리가 귀에 와 닿았다. 이건 평일 점심때의 일반 직장인에게 물어볼 말은 아니었다.

"응, 어쩌다 보니 시간이 비었어."

"다행이다. 그럼 내가 지금 거기로 갈게요."

그렇게 말하더니 일방적으로 전화를 끊었다. 료타로는 휴대전화를 귀에서 떼어내 액정화면을 물끄러미 바라보며, 뭐야, 정말, 하고 중얼거렸다. 지금 여기로 오겠다니, 내가 어디 있는지 알고는 있는 건가. 그렇게 생각한 순간, 누군가 등을 툭 쳤다. 돌아보니 사유리가 웃는 얼굴로 서 있었다. 항상 입는 그 교복 차림으로 오른쪽 어깨에는 큼직한 보스턴백을 메고 있었다.

"엇?"

료타로는 입이 떡 벌어졌다. 방금 전화로 이야기한 사람이 그 전화를 끊자마자 눈앞에 나타나다니. 머릿속이 혼란스러워서 눈만 껌뻑거렸다.

"놀랐죠?"

고양이처럼 반달눈이 된 사유리가 둥근 테이블의 맞은편 의자에 앉으며 말했다.

"아, 배고파. 뭐 좀 먹어도 돼요?"

사유리는 료타로의 대답을 기다리지 않고 점원을 불러 햄 샌드위치와 홍차를 주문했다.

"내가 여기 있는 걸 어떻게 알았어?"

"우연히 눈에 띄었어요."

"무슨 일로 이케부쿠로에?"

"회사 일."

사유리는 남자처럼 무뚝뚝하게 대답했다.

"그 차림으로?"

"그 차림이라니, 항상 똑같은 옷이잖아요? 난 교복이 정말 좋더라고요. 하긴 이 옷차림으로는 할 수 없는 일이 너무 많아서 회사 일 할 때 입을 옷은 여기에 따로 갖고 다니죠."

사유리는 진지한 얼굴로 보스턴백을 가리켰다. 그러더니 마침 점원이 가져온 물 잔을 들어 꿀꺽 한 모금을 마셨다.

사유리는 회사에서 어떤 일을 할까.

하지만 료타로는 그런 질문은 하지 않았다.

그레이의 지시에 따른 업무 내용은 서로 발설하지 않는다는 게 불문율이었다. 그리고 상대의 성장 환경이나 경력, 상대가 밝히기를 원하지 않는 이야기는 캐묻지 않는다는 암묵의 룰도 그레이에게 구조된 사람들 사이에 존재했다. 그것은 상대의 상처를 건

드리지 않으려는 배려였다. 하지만 딱히 그런 이유 때문만은 아니었다.

서로의 마음속을 누구보다 잘 알기 때문에 괜한 질문은 하지 않는 것이다.

몸을 베어내는 듯한 아픔. 폐가 으스러지는 듯한 고통. 이 지상에서 자신의 존재가 불필요하다는 것을 깨달아버린 절망감. 몸의 세포가 모조리 다 타버릴 듯한 분노. 그리고 그 분노에 목이 졸려버린 슬픔. 어떻게도 해결할 수 없는 자기혐오.

그레이에게 구조된 자들은 모두 그런 감정을 직접 체험했기 때문에 서로가 서로의 마음을 공유할 수 있었다. 표면적인 해석이나 동정 따위가 아니라 마음 깊은 곳에서 호응하는 공감이었다.

그래서 그들은 혈육보다 더 진한 연대감으로 신을 숭배하는 것 이상의 헌신적인 존경을 그레이에게 바치고 있었다.

종교와 비슷하지만 종교가 아니라고 료타로는 생각하곤 했다. 종교는 자신의 행복을 추구한다. 기도는 자신의 욕구를 채우고 싶다는 표현이다. 자폭 테러를 감행하는 것도 결국은 자기 구원이라는 바탕 위에서 이루어지는 행위다.

하지만 그레이에게 구조된 자들은 단지 그레이를 위해 살아간다. 그레이가 아니었다면 이미 사라졌을 목숨이기 때문에.

료타로는 동지들에게 이런 이야기를 한 적이 없다. 이것에 대해 어떻게 생각하느냐고 물어본 적도 없다. 하지만 그레이에게 구조된 사람들 모두가 료타로와 비슷하게 생각한다는 것을 알고 있었다.

파라온 운송주식회사에는 그레이에게 구조된 사람과 원래부터 그곳에서 일하던 사람이 섞여 있었다. 하지만 료타로는 누가 그레이에게 구조된 사람인지 쉽게 구별할 수 있었다. 지점을 돌다 보면 훤히 감지되는 것이다.

절망의 심연에 빠져본, 파도치는 듯한 눈동자. 바닥 모를 암흑을 목도한 인간이 가진 독특한 분위기가 얼핏얼핏 드러나곤 했다.

지금 눈앞에서 햄 샌드위치를 먹고 있는 사유리도 이쪽 편 사람이라는 것을 충분히 감지할 수 있었다. 항상 밝고 명랑하게 굴지만 어느 순간 어둠이 깃든 눈동자를 언뜻 내비치는 것이다.

사유리가 어떤 끔찍한 과거를 짊어지고 있는지는 알지 못한다. 하지만 사유리가 이따금 내보이는 어둠은 아직 그 상처가 치유되지 않은 증거처럼 느껴졌다.

그레이라는 '의지할 곳'이 있기 때문에 그나마 현재의 상태가 유지된다. 정확한 이론적인 근거가 있는 것은 아니지만 료타로는 '그때' 이후로 늘 그렇게 생각했다.

그때.

지금으로부터 3개월 전. 즉 보석전 강도 사건이 일어나고 한 달 뒤, 료타로는 갑작스럽게 사유리의 부탁으로 데이트를 하러 나갔었다.

"그레이가 잠깐 바람도 쐴 겸 료타로하고 데이트, 아니, 놀다 오라고 했어요."

요코하마 역에서 기다리던 료타로에게 사유리는 시선을 어디에 둘지 모르겠다는 표정으로 퉁명스럽게 말했다.

료타로는 사유리도 그를 '그레이'라고 부르는 것이 왠지 기뻤다. 수줍고 어색해서 자꾸 뾰로통해지는 사유리가 우습기도 하고 자신도 어쩐지 겸연쩍은 기분이었다.

그렇게 둘이 간 곳은 예상과는 달리 가마쿠라였다. 아직 어린 사유리가 역사 유적지를 데이트 장소로 선택한 게 이상해서 잠깐 놀렸더니 사유리는 "됐거든요?" 하며 얼굴을 찡그렸다.

JR 요코스카 선을 타고 기타가마쿠라 역에서 내렸다.

하늘은 어둡고 묵직하게 구름이 끼어 금세라도 비가 쏟아질 것 같았다.

료타로는 사유리가 안내해주는 대로 걸음을 옮겼다. 아직 날이 더운 때여서 사유리는 티셔츠와 반바지를 입고 있었다. 가느다란 몸매와 눈처럼 하얀 피부는 료타로의 시선을 허둥거리게 하기에 충분했다.

두 사람은 변변한 대화도 없이 겐초사의 한소보 산길까지 올라갔고, 여전히 아무 말도 없이 자주감자 아이스크림을 사 먹고 전병 전문점에서는 땀을 흘려가며 매콤한 전병을 먹었다.

어색한 분위기를 풀어볼 기회를 잡지 못하고 미묘한 거리감을 유지한 채 몇 시간을 보냈다. 데이트라는 낯선 일에 두 사람은 서로에게 보이지 않는 벽을 만들고 그 너머에서 서로를 바라보았다.

묵직한 구름으로 기울어가던 하늘이 마침내 균형을 잃고 비를 퍼붓기 시작했다.

"아 참, 꼭 가보고 싶은 곳이 있어요."

비를 맞으면서 사유리는 급한 말투로 료타로에게 말하고는 종종걸음으로 기타가마쿠라 역 근처에 자리 잡은 미술관으로 뛰어갔다.

그곳은 벽돌로 지은 단독 주택을 그대로 미술관으로 사용하는 곳이었다.

활짝 열린 하얀 현관문을 들어서자 오른편에 접수처가 있었다.

"어서 오세요."

문고본을 읽고 있던 접수처 여직원이 고개를 들며 말했다. 료타로와 사유리가 오기 전에는 손님이 없었는지 한가한 기색이었다.

"어른 두 장 주세요."

사유리는 2인분의 관람료를 내고, 반으로 떼어낸 티켓을 받아

들었다.

두 사람은 커튼으로 구분된 전시실로 들어갔다.

거실 같은 널찍한 공간에는 소파 두 개와 네모난 테이블 하나가 있었고 그 테이블 위에는 그림책이 잔뜩 놓여 있었다.

"그림책 작가?"

료타로가 벽에 걸린 커다란 그림을 보며 말했다. 전시된 그림의 대부분은 하늘과 대지가 캔버스를 뒤덮고 그 한가운데 덜렁 피사체가 그려져 있는 심플한 구도였다. 크레용으로 그린 담담한 색감이 어쩐지 그리운 인상을 풍겼다.

"응, 그림책 작가."

사유리가 고개를 끄덕이며 2층으로 이어진 계단을 가볍게 걸어 올라가는지라 료타로도 그 뒤를 따랐다.

2층 벽에도 같은 간격으로 그림이 걸려 있고 소파와 책상이 있었다. 사유리는 계단과 가까운 소파에 앉아 잠시 숨을 돌렸다.

"앉지그래요?"

사유리가 옆자리를 탁 쳤다. 료타로는 그 손짓에 응해 2인용 소파에 나란히 앉았다.

실내는 적당한 습도가 유지되고 있었고 인기척이 없어서인지 시곗바늘 소리가 크게 들릴 만큼 조용했다. 배치된 가구도 세련되고, 나무의 온기와 정결함이 느껴지는 벽지가 마음을 온화하게 풀어주었다.

"어때요, 좋은 곳이죠? 나는 여기 자주 와요."

사유리의 말에 료타로는 어정쩡하게 고개를 끄덕였다.

"별로 마음에 안 들어요?"

사유리가 고개를 갸웃하며 걱정스러운 눈빛으로 들여다보는지라 료타로는 다급하게 고개를 저었다.

"아냐, 아주 좋은 곳이야. 하지만 아직 어린 사람이 왜 이런 곳을?"

이질감이 있었다. 아직 어린 티가 가시지 않은 여자애와 미술관이라는 조합이 료타로의 머릿속에서 왠지 잘 연결되지 않았다.

사유리는 료타로의 말에 가볍게 한숨을 내쉬었다.

"어디에도 내 자리가 없었거든요."

불쑥 중얼거렸다.

"그래서 내 마음대로 이곳을 내 자리로 정했어요."

하늘하늘 떠오르는 듯한 사유리의 목소리는 이 공간과 정말 잘 어울렸다.

잠시 침묵이 이어진 뒤, 료타로의 입에서 저도 모르게 말이 튀어나왔다.

"나도 너하고 비슷한 거 같아."

그것으로 충분했다. 그 한 마디로 료타로와 사유리는 서로에게 자연스럽게 녹아들었다.

료타로는 그레이라는 압도적인 인물의 인도로 목숨을 건지고 자신의 자리도 얻었다. 사유리도 아마 자신과 똑같이 힘겨운 일을 겪은 끝에 지금에 이르렀을 것이다.

"난 정말 끔찍한 일을 당했어요."

사유리는 소파 등받이에 몸을 기댔다.

"다행인지 불행인지 기억이 가물가물하지만, 그야말로 나락에 떨어졌을 때 그레이에게 구조됐어요. 그때 그런 생각을 했어요. 이런 썩어빠진 세상에 저항할 줄 아는 사람이 있구나, 정말 대단하구나, 하고. 그래서 그레이를 따라나섰죠. 지금도 이 잘못된 세상에 복수하고 싶은 마음이 가득하지만, 무엇보다 나는 그레이가 어떤 일을 하고 어떻게 될지 꼭 지켜보고 싶어요."

"그건……."

료타로가 하려는 말을 사유리가 대신 이어나갔다.

"호기심이냐고요?"

그리고 깔깔 웃었지만 사유리의 그 얼굴에는 역시 슬픔이 감춰져 있었다.

"왜 그래요?"

카페 의자에 앉아 말없이 생각에 빠져버린 료타로의 얼굴을 들여다보며 사유리가 물었다. 미간을 살짝 찌푸린 불안한 표정이었다.

"아, 그게…… 그거 무척 맛있어 보여서……."

회상의 바다에서 갑작스럽게 빠져나온 료타로는 대충 말을 얼버무리고 자신도 베이컨과 달걀 샌드위치를 주문하고 커피도 추가로 부탁했다.

"일은 이제 좀 익숙해졌어요?"

사유리가 료타로의 가방을 흘끔 쳐다보며 물었다.

"요즘 온탕에 푹 잠겨 있는 중이야. 일은 간단하고 월급은 많고, 모두가 부러워하는 대우를 받고 있지."

일하는 양에 비해 지나치게 많은 월급을 받는다는 자각이 있었다. 게다가 료타로가 일하는 니혼바시 제2본점에는 그레이에게 구조된 사람들, 즉 료타료 측의 사람들뿐이었기 때문에 인간관계에서 오는 스트레스도 전혀 없었다.

"그래요? 잘됐네."

사유리는 자기 쪽에서 물어봤으면서 별로 흥미가 없는 듯한 대답을 하더니 흘끗 손목시계를 보았다. 료타로는 값비싸 보이는 시계구나, 하고 생각했다.

"일 끝나는 거 몇 시예요?"

"지금 이대로 간다면 5시 반에는 끝날 거야."

료타로는 정해진 퇴근 시간을 말해주었다. 사실은 좀 더 일찍 퇴근해도 아무도 나무라지 않았지만 되도록 그 시간까지는 회사에 남아 있었다.

"그럼 오늘 저녁에 함께 식사할까요?"

손에 묻은 빵 부스러기를 털어내며 사유리가 말했다.

"그래, 난 괜찮아."

몇 번 이런 일이 있었기 때문에 료타로는 별반 놀라는 일 없이 고개를 끄덕였다. 하지만 얼굴 표정에 드러내지는 않았어도 내심 뛸 듯이 기뻤다.

"그럼 7시에 집 앞까지 차로 데리러 갈게요."

"차라니, 사유리 차가 있었어?"

료타로가 고개를 갸우뚱하며 물었다. 아직 미성년이라서 운전면허가 없을 터였다.

"아이, 아니에요. 오늘은 그레이가 초대하는 거예요."

사유리도 요즘에는 그를 완전히 '그레이'라는 호칭으로 부르고 있었다. 사유리뿐만이 아니었다. 그레이에게 구조된 사람들 사이에서는 그레이라는 호칭이 이미 자리를 잡았다. 그 사람 스스로 그레이라는 이름을 자주 사용했기 때문이다.

"그레이가?"

료타로의 심장이 꿈틀 뛰었다.

그 사람을 만날 수 있다니.

그레이에게 구조된 뒤로 료타로는 그를 두어 번밖에는 만나지 못했다. 그것도 그저 우연히 마주치는 정도여서 개인적인 이야기를 나눌 틈도 없이 형식적인 인사 정도만 나누었을 뿐이다.

그에게 연락할 방법도 없어서 그레이가 대체 어디서 무엇을 하는지는 전혀 짐작도 가지 않았다. 하지만 사유리는 달랐다. 그녀는 일상적으로 그레이를 만나는 것 같았다. 그레이의 말이나 업무 지시 등이 반드시 사유리를 통해 전해졌기 때문이다.

자연히 료타로와 사유리가 접촉할 기회는 많아졌다. 료타로가 파라온 운송주식회사에서 근무한 건 겨우 3개월이라는 짧은 기간이었지만, 이제 사유리와는 다른 누구보다도 자주 어울리는 관계가 되었다.

"실은 그레이에게서 료타로 씨를 데려오라는 부탁을 받았어요. 전화로 말할까 했는데 우연히 여기 있는 걸 봤죠. 어때요, 갈 거죠?"

료타로는 눈을 둥그렇게 떴다.

그레이가 나를 만나고 싶어 한다. 그 말만으로도 온몸이 파르르 떨릴 만큼 기뻤다.

"물론이지."

료타로는 흥분을 억누르며 겨우 대답하고 몇 번이나 고개를 끄덕였다. 그 모습을 보고 사유리가 웃었다.

"어째 수상하네요. 그레이가 그렇게 좋아요?"

"그야 뭐……."

료타로는 얼굴을 붉히며 말끝을 흐렸지만 흥분은 쉽게 가라앉지 않았다. 그리고 문득 머릿속에 의문이 떠올랐다.

"근데 그레이가 왜 나를 만나려는 거지?"

료타로의 어물어물하는 모습을 재미있다는 듯 바라보던 사유리가 문득 진지한 표정이 되었다.

"글쎄 왜일까요?"

사유리의 대답이 료타로의 불안을 부채질했다. 별 볼일도 없이 만나자고 할 리는 없다. 그렇다면 무슨 일로 그레이는 나를 부른 걸까.

"만나서 물어보면 되잖아요?"

사유리의 말투를 보니 료타로가 원하는 대답을 이미 알고 있는 것 같았다.

일단 사유리와 헤어진 료타로는 지하철을 갈아타며 니혼바시 제2본점으로 돌아왔다.

역에서 도보로 10분 거리인 8층 빌딩은 원래 다른 회사에서 쓰던 건물이지만 불황으로 매각하게 되어 파라온 운송주식회사가 사들였고 대폭적인 개보수를 거쳐 현재에 이르렀다.

전면 유리의 현관문을 들어서자 훈훈한 온풍기 바람이 한꺼번에 폐에 들어왔다. 조명으로 밝혀진 내부는 환한 분위기지만 내객이 드나드는 곳이 아니어서 접수처는 설치되어 있지 않았다.

입구는 인기척 없이 정적에 감싸여 있었다.

엘리베이터는 세 개나 있었는데 IC칩이 내장된 카드를 대자 스르르 문이 열렸다.

따로 경비원이 없어도 이 빌딩은 다양한 보안 시스템을 갖추고 있었다.

료타로가 탄 엘리베이터는 5층에 멈춰 서더니 천천히 문이 열렸다. 열 명 남짓한 사람들이 데스크에 앉거나 칸칸을 돌아다니며 일하고 있었다.

"다녀왔습니다."

료타로가 인사하자 사무실 안의 사람들이 어서 와, 수고했어, 라고 저마다 한 마디씩 해주었다. 료타로는 이런 가족 같은 분위기가 아직도 익숙해지지 않았다.

긴자의 보석점에 다닐 때는 쓰레기 같은 취급을 받았다. 직원들 간의 커뮤니케이션이라고는 욕설과 비웃음뿐이었다. 물론 인사 따위를 나누는 일도 없고 오로지 사표를 내게 하기 위한 괴롭힘만 있었다. 지금 다시 생각해봐도 머리가 핑 돌 지경이다.

"왜, 왜 그래?"

료타로의 눈앞에 사사키가 얼굴을 쑥 들이밀며 물었다.

"아무것도 아니야."

료타로는 얼버무리듯이 말하고 데스크 앞 의자에 앉았다.

"무, 무슨 일, 있었어?"

사사키는 료타로의 자리 옆에 앉아 어깨를 툭 쳤다.

"뭔가 고민이 있을 때는 말을 해야지."

사사키는 콧잔등에 주름을 잡고 웃으며 말했다.

그와는 데스크가 맞붙어 있어서 자주 이야기를 나눴다. 키가 작고 아직 어린 티가 나는 얼굴이다. 왁스를 듬뿍 발라 성게 같은 머리를 하고 있었다. 염색을 했기 때문에 갈색 성게다.

사사키는 고등학교를 중퇴하고 지금 이곳에 와서 일하고 있었다. 자리는 료타로 옆이지만 업무 내용은 전혀 달랐다. 료타로의 책상 위에 놓인 컴퓨터는 한 대. 그에 비해 사사키의 책상에는 세 대나 되었다. 그 밖에 또 다른 사무실에도 사사키 전용의 컴퓨터가 설치되어 있었다.

그는 자신이 하는 일을 '잠입 수사'라고 했다. 하루 종일 컴퓨터에 달라붙어 있는 일도 드물지 않았다.

그레이에게 구조된 사람들은 서로의 과거에 대해 캐묻지 않았지만 스스로 입을 열 경우에는 열심히 들어주곤 했다. 사사키도 만난 지 일주일쯤 되었을 때 료타로에게 자신이 겪은 일을 이야기해주었다.

홀어머니 밑에서 자란 사사키는 가난 때문에 중학교 때부터 신문 배달 아르바이트를 했다. 그렇게 집안 살림을 거들면서 가까스로 고등학교에 진학할 수 있었다. 수업을 열심히 듣는 타입은 아니지만 한 번 들으면 별 어려움 없이 기억하는 뛰어난 두뇌를 갖고 있어서 현 내에서 톱클래스의 고등학교에 입학했다. 그곳에서 컴퓨터부에 들어가 천재적인 재능을 발휘했다.

해킹.

도서관의 참고 도서와 인터넷에서 검색한 지식만으로 보안이 허술한 기업을 해킹해 정보를 뽑아낼 수 있었다. 프로그래밍도 어려움 없이 해치우고 텔레비전에서 취재를 나올 만큼 컴퓨터 천재로 여기저기서 추앙을 받은 시기도 있었다고 한다.

하지만 그런 성공은 길게 가지 못했다.

사사키의 인기를 그리 달가워하지 않던 반 친구 세 명이 슬슬 괴롭히기 시작했다. 그들이 학교 안에서 중심적인 존재였기 때문에 이 괴롭힘은 점점 다른 아이들에게로 전염되듯이 퍼져갔다.

시작은 단순히 운동화를 감추거나 책상을 교실 구석에 밀쳐놓는 등의 간접적인 것이었다. 사사키는 그런 짓들에 별로 신경을 쓰지 않았다. 원래부터 겁이 없는 편인 데다 사교적인 성격이라 여전히 그를 좋아해주는 친구도 적지 않았기 때문이다. 하지만 그런 태연한 모습에 부아가 났는지 점점 더 괴롭힘의 정도가 심해져갔다.

그 세 명을 중심으로 한 여덟 명이 한 패가 되어 사사키의 몇 안 되는 친구들을 협박했다. 사사키를 완전히 고립시키려는 것이었다. 그러고는 여덟 명이 합세해서 돈을 요구했다.

사사키는 단호히 거절했다. 그러자 폭력이 시작되었다.

돈을 내놓으라는 협박이 거의 매일같이 이어졌다. 그때마다 사사키는 거절했고 쏟아지는 폭력을 견뎠다. 저항도 해봤지만 수적으로 열세였다. 맞싸워볼 도리가 없었다.

사사키는 이 일을 선생님에게 말하지 않았다. 말하면 어머니에게 알려질 터였다. 걱정시키고 싶지 않았다. 어머니에게는 평소와 똑같이 대하고 몸에 난 상처는 들키지 않도록 조심했다.

어느 날, 항상 하던 대로 그들에게 불려 나갔다. 장소는 인적 없는 2층짜리 폐공장의 옥상이었다.

사사키는 프로레슬링 시합이라는 명목으로 일방적인 공격을 당했다. 자신들의 폭력 흔적을 남기지 않으려고 줄기차게 배 부분만 노리며 주먹이 날아왔다. 그때 리더 격인 아이가 돌려차기 연습을 하겠다고 나섰다. 사사키는 양옆에서 팔을 붙잡힌 채 대자로 세워졌다. 리더 아이는 발을 구르며 달려와 무방비 상태의 사사키 복부에 돌려차기를 날렸다. 강한 충격과 함께 뒤로 나자빠지면서 녹슨 옥상 철책에 등을 세게 부딪쳤다. 철커덕하는 소리가 울렸다.

철책에 부딪힌 반동으로 앞으로 튀어나왔어야 할 사사키의 몸이 마치 슬로모션처럼 철책과 함께 아래로 아래로 떨어졌다.

철책을 고정하고 있던 콘크리트 부분에 금이 가서 언제 떨어질지 모르는 상태였던 것이다. 몸이 내던져진 충격을 견디지 못한 철책과 함께 사사키는 1층 바닥에 떨어졌다.

사사키가 죽은 듯 움직이지 않는 것을 본 여덟 명은 그대로 달아나버렸다. 그를 구해주려고 달려온 자는 한 놈도 없었다. 구급차를 불러준 사람은 그들의 모습을 수상하게 여겨 달려온 행인이었다.

기적적으로 목숨은 건졌으나 온몸의 타박상과 여섯 군데의 골절, 그리고 머리를 스무 바늘이나 꿰매는 큰 부상을 입었다. 상처는 시간과 함께 아물었지만 문제는 몸의 상처가 아니었다. 머리부터 떨어지는 바람에 뇌가 손상되면서 사사키에게는 언어 장애가 남고 말았다.

상해 사건으로 다뤄야 할 만큼 큰 사건이었지만 가해자들이 미성년자였기 때문에 불기소 처분이 떨어졌다. 민사 소송을 하고 싶었지만 그럴 만한 시간도 금전적인 여유도 없었다.

사사키에게서 그간의 이야기를 전해 들은 어머니는 그런 괴롭힘을 당하는 줄도 알지 못한 데 대한 자책감과 아들을 평생 따라

다닐 언어 장애, 그리고 가해자 측이 내보인 태도에 분노하고 억울해하며 눈물이 말라버릴 만큼 슬퍼했다.

가해자 중에서 사사키를 찾아온 것은 다섯 명뿐이었다. 나머지 세 명에게서는 연락조차 오지 않았다. 사과하러 온 다섯 명의 부모도 왜 찾아왔는지 알 수 없을 만큼 아무 대책도 세워주지 않았다. 게다가 마치 자기 자식들은 잘못이 없다는 투의 변명으로 일관했다. 장애가 남은 것은 사사키의 실수이고 자신들이 이런 일에 휘말리게 된 것 자체가 봉변이라는 식이었다. 제 자식의 장래에 흠집이 날 만한 짓은 하지 말라는 식의 말까지 내비치는 뻔뻔스러운 아버지도 있었다. 그 아버지라는 사람은 경찰관이고 그룹의 리더였던 아이의 아버지였다.

사사키는 그들의 대화를, 분노와 억울함으로 파르르 떠는 어머니 곁에 앉아 들었다. 시종일관 늘어놓는 변명을 들으면서 사사키는 가해자와 그 아버지를 죽이고 자신도 자살하기로 마음먹었다.

사사키는 그 이야기를 할 때마다 빙긋이 웃곤 했다.

"내가 잠깐 정신이 나갔었어. 내가 죽으면 어머니가 얼마나 슬퍼하실지, 그때는 미처 거기까지는 생각을 못 했어."

머릿속에는 오로지 어머니를 슬프게 한 자들에 대한 증오밖에 없었다. 놈들을 다 죽이고 나도 죽으리라. 사사키는 유서까지 써두었다고 한다.

아웃도어 숍에서 구입한 칼을 호주머니에 넣고 그놈이 학원 수업을 마치고 돌아오는 길목에 숨어서 기다렸다. 놈을 먼저 죽인 다음, 그 아버지도 죽일 작정이었다.

예상한 시각에 놈이 혼자서 걸어왔다. 편의점 봉투를 손에 들고 고기 만두를 우적우적 먹고 있었다.

사사키는 전봇대 뒤에 숨어 숨을 죽였다. 증오의 대상일 뿐인 그놈을 죽이는 건 당연히 자신이 해야 할 일처럼 생각되었다. 한순간 어머니의 얼굴이 머릿속을 스쳤지만 그 어머니를 슬프게 한 놈을 죽이는 것이라고 스스로를 격려했다.

놈의 모습이 점점 다가왔다. 어림짐작으로 사정권 안에 들어왔다고 판단했다.

떨리는 다리에 힘을 꾹 주고 칼을 꺼내 뛰쳐나가려는 순간, 어깨에 서늘한 감촉이 느껴졌다. 온몸이 그대로 얼어붙은 것처럼 꼼짝도 할 수 없었다.

사사키의 시선이 놈의 눈과 마주쳤다. 놈은 유령이라도 만난 것처럼 사사키의 얼굴을 멍하니 응시하다가 갑자기 비명을 지르며 허둥지둥 도망쳤다.

사사키는 그 모습을 눈으로 쫓으며 뒤에 서 있는 존재에 의식을 집중했다.

"그렇게 해서는 성공할 수 없어."

조용하지만 거역하기 힘든 목소리였다.

가쁜 숨을 몰아쉬던 사사키는 뭔가 말을 하려고 했지만 어깨에 놓인 손이 그것을 가로막았다.

"너를 대신해서 내가 복수해주지. 30일 동안 유예 기간을 주었으면 한다. 만일 내가 한 복수에 만족하지 못한다면 그때는 네가 직접 그 빈약한 흉기를 들고 나서도 좋아. 하지만 만족스러운 복수였다면 그때는 내 일을 도와주었으면 하는데."

악마의 속삭임 같은 말이었다. 평소 같으면 간단히 무시해버릴 얘기였다. 하지만 사사키는 고개를 끄덕일 수밖에 없었다. 그 목소리에는 마치 그것 이외의 선택은 있을 수 없다는 듯한 강력한 힘이 있었다.

뒤에 선 존재는 만족한 듯 희미한 웃음 소리를 내며 어깨에서 손을 내렸다.

"그러면 정확히 30일 뒤에 만나자."

목소리의 주인이 멀어져가는 기척에 사사키는 마음을 굳게 먹고 뒤를 돌아보았지만 거기에는 아무도 없이 그저 어둠이 펼쳐져 있을 뿐이었다.

그 뒤로 한 달 동안, 다시 생각해도 흥분될 만큼 신기한 일들이 연속적으로 일어났다.

우선 사과조차 하러 오지 않았던 세 놈의 부모들이 연달아 사과를 하러 왔다. 묵직한 돈 보따리를 들고 찾아와 머리가 땅에 닿도록 고개 숙여 용서를 청했다.

미리 찾아왔던 다섯 놈 중 네 명의 부모도 그 전의 태도와는 딴판으로 필사적인 얼굴로 용서를 빌러 왔다. 집을 팔아 돈을 마련해 온 부모도 있었다.

사사키와 어머니는 마치 여우에 홀린 듯한 기분이었다. 왜 이토록 갑작스럽게 태도가 바뀌었는가. 어째서 다들 크게 두려워하는 기색인가.

주범이던 놈과 경찰관 아버지는 그 일곱 명이 다녀간 일주일쯤 뒤에 사사키의 집에 찾아왔다.

놈은 한쪽 다리와 한쪽 팔이 부러져 깁스를 하고 머리에도 붕대를 감고 있었다. 놈의 아버지는 마치 딴사람이 된 것처럼 말라빠져 쇠약해진 모습이었다. 그들은 집과 차 등을 팔고 거기에 대출까지 받아 5000만 엔 남짓한 돈을 준비해 왔다. 그것을 사사키의 어머니에게 건네며 마치 목숨을 구걸하듯이 사죄했다.

사사키의 어머니는 가해자들의 태도가 급작스럽게 변해버린 것을 불길하게 생각했다. 그건 사사키도 마찬가지였지만 그보다 온몸의 피가 끓어오르는 듯한 흥분을 억누르기가 힘들었다.

눈에는 보이지 않지만 피부로 느껴지는 압도적인 능력을 체험한 공포감과 외경에 온몸이 부르르 떨렸다.

목소리의 주인은 정확히 30일 뒤 사사키 앞에 모습을 드러냈다.

학교에서 돌아오는 길, 거리는 황혼에 물들어 윤곽이 흐릿해져 가는 참이었다. 목소리의 주인은 인적 없는 골목길에 서 있었다. 온몸을 회색으로 감싸고 모든 것을 훤히 내다보는 웃음을 짓고서.

목소리의 주인은 사사키의 해킹, 데이터 크래킹, 서버 침입의 능력을 빌리고 싶다고 말했다.

사사키는 왜냐고 묻지 않았다. 그저 압도적인 힘을 가진 존재에게 진심으로 매료되어 망설임 없이 고개를 끄덕였다.

"여, 역시, 뭔가, 이상한데?"

사사키는 눈을 가늘게 뜨고 료타로의 표정에서 마음속을 읽어 내려는 듯 찬찬히 바라보고 있었다. 료타로는 슬쩍 그 시선을 피하며 잠시 망설이다가 다시 고개를 들었다.

"실은 오늘 저녁에 그레이와 식사를 하기로 했어."

작은 소리로 던진 말에 사사키의 눈이 둥그레졌다. 그리고 감탄의 함성을 올렸다.

"앗, 조용히 해."

료타로가 손을 들어 얼른 그의 입을 막으려고 했다.

"지, 진짜, 대단하다."

사사키는 빨이 불그레해져서 무척 부럽다는 듯 뾰로통한 표정을 내보였다.

"하긴 나도 대단한 일이라고 생각해."

료타로는 한숨을 섞어 대답했다. 그레이를 만날 수 있다니, 벌써 심장이 터질 듯이 두근거리고 숨이 막힌다.

"뭐야, 뭐야? 그레이를 만난다고?"

료타로와 사사키 사이에 뛰어든 것은 기리시마 고즈에였다. 눈이 길고 콧날이 뾰족해서 처음 보면 엄격한 인상이지만 패션모델처럼 스타일이 좋았다. 항상 몸에 딱 붙는 날씬한 바지를 입고 세상을 비웃는 듯한 미소를 띠고 있었다.

"어디서 만나는데?"

어깨를 숙이며 스트레이트 머리를 쓸어 올렸다. 그 섹시한 몸짓에 저도 모르게 료타로의 얼굴이 붉어졌다.

"저, 저녁을, 함께 하, 하기로 했대."

마찬가지로 얼굴이 달아오른 사사키가 시선을 피한 채 대답했다. 사사키는 은밀히 고즈에를 좋아하고 있었다.

"진짜? 둘이서만?"

"아니, 사유리도 함께 갈 거야."

"에이, 그 어린것도?"

고즈에는 못마땅한 표정을 보였다.

고즈에와 사유리는 견원지간이었다. 아니, 파워 밸런스는 압도적으로 고즈에가 강하니까 라이온과 얼룩말 정도의 관계라는 비유가 적합할 것이다.

어째서 그토록 사유리를 싫어하는지, 신기할 정도였다. 고즈에는 그 이유를 '세상 물정 모르는 어린것은 싫어'라고 한 마디로 정리해버렸다. 두 사람이 같은 공간에 있을 때, 고즈에는 사유리를 어린애처럼 취급하고 사유리도 거기에 대항하듯이 매번 험한 말투로 나왔다.

"그 어린것은 금붕어 똥처럼 항상 그레이 옆에 붙어 다닌다니까. 아하, 그 애가 합석하는 걸 보니 아마 그 식사 모임이겠구나?"

고즈에는 사사키와 눈짓을 주고받으며 의미심장한 말을 했다.

그 식사 모임이라고?

료타로는 좀 더 자세히 물어보고 싶었지만 고즈에의 위협적인 목소리에 가로막혔다.

"아직 한참 어린것을 데리고 다니다니, 그레이도 참 뭘 어쩌자는 건지 모르겠어."

말투는 험하지만 신기하게도 그다지 악의는 느껴지지 않았다. 노상 티격태격하지만 알고 보면 누구보다 친한 사이라는 게 있다더니, 이 두 사람이 그런 경우인 모양이다.

고즈에도 사사키와 마찬가지로 주로 해킹을 특기로 하고 있었다. 단지 고즈에는 자신이 하는 일은 '소셜 해킹'이라면서 행동파

해커를 자처하곤 했다. 자신이 가진 청결한 미모는 상대를 속여 정보를 가로채는 소셜 해킹에 최적의 조건이라고 공언하곤 했다. 어디서 어떻게 해킹을 하는지는 모르겠지만 휴대전화로 연락이 오면 대개는 자신의 전용 별실에 틀어박혀 작업을 했다. 그 이외에는 늘 한가해서 외출할 때 외에는 사무실에서 잡지를 뒤적이며 시간을 때우는 일이 많았다.

고즈에는 부모의 학대로 하마터면 목숨을 잃을 뻔한 과거가 있었다. 딸을 자신들의 소유물이라고 생각하는 성격 파탄자 부모였다. 마음에 들지 않는다고 끊임없이 어린 자식을 괴롭혔다. 때리고 차는 등의 직접적인 폭력을 휘두르지는 않았다. 그 대신 잠을 재우지 않고 밥을 굶기거나 소음이 가득한 방에 감금하는 등의 왜곡된 학대였다. 그렇게 시달리면서도 고즈에는 누군가에게 도움을 청할 엄두조차 내지 못한 채, 부모가 언젠가 착해지기만을 빌며 견디고 또 견뎠다. 생각하거나 행동하기를 포기하고 오로지 그 기도에만 매달려 하루하루를 보냈다. 출석일수도 아슬아슬하게 고등학교를 졸업할 무렵, 고즈에의 정신은 이미 붕괴될 대로 붕괴된 상태였다. 어느 날, 또 다시 자신을 감금한 부모가 잠시 빈틈을 보인 사이에 두 사람을 칼로 찌르고 도망쳤다.

그리고 온종일 거리를 헤매다가 자살할 마음으로 주상복합 빌딩의 옥상에 올라갔을 때, 기다렸다는 듯이 서 있는 그레이를 만났다.

그레이는 칼에 찔린 부모가 다행히 목숨을 건졌다고 알려주었다. 그리고 그들을 사회적으로 말살하겠다는 것과 고즈에에게 불기소 처분이 내려질 수 있도록 해주겠다는 것을 약속했고, 그 약속대로 실행했다. 그런 다음에 고즈에의 뛰어난 두뇌를 살릴 수 있도록 유학을 보내 전자공학, 통신기술, 정보이론 등을 공부하게 했다.

고즈에는 자신의 성장과정을 남들에게 결코 털어놓지 않았다. 그 당시의 자신에게 깊은 혐오감을 품고 있었기 때문이다. 그녀는 그레이의 능력을 목격한 뒤, 다시 태어나기로 결심하고 과거는 깨끗이 지워버렸다. 이미 자신의 것이 아닌 과거이기 때문에 어느 누구에게도 이야기할 이유가 없었던 것이다.

그레이를 만나기 전까지는 자신이 살아 있다는 것을 저주하고 이 세상을 지긋지긋해하며 심한 자기혐오와 열등감에 시달렸다. 하지만 그레이에게 구조되고 자신과 똑같이 깊은 어둠 속에서 가까스로 구원을 받은 사람들과 교류하면서 이 세상을 멋진 곳으로 바꿔보고 싶다는 생각을 품었다. 그리고 가장 큰 변화는 따로 있었다. 이제 그녀의 하루하루는 경애하는 인물에게 큰 도움이 된다는 최상의 기쁨을 누리는 것으로 가득 찼다. 그것을 위해서라면 무엇이든 할 마음이었다.

"고, 고즈에는, 사유리를, 왜 그렇게, 싫어해?"

찌푸린 얼굴의 고즈에를 바라보며 사사키가 웃었다.

"나도 모르지. 처음 만났을 때부터 그냥 싫었어."

고즈에는 예전의 어리석은 자신을 보는 것 같아 울화통이 터진다는 말까지는 하지 않았다. 처음 사유리를 만난 곳이 '탑'이었다. 고즈에는 탑 내부의 해킹과 필요한 데이터가 전량 손에 들어올 때까지 사유리를 지켜보는 역할을 맡았다. 약에 의해 서서히 붕괴되어가는 사유리를 소형 카메라를 통해 관찰하던 끝에 그레이에게 한시바삐 구출해야 한다고 진언한 것도 고즈에였다. 하지만 결정적인 증거가 되는 기록을 모두 다 입수하기 위해 그레이는 사유리가 극한 상황에 몰릴 때까지 좀 더 기다리라고 지시했다. 고즈에는 그때 그레이에게 적잖이 반감을 느꼈지만 결국 그 지시에 따르기로 했다. 그가 반드시 구해내겠다고 약속했기 때문이다. 그리고 실제로 사유리는 구출되었고 탑은 붕괴에 내몰렸다.

"처음 만난 게 언제였어요?"

료타로가 물었지만 고즈에는 그 질문에 대답하지 않았다.

이윽고 세 사람의 대화에 귀를 쫑긋 세우고 있던 동지들이 하나 둘 모여들어 저마다 료타로를 부러워했다.

그들은 모두 주위 사람들과 이 세상에서 추방된, 스스로 목숨을 끊으려고 결심했던 사람들이었다. 그리고 그런 막다른 궁지에서 허둥거리던 순간에 그레이에게 구조된 이들이었다.

그들은 기꺼이 그레이의 창과 방패가 되려 하고 있었다.

5시 반의 퇴근 시간까지 같은 층을 쓰는 동지들은 딱히 하는 일 없이 그저 세상 돌아가는 이야기로 꽃을 피우고 있었다.

니혼바시 제2본점은 파라온 운송주식회사에서 일을 받아왔지만 모두 그다지 중요한 업무가 아니었다. 그에 반해 니혼바시 제1본점에서는 합병 전부터 다니던 사원들이 실질적인 조타수 역할을 하고 있었다.

즉 니혼바시 제2본점은 파라온 운송주식회사에 반드시 필요한 업무보다는 그쪽과는 직접적인 관련이 없는 별도의 업무를 각자 맡아 서로 간섭하는 일 없이 묵묵히 해치우고 있었다.

동지들끼리 바로 곁에서 일하면서도 서로의 업무에 대해 알지 못하고 또한 자신이 어떤 일을 위해 어떤 역할을 맡았는지도 명확하게 알지 못했다. 다만 그레이에게 도움이 되고 있다는 실감만으로 모두들 만족했다.

왜 제2본점이 존재하는가. 왜 이곳에서 일을 하는가. 왜 내가 구조되었는가. 그런 여러 가지 '왜'를 이따금 머릿속에 떠올리지 않는 건 아니었다. 하지만 궁금하게 생각하는 일은 있어도 그것이 의혹이 되는 일은 결코 없었다.

퇴근 시간이 되자 료타로는 제2본점에서 도보로 5분 거리인 고층 맨션으로 돌아왔다. 임대료가 한 달에 50만 엔 가까이 되지만 그보다 훨씬 더 많은 월급을 받기 때문에 그리 큰 부담이 되지는 않았다. 게다가 제2본점의 동지들 중 많은 사람이 이 맨션에 살고 있어서 료타로도 자연스럽게 이곳을 거처로 정했다.

집에 돌아온 게 6시쯤이었다. 약속 시간까지 한 시간쯤 여유가 있었지만 따로 할 일이 없어서 커피를 내려 마시며 텔레비전을 보았다.

뉴스 채널을 켜고 지켜보자니 살인 사건이며 정치인의 비리, 대외 문제 같은 우울한 화제가 연달아 빠르게 흘러갔다. 그 빠른 속도는 사람들의 머릿속에 정보를 담아두지 못하게 하려는 장치처럼 느껴졌다. 짧은 시간에 끔찍한 정보들을 탁류처럼 쏟아낸 뒤에 시간을 들여 머릿속이 뻥 뚫릴 만한 연예 방송을 내보내 시청자들의 정신을 흐트러뜨린다.

8월 연쇄 강도 사건이며 료타로 자신이 관여한 보석전 강도 사건은 이제 어떤 방송에서도 보도되지 않았다. 아직 해결되지 않은 사건이지만 별다른 진전을 보이지 않는 사건까지 연일 보도해줄 만큼 이 나라는 평화롭지 않았다.

커피를 마시며 돌이켜봐도 그레이가 일으킨 사건 중의 한 건에 자신이 가담했었다는 것이 전혀 실감나지 않았다.

그레이는 대체 무엇을 하려는 것일까.

지금까지 나름대로 열심히 생각해봤지만 답이 나오지 않았다. 다만 무슨 일인가 터질 것이라는 예감은 있었다.

그때 인터폰이 울렸다. 료타로는 생각을 멈추고 자리에서 일어났다.

정면 현관에서 기다리는 사람은 항상 그레이를 수행하는 다카노라는 그 스킨헤드의 남자였다.

"자네를 데리러 왔어."

그는 오랜 단련을 거친 듯한 탄탄한 몸을 숙이며 료타로를 현관 앞에 정차된 차까지 안내했다.

료타로는 그런 다카노가 왠지 어려웠다. 언제나 한결같은 표정을 무너뜨리는 법 없이 칼날 같은 눈빛으로 상대를 압도하는 사람이다. 마치 평가하듯이 눈을 가느스름하게 뜨고 쳐다보는 모습은 그야말로 매서운 육식 동물 같았다. 다카노는 자신의 '위압감'을 잘 알고 있는지 늘 상대의 발치를 보며 이야기하곤 했지만, 어쩌다 눈이 마주치면 료타로는 온몸에 소름이 돋았다.

차를 향해 걸음을 옮기자 다카노가 바로 뒤에서 따라왔다. 거구인데도 그는 발소리조차 내지 않았다.

"사유리는 먼저 그쪽에 가 있기로 했어."

어둠 속에서 튀어나온 듯한 목소리였다.

"네, 그렇군요."

료타로는 저절로 목소리가 작아졌다.

"무슨 일 있나?"

스윽 틈새바람이 들이치는 듯한 다카노의 질문에 료타로는 몸이 흠칫 떨렸다.

"땀을 흘리는 것 같은데?"

다카노는 료타로를 지그시 바라보며 담담하게 물었다.

"아뇨, 그냥……."

료타로는 뒤돌아보지 않고 걸음을 서둘렀다. 어서 빨리 다카노 앞에서 벗어나고 싶었다.

차의 뒷좌석 문이 열리고 그레이가 모습을 드러냈다.

"오랜만이군."

일부러 차 밖으로 나와 훌쩍 큰 키로 내려다보는 그레이의 얼굴은 료타로의 마음을 편안하게 해주었다. 료타로도 인사를 하려고 했지만 그레이는 그것을 가로막듯이 말을 이었다.

"손님 접대를 맡은 자가 직접 데리러 오는 건 모양새가 좀 우습지만 처음 저녁 모임에 참석하는 사람은 반드시 내가 안내하고 있다네. 자, 어서 안으로."

권하는 대로 료타로는 차에 올랐다.

좌석에 몸을 기대자 그레이는 느긋한 동작으로 뒤따라 차에 올랐다. 분명한 자신감을 갖춘 그 행동거지는 보는 사람에게 모종의 열등감을 품게 할 만큼 우아했다.

"출발하지."

그레이의 말에 호응하듯이 차는 조용히 도로 위를 미끄러져 나갔다. 어느새 다카노는 운전대를 잡고 있었다.

차는 니혼바시를 지나 북적거리는 거리를 달렸다. 방음 처리가 되었는지 차 안은 바깥의 소음에서 격리된 채 완벽한 정적을 유지하고 진동도 거의 느껴지지 않았다.

"갑작스럽게 초대해서 미안하네. 사전에 알리는 절차를 생략할 수밖에 없었던 것을 용서하게."

그레이는 목소리 톤을 낮춰 결례에 대해 양해를 구했다.

"천만에요. 불러주셔서 고맙습니다."

료타로는 고개를 가로저으며 대답했다. 그 몸짓에 그레이가 조용히 웃었다.

"어깨 힘 빼고 편안하게 있어도 돼."

그 말에 료타로는 자신이 지나치게 딱딱해져 있다는 것을 깨달았다.

"왠지 자꾸 긴장이 되는데요."

료타로는 솔직한 속마음을 토로했다. 그레이를 처음 만났을 때는 낯선 사람이었고 경계심도 강해 거의 대등하게 상대할 수 있었다. 하지만 지금은 목숨을 구해준 은인이다. 게다가 압도적인 능력을 가진 사람이라는 것을 누구보다 잘 알고 있었다. 마냥 편하게 대할 수만은 없었다.

"자네는 내게 이름을 지어주었어. 나의 대부인 셈이지. 부디 허물없이 대해주었으면 하네."

그레이는 마치 료타로의 굳은 어깨를 풀어주려는 듯 부드럽게 말했다.

"대부라니, 그런 건 상상도 못 합니다."

"나는 자네보다 나이가 한참 많지만 사실 생각하는 건 어린애처럼 철이 없어."

그레이는 천진하게 말했다.

"자네가 지어준 그레이라는 이름, 산타클로스에게서 받은 선물 같아서 어린애처럼 방방 뛰고 싶은 기분이었어."

"그렇습니까?"

그때 그를 그레이라고 부른 것은 별다른 의미 없이 그저 눈에 비치는 대로 얼핏 말해버린 것뿐이었다. 그래서 그의 칭찬이 왠지 겸연쩍었다.

"정말 맘에 드는 이름이야. 이제는 모두가 나를 그레이라고 부르잖아?"

그레이는 료타로의 눈을 지그시 바라보며 말했다.

료타로가 그레이라고 부르기 이전에는 그를 가리키는 고유명사가 없었다. 하지만 그레이라고 처음 불린 날부터 그는 주위 사람들을 만날 때마다 자신을 그레이라고 불러달라고 했다고 한다. 그것만 봐도 그레이라는 이름이 무척 마음에 든 모양이었다.

"내게 멋진 이름을 지어준 자네에게 이런 말을 하는 건 미안하지만 한 가지 부탁이 있어."

"뭔데요?"

약간 긴장이 풀린 료타로는 친밀감이 담긴 목소리로 물었다. 그레이의 부탁이라면 어떤 것이라도 들어줄 마음이었다.

"지금 우리가 가는 곳은 내 사저, 이른바 비밀 기지야. 나는 사람 사귀는 게 서툰 편이라 혼자 조용히 지내는 공간을 무엇보다 소중하게 여기고 있어. 아무도 접근하지 못하는 공간이 내가 이상적으로 생각하는 거처야."

잠시 말이 끊긴 뒤에 다시 이어진 그레이의 목소리는 한층 나지막해져 있었다.

"그래서 부탁하는 거야. 초대한 사람으로서 미안한 말이지만, 이걸로 잠시 눈을 좀 가려주었으면 하네."

그레이가 아이 마스크를 내밀었다.

"결코 자네를 의심하는 건 아니야. 하지만 이렇게 하는 것이 통례야. 자네만 예외로 할 수도 없으니 부디 기분 나쁘게 생각하지 말아줘."

그레이는 몹시 미안하다는 듯 실눈이 되어 겸연쩍게 웃었다. 료타로는 흘끔 다카노를 쳐다본 뒤 고개를 끄덕였다.

"물론이죠. 잘 알겠습니다."

료타로는 그의 제안에 곧바로 응하여 아이 마스크를 받아 자신의 눈을 가렸다.

"이렇게 하면 되죠?"

아이 마스크를 쓴 상태에서 료타로는 그레이 쪽으로 고개를 돌리며 물었다. 망설임이 전혀 느껴지지 않는 그의 태도에 그레이는 눈이 둥그레졌다.

"응, 고맙네. 실례되는 부탁을 해서 미안해."

"아뇨, 당신의 부탁이라면 기꺼이 따를 생각이에요."

"당신이 아니라 그레이라고 해야지."

"아, 그렇군요. 그레이의 지시라면 어떤 일이든 하겠습니다."

눈이 가려진 료타로는 꾸벅 고개를 숙이며 다시 한 번 말했다.

"참으로 고마운 말이야."

그레이는 잠시 침묵하다가 입을 열어 가슴속에서 우러나온 감사를 표시했다.

그레이가 어떤 표정인지는 보이지 않지만 분명 흐뭇한 얼굴을 하고 있을 터였다. 료타로는 그렇게 생각했다.

료타로가 눈을 가리고 잠시 지나자 차는 시부야 거리의 정체에 휘말렸는지 가다 서다를 반복했다. 30여 분 뒤, 차가 조금씩 퉁퉁 튀는 기척이더니 이윽고 조용히 멈춰 섰다.

"자, 이제 그만 아이 마스크를 벗어도 돼."

그레이의 말에 료타로는 아이 마스크를 벗고 주위를 천천히 둘러보았다.

스모크 유리라서 어디에 와 있는지 얼른 파악할 수 없었지만 어딘가의 지하 주차장인 것 같았다. 그리 넓지 않아서 차가 세 대쯤 들어서면 꽉 찰 정도의 공간이었다. 이렇다 할 다른 설비는 없었다. 아니, 지나칠 만큼 아무것도 없는 공간이었다. 어디에서 들어왔는지, 어디로 나가는지도 알 수 없는 곳.

"길을 안내하지."

그레이가 아이 마스크를 받아 들며 말하자 료타로 쪽의 뒷좌석 문이 열리고 운전석에 있던 다카노가 어느새 그 문 앞에 서서 료타로가 내리기를 기다리고 있었다.

천장에 달린 조명의 불빛에 료타로는 눈을 가늘게 떴다. 어슴푸레한 공간 속에서 과도한 빛을 내쏘는 조명과 현재 자신이 선 자리가 어디인지 모르는 데 따른 심리적인 불안감에 가벼운 현기증이 일었다.

"괜찮은가?"

다카노가 등 뒤에서 조용히 말을 건네오는 바람에 료타로는 등줄기가 서늘해졌다.

"네."

짧은 대답을 하고 심호흡으로 몸의 평형 감각을 되찾으면서 주위 공간을 파악하려고 노력했다.

어둠침침한 긴 직사각형 같은 공간. 난방 설비가 없는지 얼어붙을 듯 차가운 공기가 얼굴에 휘감겼다. 천장 한가운데서 번쩍이는 조명이 주위를 비추고 있었지만 이상하게도 그 빛은 구석구석까지 닿지 않았다. 빛과 어둠이 선명하게 대비되는 공간이 마치 이 세상의 끝에 와버린 듯한 불안감을 심어주었다.

흑백이 뚜렷하게 구분되는 공간에 덜렁 내세워진 료타로는 주위가 온통 회색인 듯한 착각을 느꼈다. 시각이 본능적으로, 선명한 빛과 심연 같은 어둠 사이에서 균형을 잡기 위해, 존재할 리 없는 회색을 감지하는 것이었다.

"자, 가볼까."

그레이는 료타로의 불안을 덜어주듯이 환한 목소리로 성큼성큼 앞장 서서 걸었다.

곧장 벽으로 가더니 료타로는 미처 알아보지 못한 손잡이를 잡고 문을 열었다. 그러자 사람 하나가 겨우 드나들 정도의 공간이 빼끔 입을 열었다. 그리고 그 아래로 긴 계단이 이어졌다. 한 계단 한 계단 발밑에 불빛이 있어서 헛디딜 우려는 없었지만 천장은 온통 어둠이 비구름처럼 뒤덮고 있었다.

세로로 긴 공간에 발소리가 울렸다. 세 사람 각자의 발소리가 뒤섞인 채 메아리로 울리는 것이었다. 실제로는 마흔 칸 정도의 계단이었지만 료타로에게는 그것이 몹시도 길게 느껴졌다.

계단을 다 내려서자 아무런 특징도 없는 문이 있었다. 그레이는 조용히 그 문을 열면서 료타로를 돌아보았다.

"어서 오게, 나의 은신처에."

마침내 문이 열렸다. 그곳에 나타난 것은 간소한 방이었다. 면적은 꽤 넓어서 서른 명쯤 여유 있게 들어갈 만한 공간이지만 그렇다고 호화스러운 방이라고 하기는 어려웠다. 한가운데 열 명 이상 앉을 수 있는 크고 긴 테이블, 사방에 문이 모두 네 개. 그것뿐이었다. 그럴싸한 가구나 물건이 존재하지 않는 평범한 공간.

굳이 눈에 띄는 물건이라고 하면 중앙에 놓인 그 목제 테이블뿐이었다. 테이블 위에는 나이프와 포크가 세팅되어 있었다. 이곳에서 식사를 하는 건가. 테이블 한가운데 키 낮은 꽃병에 꽃도 꽂혀 있었다.

궁전 같은 방을 상상했던 료타로는 약간 맥이 빠졌다.

"예상 밖인가?"

료타로의 마음속을 읽은 듯이 그레이가 물었다.

"예, 좀……."

"다른 친구들도 처음 이곳에 왔을 때는 자네와 똑같은 반응을 보였어. 음침한 주차장에 남의 시선을 꺼리는 구조의 계단이 있고, 그렇다면 그다음에는 무척 근사한 방이 있을 거라고 다들 기대했던 모양이야. 하지만 실제로는 그저 평범한 방이 나타났으니 물론 실망들도 하겠지. 하지만 이 정도면 충분해. 멋지게 꾸며진 방보다 이렇게 간소한 방이 나타나는 게 모두의 허를 찌르는 결말이라서 재미있지 않나?"

그레이는 유쾌하게 웃으며 말하고는 테이블의 상좌에 앉았다. 테이블과 똑같은 디자인의 마호가니 의자였다.

"자, 어서 앉게."

그레이가 가리킨 곳은 그가 앉은 자리의 오른편이었다.

료타로는 어색한 몸짓으로 의자에 앉아 테이블 위로 시선을 던졌다. 나이프와 포크는 다섯 세트가 놓여 있고 빈 와인 잔도 다섯 개였다. 적어도 두 명은 더 초대된 모양이었다.

테이블 위에 장식된 큼직한 화병을 바라보았다. 울긋불긋한 꽃이 조화롭게 꽂혀 있었다.

"이 꽃꽂이는 내가 했어."

료타로의 시선을 눈치챈 그레이가 말했다. 슬쩍 실눈을 뜨고 겸연쩍은 표정을 내보였다.

"대단하시네요."

료타로는 감탄했다. 찬찬히 보니 매화, 벚꽃, 해바라기, 꽈리, 억새풀, 코스모스, 수선화, 동모란까지 춘하추동 사계절의 꽃이 한 꽃병에 꽂혀 있었다. 하지만 생화인데도 묘하게 향기는 없었다.

"내 성격상, 진기함을 자랑하는 꽃꽂이를 좋아한다네. 어디서 따로 배운 것도 아니고 그저 내 방식대로 하는 것이라서 사실 누구에게 내보일 만한 솜씨는 아니지만 손님을 모실 때는 항상 이렇게 장식을 하곤 하지. 식사에 방해가 되지 않도록 꽃 향기는 없애는 것이라고 하더군. 실은 이 은신처에서 내가 지하 정원을 가꾸고 있어. 거기서 계절과 상관없이 다양한 꽃이 피어나지."

"뜻밖인데요?"

료타로는 솔직한 마음을 내비쳤다. 그레이가 꽃꽂이를 하는 장면은 전혀 상상이 되지 않았다.

"그렇지? 나도 그렇게 생각해. 홍차도 내 취미니까 나중에 대접하도록 하지."

수줍은 표정을 드러내는 그레이가 료타로에게는 신선하게 보였다.

그레이의 말이 잠깐 끊기는 시간을 노리기라도 한 듯 귀에 익은 목소리가 들려왔다.

"좀 늦었네요?"

료타로가 들어온 곳과는 다른 문에서 나타난 사유리는 당연하다는 듯 그레이의 왼쪽 편 자리, 즉 료타로의 정면에 앉아 크게 숨을 내쉬었다.

"기다리다 지쳐서 너무 배가 고파요."

"길이 밀려서 예정보다 시간이 좀 걸렸어."

다카노는 그렇게 말하면서 사유리 옆에 앉았다. 이제 남은 의자는 료타로 옆자리뿐이었다.

"그러면 식사를 해볼까."

손목시계를 들여다보며 뱉은 그레이의 말이 신호가 된 듯, 문이 열리고 차례차례 요리가 나왔다. 프랑스 요리였다. 몇 명의 남녀가 접시를 내오고 다시 안쪽 방으로 사라졌다. 아마 문 너머에 주방이 있는 것 같았다. 요리를 날라주는 몇 명의 남녀는 저마다 다른 분위기의 양복을 입고 있어서 급사라기보다 어딘가에 근무하는 샐러리맨처럼 보였다.

전채 요리로 호로새와 닭가슴살의 갤런틴(닭고기, 오리고기, 송아지고기 등을 통 모양으로 말아 수프스톡에 삶은 뒤 차게 식혀서 얇게 썰어낸 요리_옮긴이)이 나오고, 화이트와인을 각자의 유리잔에 따라

주었다.

식욕을 돋우는 와인 향이 콧속에 스며서 료타로는 침을 꿀꺽 삼켰다.

"자, 듭시다."

그레이가 오른손으로 와인 잔을 높이 들며 말했다. 식탁을 함께 한 이들 모두가 그레이를 따라 잔을 들었다.

"우리가 함께 식사할 수 있는 것에 감사드립니다."

그레이는 슬쩍 유리잔을 흔든 뒤에 화이트와인으로 입을 적시고 다시 테이블에 내려놓았다. 그리고 요리에는 손도 대지 않은 채 칠흑의 눈동자로 료타로를 바라보았다. 그 시선에 재촉을 받은 듯 료타로도 와인을 입에 머금었다.

달콤한 향기가 입 안에 퍼졌다. 저절로 탄성이 나올 만큼 목 넘김이 부드러운 와인이었다.

이어서 나온 수프와 생선 요리도 최상의 솜씨여서 저절로 웃음이 비어져 나올 만큼 맛있었다.

료타로가 생선 요리를 다 먹자 기다렸다는 듯이 고기 요리가 나왔다. 모두 다 충분히 미각을 만족시키는 메뉴였다.

식사를 하는 동안 료타로는 주위를 살펴보았다.

그레이는 음식에는 별로 손을 대지 않고 간간이 와인을 마시며 가벼운 화제를 풀어나갔다. 사유리는 즐거운 듯 식사를 하고 있고 다카노는 옆에서 말을 걸면 대답하지만 그 이외에는 묵묵히 요리를 입에 옮길 뿐이었다. 서빙을 하던 남녀들도 코스 요리가 끝나자 식사할 준비를 하고 같은 테이블에 앉았다. 모두 여덟 명으로, 식사를 하며 즐겁게 담소를 나누었다.

료타로 옆의 의자는 아직도 빈자리 그대로였다.

나이프와 포크로 음식을 입에 옮기면서 주위를 관찰하던 료타로는 약간 불안해져서 문득 손을 멈췄다.

나는 왜 이 자리에 불려 왔을까. 무슨 이유로? 그 목적은? 이제부터 대체 무슨 일이 일어나려는 것일까.

료타로의 커져가는 불안과는 대조적으로 사유리는 태연한 기색이었다.

"아, 정말 배가 고팠는데 이제야 다시 살아난 거 같아요."

사유리는 유리잔의 와인을 비우며 만족스럽다는 듯 말했다.

"사유리는 아직 미성년인데 와인을 마셔도 되나?"

료타로는 포크로 푸아 그라(거위나 오리의 간 요리_옮긴이)를 집어 올리며 문득 생각난 것을 물어보았다.

"아이, 그런 건 따지지 말자고요."

교복을 입은 사유리는 평소보다 명랑한 목소리였다. 그리고 옆에 있던 와인 병을 들고 자신이 직접 따라서 연거푸 잔을 비웠다. 눈꼬리가 처진 걸 보니 벌써 꽤 취한 것 같았다.

"이렇게 맛있는 술을 자기들끼리만 마시면 안 되죠."

사유리는 고개를 갸웃갸웃해가며 유쾌한 듯 말했다.

"보석전을 습격한 일에 비하면 술 정도는 별거 아니야."

그레이도 유쾌한 기색이었다.

"그건 그렇지만……."

료타로는 마음속에 침전된 꺼림칙한 마음이 수런거리는 것을 느꼈다. 그레이는 그 감정을 위로하려는 듯 입을 열었다.

"그렇게 우울한 얼굴 하지 말게. 잊어서는 안 돼. 자네가 따라야 할 것은 법이 아니라 우리 동지들 간의 규칙이야. 나는 어린애 속임수 같은 이 나라의 법에는 얽매이고 싶지 않아. 내가 하는 행동이나 생각은 법의 억압을 단호히 거절하네. 내가 그간 겪어본 바로는 법 따위는 아무 힘이 없어. 그러니 사유리가 술을 마시는 것이나 내가 보석전을 습격하는 것은 위법도 뭣도 아니야. 애초에 그런 법은 인정하지 않으니까."

그레이는 한 점의 망설임도 없이 강한 주장을 펼치더니 사유리를 돌아보았다.

"하지만 술에 취해 자신을 잊어버리는 건 그리 좋은 모습이 아니야."

그레이가 조용한 웃음으로 지켜보자 사유리는 못된 짓을 하다 들킨 어린애처럼 입을 삐죽 내밀었지만 곧바로 마시던 술을 내려놓고 건너편에 있던 물 잔을 제 앞으로 가져갔다.

그레이는 그제야 고개를 끄덕이고 주위를 둘러보았다.

"아직 한 사람이 오지 않았지만 슬슬 본론으로 들어가볼까?"

그레이는 료타로 옆의 빈자리를 흘끔 쳐다보고 나서 이야기를 꺼냈다.

"료타로, 오늘 이곳에 온 이유를 알고 있나?"

그 말에 료타로는 고개를 가로저었다. 전혀 짐작이 가지 않았다. 그레이는 조용히 고개를 끄덕였다.

"그렇겠지. 사실은 오늘 자네에게 비밀을 털어놓을 생각이야."

"비밀?"

"음. 그 이야기를 하기 전에 잠깐 질문을 해도 되겠나?"

"네."

그레이는 료타로의 눈을 지그시 바라보며 물었다.

"자네는 내 의견에 따라줄 용의가 있는가?"

막연한 질문이었다. 하지만 료타로의 마음속에는 한 가지 대답밖에 없었다.

"물론입니다."

"혹시 나로 인해 위험에 처하는 일이 있어도 괜찮겠는가?"

"네."

료타로는 막힘없이 곧바로 대답했다.

"목숨의 위험이 따르는 일이라도?"

그 질문에 일순 말이 막혔다. 하지만 그런 짧은 망설임이 부끄러워서 료타로는 얼른 입을 열었다.

"물론입니다."

"……그래."

그레이는 조용히 웃음 짓고 있었다.

"이제 마지막 질문이군. 내가 혹시 사람을 죽이라고 말한다면 자네는 어떻게 하겠나?"

그레이의 눈이 상대의 진의를 탐색하듯이 날카롭게 빛났다.

입 안이 바짝 마르면서 소리가 나오지 않았다.

사람을 죽이라고?

몸이 후끈 달아오르며 땀이 쏟아졌다. 극도의 긴장으로 등이 뻣뻣하게 굳었다.

그레이는 미소를 지은 채 료타로의 대답을 기다리고 있었다.

"그, 그건 무슨 말씀이신지……."

"질문에 대답해주게."

목소리는 부드러웠지만 강력하게 밀어붙이는 힘이 그 안에 담겨 있었다.

료타로는 생각해보았다. 사람을 죽이는 일 따위, 가능할 리가 없다.

사람을 죽이다니.

상상해본 적은 있었다. 보석점에서 일하던 때, 머릿속 상상으로는 수없이 점장 요시무라를 죽이곤 했다. 그렇다고 실제로 그런 일을 하려고 든 적은 없었다. 자신은 소심한 인간이다. 증오하는 자를 어떻게도 제거할 수 없었기 때문에 스스로 죽는 길을 선택했었다. 그것만 봐도 자신이 누군가를 죽일 수 있으리라고는 생각되지 않았다.

하지만 ―.

료타로는 바작바작 타는 입술을 움직였다.

"그레이 씨가 그렇게 하기를 원하고 제가 그 이유를 납득할 수 있다면 사람을 죽이는 것도 상관없습니다."

잠시 틈을 두고 료타로는 그렇게 대답했다. 머리가 핑 돌고 속도 울렁거렸지만 눈은 똑바로 그레이의 얼굴을 보고 있었다.

"좋아."

그레이는 시원하게 대답하더니 조용히 웃으며 그만 긴장을 풀어달라고 말했다. 료타로는 잠시 숨 쉬는 것조차 잊었던 터라서 가쁜 숨을 몰아쉬며 침착해지려고 가슴을 손으로 쓸어내렸다.

"내가 짓궂은 질문을 했지? 자네에게 사람을 죽이라는 지시 따위는 하지 않아. 오히려 그 반대라네."

"네?"

"나는 자네가 사람들을 살리는 일을 도와주었으면 해."

"사람들을 살린다……."

료타로는 그 말을 곱씹어보려고 했지만 머릿속이 뒤죽박죽이었다.

"이 나라에서 1년 동안 자살하는 사람이 몇 명이나 되는지 알고 있나?"

자꾸 헛도는 머리로 기억을 더듬었다. 3만 명이 넘었던 것으로 기억났다. 3만 명을 웃도는 사람들이 자살하고 있으니까 내가 자살하는 것도 어쩌면 용서받을 수 있는 일인지 모른다고 생각했던 적이 있었다.

"3만 명쯤 되는 걸로 알고 있습니다만."

"공식적으로 파악한 숫자는 해마다 그 수준을 오락가락하지. 하지만 그에 더해서 연간 행방불명자가 20만 명이야. 그중에는 아무도 모르게 자살하는 사람도 많은 것으로 알려져 있어. 따라서 공식적인 숫자의 몇 배는 된다고 생각해도 틀리지 않을 거야."

그레이는 두 팔로 테이블을 짚고 조용히 말했다.

"설령 공식적으로 발표된 3만 명이라는 숫자를 기준으로 한다고 해도 하루에 팔십 명이 넘는 사람들이 자살하고 있는 셈이야. 테러 사건에서도 한 번에 팔십 명의 사망자가 나왔다면 그건 정말 큰 사건이지. 아마 세상이 발칵 뒤집힐 만한 대규모의 테러가 아닌 한 그렇게 많은 사망자가 나오기는 어려울 거야. 하지만 이 나라에서는 날마다 팔십 명, 그리고 실제로는 백 명이 넘는 사람들이 스스로 목숨을 끊고 있어."

료타로는 연간 자살자라는 통계를 그저 막연한 숫자로만 인식했었다. 하지만 그레이의 말을 듣고 보니 웬만한 전쟁과 맞먹을 만큼 많은 숫자라는 게 실감되었다. 생각이 거기에 미치자 몸이 파르르 떨려왔다. 자신도 그 3만 명 중의 한 사람이 될 뻔했던 것이다.

그레이가 말을 이었다.

"자살하는 사람들에게는 저마다 다양한 이유가 있겠지만 돈에 얽힌 문제가 가장 많은 것으로 알려져 있어. 말을 바꾸자면, 돈으로 해결할 수 있는 문제였다는 거야. 물론 질병이나 그 밖의 불행한 사연도 있겠지. 하지만 역시 돈에 얽힌 문제가 압도적으로 많은 게 사실이야."

그레이는 잠깐 말을 끊고 반론이 있는지 눈빛으로 물었다. 료타로는 고개를 가로저었다.

"자살을 막기 위해서는 어떻게 해야 하는가. 그동안 무척 고민했어. 그리고 내린 결론은 돈에 얽힌 문제를 최대한 줄이면 된다는 것이었어."

돈에 얽힌 문제를?

료타로는 언뜻 이해가 되지 않았다.

"예를 들면 빚으로 인한 자살이나 회사의 도산으로 인한 자살, 정리해고로 인한 자살, 그리고 어떻게든 먹고살려고 부당한 대우를 받아가며 회사에 매달렸다가 우울증에 걸려 막다른 심정에서 자살하는 경우도 있겠지."

마지막 말에 료타로의 심장이 아플 만큼 꿈틀했다. 바로 자신의 경우였다.

"학교에서의 따돌림이나 괴롭힘에 의한 자살도 여기에 포함돼. 하지만 돈만 있으면 어디로든 전학해서 그런 폭력을 피할 수 있었겠지. 애초에 그런 학교 따위, 전학까지 하면서 다닐 이유가 없어. 평생 먹고살 수 있는 돈만 있다면 학력이 필수 조건인 사회 시스템, 부유층에게만 유리한 그런 시스템에 맞춰가려고 발버둥 치지 않아도 되니까 말이야. 충분한 돈이 있다면 굳이 취직을 하려고 애쓸 것 없이 마음 내키는 때마다 좋아하는 일을 하면 되겠지. 나는 따돌림이라는 폭주 행위를 통제하지 못하는 학교에 무리해서 다닐 필요는 없다고 생각해. 도망치기만 해서는 문제가 해결되지 않는다고 말하는 사람도 있지만, 그걸로 자살해버리는 사람이 있는 게 현실이니까 그런 단순한 정의를 모든 케이스에 끼워 맞추는 건 잘못된 논리야. 따돌림을 당한다면 도망치면 돼. 돈을 던져줘서 입을 다물게 해버리면 돼. 따돌림 때문에 자살하는 것은 더 이상 도망칠 곳이 없었기 때문에 일어난 참혹한 결말이야. 한 마디로 돈이 있으면 다양한 문제를 회피할 수 있는 여지가 생겨나는 거야. 강자의 폭력에서도 너끈히 도망칠 수 있어. 그리고 때로는 그들을 억압하는 것도 가능하지."

그레이는 마지막 말은 특히 힘주어 내뱉고 조용한 웃음을 지었다.

"내가 보석전 습격 같은 범죄 행위를 저지른 데는 큰 의미가 있어. 편중된 부를 탈취해서 재분배를 하기 위한 과정이었지. 나는 그것을 어떻게든 성취하고 싶어. 어때, 피해자 측에 서 있는 사람들을 구해내는 일을 자네가 도와줄 수 있겠나?"

그레이는 입을 다물고 미동조차 하지 않은 채 료타로의 대답을 기다렸다.

재분배라는 게 무엇인가.

어떻게 그것을 성취할 수 있을까.

정말로 가능할까.

그런 의심이 머릿속을 스친 것은 아주 잠깐의 일이고 금세 깨끗이 사라져버렸다.

"제가 도움이 될 수만 있다면 기꺼이 하겠습니다."

방법 따위 알 바 아니었다. 가능성 따위, 꼬치꼬치 따져볼 것도 없었다.

그레이가 실행하겠다고 한다면 그건 이미 실행된 것이나 마찬가지라고 느꼈다.

"고맙네."

그레이는 그제야 료타로에게 꽂혀 있던 시선을 거두고 반쯤 남은 와인 잔을 손에 들었다.

"거절하지 않아서 다행이에요."

눈앞에 앉은 사유리가 반갑다는 듯이 말했다. 바라보니 그 자리의 모든 이들이 웃는 얼굴로 료타로를 반겨주고 있었다.

그레이가 다시 입을 열었다.

"우리 조직에는 백 명이 넘는 동지들이 있어. 그 한 사람 한 사람이 보잘것없는 나를 위해 날마다 분주하게 움직여주고 있지. 그 중에서 특히 재분배 프로젝트를 도와주는 멤버를 이렇게 한 사람씩 식사 모임에 초대해 즐거운 시간을 갖고 있어. 유감스럽게도 이번에도 신도 씨는 참가해주지 않았지만 그녀도 우리 멤버 중의 한 사람이야."

그 말을 듣고 료타로는 회사에서 고즈에가 '식사 모임'이라는 단어를 입에 올렸던 것이 생각났다. 즉 해킹을 전문으로 하는 사사키와 고즈에도 이미 이 식사 모임에 다녀갔다는 얘기다. 그리고 도모슨 상사 빌딩에서 만났던 돈세탁 담당자 신도 씨도 이 일과 관련이 있는 것이다.

"료타로도 재분배 프로젝트를 도와주었으면 해서 이렇게 식사 모임에 초대한 것이라네."

그레이는 반달눈이 되어 유쾌한 웃음을 지었다.

그러나 한편으로 료타로의 불안감은 커져갔다. 자신은 과연 어떤 일을 맡게 되는 것일까.

"저어, 저는 어떤 일을 하게 될까요?"

머뭇머뭇 물어보자 그레이는 턱에 손을 짚고 잠시 생각에 잠기더니 이윽고 입을 열었다.

"그리 어려운 일은 아니야. 자네는 '지켜보는 역할'을 맡아주었으면 해."

그레이는 그렇게 말하고 구체적으로 어떤 일을 하는지는 더 이상 언급하지 않은 채 재분배 프로젝트에 대한 설명에 들어갔다.

참으로 엄청난 계획이었다. 그토록 엄청난 일을 그레이는 조용히 웃으면서 눈동자 깊숙이 깃든 감정을 엿보이는 일 없이 즐겁게 풀어나갔다.

식사 모임은 그레이가 대접해준 얼그레이 커피로 막을 내렸다.

## 3

식사 모임에 참석한 뒤로 사흘이 지났지만 료타로의 생활에 특별한 변화는 없었다. 평소와 마찬가지로 '해도 그만, 안 해도 그만'인 업무를 하고 5시 반에 정시 퇴근해서 자택인 맨션으로 돌아왔다. 특별한 지시도 없었고 새로운 역할도, 변화의 징조도 없었다.

다만 나날의 업무 가운데 재분배 프로젝트에 관여한 인물들로부터의 접촉이 있었다. 사사키와 고즈에 외에도 니혼바시 제2본점에는 수많은 멤버들이 있었다.

접촉이라고 해도 그들은 그저 자연스러운 모습으로 료타로에게 다가와 불쑥 몇 마디 인사를 던질 뿐이었다.

"크리스마스, 잘 부탁해."

아무에게도 들리지 않게 작은 소리로 그렇게 말하면서 의미심장한 눈빛을 던지고 얼른 자리를 떴다.

12월 24일. 오늘부터 일주일 뒤다.

재분배 프로젝트. 그레이와 그 휘하의 멤버들이 '크리스마스'라고 부르는 계획.

즉 일본은행과 국립 조폐청에 대한 습격.

아무리 이론적인 설명을 듣고 그 실현 가능성에 대한 확답을 들었어도 그 프로젝트는 료타로가 상상할 수 있는 영역을 훌쩍 뛰어넘는 일이었다.

료타로는 맨션 방의 4인용 테이블에 앉아 편의점에서 사 온 대학노트와 볼펜을 들고 그레이에게서 들은 설명을 정리해보았다.

그레이는 재분배 프로젝트의 결행 날인 올 12월 24일을 위해 '8월 강도 사건'을 일으켜 자금을 확보했고 그것을 운용하여 마지막까지 완벽한 준비를 해두었다.

불황으로 서서히 무너져가던 작은 무역회사를 매입하고 대량의 자금을 투입하여 도모슨 상사라는 이름으로 필요한 물자의 수입을 대행했다. 이를테면 사사키와 고즈에가 사용하는 컴퓨터는 해외에서 제작된 것으로, 소형 슈퍼컴퓨터라고 해도 손색이 없는 제품이었다. 그레이가 소지한 권총도 해외에서 조달한 것이다. 또한 몽골 지역의 채굴장에 대한 이권을 매입하고 거기서 산출될 것으로 예상되는 희귀광물의 이익을 주식으로 만들어 도모슨 증권을 통해 부유층의 투자를 유도하였다. 이것도 자금 조달의 일환으로, 중요한 한 축을 떠맡고 있었다. 정부에서도 희귀광물의 발굴에 거액의 자금을 대출해줄 정도였다.

파라온 운송주식회사를 설립한 것도 교통망을 장악하기 위한 것이었다. 덕분에 물자와 인원, 그리고 강탈한 금품의 수송을 보다 원활하게 할 수 있었다. 또한 시시각각 도심을 달리는 파라온 운송주식회사의 자동차와 독특한 로고가 찍힌 제복 차림의 직원들에 대해 시민들은 점점 눈에 익숙해져서 어떤 의심도 품지 않게 되었다.

다음으로 료타로는 각 멤버의 역할에 대해 노트에 차근차근 정리해나갔다.

사사키와 고즈에를 비롯한 열 명의 인재들이 해킹, 데이터 크래킹, 서버 침입, 소셜 해킹 등의 작업을 전담하고 있었다. 이들은 '8월 강도 사건'에서 중요한 역할을 맡았다. 보안이나 감시 카메라의 무력화 외에도 각 은행과 그곳에서 일하는 직원들이 세상에 알려지기를 꺼리는 비밀 정보를 훔쳐낸 것이다. 그런 부정과 비리를 빌미로 그들에게 반강제로 이쪽의 활동에 협력하도록 종용한 덕분에 8월 강도 사건은 어떤 경찰망에도 걸리지 않는 완전 범죄라는 성과를 이끌어낼 수 있었다. 료타로가 가담한 보석전 습격 때는 그런 과정을 대폭 줄이고 료타로가 가져온 내부 정보만으로 일을 성사시켰지만, 그 밖의 사건은 사전에 면밀하게 준비된 것이었다.

해외에서 무역 관련 협상을 하고 물자를 매입해 오는 일을 전담하는 멤버도 몇 명이나 있었다. 그들은 러시아 등지를 오가며 어디서도 단서가 잡히지 않는 루트를 확보하여 비밀 무기 등의 물자를 조달했다.

그 밖의 멤버들도 각자의 역할에 따라 하루하루 왕성한 활동을 하고 있었다. 소수의 예외를 제외하고는 모든 멤버들이, 스스로 죽을 결심을 했다가 그레이에게 구조된 경력을 가진 사람들이라는 것은 사유리가 알려주었다.

소수의 예외라는 건 예를 들면 돈세탁을 담당하고 있는 신도 씨 등이었다.

신도 씨는 엄밀히 말하자면 아슬아슬한 순간에 목숨을 건진 료타로 일행과는 성격이 전혀 다른 영역에서 활동하고 있었다. 그녀는 은행원 시절에 뒷구멍으로 야쿠자의 자금을 세탁해주며 사복私服을 채우다가 그 일이 경찰에 의해 밝혀졌다. 자칫 징역형을 받을 처지에 떨어졌을 때 그레이가 그녀를 구해줬고 그 뒤부터 재분배 프로젝트의 일원으로 일하고 있었다. 하지만 결코 강요에 의한 것은 아니었다. 물론 징역형을 면하게 해준 데 대한 고마움은 있겠지만, 그레이는 신도 씨에게 거액의 연봉을 지급하고 신도 씨는 그 대가로 돈세탁 일을 하는 것이었다. 즉 그레이와 신도는 비즈니스로 이어진 관계였다.

료타로는 한 손에 든 볼펜으로 노트를 툭툭 치면서 묵직해진 머리를 또 다른 손으로 꾹꾹 눌렀다. 사고 회로가 재분배 프로젝트라는 거대한 계획을 정리하느라 펑크가 날 지경이었다.

눈을 감고 심호흡을 한 뒤에 다시 노트를 들여다보려는 때였다. 갑작스레 인터폰의 낮은 전자음이 울려서 료타로는 흠칫했다. 도어폰 모니터에 낯선 얼굴이 나타났다.

아니, 딱 한 번 본 적이 있는 얼굴이었다.

료타로는 급히 자리에서 일어나 도어폰 수화기를 들었다.

"네."

"잠깐 얘기 좀 하고 싶은데."

신도 씨는 고압적인 목소리로 화면을 통해 료타로를 노려보고 있었다.

"자, 잠깐만요."

료타로는 저도 모르게 겁에 질린 소리를 내며 서둘러 현관으로 달려갔다.

"날도 추운데 빨랑빨랑 나올 것이지."

코트에 달린 큼직한 퍼에 얼굴을 묻고 신도 씨는 하얀 입김을 내뿜으며 투덜거렸다. 그리고 료타로를 밀치듯이 안으로 들어섰다. 멍하니 입을 헤벌린 채 료타로는 마치 자신이 손님인 것처럼 그녀의 뒤를 따라 들어갔다.

거실에서 신도 씨가 코트를 훌훌 벗어버리자 광택 있는 날씬한 검은 정장 차림이 나타났다. 지난번에 만났을 때 입고 있던 흰색 정장과 마찬가지로 몸매를 강조한 디자인이었다. 안에는 세련된 파란 니트를 받쳐 입고 있었다.

"혼자 방에 틀어박혀 있으면 외롭지 않아?"

"아, 아뇨."

료타로는 당황한 채 억지 대답을 했다.

"어휴, 시원찮은 미혼 남자의 전형적인 모습이네. 차가운 겨울

바람 속에 여자 손님이 찾아와주셨는데 이 친구, 도무지 센스가 없어. 따뜻한 차라도 한 잔 대접해야 할 거 아냐."

"아, 예. 커피가 있는데, 괜찮을까요?"

"날도 춥고 그거라도 마셔야지 뭐. 아무튼 빨리 줘."

짜증스럽게 재촉하는 바람에 료타로는 종종걸음으로 주방에 들어가 주전자에 물부터 올렸다. 급하게 2인분의 드립 커피를 준비했다. 끓인 물을 따르면서 료타로는 신도 씨가 왜 갑작스럽게 자신을 찾아왔는지 궁금하기만 했다.

"연락도 없이 찾아와서 미안해."

거실 테이블에 앉은 신도 씨가 전혀 미안하지 않은 얼굴로 말했다.

"아, 아뇨……."

료타로는 대답하며 고개를 들었다. 그러자 신도 씨와 정면으로 눈이 마주쳐서 얼른 커피 잔으로 시선을 피했다.

"무슨 일로 여기까지?"

"이유 없이 오면 안 되나? 왜, 방해가 됐어?"

"아뇨, 딱히 그런 건 아니고……."

"할 얘기가 있어."

등을 돌린 채 신도 씨는 말했다.

"무슨 얘기인지……."

료타로는 양손에 커피 잔을 들고 거실 테이블로 돌아왔다.

"바로 이 프로젝트에 대한 얘기야."

신도 씨는 손에 든 대학노트를 흔들며 말했다.

료타로는 하마터면 커피 잔을 떨어뜨릴 뻔했다.

"……그, 그거, 봤어요?"

료타로는 잔을 내려놓으며 비난이 담긴 시선으로 신도 씨를 바라보았다.

"응, 대충 훑어봤어."

"마음대로 남의 노트를 보면 어떻게 합니까?"

신도 씨가 그 일에 관련되었다는 건 이미 알고 있었기 때문에 료타로는 그리 동요하지 않았다. 하지만 남의 노트를 허락도 없이 훔쳐보는 건 그리 기분 좋은 일은 아니었다.

"화났어?"

대충 얼버무리듯이 나긋한 목소리를 내는 신도 씨에게서 료타로는 노트를 빼앗았다. 그리고 질문에 대답하는 대신 커피 잔을 신도 씨 앞으로 쓱 밀어주고 맞은편 자리에 앉았다.

"할 얘기라는 게 '크리스마스'에 대한 거예요?"

"응, 크리스마스."

료타로의 부루퉁한 표정은 아랑곳하지 않고 신도 씨는 태연한 얼굴로 커피를 마셨다.

"노트에 적힌 내용을 보니까 그 식사 모임에 다녀온 모양이지?"

"네. 신도 씨는 결국 안 오셨죠?"

"난 그런 자리, 너무 싫어. 게다가 그레이가 하는 말을 믿을 수가 없어."

그 말에 료타로는 즉시 경계하는 마음이 싹텄다. 그와 동시에 '당신'이라는 호칭을 쓰던 신도 씨가 '그레이'라고 부르는 것이 조금은 뜻밖이었다.

"아니, 안심해. 배신할 건 아니니까. 어디서도 그 얘기를 발설하지 않을 거야. 애초에 그럴 마음도 없어."

신도 씨는 피식 웃으며 웨이브가 들어간 머리칼을 손끝으로 쓸어 올렸다.

"나를 도와준 사람에게 신의를 지킬 정도의 양심은 있는 사람이야, 나도. 그레이에게 해가 되는 일은 절대로 하지 않지. 왜냐면 그건 나한테도 해가 되는 일이니까."

사유리가 해준 이야기가 사실이라면 신도 씨는 그레이에게서 상당한 보수를 받고 있다. 특별한 업무를 하는 것도 아닌 료타로도 한 달에 1000만 엔이 넘는 돈을 받고 있으니까 신도 씨에게는 그 몇 배가 지급된다고 해도 당연한 얘기다.

"근데 그 크리스마스 건에 대해서라면 얘기가 달라져. 이 노트에 정리해둔 게 그레이가 설명해준 내용이지?"

료타로는 고개를 끄덕였다.

그레이는 일본은행과 국립 조폐청을 습격하는 것이 재분배 프로젝트의 방법이라고 말했다. 자세한 내용까지는 말하지 않았지만 사유리나 다른 사람들은 모든 것을 파악하고 있는 눈치였다.

"잘은 모르겠지만 재분배를 하겠다고 했어요."

"료타로 씨와 마찬가지로 나도 간단한 내용밖에 듣지 못했어. 다른 사람들은 알고 있는 것 같던데. 하지만 그레이가 하려는 일이 무엇인지는 대강 알아. 아마 그레이는 일본은행에 자금이 가장 많이 모이는 연말을 노려서 습격하고 엄청난 액수의 지폐를 확보할 계획일 거야. 동시에 정부가 도모슨 상사의 희귀광물 사업에 대준 5000억 엔의 지원금과 도모슨 증권이 희귀광물을 증권화해서 부유층과 기업에서 거둬들인 2000억 엔 가까운 투자금을 파라온 운송주식회사의 기동력을 이용해 전국에 뿌리려는 거야. 그레이는 그 밖에도 엄청난 자산을 갖고 있을 가능성이 높아. 그렇게 되면 어이없을 만큼 막대한 돈이 세상에 풀리겠지. 그게 그레이가 말하는 재분배 프로젝트야."

그 설명을 듣고 료타로는 저절로 탄성이 터져 나왔다.

"재분배라는 말은 들었지만 나는 자세한 건 전혀 상상이 안 되던데요."

"이건 어디까지나 내가 짜본 가설이야."

신도 씨는 별일도 아니라는 듯이 말했다.

"정부의 막대한 자금을 빼내서 빈곤층과 중산층에 돈을 분배한다. 거꾸로 도모슨 증권은 부유층의 자산을 쭉쭉 빨아올리는 기능을 한다. 그렇게 하면 일시적으로는 부의 격차가 해소될 수 있을 거야. 하지만 그 시도는 상식적으로 잠깐만 생각해봐도 결국 파탄이 예정된 말장난이라는 걸 알 수 있어."

"어째서요?"

"인플레라는 건 알아?"

신도 씨는 료타로를 내려다보며 말했다.

"그 정도는 알죠."

부루퉁하게 대답한 순간 료타로의 눈이 큼직해졌다. 아닌 게 아니라 마구잡이로 재분배를 했다가는 세상에 돈이 넘치게 된다. 그렇게 되면 당연히 인플레이션이 일어날 터였다.

"그걸 이제야 눈치챘어?"

어이없다는 듯 신도 씨가 말을 이었다.

"재분배에 성공해서, 예를 들어 전 국민이 모두 1억 엔을 손에 쥔다면 과연 어떻게 되겠어? 너나없이 큰돈이 들어왔으니 당연히 소비에 나서겠지. 하지만 수요가 많아지면 그에 따라 물가도 급등하게 돼. 지금까지 백 엔에 샀던 물건을 만 엔을 내고도 살 수 없는 거야. 시장에 돈이 넘치니까 결과적으로 엔화는 가치가 떨어지겠지. 재분배된 돈이 1억 엔이라고 해도 인플레로 인해 가치에 혼란이 일어나고 그런 다음에 가격이 조정될 거야. 결국 좀 더 많은 돈을 가진 부유층만 살아남는 결과를 낳게 돼."

신도 씨는 설명하기도 지친다는 듯 한숨을 내쉬더니 커피를 한 모금 마셨다. 그리고 커피 맛에 불만이 가득한 표정으로 여전히 아연하고 있는 료타로를 바라보았다.

"료타로 씨는 정말로 그레이가 한 말을 덥석 믿어버렸던 모양이지? 완전 광팬이네."

"그럼 그레이가 한 말은 대체……."

료타로는 자신의 얼굴이 붉어지는 것을 의식하며 말끝을 흐렸다.

"딱히 그레이가 머리가 나빠서 미처 인플레를 감안하지 못했다고는 생각하지 않아. 내가 하고 싶은 말은 내 가설이 완전히 잘못 짚은 것이거나 그게 아니면 그 밖에 또 다른 목적이 있을 거라는 얘기야."

"또 다른 목적?"

"그건 나한테 물어봤자 소용없어. 하지만 일본은행뿐만 아니라 국립 조폐청까지 습격한다는 게 아무래도 마음에 걸려."

신도 씨는 긴 손톱으로 커피 잔을 톡톡 쳤다.

"그럼 그레이는 새 지폐의 발행까지 막으려고……?"

"그렇지. 일본은행에 있는 돈을 전국에 분배해봤자 정부에서는 그것을 강탈당한 돈으로 선언해버릴 가능성이 있어. 일본은행이 얼마나 파악하고 있는지는 모르겠지만 지폐에는 고유번호가 있거든. 그것 외에도 완전히 새로운 지폐를 발행해서 어떤 형태로든 강탈당한 지폐는 유통되지 못하게 대처할 수도 있겠지."

"그 대비책으로 그레이는 새 지폐의 인쇄를 봉쇄하려는 건가요? 가능성을 미리 막아버린다는 의미에서라면 그야말로 앞뒤가 맞는 일이군요."

"그래, 앞뒤가 딱 맞아떨어지지. 하지만 그런 방식을 적용하려면 새 지폐를 발행하지 못하는 상태가 장기간 이어져야 해. 그러면 국립 조폐청을 계속해서 점거하거나 아니면 파괴하는 수밖에 없어."

"파괴……."

료타로는 혼잣말처럼 중얼거리면서 분명 그 방법밖에 없겠다고 생각했다. 일시적으로 점거해서는 아무 의미도 없다. 그리고 장기간 그 안에서 농성한다는 건 너무도 어려운 일이다.

"내 얘기는 어디까지나 추측일 뿐이야. 그레이의 머릿속에는 내가 상상도 못 할 완벽한 방정식이 만들어져 있을 가능성도 있어. 다만 재분배를 하겠다는 그 계획만 생각하면 자꾸 화가 난다니까."

"왜요?"

료타로의 물음에 신도 씨는 미간에 주름을 잡았다.

"그걸 알면 나도 고민할 게 없지. 다만……."

신도 씨는 커피로 마른 목을 축였다.

"뭔가 수상하다고 할까, 수수께끼가 너무 많아서 믿을 수가 없다고 할까. 아무래도 그레이가 우리에게 사실대로 말하지 않은 게 있는 거 같아. 그가 정말로 하려는 일은 꽁꽁 감춰둔 것 같단 말이야."

그 말은 조용한 방 안을 더욱 더 정적의 소용돌이로 몰아넣었다.

료타로는 커피 잔을 멍하니 바라보았다. 이미 식어버린 검은 액체가 료타로의 얼굴을 희미하게 비추고 있었다.

"사유리하고는 친한 편이지?"

"네, 좀."

료타로는 사유리와 가마쿠라에서 데이트했던 시간이 떠올랐다. 그때 사유리가 지은 미소 속에 언뜻언뜻 드러나던 슬픔이 료타로의 마음속에 깊은 인상으로 남아 있었다.

"그 아이가 맡은 일이 뭔지 알아?"

신도 씨의 말에 료타로는 고개를 가로저었다. 사유리가 어떤 역할을 맡았는지 무척 궁금하기는 했지만 본인이 말할 때까지는 캐묻지 않는 것이 그레이에게 구조된 사람들 사이의 암묵의 규칙이었다.

신도 씨는 안경 안쪽의 눈을 가늘게 뜨고서 립글로스를 발라 반들거리는 입술을 열었다.

"그럼 직접 물어봐. 료타로 씨도 궁금하잖아?"

"……아뇨."

"거짓말."

신도 씨가 웃었다.

"가마쿠라에서 둘이 데이트했다는 거, 나도 알아."

"앗, 어떻게……."

료타로는 내심 동요했다. 딱히 감출 일은 아니지만 그렇다고 여기저기 말하고 다닌 적도 없었다. 신도 씨까지 그 일을 알고 있으리라고는 생각도 하지 못했다.

"사유리에게 들었어. 아무튼 료타로 씨는 그 애가 마음에 걸리지? 그레이의 부탁으로 과연 그 애가 어떤 중요한 역할을 맡았을지 료타로 씨도 무척 궁금할 거야. 그리고 그걸 알게 되면 그레이가 어떤 존재인지 조금쯤은 깨닫게 되지 않을까? 그레이를 맹신하는 료타로 씨에게는 꽤 좋은 약이 될지도 모르겠다. 어때, 점점 더 궁금해지지?"

신도 씨는 입을 다물고 마치 연구원이 실험용 쥐를 관찰하듯이 료타로를 지그시 바라보았다. 료타로는 목구멍까지 나오려던 '정말 알고 싶다'라는 말을 가까스로 꿀꺽 삼키고 시선을 테이블에 떨군 채 커피를 마셨다.

"뭐, 물어보든 말든 그건 료타로 씨가 결정할 일이야."

신도 씨는 시치미를 떼듯이 시원하게 선언해버렸다.

"근데 료타로 씨가 맡은 역할은 뭐지? 그걸 물어보러 온 거야, 오늘."

질문을 받은 료타로는 잠시 망설였다. 사유리의 역할에 대한 생각이 머릿속에 가득했고 자신의 역할 또한 고민스러운 것이었기 때문이다.

"왜 그래, 료타로. 딱히 감출 것도 없잖아? 참고로 내가 맡은 역할은 돈세탁이야. 그리고 절대로 들키지 않을 비밀 계좌를 대량으로 만드는 것. 즉 습격에는 직접 관여하지 않고 후방에서 지원하는 일이야."

신도 씨는 신이 난 듯 미소를 지었지만 곧바로 대답을 재촉하는 표정으로 바뀌었다.

"료타로는 뭘 하기로 했어? 설마, 습격부대?"

"아뇨, 나는……."

료타로는 말을 망설였다.

"괜히 거들먹거리지 말고 빨리 말하라니까."

신도 씨가 가시 돋친 목소리를 내는 바람에 료타로는 겨우 입을 열었다.

"나한테는 '지켜보는 역할'을 맡으라고 했어요."

신도 씨는 어이없다는 듯 잠시 멍한 표정을 보였다.

"뭐야, 그게?"

"나야말로 뭐가 뭔지 모르겠어요."

료타로는 약간 자포자기해서 말했다.

"지켜보다니, 대체 뭘?"

"그것도 모르겠어요."

"무슨 역할인지 자세히 물어보지 않았어?"

"물론 나도 물어봤죠. 하지만 그레이는 당일까지 그리 신경 쓰지 않아도 된다면서 별다른 설명이 없었어요. 그래서 나도 어떤 역할인지 자세히 알지 못해요."

"뭐야?"

신도 씨는 어처구니없다는 듯 눈이 동그래져서 되물었다.

"자기, 머리 정상이야?"

"아마도."

료타로는 자신 없이 대꾸했다.

"아니, 정상이 아니야. 자기 역할을 잘 모르다니, 불안하지도 않아? 크리스마스 건은 누가 뭐래도 범죄 행위야. 소꿉장난도 아니고 철부지 불장난도 아니란 말이야."

"나도 알죠. 하지만 그레이가 내게 그런 역할을 맡긴 것을 보면 분명 나니까 할 수 있는 일이겠지요. 그래서 설령 역할의 내용을 잘 알지 못하더라도 나는 온 힘을 다해 꼭 해낼 생각이에요. 그레이가 자세한 내용은 그리 신경 쓰지 않아도 된다고 한다면 그 말대로 따르는 게 좋겠죠."

"머리가 제대로 돌아가는지 의심스러울 만큼 대단한 사람이네. 세상 물정 모르는 철부지가 따로 없군."

신도 씨는 어이없다는 듯이 말했다.

"하긴 그야말로 친위대다운 생각이야. 열심히 해봐."

신도 씨는 자리에서 일어나 현관으로 향했다. 그러다 갑자기 뭔가 생각났는지 몸을 돌려 료타로를 바라보았다.

"이런 말은 나답지 않지만 료타로 씨는 나의 S 취향을 자극해주는 사람이니까 한 가지 충고해줄게. 나는 후방 지원이라서 크리스마스에는 직접 참가하지 않아. 하지만 직접 참가하는 멤버 중에는 결사대가 포함되어 있어."

신도 씨의 말을 듣고서도 료타로는 눈썹 하나 꿈쩍하지 않았다.

"어머, 이미 다 알고 있는 얼굴이네?"

신도 씨는 못 말리겠다는 듯 어깨를 한 차례 들썩했다.

"료타로 씨도 역시 죽을 각오구나?"

"……."

그 말에 료타로는 대꾸하지 않았지만 신도 씨는 그것을 긍정이라고 받아들였는지 "어휴, 맙소사" 하고 고개를 내저었다.

식사 모임에 참가한 멤버 전원이 목숨을 걸고 있다는 것은 충분히 감지할 수 있었다. 멤버의 대부분을 차지하는 습격부대는 비밀리에 아랍 에미리트 연방에 건너가 사설 군사회사를 통해 총포류를 다루는 법이며 습격과 제압 훈련을 받았다고 한다. 점거에 들어가면 당연히 경찰이며 특수부대가 출동할 터였다. 그들은 중무장 상태로 그레이 일행의 계획을 저지하려 들 것이다. 그때는 최악의 사태를 상정하지 않으면 안 된다.

"나는 그레이에게 감사하고 있어. 은행원 시절에 내가 저지른 부정 때문에 아차 하면 교도소에 들어갈 수도 있었어. 그레이가 그런 나를 구해준 거야. 게다가 남들이 평생 일해도 벌 수 없을 만큼 높은 연봉도 받고 있어. 내가 하는 일도 스릴이 있어서 정말 재미있어. 하지만 말이야."

신도 씨는 눈치채이지 않을 만큼 작은 한숨을 내쉬었다.

"나는 당신들처럼 그레이 덕분에 목숨을 건진 건 아니야. 그래서 그레이에게 걸 목숨은 없어. 만에 하나, 크리스마스가 실패한다면 나는 즉시 해외로 도망칠 거야. 그리고 멀리서 구경이나 할 거라고."

신도 씨의 말투는 그레이에게 반감을 품고 있다는 게 느껴지는 음색이었다.

"당신들은 그레이에게 구조된 목숨을 고스란히 그레이를 위해 써버리려 하고 있어. 하지만 잘 생각해봐. 당신들의 목숨을 그레이가 구해줬는지는 모르지만, 그가 구해준 그 목숨을 다시 그를 위해 버리겠다는 거잖아? 결국 똑같은 결과라는 걸 모르겠어? 잔소리를 해서 미안하지만, 목숨이란 원래 타인의 간섭에 의해 좌지우지되어서는 안 되는 소중한 거야."

열을 내어 쏘아붙이고 신도 씨는 고개를 돌려버렸다.

"료타로 씨는 원래 계획에 없던 인원이었어. '8월 강도 사건'을 끝낸 시점에 이미 인원도 자금도 모든 준비가 갖춰진 상태였으니까. 애초에 그레이는 그런 사건을 일으키지 않아도 남아돌 만큼 많은 자금을 갖고 있어. 그런데도 위험을 감수해가며 '8월 강도 사건'을 실행에 옮겼지. 게다가 보석전 사건까지 일으켜서 료타로 씨를 데려왔어. 당신을 이 일에 끌어들이기 위해 예정에 없던 일까지 저지른 거야. 그레이는 뭔가 다른 꿍꿍이가 있어. 그리고 분명 기존의 친위대들과는 다른 목적을 위해 료타로 씨를 끌어들였어."

신도 씨는 잠깐 망설이듯이 뜸을 들이다가 다시 입을 열었다.

"나는 어떤 의미에서는 방관자야. 하지만 료타로 씨는 당사자로서 스스로 생각하고 판단해야 해. 그리고……."

신도 씨는 돌연 입을 다물더니 답답한 듯 어깨를 씩씩거리며 걸음을 옮겼다. 그리고 현관문을 열고 밖으로 사라졌다.

잠깐 열린 문틈으로 들이친 얼어붙은 바깥 공기가 료타로의 뺨을 때렸다. 덜컥, 하고 정적을 아주 조금 어지럽히는 소리를 내며 문이 닫혔다.

신도 씨는 그레이와 오랫동안 함께 일해오는 사이에 뭔가를 감지한 게 아닐까.

그녀가 사라진 쪽을 가만히 바라보며 료타로는 막연하지만 그렇게 생각했다.

# 제5장

## 1

거리는 크리스마스 장식과 일루미네이션이 넘쳐나고 미쓰코시 역도 화려하게 채색되었다. 평일이라서 정장 차림이 많았는데 미쓰코시 백화점 개점과 동시에 거리는 쇼핑객으로 북적거리고 곳곳에 웃는 얼굴들이 보였다. 여기저기서 크리스마스 캐럴이 흘러나오고 거리 전체가 잔뜩 들떠 있는 기색이었다.

그 속을 마치 탁류에 휩쓸린 것처럼 료타로는 거스르기 어려운 힘에 떠밀려 앞으로 앞으로 나아가고 있었다.

12월 24일 오전 10시.

맑게 갠 겨울 공기에 아침 햇살이 점점 투명도를 더하며 반짝거렸다.

료타로는 그레이, 사유리, 그리고 해킹 담당 사사키와 고즈에까지 모두 함께 파라온 운송의 배송차를 타고 미쓰코시 역을 지나 소토보리 거리로 꺾어져 달려간 끝에 일본은행 본점 앞의 도로에 정차했다. 10층 건물인 일본은행 신관은 그 대부분이 높은 외벽과 검은 철창으로 뒤덮여 있고, 북문 출입구에서는 자동식 바리케이드를 사용하여 드나드는 차들을 선별하고 있었다. 경찰관이 상주하고 감시 카메라도 곳곳에 효율적으로 배치되어 있었다. 하지만 직원의 출입이 잦은 데다 경찰관도 일일이 드나드는 사람을 체크하지는 않는 것 같아서 얼핏 보기에는 엄중한 수비라고 할 만한 분위기는 아니었다.

료타로는 일본은행 신관을 차 안의 스모크 유리 너머로 올려다보았다.

그레이의 옷차림은 평소 그대로였지만 료타로 일행은 특수부대 같은 장비로 무장한 상태였다. 조끼 안에는 무전기, 허리에는 사용 방법만 대충 익힌 권총을 차고 있었다.

운전석에 앉은 고즈에는 담배를 피우며 도로 전체를 내다보고 있었다.

이미 세 대의 배송 차량이 도로 가에 정차해 있었다. 그리고 일반인에 공개되는 일본은행 구관의 출입구 쪽인 에도사쿠라 거리에도 두 대의 배송 차량이 서 있었다.

일본은행 앞 초소에 있는 경찰관과 양복 차림의 직원들은 파라온 운송주식회사의 트럭을 보고도 딱히 수상하게 생각하지 않았다.

"그럼 시작해볼까."

그레이가 무전기에 대고 지시를 내리자 각 배송 차량에서 일제히 복면의 남자들이 뛰어나왔다.

무장한 남자들은 곧장 일본은행 본점을 향해 잽싸게 뛰어갔다. 첫눈에 무장했다는 것을 알아볼 수 있었다. 저마다 탄탄한 공공칠 가방을 든 모습은 기묘한 광경이었다. 그중에는 사람 한 명쯤 너끈히 들어갈 만큼 큼직한 가방을 메고 있는 사람도 있었다.

도합 스무 명의 무장 집단이 돌연히 나타나자 행인과 경찰들은 일순 아연했지만, 이상하게도 도망치는 사람보다 오히려 멍하니 멈춰 서서 바라보는 사람들이 더 많았다.

설마 이런 일이 있을 리 없다.

모두들 그렇게 생각하는지, 어느 누구도 경찰에 신고하려고 허둥대는 사람은 없었다.

초소의 경찰관들은 습격부대의 출현에 일순 사고가 정지된 상태로 눈만 휘둥그렇게 뜨고 있었다. 그 틈을 노려 복면의 남자들은 짤막한 고압 전자 충격기로 경찰관을 순식간에 무력화시켰다. 그때서야 비로소 몇몇 행인들이 비명을 올렸다.

온몸을 칠흑으로 감싼 남자들은 잠시도 멈춰 서는 일 없이 일본은행 현관문 안으로 빨려들 듯이 사라져갔다.

그레이는 그 모습을 지켜보더니 중절모를 눈까지 깊숙이 눌러쓰고 검은 복면을 료타로에게 건넸다.

"혹시 모르니 자네도 이걸 쓰도록 해."

료타로가 복면을 받아 들었을 때, 사유리는 헌팅 모자로, 사사키와 고즈에는 복면으로 이미 얼굴을 가리고 있었다.

"어, 어울려?"

사사키가 더듬거리는 말로 복면 너머의 료타로를 보며 물었다.

"그게 잘 어울린다면 넌 기분 좋아?"

고즈에가 어이없다는 듯 말했다.

"아주 잘 어울려."

료타로는 사사키에게 슬쩍 대답해주고 자신도 복면을 썼다. 사사키는 흐뭇한 듯 반달눈이 되어 머리를 긁적이더니 옆에 다가와 속삭였다.

"료, 료타로도 잘 어울린다."

멀리서 작은 북을 치는 듯한 연속음이 울렸다. 그리고 평온을 뒤흔드는 비명 소리와 발소리.

밖을 내다보니 일본은행 본점에서 댐의 물이 풀린 것처럼 사람들이 와르르 뛰어나왔다.

5분쯤 지나 무전기에 반응이 있었다.

— 여기는 돌입부대. 관내 제압 완료했습니다.

그레이 손에 들린 무전기를 통해 보고가 흘러나왔다. 긴장했는지 목소리가 딱딱했다. 다카노였다.

그와 동시에 또 다른 목소리가 고즈에의 무전기에서 들렸다.

— 여기는 해커 2팀. 감시 시스템의 일시 무력화에 성공했습니다. 현재 카메라의 물리적 파괴 작업 중입니다. 대부분 사전 약도에 표시된 그대로라 작업이 수월합니다. 이제 진입하셔도 문제없습니다.

"여기는 해커 1팀. 알았다."

고즈에는 그렇게 대답하고 곧바로 그레이를 돌아보았다.

"감시 카메라는 해결됐답니다."

"좋아. 가볼까."

그레이는 문을 열고 조용히 차에서 내려섰다.

조금 전까지 크리스마스 분위기로 들썽거리던 거리는 이제 재난 영화의 한 장면처럼 변해버렸다. 얼굴이 사색이 되어 뿔뿔이 달아나는 사람들로 거리는 혼란에 빠져 있었다. 비명이 비명을 부르고 공포가 공포를 증식시켰다. 이리저리 달아나는 사람들과 료타로의 눈이 마주쳤다. 하나같이 공포로 부들부들 떨며 료타로를 피하듯이 황급히 도망쳤다.

그레이 일행은 인파를 거스르듯이 일본은행 본점 관내로 들어섰다.

아무런 방해도 없이 1층 영업장에 도착했다. 무장한 동지들 외에 사람은 자취도 없었다. 다만 방금 전까지 영업 중이던 분위기가 아직도 남아 있어서 무장한 집단이 그것을 지워버리듯이 저벅거리는 발소리를 울리고 있었다.

컴퓨터를 설치하는 팀, 플로어에 놓인 3인용 소파로 현관 앞에 바리케이드를 쌓는 팀, 전면 유리에 스프레이를 뿌려 외부의 시선을 차단하는 팀, 그 바리케이드와 곳곳의 출입구에 가시철조망을 치는 팀, 숨어 있는 직원이 없는지 주위를 수색하고 바깥의 상황을 살피는 팀도 있었다. 저마다 자신의 역할을 완벽히 이해하고 성공적으로 수행하려고 하고 있었다. 사사키와 고즈에도 각기 손에 든 노트북을 열고 손끝이 보이지 않을 만큼 키보드를 두드렸다. 헌팅 모자를 쓴 사유리는 바쁘게 돌아다니며 주위를 살펴보고 있었지만 딱히 뭔가를 하는 듯한 기척은 아니었다.

작전 개시로부터 10분.

사이렌 소리가 들려왔다. 경찰이 물밀 듯이 밀려올 터였다. 그리고 료타로 일행을 없애려고 눈에 핏발을 세울 것이다.

"남아 있는 직원은 없나?"

그레이는 가까이에 있던 돌입부대원에게 물었다.

"미처 도망치지 못한 은행 직원 몇 명을 발견했는데 신속히 밖으로 내보냈습니다."

"좋아. 계속해서 은행 안을 속속들이 수색하고 숨어 있는 직원이 있으면 탈출로를 확보해주도록 해."

"알겠습니다."

부대원이 무전기로 돌입부대에게 지시 사항을 전달했다.

그레이의 시선이 고즈에와 사사키에게로 향했다.

"금고 안의 보안 상태는 어떤가?"

"제압 완료. 무력화에 성공했습니다."

고즈에는 키보드를 두드리던 손을 멈추지 않고 싱글벙글하는 얼굴로 대답했다.

그 대답에 고개를 끄덕인 그레이는 사이렌 소리를 의식하며 잠시 생각에 잠긴 뒤, 무전기를 꺼내 들었다.

"금고는 어떤가?"

—여기는 금고팀. 도면 그대롭니다. 지금 나노테르밋 폭탄을 설치해 금고 입구를 녹여버릴 예정입니다.

"금고 안의 보안 시스템도 장악했다. 자칫 폭발에 휘말리지 않도록 부디 조심하기 바란다."

—네, 알겠습니다.

무선이 끊겼다.

료타로는 귀에 들어온 나노테르밋 폭탄이라는 말에 얼굴빛이 핼쓱해졌다.

폭탄을 사용하려는 것인가.

료타로는 허리춤에 권총을 차고 있었고 현재 자신이 처한 상황을 충분히 이해하고 있다고 생각했지만 '폭탄'이라는 말이 주는 무거운 여운에 새삼 심장이 두근거렸다.

"이제 복면을 벗어도 괜찮아. 답답했지?"

그레이가 료타로에게 말했다.

"아, 예."

료타로는 얼른 대답했지만 좀체 그 복면을 벗지 못하고 있었다.

"안심해도 돼. 감시 카메라는 모조리 파괴되었어."

주위를 둘러보아도 복면을 한 동지는 없었다.

머뭇머뭇 복면을 벗고 료타로는 몇 번이나 가쁜 숨을 내쉬었다. 영업장은 난방이 잘되어 따뜻했지만 덥다고 할 정도는 아니었다. 그런데도 긴장 때문에 땀이 주르륵 흘렀다.

"나노테르밋 폭탄이 마음에 걸리나?"

그레이가 료타로의 동요를 눈치챘는지 조용히 물었다. 놀란 료타로는 떨리는 목소리를 감추고 턱을 바짝 당겼다.

"예."

료타로의 대답에 그레이는 고개를 끄덕이고는 카운터에 걸터

앉아 다리를 포갰다.

"2001년에 미국에서 일어난 동시다발 테러는 알고 있겠지?"

료타로는 고개를 끄덕였다.

"이슬람 테러 단체가 민간 항공기를 납치하여 세계무역센터 빌딩에 격돌했어. 빌딩은 주저앉듯이 붕괴되고 수많은 사람이 죽었지. 이 테러 사건을 계기로 미국 국민의 이라크에 대한 감정이 극도로 악화되었고 이윽고 전쟁에 돌입했어. 오래도록 이어지던 이라크 전쟁은 종결되고 미국은 수많은 희생을 치르며 테러 단체라는 적에 맞서서 위협을 제거하는 데 성공했어."

그레이는 담담히 말하고는 희미하게 얼굴을 찌푸리며 차가운 웃음을 지었다.

"하지만 그 전쟁, 아니, 테러 자체에 의문을 품는 목소리가 점점 높아지고 있다는 건 알고 있는지 모르겠군. 미국이 테러에 가담했거나 알고 있었으면서 고의로 방치했다는 의혹이 일고 있는 거야."

"미국이?"

료타로는 믿을 수 없어서 고개를 저었다.

"미국 국내에서는 다양한 근거를 바탕으로 몇 가지 가설이 제기되고 그에 대한 논의가 분분했어. 어떤 사건이든 음모론은 따라다니게 마련이지. 나 역시 미국이 가담했는지 아닌지 분명하게 판단을 내리지는 못하겠어. 하지만 그 가설의 근거 중에는 매우 흥미로운 내용이 있었어. 세계무역센터 빌딩은 대형 여객기의 충돌쯤으로 결코 전체가 붕괴될 수 없는 구조였다는 거야."

그레이는 짧은 웃음 소리를 올렸다.

"세계무역센터 빌딩은 철강을 그물망처럼 펼쳐서 지은 건축이라서 여객기의 충돌은, 이를테면 철망에 연필을 꽂은 것과 같다고 설계사가 증언했다는 거야. 무너진 철강의 무게 때문에 빌딩이 주저앉는 것도 있을 수 없는 일이라고 했어. 즉 전체가 주저앉은 것은 다른 힘에 의한 것이라는 얘기야."

"그 다른 힘이 나노테르밋 폭탄이었다는 거군요?"

"그렇지. 붕괴 후의 빌딩 잔해를 조사해보니 철강이 녹아서 절단된 것이 다수 발견되었어. 통상 여객기의 제트 연료에 의해 발생한 화재는 철이 녹아내릴 만큼의 고온에 달하지 못한다는 거야. 그런데도 빌딩을 받치는 부분의 철이 부자연스럽게 녹아내리고 마치 폭파 해체라도 한 것처럼 빌딩이 깨끗이 무너져버렸어. 현장에 있던 소방관도 수수께끼의 폭발음을 몇 번이나 들었다고 증언했지. 물론 테러리스트가 사전에 폭약을 설치하고 그것을 작동시켰을 가능성도 있겠지. 하지만 항상 수많은 사람들이 들락거리는 빌딩 내에 테러 단체의 힘만으로 과연 필요한 요소요소에 모두 폭약을 설치할 수 있었을까? 상식적으로 생각해보면 불가능한 일이지. 다만 내통자가 있었다면 이야기는 달라져. 테러가 일어나기 전에 세계무역센터 빌딩 안에서는 알 수 없는 보수 공사가 자주 있어서 근무하던 사람들이 소음에 시달렸다는 증언도 나왔어."

료타로는 그레이의 말을 들으며 어딘가 딴 세계의 이야기를 듣는 것만 같았다. 실제로 9·11 동시다발 테러는 료타로에게는 강 건너 불 같은 뉴스였다. 실감이 나지 않는 허구의 세계에서 일어난 사건일 뿐이었다. 설령 그것이 음모에 의한 것이든 아니든 료타로의 일상생활과는 아무 관계도 없는 일이라고만 생각했었다.

"나는 미국이 결백하냐 아니냐의 논의에는 별로 관심이 없어. 하지만 만일 미국이 스스로의 손으로 자기 나라의 건물을 파괴하고 국민이 죽는 것을 그대로 방치하면서 자신들의 이익을 위한 전쟁을 벌였다면 그건 참으로 흥미로운 일이 아닐 수 없겠지."

그레이는 잠시 한 호흡을 쉬었다가 다시 입을 열었다.

"국민을 희생시키면서 제 나라의 영리를 추구했다. 그렇다면 거기에 사용된 나노테르밋 폭탄은 그야말로 붕괴와 잘 어울린다고 생각하지 않나?"

그레이가 그렇게 말한 직후, 몸이 흔들릴 만큼 땅이 울리는 바람에 료타로는 하마터면 넘어질 뻔했다. 지하에서 나노테르밋 폭탄이 터진 것이다.

"내가 쓸데없는 이야기를 너무 길게 했군. 나는 잠깐 해야 할 일이 있어. 자네는 어딘가에서 편히 쉬고 있기를."

그레이는 그렇게 말하고 여유 있는 걸음걸이로 영업장을 가로질러 갔다. 그 앞에는 다카노의 모습이 있었다. 두 사람은 일본은행 안쪽으로 사라졌다.

사이렌 소리가 일본은행을 뒤덮고 있었다. 밖에서 들려오는 고함 소리. 다급한 발소리. 헬리콥터의 프로펠러 소리.

그 모든 것이 료타로 일행을 몰아치고 있었다.

료타로는 딱히 할 일이 없어서 바리케이드를 위해 차출되고 남은 의자 하나를 찾아 자리를 잡고 앉았다. 구석진 곳이라서 주위에는 아무도 없고 이야기 소리도 들리지 않았다.

폭발음은 단속적으로 이어졌다. 철을 녹여버릴 만큼 고온을 발하는 나노테르밋 폭탄. 그것이 일본은행의 금고 문을 파괴하고 있는 것이다.

실내등이 촘촘히 박힌 영업장 천장을 바라보았다.

나는 지금 농성 중이다. 살갗이 아플 만큼 긴장하고 있는데도 왠지 실감이 나지 않았다. 미국의 동시다발 테러 사건과 마찬가지로 어딘가 먼 나라의 사건처럼 막연하게 느껴질 뿐이었다.

바쁘게 움직이는 동지들에게로 시선을 던졌다.

그들은 료타로로서는 알 도리도 없는 목적을 향해 돌진하고 있었다. 재분배 프로젝트. 그런 큰 제목 같은 설명밖에 듣지 못한 료타로는 동지들에게서 소외된 듯한 불안감을 느꼈다.

자신에게 주어진 '지켜보는 역할'은 대체 무슨 일을 하는 것일까. 생각해봐도 대답이 나올 리 없었지만 다시 또 생각하고 있었다.

눈을 감았다. 눈꺼풀 안쪽에 실내등 불빛이 보색의 점이 되어 떠돌았다.

눈을 뜨자 바로 앞에 사유리의 얼굴이 있었다.

"졸려요?"

"이 상황에서 잠이 올 만큼 대담한 인물은 아니야."

"그렇죠?"

피식 웃으면서 사유리가 료타로 옆에 앉았다.

"다들 열심히 움직이네요."

사유리는 주위를 바라보며 말했다.

"너는 맡은 일을 하지 않아도 괜찮아?"

료타로가 조심스럽게 물어보자 사유리는 일순 어리둥절한 표정을 보이더니 영업장 카운터에 놓인 관상용 화분을 바라보며 입을 열었다.

"내가 맡은 일은 크리스마스 전에 모두 끝났어요. 지금은 할 일 없어서 한가하게 빈둥거리는 사람이죠."

사유리가 미소를 지었다. 그 웃음이 어딘지 모르게 그레이를 닮아 있었다.

“나 같은 여자애가 그레이에게서 어떤 역할을 받았는지, 알고 싶죠?”

“……아니, 별로.”

그레이에게 구조된 사람들 사이에서는 서로에 대해 캐묻지 않는다는 불문율이 있었다. 하지만 아직 어린 티가 남아 있는 소녀가 대체 어떤 역할을 맡았는지 마음에 걸리지 않는 건 아니었다. 돈세탁의 달인이라는 신도 씨는 잘 알고 있는 눈치였다. 알면서도 사유리 본인에게 듣는 게 좋다고 말했었다.

“알고 싶다고 얼굴에 적혀 있는데요?”

사유리는 짓궂게 입 끝을 올리며 웃었다. 그리고 당황하는 료타로를 아랑곳하지 않고 말을 이었다.

“나는 권력자의 약점을 알아내는 일을 맡았어요.”

“무슨 말이야?”

료타로는 문득 가슴이 수런거렸다.

“권력자를 속이는 역할이라는 얘기예요.”

“속이다니?”

“애교를 무기로 약점을 잡는 것.”

“그, 그건…….”

“네, 료타로 씨가 상상하는 대로예요. 아직 미성년자라는 점을 이용해서 그레이가 타깃으로 삼은 아저씨를 꼬드기는 거. 그렇게 해서 약점을 잡고 그걸 빌미로 조종하는 거죠. 도촬을 하거나 도청도 하고. 이른바 전형적인 미인계예요. 실제로 여기 일본은행에 진입한 것도 어떤 변태 아저씨와 살살 놀아준 끝에 내부 보안 설비의 약도와 안내 역할을 제공받아 아무 문제 없이 순조롭게 진행되었죠. 남자들이란 아무리 높은 사람이라도 단순한 동물이라니까."

사유리가 산전수전 다 겪은 여인처럼 피식 웃음을 흘렸다.

료타로는 머릿속이 하얘졌다. 설마 그레이가 사유리에게 그런 일을 지시하다니.

"아, 오해하면 곤란해요. 마지막 단계까지 간 건 아니니까. 그냥 함께 호텔 방에 들어가서 몸을 좀 만지게 해주고 변태 같은 말을 토해내게 하면 임무 완료예요. 마지막 단계까지 갈 이유가 없어요. 사진이나 동영상, 음성만 확보해도 충분히 협박할 수 있으니까."

사유리는 아무것도 아닌 일처럼 말했지만 료타로는 여전히 마음이 무겁기만 했다.

"나 말고도 똑같은 일을 하는 여자애들이 몇 명 있는 것 같더라고요. 그녀들 덕분에 은행 강도나 보석점 습격이 순조롭게 풀린 경우가 한두 건이 아닌가 봐요. 내가 그레이에게 구조된 게 2012년 9월이고 그때는 이미 '8월 강도 사건'이 터진 뒤였으니까 자세한 건 모르겠지만."

"그런 짓, 싫지 않았어?"

료타로는 말을 뱉고 나서 곧 후회했다. 그 말을 들은 사유리가 눈이 가늘어지면서 화난 표정을 보였기 때문이다.

"혹시 나를 동정하는 거라면, 됐거든요? 나는 그레이 덕분에 죽을 목숨을 건졌어요. 그래서 그 정도 일쯤은 얼마든지 할 수 있다고 생각해요. 그냥 그것뿐이에요."

사유리가 강한 어조로 말했을 때, 뉴스 방송 소리가 영업장에 울렸다.

"……일본은행 본점 앞은 겹겹이 경찰차가 에워싸고 기동대원의 모습도 눈에 띕니다……."

아나운서의 목소리는 사사키가 조작하는 컴퓨터에서 들려오는 모양이었다. 그 주위에서 잠시 작업을 중단하고 동지들이 화면을 들여다보고 있었다. 그 속에 그레이의 뒷모습도 섞여 있는 게 눈에 들어왔다.

"시작할 모양이네?"

사유리는 조금 전과는 달리 환한 표정이 되어 총총히 그들이 있는 곳으로 가버렸다. 료타로는 잠시 망설이다가 그녀의 뒤를 따라갔다.

사사키 앞에 놓인 노트북의 화면을 넘어다보니 일본은행 본점, 즉 료타로 일행이 농성 중인 장소가 흘러나오고 있었다.

"……무장한 범인들의 정체는 여전히 밝혀지지 않고 있습니다. 아직까지 그들에게서 특별한 요구도 없었고 인질이 몇 명이나 되는지도 알려지지 않은 상황입니다. 하지만 목격자의 말에 따르면 회색 남자의 범행일 가능성이 높은 것으로……."

그레이는 영업장에 걸린 시계가 11시를 가리키는 것을 확인하더니 다시 화면을 들여다보았다.

"자, 어떻게 탈출할까."

그레이의 목소리는 유쾌한 여운으로 울렸다.

## 2

12월 24일 새벽.

익명을 희망하는 어떤 사람이 복수의 언론 매체에 결정적인 정보를 제공했다. 고위 공무원, 경찰청 고위층, 대기업 임원, 의사, 변호사, 연예인 등 각계각층에서 권력을 휘두르는 사람들이 이케부쿠로에서 일어난 미해결의 성매매 및 옥션 살인 사건, 통칭 '이케부쿠로 사건'과 깊은 관련이 있다는 자료와 범행 동영상이 그 내용이었다.

같은 날 오전 8시.

각 언론 매체는 제공된 자료와 범행 동영상을 과연 보도해도 될 것인지 검토에 들어갔다. 하지만 벌써 소규모 언론사에서 인터넷에 정보를 개시해버린 뒤였다. 이 소동에 대해 정부는 당장 그날로 보도 규제라는 지시를 내렸지만 다양한 인터넷 동영상 사이트를 통해 벌써 전 세계에 범행 동영상이 퍼져나간 뒤라서 어떻게도 손을 쓸 수 없는 상황이었다. 익명의 정보 제공자가 누구인지는 밝혀지지 않았다.

같은 날 같은 시각.

도모슨 상사가 소유한 몽골 탄광에서 희귀광물의 원료가 거의 산출되지 않는다는 것을 증명하는 자료가 각 보도 기관에 전송되었다. 이 제보는 즉시 보도되어 도모슨 증권을 통해 투자한 개인투자자와 희귀광물을 바라고 거액을 투자했던 대기업이 큰 피해를 입었다. 알려진 피해 총액만 2000억 엔이 넘는 것으로 밝혀졌다. 또한 정부에서 지원한 5000억 엔을 포함하여 7000억 엔의 행방도 묘연했다. 이 건에 관해서는 거의 독단적으로 공적자금의 지원을 결정했던 재정경제부 장관이 '이케부쿠로 사건'과 관련하여 범행 집단으로부터 협박을 받았을 가능성이 높아 경찰에서 조사에 들어갔다.

같은 날 오전 10시 30분.

정체가 밝혀지지 않은 무장 집단이 일본은행을 급습하여 관내를 점거하고 농성에 들어가는 사건이 발생했다. 하지만 아침부터 연달아 대형 비리 사건의 기사가 터져 나오는 바람에 경찰의 출동이 늦어져, 현장을 포위한 것은 사건 발생으로부터 10여 분이 지난 다음이었다.

같은 날 오전 11시.

국립 조폐청 관할 다키노가와 공장, 오다와라 공장, 시즈오카 공장, 히코네 공장, 오카야마 공장이 괴한들에게 습격을 받는 사건이 발생했다. 각각의 사건이 거의 동일한 시각에 발생했다는 것, 그리고 공장을 파괴하기 위해 사용한 폭탄이 고온으로 철강까지 녹여버리는 나노테르밋인 것을 통해 동일 조직의 범행으로 단정할 수 있었다.

급습 당시에 사용한 차량은 업계 최고의 파라온 운송주식회사의 것으로 밝혀져 현재 관련 사항을 수사 중이었다.

현장 직원의 말에 따르면 각 공장을 습격한 괴한들은 각각 7, 8명 정도의 규모이며 중무기로 무장하고 있었고 30분이라는 짧은 시간에 폭발물로 공장을 파괴한 뒤 도주했다. 경찰은 현재 이들의 행방을 쫓고 있다. 직원들은 모두 대피했기 때문에 부상자는 없었다. 범행 집단의 소재는 여전히 밝혀지지 않았다.

오전 10시 30분에 발생한 일본은행 본점 습격 및 점거 사건의 범행 집단은 여전히 특별한 움직임을 보이지 않고 있었다. 요구 사항이 전달된 일도 없고 협상 수단도 확보되지 않았다. 다수의 목격자들의 말에 따라 이 범행 집단이 중무장을 하고 있는 것으로 판단되었기 때문에 기동대 및 SAT(특수 급습부대)가 출동하여 주변을 이중 삼중으로 포위했다. 경시청에서는 범인 파악과 동시에 인질의 유무에 대한 확인을 서두르고 있었다.

또한 앞서 '이케부쿠로 사건'에 대한 폭로를 기점으로 일련의 사건이 동시다발적으로 일어났다는 점에서 모두 동일 집단에 의한 테러로 단정하고 경찰에서는 서둘러 범인 파악에 나섰다.

### 3

고함 소리가 오가는 현장의 소음이 멀리서 들려오는 가운데 SAT 대원 사에키 다카시는 자신의 장비를 꼼꼼하게 확인하고 있었다. 이글사의 택티컬 베스트, 방탄 조끼, 세라믹 방호복, 검은 발라클라바 모자에 케블러 헬멧. 그리고 허벅지에는 권총, 가슴에 매달린 MP5와 특수 섬광탄.

장비에 허점이 없는 것을 다시 한 번 확인한 뒤에 주위를 둘러보았다. 똑같은 장비를 하고 있어 개성조차 동일한 것처럼 보이는 대원들이 중형 수송 버스에 촘촘히 앉아 있었다.

버스의 스모크 유리 너머로 바깥을 내다보니 경찰관들이 이리저리 뛰면서 정신없이 움직이고 있었다.

"이번에도 그 회색 남자가 저지른 일이라던데요? 대체 이 나라가 어떻게 되려고 이러는지 모르겠어요."

돌입 1팀의 가와카미 유야가 옆에서 나란히 창밖을 바라보며 중얼거렸다. 가와카미는 사에키의 4년 후배로 올해 스물네 살이었다. 얼굴에 아직 순진한 분위기가 남아 있지만 정예 대원이라는 말이 무색하지 않을 만큼 강한 눈빛의 소유자였다.

"글쎄 말이야."

돌입 1팀의 팀장인 사에키는 심드렁하게 대꾸했지만 바깥의 상황이 심상치 않게 돌아간다는 것은 누가 보더라도 명백한 일이었다. 과묵한 사에키와는 대조적으로 가와카미의 목소리는 열기를 띠었다.

"폭로 동영상이 유출되었다는 소식이 들려오는가 싶더니 연달아서 국립 조폐청의 각 공장들이 습격을 당하질 않나, 게다가 일본은행까지 점거당했으니, 이건 완전히 국가 전복 수준의 테러 행위 아닙니까?"

가와카미의 말대로 이건 웬만한 규모의 테러가 아니었다. 국립 조폐청 중에서 이번에 습격당한 다섯 개 공장에서는 은행권, 즉 지폐를 발행하는 기계가 가동되고 있었다. 그 모든 설비가 정체를 알 수 없는 범죄 집단의 손에 파괴되었다는 것은 실질적으로 현재 이 나라에서는 지폐 발행 능력이 상실되었다는 얘기다. 게다가 일본 돈의 중심지인 일본은행에서 습격 및 점거 사건이 일어났다. 국가적인 상처의 깊이는 이루 헤아릴 수도 없다.

국가를 지키는 경찰은 대체 무엇을 하고 있느냐고 소리치고 싶지만 바로 자신이 경찰 소속이라는 것을 깨닫고 체면과 자존심이 뭉개지는 듯한 심정이었다.

조금 전부터 몇 차례나 들려온 폭발음은 아마 일본은행의 금고를 파괴하는 소리일 터였다.

하지만 습격과 점거 이상으로 국민들에게 큰 충격을 준 것은 폭로 동영상이었다. 국가의 근간을 이루는 고위급 인물들의 파렴치한 범행 기록. 날조되었을 가능성을 완전히 배제할 수는 없겠으나 선명하게 찍힌 동영상은 '나는 모르는 일'이라는 상투적인 변명 따위로는 끝나지 않을 일이었다.

"그 폭로 동영상이 우리 경찰 쪽에서도 나왔으니, 이거야, 원."

가와카미는 내뱉듯이 말했다.

사에키는 아직 못 봤지만 해당 동영상에는 경찰 고위층도 찍혀 있었다고 한다. 그것 때문에 고위층에서는 전 경찰력을 총동원하여 살기등등하게 동영상 폭로의 주범으로 알려진 회색 남자를 눈에 핏발을 세우고 찾아다니게 한 것이다.

그리고 그 회색 남자가 지금 일본은행을 급습하여 관내를 점거 중이었다.

시각은 22시를 넘어서고 있었다. 사건 발생으로부터 약 열두 시간이 경과하였다. 회색 남자로부터 요구 사항이 들어온 것은 없었다. 범행 집단이 정확히 몇 명이고 인질은 얼마나 되는지도 아직까지 알려지지 않았다.

수송 버스의 문이 열리고 겨울의 한기와 함께 아키즈키 서장이 나타났다. 경력과는 어울리지 않게 큼직한 체격을 가진 아키즈키는 이번 작전의 지휘관이었다. 머리통이 큼직해서 그런지 암기력만으로 윗자리까지 올라온 사람이다. 현장 경험이 적은 지휘관이 SAT를 지휘하는 경우가 왕왕 있지만 대원들의 입장에서는 그리 달가운 일은 아니었다. 가와카미의 눈에는 적의까지 어른거리고 있었다.

아키즈키는 그런 불온한 분위기를 걷어내려는 듯 헛기침을 했다.

"현재도 교착 상태가 이어지고 있다. 목격자의 증언에 따르면 범행 집단은 스무 명이다. 그중 한 명은 회색 정장을 입고 있고, 교복 차림의 소녀를 확인한 목격자도 있었다. 네 달 전에 일어난 보석전 강도 사건의 공범으로 추측된다. 회색 남자가 주범인 것으로 봐도 틀림없을 것이다."

아키즈키는 주위를 둘러보았다. SAT 대원들로서는 이미 뻔히 다 아는 정보였기 때문에 질문을 하는 대원도 없었다. 아키즈키가 말을 이었다.

"범인 측에서 특별한 요구가 들어온 것도 없고 협상할 수단도 아직 확보되지 않았다. 기술 지원팀이 '콘크리트마이크'라는 도청기를 사용하여 은행 내부의 정보를 탐색 중이다. 단속적으로 들려오는 폭발음 외에 발소리, 그리고 몇 가지 목소리도 확인되었다. 하지만 주된 내용은 일상 잡담뿐이고 핵심이 될 만한 것은 없었다. 도청을 우려하여 필담을 나누고 있을 가능성이 크다. 감시 카메라는 남김없이 파괴되어 안의 상황을 확인할 방법이 없다."

"인질은 있습니까, 없습니까?"

SAT 돌입 2팀의 팀장인 고바야시가 따지듯이 물었다.

"아직 확인 절차가 남아 있지만 일단 일본은행 관계자는 전원 무사히 대피한 것으로 보인다."

"그렇다고 인질이 없다는 보장은 못 할 텐데요. 그런데도 돌입하는 겁니까? 너무 성급한 판단 아닙니까?"

조금 전 SAT 대원들에게 돌입하라는 명령이 내려온 참이었다.

"경찰청장의 지시야. 일본은행 내부에서 무슨 일이 벌어지는지 모르겠지만 아무튼 회색 남자만은 꼭 체포해야 돼."

"인질보다 성과가 우선입니까?"

가와카미가 비웃는 웃음 소리를 내며 물었다.

"성과라니?"

아키즈키가 도발을 받아주자 가와카미는 마침 잘됐다는 듯 기염을 토했다.

"이번에 유출된 범행 동영상에 우리 경찰 측의 고위층 인사가 등장했습니다. 그 관계자들이 돌입 명령을 내려 그 사건을 대충 지워버리려는 꼼수로밖에는 보이지 않습니다. 현재 은행 내부의 상황도 파악하지 못했고, 또한 범인과 협상할 루트도 확보하지 못한 단계에서 섣불리 돌입한다는 건 너무 무모한 일이죠. 인질의 생명보다 자신들이 더 중요하다는 겁니까?"

"……."

아키즈키는 말없이 가와카미의 얼굴을 빤히 바라보았다. 그 위압감에 짓눌리지 않으려고 가와카미는 목소리를 높였다.

"아키즈키 서장님도 상부의 명령과 자신의 계급이 우선이고, 인질의 안전 따위는 전혀 고려하지 않는 거 아닙니까?"

"SAT의 역할은 위기적 상황을 타개하는 게 최우선이라고 기억하고 있는데?"

아키즈키는 담담하게 말했다. 가와카미는 주먹을 부르쥐었다.

"조직의 입장에서 보면 그렇겠지요. 하지만 우리는 인간입니다. 죄 없는 인질의 생명을 위험에 처하게 할 수는 없죠. 경찰청장이나 아키즈키 서장님은 후방에서 명령만 하면 되지만 우리 돌입팀은 목숨을 걸고 하는 일입니다. 범인이 사살되거나 인질이 살해되는 모습을 바로 코앞에서 지켜봐야 하는 입장이라고요. 물론 윗분들께서는 그딴 건 알지도 못하시겠지만요."

"그만해."

사에키가 낮은 목소리로 제지했다. 열기가 고조되던 버스 안의 공기가 한순간에 식어버렸다.

아키즈키는 이 자리를 어떻게 수습할 거냐는 눈빛을 사에키에게 던지고 있었다. 사에키도 똑바로 아키즈키를 쏘아보았다.

"저는 돌입팀 대원들의 목숨을 맡고 있는 입장이지만 경찰이라는 조직에 몸담고 있는 한, 상부의 명령은 절대적입니다. 그러므로 무모하다고 생각되는 돌입 명령에도 따를 것입니다. 우리 팀은 기본적으로 아키즈키 서장님의 명령에 따라 전력을 다해 범인을 체포하겠습니다. 하지만 명령보다 인질의 목숨을 우선한다는 점은 잊지 말아주십시오."

"직무 위반이라고 해도 그렇게 하겠다는 건가?"

"이건 경찰관이라는 신분이 아니라 인간으로서의 문제입니다."

사에키는 말을 마치자 입을 한일자로 굳게 다물고 흔들림 없는 시선으로 아키즈키를 바라보았다.

아키즈키는 미동조차 하지 않고 사에키의 말을 듣고 있었다. 그러고는 악어 같은 자신의 턱을 손으로 쓰다듬었다.

"대원들의 의견에 반대할 마음은 없다. 하지만 내려진 명령은 반드시 따라야 한다."

의무와 양심의 가책 사이에서 뒤흔들리는 아키즈키는 그 감정을 들키지 않으려는 듯 숨을 크게 들이쉬더니 단숨에 그 숨을 토해내는 듯한 목소리로 말을 이었다.

"정보수집팀에 의하면 정면 현관과 뒷문은 겹겹이 바리케이드가 세워졌고 거기에 가시철조망을 둘러쳐서 돌입이 심히 곤란하다. 하지만 딱 한 군데, 동쪽에 있는 비상용 출입구는 감시가 허술한 것으로 보인다. 범행 집단이 소수여서 주로 1층 플로어에 몰려 있는 것으로 추측된다. 따라서 우리는 이 동쪽 비상문으로 돌입하는 것이 가장 좋다고 판단하는데, 어떤가?"

아키즈키는 눈으로 사에키에게 의견을 청했다.

"그쪽에는 바리케이드가 없습니까?"

"확인된 건 아니지만 감시자만 없다면 바리케이드는 저들에게 들키지 않고 철거할 수 있을 것으로 보고 있다."

"……한 곳으로만 돌입해도 괜찮겠습니까?"

돌입 2팀의 팀장인 고바야시가 물었다.

"위층에서 동시에 돌입하는 것도 생각해봤는데, 침입할 만한 곳에는 모두 가시철조망이 겹겹이 가로막고 있어. 그걸 제거하느라 초동 진입이 늦어지는 것보다 한 곳으로 단숨에 밀고 들어가 최단 거리에서 본거지인 1층 플로어를 제압하는 게 낫다고 판단한다."

"그건 무모합니다. 위층에 인질이 있을 가능성도 있잖습니까? 게다가 범인 집단이 주로 1층에 몰려 있다는 것도 아직 확실한 정보가 아니에요. 일본은행은 10층 건물입니다. 그중 어느 층에 저들이 몰려 있는지, 그것도 정확히 파악이 안 된 상황이에요."

가와카미가 내뱉듯이 말했다. 아키즈키는 그 말에 응하여 가와카미 쪽을 돌아보았다.

"물론 무모하다고 생각할 수 있는 작전이다. 만일 인질이 위층에 있다면 큰 위험에 처할 수도 있어. 하지만 상부의 판단이나 지시는 절대적이다. 현재 상부에서는 인질이 없는 것으로 판단하고 있다. 즉 인질의 안전에 대해서는 신경 쓰지 않아도 된다는 얘기야. 마음놓고 돌입해도 좋다."

아키즈키는 조용한 목소리로 말하고 한쪽 뺨을 치켜 올리며 긴장된 표정을 보였다.

"돌입 시각은 2400이다. 상부에서 내려온 지시는 범인 집단의 체포가 아니라 사살이다. 즉 소탕 작전이야. 저격팀에는 아직 이런 지시는 전해지지 않았다. 반드시 우리 팀에서 완수해야 한다.

돌입한 이후의 상황에 따라 기동대도 일제히 뛰어들어 지원하기로 했지만 그 전에 작전을 완수하는 것이 바람직하다는 게 상부의 지시다. 무슨 말인지 알겠나?"

즉 기동대가 들어오기 전에 돌입팀에서 범인 집단을 모조리 사살하라는 것이었다. 입막음은 최소한의 인원으로, 그리고 실체가 공개되지 않은 SAT의 선에서 끝내는 게 좋다고 상부에서는 생각한 것이다.

사에키는 구역질이 날 만큼 분통이 터지는 심정이었다.

"다시 한 번 말한다. 이번 작전은 소탕 작전이다. 현재 은행 내부에 있는 자들은 발견 즉시 모조리 사살한다. 또한 이 작전은 결코 외부에 알려져서는 안 된다. 만일 발설했다가는…… 다들 어떻게 되는지 알고 있을 것이다. 이상."

아키즈키는 가느다란 눈으로 대원들을 노려보았다. 그것이 대원들의 비위를 건드렸다.

아키즈키가 수송 버스를 떠난 뒤에도 무거운 분위기는 계속 이어졌다.

"소탕 작전이라니, 이건 우리의 직권을 뛰어넘는 일이잖아요."

가와카미가 어이없다는 듯이 말했다. SAT 대원들 모두 똑같은 생각이었다.

"상부에서는 어떻게든 회색 남자를 없애버리고 싶은 모양이지."

사에키는 씁쓸한 얼굴로 중얼거렸다.

이번 일련의 사건으로 일본은 국가가 뒤흔들릴 만큼 큰 타격을 입었다. 엔화의 가치는 급속히 하락해서 국내가 혼란에 빠진 것뿐만 아니라 정부 고위층의 범죄와 비리가 한꺼번에 터져 나오면서 정부에 대한 신뢰는 바닥까지 추락했다. 현재로서는 재난 영화 같은 국민적 혼란은 아직 발생하지 않았지만 단 몇 시간 사이에 국민의 불만이 폭발한다고 해도 이상하지 않은 상황이었다.

일본을 한순간에 붕괴의 소용돌이로 몰아넣은 회색 남자에게 정부는 거의 공포심에 가까운 것을 품고 있었다. 고위층이 소탕 작전을 지시했다는 것은 회색 남자의 신병을 확보하여 사태를 수습하기보다는 증거를 인멸하는 게 더 낫다고 판단했다는 것을 의미했다.

사에키는 얼굴을 찌푸리며 자리에서 일어나 돌입팀 대원들의 얼굴을 둘러보았다.

"상부의 명령대로 우리는 2400에 돌입하여 작전을 수행한다. 하지만 인질로 보이는 대상이 있을 경우에는 가장 먼저 보호하도록 한다. 고바야시, 알겠나?"

돌입 2팀의 고바야시는 자리에서 일어나 조용히 고개를 끄덕였다.

사에키는 고바야시의 발에 흘끗 시선을 던졌다.

희미하게 떨리는 그의 다리를 보고 사에키의 머릿속에 불안감이 스쳐갔다.

*

작전을 전달하고 중형 수송 버스에서 내린 아키즈키는 본부를 향해 걸으면서 자신의 발언을 머릿속에서 되새겼다.

이번 소탕 작전은 명백하게 누군가의 의지에 의해 그 누군가에게 유리하게 짜인 작전이었다.

하지만 경찰의 기본은 절대복종이다. 정해진 규율을 준수하고나 개인의 의견을 억눌러야만 비로소 성립되는 조직인 것이다. 아키즈키는 지금까지 그런 복종 체계를 준수하는 것으로 현재의 지위를 착착 쌓아올렸다.

불합리하다는 느낌을 받은 적도 적지 않았다. 하지만 그건 필요악이라고 이해하고 지금까지 모든 것을 감수해왔다.

하지만 이번 소탕 작전을 과연 필요악이라는 말로 정리해버려도 괜찮을까.

의문이 아키즈키의 머리를 가득 채웠다.

경찰청장의 얼굴이 떠올랐다.

"이 작전을 성공시키면 출세는 약속된 거나 마찬가지야."

경찰청장은 상부에서 흘러나온 듯한 언질을 슬쩍 내비쳤다. 물론 출세를 목표로 뛰어온 아키즈키에게 그건 충분히 달콤한 말이었다. 하지만 그건 독을 먹지 않고서는 얻을 수 없는 것이었다.

작전을 수행하는 SAT 대원의 얼굴이 떠올랐다. 자신보다 나이 어린 부하들이 자신보다 더 강한 의지를 그 눈빛에 담고 있었다.

그들은 나라를 위해 제 한 몸을 던져 희생할 각오로 은행 내에 돌입하는 것이다.

부하를 사지에 내보내는 입장으로서 무리한 작전을 지시하여 만에 하나 그들이 희생된다면 과연 그 죄책감을 견딜 수 있을까.

사회와 조직에 오랫동안 시달려온 끝에 양심이라는 것이 뭉툭하게 닳아버렸다는 것은 자각하고 있었다. 하지만 아직 정의감은 남아 있다고 자부해왔다.

지금 일본은 혼란의 소용돌이에 휘말려든 상태다. 자칫 잘못하면 국가 자체가 붕괴될 수 있다. 그렇게 되지 않도록 하기 위해서는 회색 남자를 사살해야 하는지도 모른다.

하지만 ―.

아키즈키는 지끈거리는 머리를 부여잡고 주저앉고 싶은 충동에 휩싸였다.

회색 남자의 행위는 명백히 위법이지만 그가 제보한 범죄 동영상의 내용 역시 충격적인 위법 행위임에 틀림이 없었다. 이번 소탕 작전은 그런 더러운 위법 행위를 저지른 인물들의 보신을 위한 것이라고 누구라도 쉽게 짐작할 수 있었다.

아키즈키의 얼굴에 고뇌의 빛이 떠올랐다.

미쓰이 2호관에 설치된 지휘본부 입구 앞에 섰다.

이 너머에는 고위층의 온갖 꼼수가 소용돌이치고 있을 것이다.

스스로 올바르다고 판단한 정의를 택할 것인가, 아니면 내면의 목소리를 억누르고 조직의 일원으로서 톱니바퀴가 될 것인가.

크게 심호흡을 하고 아키즈키는 애써 근엄한 표정을 지으며 본부 안으로 들어갔다.

## 4

사건 발생으로부터 열두 시간이 지났지만 범행 집단으로부터 요구 조건이 들어오는 일도 없이 초조한 교착 상태가 이어졌다. 다만 열 시간이 지났을 즈음부터 단속적으로 이어지던 폭발음이 사라졌다. 아마 금고의 파괴에 성공한 것이리라.

그것이 포위망을 펼치고 있는 경찰관들의 초조감에 기름을 끼얹었다.

그런 가운데 SAT 대원들을 실은 중형 수송 버스는 동쪽 비상문에 바짝 차를 댔다. 소리도 없이 버스 안에서 돌입팀 대원들이 차례차례 내려왔다. 돌입 1팀의 네 명과 2팀의 네 명, 도합 여덟 명의 검은 그림자가 어둠 속을 미끄러져 갔다. 그들은 검은 발라클라바 모자를 둘러쓰고 완전 무장으로 각각의 개성을 잃어버린 존재가 되어 있었다.

작전 시각 2400시. 조금 전에 경시청에서 팩스를 통해 돌입 허가가 내려졌다.

선두는 사에키 팀장이었다. 주위를 빈틈없이 경계하면서 거의 사용된 흔적이 없는 낡은 비상문으로 다가가 미리 설치해둔 콘크리트마이크로 문 너머를 탐색했다. 인기척이 없는 것을 확인하고 비상문 손잡이를 천천히 돌려 잠겨 있는지 점검했다. 바깥은 얼어붙을 듯이 추웠지만 사에키는 정확한 손놀림으로 들고 있던 열쇠를 구멍에 꽂아 넣었다. 비상문의 스페어키였다. 열쇠는 아무 저항 없이 구멍 속에 들어가 부드럽게 찰깍 열렸다.

"여기는 돌입 1팀. 돌입구의 자물쇠 해제 성공. 상황에 변화 없음."

사에키는 가슴팍에 달린 압력식 스위치를 눌러 성대의 진동을 음성으로 변환했다. L·A·S·H 시스템으로 지휘본부에 있는 아키즈키 서장에게 전달한 것이다.

"수고했다. 현재 일본은행 내의 조명은 모조리 꺼져 있다. 안은 암흑이다. 플래시라이트를 켜고 작전을 수행하라."

"알겠습니다."

"우리 대원들이 성공적으로 작전을 수행할 것을 확신한다. 30초 뒤에 돌입한다. 반복한다, 30초 뒤에 돌입한다."

그 지시는 돌입 1팀과 2팀의 모든 대원들의 귀에 들어갔다.

사에키는 뒤를 돌아보며 대원들에게 눈짓으로 신호를 보냈다.

"초읽기 시작! 29, 28, 27……."

말도 안 되는 작전이라고 대원들 모두 마음속으로 불만을 품고 있었다. 하지만 일단 떨어진 명령은 준수해야 한다. 어차피 해야 한다면 최대한 윤리에 적합한 행동을 하는 수밖에 없다.

"3, 2, 1, 제로, 돌입!"

사에키가 문을 열었다.

녹이 슬었는지 삐걱거리는 소리가 울렸다. 실제로는 작은 소리였지만 사에키와 대원들의 심장에는 왕왕 울리는 소리였다.

1팀의 가와카미가 특수 섬광탄을 손에 들고 잽싼 동작으로 안의 상황을 확인했다. 동시에 또 한 명의 대원이 건물 내로 총구를 겨누었다. 범인들의 모습은 보이지 않았다. 2팀 팀장인 고바야시가 소리도 없이 은행 안으로 미끄러져 들어가자 다른 대원들도 그 뒤를 따랐다. 그들은 눈 깜짝할 사이에 안으로 사라졌다.

방탄 방패를 든 고바야시 뒤에 2팀 대원 세 명이 붙어 서서 각각의 방향을 주시했다. 삼백팔십도 경계 진형이었다. 돌입 1팀의 사에키 이하 세 명의 대원이 그 뒤를 쫓았다.

내딛는 발과는 반대쪽의 발에 체중을 실어 이동하는 '스토킹'이라는 방법으로 대원들은 건물의 깊은 곳으로 침입해 들어갔다.

동쪽 비상문을 지나자 폭이 넓은 복도가 나왔다. 오른쪽 방향이 영업장으로 가는 최단 거리다. 감시자가 있을 것으로 보이는 장소를 거치지 않으면 안 된다. 이번 작전은 인질 구출이 아니라 소탕이다. 망설임 없이 오른편으로 나아갔다.

복도를 전원이 소리도 없이 달렸다.

은행 안은 조명이 꺼져 암흑 상태였지만 대원들의 총에 플래시라이트가 장착되어 있어서 시야는 쉽게 확보되었다.

이윽고 좀 더 큰 문에 접어들었다. 너무도 쉽게 목적지인 영업장에 도착한 셈이었다.

"뭔가 좀 이상한데요?"

가와카미가 작은 소리로 말했다.

"음."

사에키도 그렇게 생각하고 있었다. 조금 전부터 방호복 안에서 땀이 줄줄 흐르고 있었다. 뭔가 이상하다.

기술 지원팀의 보고에 따르면 범행 집단은 1층 영업장을 중심으로 곳곳에 흩어져 있다고 했다. 하지만 그들이 흩어져 있을 것으로 예측한 장소를 지나왔지만 인기척이 전혀 없었다. 다른 장소로 이동했을 가능성은 있다. 그렇다고 해도 너무도 기척이 없어서 으스스했다.

"갑니다."

2팀의 고바야시가 뒤쪽으로 신호를 보내며 영업장으로 들어가는 문을 여는 것과 동시에 특수 섬광탄을 내던졌다.

240만 칸델라의 섬광과 170 데시벨의 굉음이 영업장을 가득 채웠다. 여덟 명의 대원들은 일시에 안으로 뛰어들었다.

사에키는 이변을 금세 깨달았다.

바리케이드가 마치 자신들의 돌입에 대비한 듯한 진형으로 둘러싸고 있었기 때문이다. 게다가 실물 크기의 산타클로스 마네킹이 얼굴에 함박웃음을 지으며 플래카드를 들고 SAT 대원을 맞이하듯이 서 있었다.

플래카드에는 'HELP! 인질 산타클로스'라고 적혀 있었다.

대원들은 완전히 허를 찔린 표정이었다.

총구가 범행 집단을 찾아 이리저리 움직였다. 하지만 범인들은 바리케이드 너머에 교묘하게 몸을 감추고 있는 것 같았다. SAT 대원들은 그 자리에 멈춰 서는 수밖에 없었다. 돌입 작전에서는 계속 이동하면서 사격해야 한다는 원칙을 깬 것이다.

"어서 오십시오."

낙뢰처럼 실내등이 일제히 켜지더니 회색 정장을 입은 남자가 나타났다. 한 손에는 섬광 고글을 들었고 또 한 손에 들고 있던 귀마개는 바닥에 내던졌다. 대원들은 일제히 회색 남자에게 총구를 겨눈 채 각자 상황 판단에 따라 목표물이 되는 것을 피하기 위해 사방으로 흩어졌다.

범행 집단도 바리케이드 너머로 일제히 모습을 드러내 SAT 대원을 빙 둘러 포위했다.

사에키는 자신들이 불리하다는 것을 깨달았지만 일단 큰 소리로 항복하기를 권했다.

"무기를 버려라!"

지금 서로에게 총을 쏘아댄다면 엄청난 인명 피해가 발생할 수 있었다.

회색 남자는 아무 방비도 없이 바리케이드 앞으로 걸어나왔다.

"당신들은 우리를 전원 사살하라는 명령을 받았을 터. 무기를 버릴 수는 없네."

그 한 마디를 통해 이쪽의 작전 내용이 새나갔다는 것을 알 수 있었다.

내통자가 있었는가.

사에키의 머릿속에 절망이라는 단어가 스쳐갔다.

"항복하라! 너희는 도망칠 수 없다!"

"도망친다고? 우리는 도망치기 위해 이곳에 온 게 아니야. 당신들이야말로 빨리 무장을 해제하는 게 좋을 거야."

회색 남자는 타이르듯이 말했다.

"그렇다면 협상 결렬이다."

사에키는 인질로 보이는 사람이 없는 것을 확인하고 회색 남자에게로 총구를 조준했다. 대원들도 각자 범인들을 향해 총을 겨누었다. 인원은 범인들보다 적지만 실력으로 본다면 우리 쪽이 훨씬 뛰어나다. 방탄 방패를 등지면 어떻게든 싸워볼 수 있다. 하지만 상황은 압도적으로 불리했다. 이쪽에는 방탄 방패 두 개뿐이었다. 주변에 방벽이 될 만한 것은 없었다. 그에 비해 범인들은 곳곳에 흩어져 있는 데다 몸의 대부분을 바리케이드로 가리고 있었다. 소지한 무기도 MP5였다. SAT 같은 특수부대가 사용하는 것들이다.

"목숨을 잃고 싶지 않다면 무기를 버려주시오."

회색 남자는 엄격한 표정과는 달리 호소하듯이 간절한 목소리로 말했다.

"당신들은 살아서 지켜야 할 것들이 있어. 소중한 사람도 있겠지. 하지만 우리에게는 그런 게 없어. 당신들은 우리를 이길 수 없어."

적의 말에 귀를 기울이는 것은 위험한 일이다. 하지만 방아쇠에 걸린 손가락이 저절로 딱딱하게 굳어버렸다.

"우리는 착취당한 자, 내버려진 자, 국가로부터 소외된 자, 그리고 죽음을 각오한 자들이야."

그레이는 담담하게 말을 이어갔다.

"다카노 기요미라는 인물을 기억하고 있나?"

어디선가 들은 적이 있는 이름이라고 사에키는 생각했다.

"2005년에 가나가와 현에서 일어난 살인 사건으로 아들을 잃은 아버지야."

생각났다. 당시 스무 살의 피해자를 누군가 30일 동안이나 이리저리 끌고 다니던 끝에 폭행으로 결국 사망하게 한 사건이었다. 그 피해자의 아버지 이름이 분명 다카노 기요미였다. 당시 전국적으로 큰 관심을 끌었던 사건이다. 아들이 이리저리 끌려 다니며 생명의 위험에 처했다는 것을 10여 차례나 직접 찾아가 호소했는데도 경찰에서는 그 말에 제대로 귀를 기울여주지 않았다. 결국 다카노 기요미가 경찰서에서 난동을 부리고 그것이 언론에 대대적으로 보도된 뒤에야 경찰은 겨우 그 무거운 엉덩이를 털고 일어났다. 하지만 이미 사건 발생으로부터 27일이 지난 시점이었다. 게다가 경찰은 별다른 의욕을 보이지 않은 채 허술하기 짝이 없는 수사로 시간만 끌었고 그 사이에 피해자는 사망하고 말았다. 그 뒤로 당시 담당 경찰관들은 가벼운 징계 처분을 받았을 뿐이다.

"누군가 스무 살의 피해자를 끌고 다니던 끝에 살해했어. 끝내 살해 이유도 밝히지 못하고 범인도 잡지 못한 채 수사가 끝나버린 기묘한 사건이지. 나는 그 사건의 진상을 듣고 이 나라가 심하게 부패했다는 것을 알았어."

"……."

아닌 게 아니라 그 사건에 대한 경찰의 대응은 부자연스러웠다. 범인을 알아내지 못한 채 갑작스럽게 수사를 종결한 데 대해 현장의 형사들이 강하게 반발했던 것도 사실이다.

하지만 ─.

"그래서 이런 식으로 복수하겠다는 건가?"

사에키가 일갈했다.

"그렇게 일일이 복수했다가는 이 사회는 무너져버려."

"그럼 혼자 꾹꾹 참고 밤마다 울면서 잠들라는 것인가?"

반론을 허락하지 않는 회색 남자의 말투에 사에키는 할 말을 잃었다.

"피해자의 입장에서 생각하지 않고, 약자의 입장에서 생각하지 않는 것이 지금 이 나라의 현실이야. 참아라, 이미 죽은 사람은 어쩔 수 없다, 죽은 사람을 되살릴 수는 없다, 증오에 사로잡히지 말고 산 사람은 살아라, 내일의 희망을 보고 걸어라. 방관자는 그런 말로 피해자 유족과 약자를 대충 달래가면서 엄청난 사건을 없었던 일로 뭉개버리지. 약자는 항상 참아야 하고 자살자는 자업자득이라고 손가락질을 받아. 태어나면서부터 걸머지는 불행도 빈곤도 모두 자기 책임이지. 심지어 아무 죄 없이 범죄에 휘말리는 것까지 내 잘못으로 돌려야 한단 말이야."

회색 남자의 말에 열기가 담겼다.

"기득권층은 항상 보호받는 자리에 서 있고 약한 자는 잘려나가는 존재일 뿐이야."

"그렇지 않아. 정부에서도 항상……."

"유즈키 레이라는 사람이 있었어."

회색 남자는 상대의 변명을 허락하지 않겠다는 듯이 말했다.

"그의 아내와 딸은 참혹하게 유린당한 끝에 살해되었어. 하지만 고통은 그것으로 끝나지 않았지."

회색 남자는 소리가 들릴 만큼 이를 부드득 갈았다.

"사건 뒤에 유즈키 레이는 철저히 싸웠어. 범인들에 대한 정보를 제 손으로 수집해가면서 어떻게든 단죄하려고 했지. 하지만 그들에게 내려진 형벌은 참으로 미미했어. 미성년자라는 이유만으로 옹호하고 나서는 이 사회의 잘난 권위자들이 아주 많았거든. 언론에서도 처음에는 범인을 규탄하더니 점점 동정적인 의견이 불어나고 마침내는 유즈키 레이가 지나친 원망에 사로잡혔다고 백안시했어. 그뿐만이 아니야. 이 사건을 소재로 엽기 소설이 나돌고, 범죄자들이 찍어 올린 사진은 인터넷에 유출되자마자 사람들의 호기심이라는 악의에 내던져졌어. 유즈키 레이는 인간을 믿지 못하게 되더니 남의 시선을 두려워하고 증오와 슬픔에 빠져버렸지. 얼굴이 변하고 목소리도 변하고 햇빛을 보지 못해 핏기를 잃은 채, 살아 있는지 죽은 건지 알 수 없는 상태가 계속되었어. 온갖 것에 불신감을 느끼고 적개심을 품게 되었다고. 이윽고 한 가지 생각이 유즈키 레이의 가슴속을 가득 채웠어. 복수. 범인뿐만이 아니라 이 나라 전체를 갉아먹는 그 잘못된 구조에 복수하는 것. 오로지 그것만이 그가 삶을 이어가는 이유였어."

회색 남자는 마치 발작이라도 일어난 듯 숨을 씩씩거리며 가슴을 쥐어뜯는 모습을 보였다.

"당시 사건을 담당한 형사의 권유로 참석했던 피해자 유족 모임에서 유즈키 레이는 다카노 기요미를 만났어. 그리고 다카노 기요미에게서 아들을 살해한 '탑'이라는 곳의 이야기를 듣고 그것을 복수의 재료로 삼기로 결정하고 완벽한 계획을 짜기에 이르렀어."

회색 남자는 문득 오른손을 치켜들었다.

"이 손을 내릴 때, 당신들은 죽을 거야. 우리는 한 번은 죽기를 결심했던 사람들이야. 말하자면 사병死兵이지. 당신들에게는 가족이 있고 소중한 사람도 있겠지? 그런 당신들을 해치고 싶지 않아. 투항해주기를 바란다. 잃을 것이 없는 우리에게 칼날을 겨눠봤자 승산이 없어. 우리는 목적을 달성할 때까지 결코 멈추지 않아."

"목적이라는 게 뭐지? 정부에 무엇을 원하는 거냐고."

사에키가 떨리는 목소리로 물었다.

"재분배."

"……재분배라고? 훔친 돈을 마구잡이로 뿌릴 생각인가?"

"그런 짓을 해봤자 별 효과가 없지. 물론 그렇게 할 생각도 있었어. 하지만 그건 현실적으로는 불가능한 일이야."

"그럼 어떻게 재분배를 하겠다는 거지?"

"이 나라를 붕괴시키는 것."

회색 남자는 담담한 어조로 말했다.

"나라를 무너뜨리고 상층부에 있는 자들을 끌어내리는 거야."

"어처구니가 없군. 나라를 붕괴시켜봤자 기득권층은 살아남고 약자는 더욱 더 힘들어질 뿐이야. 게다가 그건 재분배라는 목적에서 너무 빗나가버린 일이잖아?"

"파괴가 곧 재분배야. 기득권층을 실추시키는 것이 재분배야."

"그게 무슨 소리야?"

"이 나라, 아니, 이 세계는 약육강식의 구조가 굳건하게 뿌리박혀 있어. 부자는 점점 더 부자가 되고 가난한 자는 더욱 더 가난해지는 현상이 연쇄적으로 일어나지. 강자는 약자를 포식하며 점점 살이 찌고, 범죄자는 옹호받고, 피해를 당한 사람은 어느새 이 사회 밖으로 내동댕이쳐지는 거야. 왜 그렇게 되는지 당신은 알고 있나?"

"……."

사에키는 대답하지 못했지만 그가 무슨 말을 하려는지 짐작할 수 있었다. 하지만 그 대답을 해버리면 놈의 생각을 이해해주는 셈이 된다. 그것은 곧 패배를 의미하는 것이었다.

회색 남자는 사에키의 마음속을 읽기라도 한 듯 희미한 미소를 지었다.

"기득권층이 지나치게 안전하기 때문이야. 이 세상 그 무엇도 두려워하지 않고 제멋대로 설치고 마음껏 활개를 치고 있지. 그 결과, 약자가 어떤 고통을 받는지 아무런 관심도 없고 오로지 기득권층의 입장, 자신들의 입장에서만 모든 것을 생각하고 자신들에게만 안전하고 유리한 사회를 구축하는 거야."

사에키가 반론에 나섰다.

"세상이란 원래 그런 법이야. 위에 선 자가 아랫사람을 통치하는 것은 지금까지 계속 이어져온 일이야. 이 나라의 구조는 세계의 다른 어떤 나라들보다 결코 나쁘지 않아."

사에키의 말을 들은 회색 남자는 눈을 가늘게 뜨고 날카롭게 쏘아보는 시선을 던졌다.

"이 나라는 좋은 나라라고 하지. 행복한 편이라고들 하지. 그렇다면 어째서 이 나라의 자살자는 줄어들지 않을까. 파악된 것만

해도 연간 3만 명이 넘는 사람들이 스스로 목숨을 끊고 있어. 행방불명된 사람까지 합하면 20만 명에 달하지. 전쟁이라도 난 것처럼 많은 사람들이 자살하고 있단 말이야. 그런데도 왜 그걸 바로잡으려 하지 않을까?"

"그렇다고 은행을 습격하고 기득권층을 말살하려는 계획이 허용될 것 같아? 진심으로 그걸 해결책이라고 생각하나?"

"진심이 아니라면 이런 곳을 점거하지도 않았어."

회색 남자의 눈이 기묘한 광채를 내뿜으며 가늘어졌다.

사에키는 그의 강한 눈빛에 압도되고 있었다.

하지만 SAT 대원의 임무는 이미 시작되었다. 어떻든 목숨을 걸고 명령을 수행해야 하는 톱니바퀴인 것이다.

사에키는 바짝 마른 목을 달래려 침을 꿀꺽 삼켰다. 자신이 단 한 마디만 던지면 이 자리는 그 즉시 아수라장이 된다. 그 캄캄한 책임의 무게가 그의 어깨를 짓누르고 있었다.

극한까지 숨을 들이쉰 끝에 입을 열려고 했을 때, 사에키의 이어폰에서 지휘관 아키즈키의 목소리가 들려왔다. 장시간 총성 하나 들리지 않는 상황이라 그의 목소리에는 초조감이 엿보였다.

"상황은?"

"……포위되었습니다. 범행 집단은 MP5로 무장했고, 현재 모든 총구가 우리를 겨누고 있습니다."

사에키는 의식적으로 정확히 호흡하면서 대답했다. 성대의 진동이 말이 되어 아키즈키의 귀에 들어갈 터였다.

"몇 명이나 되지?"

"약 스무 명. 그 속에 회색 남자도 있습니다."

"정말이야?"

"바로 눈앞에 있습니다. 사살 가능한 거리지만 그렇게 하면 아마도……."

사에키는 마지막까지 말하지 않았다. 여기서 총을 쏜다면 아마도 대원들은 전멸할 것이다. 아키즈키는 그다음 말을 다 알고 있는지 한층 목소리가 낮아졌다.

"무기를 버리고 일단 투항해."

사에키는 제 귀를 의심했다.

"이건 명령이다. 투항해!"

아키즈키의 목소리가 거칠어졌다. 여기서 무기를 버리라는 것은 대원으로서 자존심을 버리라는 것과 같은 뜻이었다.

"그럴 수 없습니다."

사에키의 목소리는 무선 마이크를 통해 아키즈키의 고막을 흔들었다.

"무슨 소리야? 이대로 가다가는 전멸이야! 부하를 위험에 처하게 할 생각인가!"

"안 됩니다! 지원부대를 요청합니다!"

사에키가 큰소리를 냈을 때, 등 뒤에서 금속음이 울렸다. 순간적으로 바라보니 2팀의 고바야시가 무기를 바닥에 내던지고 있었다.

"항복하겠어."

고바야시는 그렇게 말하더니 사에키 쪽을 보았다.

"……이 상황에서는 개죽음일 뿐이야!"

"고바야시 경위!"

저도 모르게 사에키는 분노의 고함을 내질렀다. 하지만 고바야시는 고개를 가로저었다.

"나를 기다리는 가족이 있어."

고글에 가려진 고바야시의 표정은 읽어낼 수 없었다. 하지만 목소리의 떨림으로 이미 전의를 상실했다는 것은 알 수 있었다.

"제기랄."

사에키는 분노로 인해 넋이 나갈 지경이었지만 동시에 이쪽의 패배를 실감했다. 가와카미는 눈을 크게 뜬 채 어리둥절한 기색이었다. 사에키는 총구를 털썩 바닥 쪽으로 떨구었다.

"아주 훌륭한 판단이야."

회색 남자는 어린애를 칭찬하는 듯한 말투였다.

SAT 대원은 항복했다. 그들은 무전기를 빼앗기면서 바깥과의 연락 수단을 잃었다.

동지들의 지시에 따라 주섬주섬 방탄 조끼를 벗고 있는 SAT 대원들을 지켜보다가 료타로는 그레이의 움직임을 눈으로 따라갔다. 이제 어떻게 하려는 것일까. 전혀 짐작도 가지 않았다.

"자, 동지들, 시간이 없다."

그레이는 돌입부대원 여덟 명의 장비를 모조리 수거해 모두 한 군데로 모으도록 했다.

방호복을 벗은 SAT 대원들은 손발이 묶인 상태였다. 게다가 대원들끼리도 한 줄로 묶여 마치 지네 같은 모습이었다.

"예정대로 지금 탈출한다. 해킹팀의 상황은 어떤가?"

그레이가 사사키와 고즈에를 향해 물었다. 두 사람은 쉴 새 없이 키보드를 두드리고 있었다.

"완벽해요. 경찰의 높으신 분과 지휘관 사이에 오고 간 전화 내용을 고스란히 인터넷에 올렸습니다. '회색 남자와 범행 집단을 모조리 사살하라'는 말도 정확히 녹음되었으니까 효과가 굉장할 겁니다."

고즈에가 신이 난 듯 보고했다. 사사키도 몇 번이나 고개를 끄덕였다. 두 사람 모두 키보드를 두드리느라 손이 쉴 새가 없었다.

그레이는 두 사람을 바라보며 만족한 듯 웃음을 건네고 이번에는 다카노를 바라보았다.

"지하 금고의 지폐는?"

"나노테르밋 폭탄으로 송두리째 파괴했습니다. 조폐청 각 공장의 파괴 작전도 성공리에 끝났으니까 이제 이 나라는 지폐 제조 능력을 상실했어요. 그리고 파괴하지 않고 확보해둔 1000억 엔은 누구나 자유롭게 가져갈 수 있도록 따로 쌓아두었습니다."

"음, 준비가 다 됐군. 동지들, 각자 사용한 전자 기기 등, 증거가 될 만한 물건은 모조리 파괴해라. 바리케이드도 드나들기 쉽게 서둘러 치워야 한다."

지시를 받은 동지들은 즉시 행동에 들어갔다.

그레이는 크게 숨을 들이쉬고 두 팔을 펼쳤다.

"자, 피날레를 멋지게 장식하자."

그레이는 엷은 웃음을 지으며 SAT 대원들을 잠시 내려다보더니 고개를 돌려 엄청난 규모의 포위망이 쳐져 있는 바깥을 내다보았다.

## 5

안전한 장소에서 일의 경과를 살펴보던 지휘본부도, 현장을 포위한 경찰관들도 초조한 마음과 불안감을 표출하지 못한 채 그저 답답해할 뿐이었다.

SAT 대원들이 은행 안으로 진입한 뒤로 벌써 20여 분이 흘러갔다. 그동안에 총성도 들리지 않았을 뿐만 아니라 응답도 없었다.

마지막 연락은 아키즈키 서장과 돌입 1팀의 사에키 경위의 교신이었다.

"지원부대를 요청합니다!"

사에키의 그 말을 끝으로 강력한 방해전파에 의해 통신은 뚝 끊기고 그 대신 모래바람 같은 공전음空電音을 울리며 통신 장비는 기능을 상실했다.

깊은 한숨을 내쉬는 아키즈키의 고막에 경찰청장이 분노로 파르르 떨던 목소리가 불쾌하게 남아 있었다.

"왜 항복하라고 했느냔 말이야!"

전화기 너머로 날아오는 호통에 죄송하다는 대답만 되풀이했더니 지휘본부에서 배제해버렸다. 분명 좌천되어 평생 벽지에서 지내게 될 거라고 아키즈키는 각오했다. 하지만 자신의 지시에는 잘못이 없었다. 여덟 명의 대원을 개죽음시킬 수 없다는 판단은 어떤 이유에서든 잘못된 것이 아니다. 하지만 상황은 아직 녹록지 않았다. 여덟 명의 대원이 여전히 은행 안에 인질로 잡혀 있었다.

상부에서는 어떻게든 소탕 작전을 성공시킬 생각인지 즉각 또 다른 작전에 착수한 상태였다. 새 지휘관도 이제 곧 지휘본부에 도착할 모양이었다.

두 번째 돌입 작전. 경시청은 첫 번째 대원들이 은행에 잠입한 뒤에 곧바로 그런 결정을 내렸다. 기동대가 아니었다. SAT 별동대를 동원한 것이다.

회색 남자의 출현으로 경찰은 완전히 체면이 구겨졌다. 거의 전국을 뒤흔들다시피 범행을 저지르고 다니는데도 결국 체포하지 못한 것이다. 그러다가 바로 코앞의 위치까지 몰아넣은 상황이니 필사적으로 뛰어드는 것도 어쩌면 당연한 일이었다.

아니, 그렇지 않아.

아키즈키는 고개를 저었다.

처음부터 체포가 아니라 사살 명령을 내린 건 역시 이상한 일이다. 분명 뭔가 속사정이 있다. 그것도 상부의 개인적인 사정.

상부에서는 회색 남자를 두려워하고 있다. 그래서 체포하여 진상을 규명하는 것이 아니라 사살로 증거를 인멸하려는 것이다.

아키즈키는 어금니를 악물었다. 이미 자신에게는 지휘권이 없었다. 지금 현장에 있는 SAT는 경찰청장이 직접 지휘하는 살육부대였다.

그레이는 이제 도망칠 수 없을 터였다. 엄중한 포위망이 일본은행을 중심으로 펼쳐져 있었다. 두 번째 진입 작전까지 이제 3분 남았다. 일단 진입하면 수많은 사상자가 나오고 그레이는 해골이 될 것이다. 아니, 그렇게 될 때까지 철저히 공격을 퍼부어댈 것이다.

눈꺼풀을 질끈 감았다.

은행 안에 인질로 잡혀 있는 SAT 대원 여덟 명이 무사하기를 비는 수밖에 없었다.

아키즈키는 답답한 가슴을 조금이라도 편안하게 하려고 천천히 숨을 내쉬었다. 경찰 상부에 대한 의심으로 가득한 한숨이었다.

돌연 미쓰코시 백화점에 배치되었던 SAT로부터 연락이 왔다.

"여기는 저격 지원팀, 주위에 연막이 발생하고 있습니다!"

"어, 어디서 피운 연막이야?"

뜻밖의 전개에 당황하여 아키즈키가 급히 물었다.

"모르겠습니다. 갑작스레 발생한 엄청난 연기가 일본은행을 뒤덮었어요. 연막에 최루가스가 섞였는지 경비를 맡은 경찰관들이 줄줄이 쓰러지고 있습니다! 급히 가스 마스크를 준비해주십시오!"

이어서 곳곳에서 똑같은 연락이 지휘본부로 날아들었다. 상황을 미처 파악하지 못한 아키즈키는 지휘본부에서 뛰쳐나가고 싶은 충동에 휩싸였다.

남문을 경비하던 경찰관에게서도 귀를 의심할 만한 소식이 날아들었다.

"기, 긴급 사태! 대량의 연막이 발생했습니다. 발생 장소는 확인되지 않았지만 아마 수도고속 도심 순환선 쪽인 것 같습니다!"

아키즈키는 눈이 휘둥그레져서 소토보리 거리 위를 따라 일본은행 옆으로 뻗어나간 수도고속 도심 순환선 쪽에 경찰관을 급파했다.

경비도 세우지 않았고 통행금지 조치도 내리지 않은 수도고속 도심 순환선에서는 어느새 아무런 사전 신고도 없었던 도로 공사로 일차선이 봉쇄되어 있었다.

회색 남자는 오늘의 바람 방향까지 고려하여 일본은행 위쪽에 걸쳐진 수도고속도로 옆에 대량의 발연 장치를 해둔 것이었다. 일본은행 주변은 고층 빌딩 사이로 황소바람이 불어치는 곳이다. 그로 인해 대량의 연막이 차례차례 밀려와 경비를 맡은 경찰관들을 덮쳤다.

경찰에서 그 사실을 깨달았을 때는 이미 때늦은 일이었다. 연막 발생이 확인된 것과 거의 같은 시각, 북측을 포위하고 있던 기동대에서 다수의 무선 연락이 들어왔다.

"여기는 제2기동대! 회색 남자로 보이는 인물 발견!"

연기를 들이마셨는지 콧물을 훌쩍이며 내뱉는 그 목소리는 필사적으로 상황을 전하려 하고 있었다.

"뭐라고?"

아키즈키는 눈이 핑핑 돌 만큼 쏟아져 들어오는 다급한 연락에 머릿속이 뒤죽박죽이 된 채 엉거주춤 일어서며 고함을 쳤다.
"어, 어디 있다는 거야?"
"그, 그게, 에췌에……, 포위망 바깥입니다."
크게 동요한 목소리였다. 무선을 통해 주위에서 술렁거리는 목소리도 들려왔다.
"무슨 소리야! 회색 남자는 지금 은행 내부를 점거 중이잖아!"
"그, 그래도 지금 저기에……."
기동대원의 목소리는 파르르 떨리고 있었다.
"실제로 눈앞에 회색 남자인 듯한 사람들이 돌아다닙니다!"
"뭐라고?"
사람들이라니? 아키즈키는 무슨 말인지 알아들을 수 없었다.
"여기는 제1기동대. 포위망 후방에 회색 남자로 보이는 사람들이 다수 발견되었습니다!"
"여기는 주변 경비를 맡고 있는……."
"여기는 남문 경비를 맡은……."
아키즈키가 자리 잡은 지휘본부에는 펑크가 날 만큼 무선이 날아들었고 그 대부분이 눈물 콧물에 훌쩍이는 목소리로 연막의 발생과 다수의 회색 남자가 출현했다는 내용을 알리는 것이었다.

상공에서 경비 중이던 헬리콥터의 조종사는 너무 놀라서 말도 나오지 않았다. 연막이 서서히 걷히면서 주위를 확인할 만큼 시야가 확보되었을 때는 일루미네이션으로 채색된 거리가 온통 회색으로 가득 차 있었기 때문이다. 그 회색 물결은 동서남북의 도로를 타고 일본은행 쪽으로 파도처럼 밀려들고 있었다. 이 돌연한 변화에 조종사는 환각이 아닌가 하고 자신의 눈을 의심했을 정도였다.

조금 전까지 크리스마스 특수를 노리는 요란한 색깔로 장식되어 있던 거리가 돌연 연기 속에 파묻히는가 싶더니 이제는 마치 소나기가 내린 것처럼 회색으로 물들었다. 아무런 전조도 없었다. 유난히 길목마다 사람들이 많다고는 생각했었다. 하지만 크리스마스 날 밤은 원래 그런 거라고 생각하고 별로 신경도 쓰지 않았었다.

퍼뜩 정신을 차린 조종사는 떨리는 손으로 무선을 쳤다.

"……여기는 상공 경비를 맡은 '오토리' 8호! 회색 남자, 아니, 회색 옷을 입은 사람들 다수 확인. 숫자는 파악할 수 없습니다. 하지만 거리를 가득 메울 만큼 많습니다."

보고를 하면서도 조종사는 눈 밑에 펼쳐진 광경을 믿을 수가 없었다.

경비를 하던 경찰들은 뒤에서 느닷없이 밀려드는 인파에 거의 아무런 대처도 하지 못하고 있었다. 연막탄에 의해 대부분의 경찰들이 무력화된 데다 포위망이 일본은행을 중심으로 펼쳐졌기 때문에 그 바깥 측에서의 습격에는 미처 대비하지 못하고 눈사태처럼 밀려드는 회색 인간들에 의해 하나둘 무너지고 있었다.

민간인은 접근하지 못하도록 경계하고 있던 경찰은 구경꾼들이 일제히 코트를 벗는 것을 수상하게 생각하기는 했다. 하지만 보고까지 해야 할 사안이라고는 생각하지 않았다. 구경꾼들이 코트를 벗고 있다는 것을 무선으로 보고했다가는 비웃음만 살 터였다. 그들의 옷차림이 모두 똑같다는 것을 깨닫긴 했지만 그래도 연락은 하지 않았다. 대체 무슨 영문인지 알 수 없었던 데다 엄청나게 밀려드는 연막에 정신을 빼앗겼기 때문이다. 사람들이 하나같이 회색 정장에 중절모 차림이고 약속이라도 한 듯이 방호 마스크를 쓰고 있다는 것을 확인했을 때는 이미 손쓸 도리가 없었다. 경찰은 최루가스가 섞인 연기를 들이마셔 숨 쉬는 것조차 힘든 상황이었던 것이다.

회색 인간들은 힘을 잃은 경찰의 포위망과 바리케이드를 뚫고 단숨에 노도처럼 밀려들었다. 물론 경비를 맡은 경찰들도 온 힘을 다해 저지에 나섰다. 하지만 폭도를 진압하는 장비는 준비하지도 않았고 함부로 발포할 수도 없어서 최루가스로 켁켁거리던 경찰의 방어막은 불과 몇 초 만에 무너져버렸다. 엄청난 인파를 당해낼 도리가 없었던 것이다. 600여 명 정도의 경찰 포위망에 비해 밀려드는 회색 인간은 그 몇십 배에 달했다.

지휘본부도 혼란에 빠졌다. 상황을 파악하지 못한 채 회색 인간의 물결을 향해 발포 허가를 내릴 수는 없었다. 언론과 국민의 눈도 고려해야 하는 것이다.

지휘 계통은 지원부대를 요청하는 것과 동시에 다시금 태세를 정비하고 폭도의 진압을 명령했지만 소용이 없었다. 경찰들은 밀려드는 인파에 제 몸이 깔리지 않도록 하는 것조차 힘에 부치는 상황이었다.

회색 인간들을 발견했다는 첫 연락이 들어오고 불과 몇 분 만에 일본은행 본점 주위는 온통 회색 물결로 뒤덮였다.

회색 인간들은 경찰의 포위망을 어려움 없이 뚫고 나가 은행 안으로 몰려들었다. 그리고 목적을 달성하자마자 각기 원하는 방향으로 달아났다. 거미 새끼를 풀어놓은 듯 아무런 규칙성도 없는 그들의 움직임에 경찰은 한층 더 혼란에 빠졌다.

그레이 일행은 도망치는 자와 들어오는 자가 뒤섞이는 때를 노려 각자 은행 밖으로 뛰쳐나가 회색 인파의 소용돌이에 섞여들었다.

사방에서 사이렌 소리가 울렸다. 태세를 정비한 경찰은 달아나는 회색 인간을 잡아들여 진짜 그레이인지 확인하느라 눈에 불을 켜고 있었다. 하지만 그것은 거대한 정어리 떼 속에서 자신이 원하는 딱 한 마리의 정어리를 화살로 잡으려는 것처럼 어려운 일이었다.

드디어 도쿄 도의 전 경찰을 총동원한 증원부대가 도착했다. 그러나 이미 그레이는 자취도 없이 사라진 뒤였다. 경찰은 눈에 핏발을 세우고 주변을 샅샅이 수색하여 수상한 사람들을 다수 체포했다. 몸수색을 해보니 그들은 모두 지폐다발을 갖고 있었다. 흉기를 소지한 사람은 없었고, 그레이와 관련된 증거도 일절 나오지 않았다. 지폐다발은 일본은행에서 각자 들고 나온 것이었다.

## 6

가스 마스크를 쓴 료타로 일행은 일본은행을 별 어려움 없이 탈출했다. 연막탄과 회색 정장을 입은 사람들에 뒤섞여 눈 깜짝할 사이에 경찰의 포위망을 빠져나온 것이다.

어이없을 만큼 간단하게 끝나버린 일이었다.

검문이 시작되었을 즈음, 그레이 일행을 태운 차는 일본은행에서 멀리 떨어진 지역을 달리고 있었다. 광역 검문에 걸릴 가능성도 있었지만 운전을 하는 다카노에게서는 도주 중이라는 절박감은 전혀 보이지 않았다. 마치 드라이브를 하듯이 느긋한 속도로

도로 위를 달리고 있었다.

차 안에는 운전을 하는 다카노 외에 그레이와 료타로, 사유리가 타고 있었다. 다른 동지들도 각자의 행동 노선에 따라 탈출하고 있었다.

료타로는 그레이와 완전히 똑같은 회색 정장 차림을 한 자신에게 이질감을 느끼면서 앞에 앉은 다카노와 사유리의 뒷모습을 바라보았다. 그들도 마찬가지로 회색 정장을 입고 있었지만 자신보다 훨씬 잘 어울리는 것 같았다.

"어떻게 그 많은 사람들을 동원할 수 있었죠?"

지금까지 일어난 일들이 모두 놀람의 연속이었던 료타로는 아직도 믿을 수 없다는 표정으로 물었다. 그레이에게서 동지는 백여 명 정도라고 들었다. 하지만 일본은행을 뒤덮은 인파는 족히 만 명은 넘는 것 같았다.

그 질문에 그레이는 자조하듯이 피식 웃었다.

"그게 바로, 이 나라의 현실이 그대로 반영된 현상이야."

뒷좌석 깊숙이 몸을 묻은 그레이는 옆자리의 료타로를 바라보며 말했다.

"그들은 빚에 쪼들려 죽음을 결심했거나 그 비슷한 마음을 품고 있는 사람들이야. 지금 이 나라에는 빈곤층으로 분류되는 사람이 1000만 명이 넘어. 그리고 가난 때문에 자살이나 범죄를 저지르는 사람도 많지. 우리는 그런 사람들과 접촉하여 각자의 행동력을 알아본 뒤에 자그마한 부탁을 했어. 우리가 지정해준 시각에 어느 장소에 오면 지폐다발을 가져갈 수 있다고 말이지. 물론 처음에는 아무도 믿지 않았어. 하지만 50만 엔의 현금과 회색 정장, 방호 마스크를 보내줬더니 그제야 다들 알아차린 모양이야. 주동자가 회색 남자라는 것을."

그레이는 의미심장한 웃음을 지었다.

"선동하는 역할을 맡은 동지들을 사이사이에 끼워서, 모두 도쿄 역 앞으로 나오라고 했어. 비밀이 새나갈 우려가 있어서 일본은행이라는 장소만은 마지막까지 발표하지 않았지. 그들에게 미리 회색 끈을 손목에 차고 대기하라는 지시를 내렸어. 그렇게 하면 자신과 똑같은 이유로 불려 온 사람인지 아닌지 구별할 수 있을 테니까. 만 명이 넘는 사람들이 동지라는 것을 알게 되면 사람들은 죄의식에 시달릴 일도 없어. 누가 누구인지 구별하지 못할 만큼 똑같은 옷차림을 하고 나서면 사람들은 대담해지게 마련이야. 더구나 그것이 회색 정장과 중절모 차림으로 몇 년째 경찰을 따돌려온 회색 남자가 주동하는 일이니까 그 성공 가능성에 모험을 걸어보고 싶은 마음도 있었겠지. 어떻든 단 한 사람도 체포되지 않은 최강의 범죄 단체에서 하는 일이니까 말이야. 8월 연쇄 강도 사건은 돈을 노린 것이 아니라 이번 일에 사람들을 동원하기 위한 사전 준비였어. 전 국민에게 우리가 무적의 조직이라는 것을 알리는 데 아주 효과적인 방법이었지. 우리 동지들은 사람을 판별하는 능력이 뛰어나고, 그들 쪽에서는 경제적으로 궁지에 몰린 상황이었기 때문에 쉽게 우리 일을 도와줄 것이라고 보고 시작한 일이야. 거기에 연막탄으로 경찰을 무력화시켜서 시야를 가려주는 장면을 연출하면 틀림없이 만 명의 그레이가 계획대로 움직여줄 거라고 생각했어. 실제로 경찰의 포위망을 돌파해줄지 어떨지 사실은 반신반의였는데, 이번 일은 선동 역할을 맡은 동지들과 경찰 내부의 협력자가 일이 잘 풀리도록 도와준 덕분이야."

"만일 그들이 포위망을 돌파하지 못했다면 어떻게 됐을까요?"

료타로는 만일의 사태를 물어보면서 머릿속으로는 어리석은 질문이라고 생각했다. 하지만 그레이는 아주 좋은 질문이라는 듯 고개를 끄덕였다.

"그럴 경우에는 은행에 진입한 SAT의 복장으로 변장하고 나올 생각이었어. 진입부대원을 체포하여 그들의 옷을 빌려 입고 몇 명은 인질이라는 명목으로 데리고 나가는 거야. 일단 은행에서 벗어난 뒤에는 경찰 내부의 협력자가 우리를 안내해주기로 미리 약속이 되어 있었으니까."

그레이는 막힘없이 설명해주더니 창밖을 내다보았다.

"평생을 쌓아온 지위가 한꺼번에 무너질 만한 약점을 쥐고 협박하면, 경찰 내부의 협력자를 만드는 건 아주 간단한 일이야. 부패와 비리에 찌든 자들이 많으니까. 국가를 지킨다는 경찰이 보신을 위해 나라를 파는 경우가 적지 않아. 그 배신이 엄청난 사태를 낳는다는 것도 모르고."

그레이의 옆얼굴이 가로등 불빛에 뚜렷하게 떠올랐다. 그는 이 나라를 진심으로 경멸하고 있었다. 그러면서 진심으로 슬퍼하고 있었다. 그레이는 그런 복잡한 웃음을 짓고 있었다.

그레이 일행을 태운 자동차는 이윽고 가나가와 현으로 들어섰다. 거리에는 번잡스러울 만큼 울긋불긋한 크리스마스 조명이 장식되어 있었지만 새벽 1시에 나돌아 다니는 사람은 거의 없었다. 도로도 휑하니 비어서 그레이 일행을 태운 차는 미끄러지듯이 달려갔다.

사유리는 조수석에 앉아 휴대전화로 뉴스를 보고 있었다. 이어폰을 끼고 있어서 소리는 들리지 않았지만 아나운서의 곤혹스러운 표정이 어깨 너머로 보였다. 일본은행이 온통 회색 인파로 물든 영상이 배경으로 흐르고 있었다.

국립 조폐청이 보유한 지폐 발행기가 전량 파괴되었고, 일본은행 습격으로 국제적인 엔화의 가치가 순식간에 불안정해질 우려가 있다는 소식이었다. 또한 정부 고위층의 악행을 폭로한 동영상으로 국민의 불신감이 증폭되고, 공적자금을 투입하여 지원했던 희귀광물 사업이 완전한 사기극이었다는 것이 밝혀지면서 국가의 위신은 실추되고 개인 투자자들은 자신의 돈을 잃은 것에 미친 듯이 분노하고 있다는 내용이었다.

료타로는 휴대전화 화면을 넘어다보면서 이 나라의 미래를 염려했다. 그레이가 꾸민 일련의 사건으로 국가는 상당한 타격을 입었다. 세계 각국의 비난 공세도 한층 강해질 것이다. 하지만 아무리 그래도 나라가 무너지는 일은 없을 것이다. 제2차 세계대전의 패전을 딛고 다시 일어선 나라다. 그리 간단히 망할 리 없다. 하지만 지금까지 국민을 상대로 유지해온 지위나 가치관을 그대로 이어나가기는 어려울지도 모른다. 그것이 그레이가 말한 재분배일까.

아니, 그렇지 않다—.

“그레이는 처음부터 재분배를 생각한 게 아니라 권력자에게 공포감을 주는 것이 목적이었군요?”

료타로의 입에서 저절로 말이 튀어나왔다. 그레이는 눈을 둥그렇게 뜨고 뜻밖이라는 표정을 보였다. 그리고 못된 장난을 들킨 어린애처럼 겸연쩍은 웃음을 지었다.

“권력의 재분배라고 말을 바꿔보면 훨씬 더 이해하기 쉽지 않을까? 내가 바라는 재분배는 돈의 분배가 아니야. 그리고 일본의 붕괴라는 것도 물리적인 붕괴가 아니지. 간단히 말하자면 약자에게 강자를 향해 저항할 수 있는 가능성을 열어주어, 강자에게 두려움을 심어주려는 거야. 그렇게 하면 지나치게 한쪽으로 기운 시소를 공평하게 되돌릴 수 있으니까. 현재의 시스템에서 약자는 결국 굴복할 수밖에 없어. 강자는 약자를 온갖 방식으로 제약하고 겁박하고 이익을 가로채 어떻게도 저항할 수 없도록 만들고 그 토대 위에 강자들만이 편안하게 살 수 있는 사회를 구축했어. 물론 자신의 노력과 능력으로 현실을 타파하고 강자의 지위에 올라선 자도 있겠지. 하지만 그런 사람들 역시 혜택 받은 자들이야. 그럴 만한 환경이 갖춰졌거나 좋은 사람을 만났거나 남다르게 뛰어난 두뇌를 가졌거나 운이 좋았던 거지. 하지만 이 세상에는 진짜 약자들이 많아. 그들에게 노력이 부족했다고 타박하는 것은 약자의 입장에 서본 적이 없기 때문이야."

"이번 일로 기득권층에서도 크게 두려움을 느꼈을 겁니다."

운전을 하던 다카노가 조용히 말했다.

"그런 두려움을 심어준 것이 다름 아닌 약자들이었다는 것을 알면 더욱 경악할 거고요."

"회색 남자로 분장한 만 명의 사람들 중 대부분이 경찰에 잡혀갔을 거야. 그들이 하나같이 사회적 약자라는 것이 밝혀지면 우리가 뜻하는 바도 충분히 전달되겠지. 유치장 신세를 지게 된 사람들에게 미안하긴 하지만, 아마 곧 풀려날 거야. 그 정도의 일에 큰 죄를 씌울 수는 없을 테니까. 하긴 범죄에 가담한 사람들이니 많든 적든 그 죗값은 치러야지."

마지막 말은 그레이 자신을 향해 내뱉는 것 같았다.

료타로는 시선을 조수석의 사유리에게로 돌렸다.

사유리는 뉴스 화면을 끄고 피곤한지 끄덕끄덕 졸고 있었다. 마침내 큰 일거리를 끝내고 긴장이 풀려 힘이 쭉 빠져버린 어린애 같은 모습이었다.

차는 다마가와 강변의 부지에 멈춰 섰다. 차창 밖을 유심히 바라보니 어둠 속에 낡은 공장이 잊힌 물건처럼 서 있었다. 그레이 말에 의하면 그 공장 지하에 비밀 공간이 펼쳐져 있고, 예전에 료타로가 식사 모임에 초대되었던 곳이라고 한다.

공장 앞에는 먼저 도착한 사사키와 고즈에가 기다리고 있었다. 두 사람 모두 회색 정장을 갈아입고 평상복 차림이었다. 거기서 사유리만 차에서 내려주었다. 료타로가 의아해할 틈도 없이 다카노가 운전하는 차는 세 사람을 싣고 조용히 출발했다.

뭔가 불만스러운 표정을 보이는 사유리가 완전히 시야에서 사라지자 료타로는 신중하게 숨을 내쉬었다.

"이제 어디로 가는 건가요?"

낮은 엔진 소리가 신음하는 차 안에서 료타로의 목소리가 유난히 크게 울렸다.

"……이 모든 일의 원인이었던 자들이 마지막 무대에서 기다리고 있어."

옆에 앉은 그레이가 침묵처럼 느껴지는 낮은 목소리로 말했다. 더 이상 설명해줄 것이 없다는 듯 입을 닫아버린 그를 보고 료타로도 더 이상 캐묻지 않았다.

해안선을 따라 거의 일정한 속도로 계속 달려서 지바 현에 들어섰다.

자동차가 이따금 지나가는 한산한 도로를 한 시간 가까이 달렸을까. 작은 항구를 빠져나와 어두운 산길로 올라갔다. 구불구불한 좁은 도로를 타고 달리며 짧은 터널을 몇 개나 지났다. 도중에 '우바라 리소쿄'라는 지명이 적힌 간판이 눈에 들어왔지만 그것도 한순간에 지나갔다. 가로등이 적은 산길이라서 눈짐작이 될 만한 것은 아무것도 없었다.

차는 비포장도로로 들어섰다. 털털거리며 잠깐 달린 뒤에 차가 서고 헤드라이트가 꺼졌다. 주위는 깜깜한 어둠에 감싸였고 멀리서 들려오는 파도 소리 외에는 완전한 무음의 세계였다.

"가자."

그레이가 뒷좌석 문을 열고 나가는지라 료타로도 그 뒤를 따랐다.

다카노와 료타로까지 세 사람은 경사가 급한 산길을 걸었다. 달빛이 없었다면 자칫 발을 헛딛을 정도의 비탈길이었지만 그레이는 마치 포장도로처럼 가볍게 걸어 올라갔다.

작은 강이 내다보이는 오솔길을 지나고 깎아지른 절벽 옆길을 걸어 동굴 같은 작은 터널로 들어갔다. 산의 한쪽을 뚫고 나무로 틀을 세웠을 뿐인 위태로운 터널이었다. 출구 근처의 작은 알전구 불빛이 가까스로 앞길을 밝혀주었다.

신중하게 걸음을 옮겨 터널을 빠져나오자 짐승이 다니는 통로 같은 오솔길로 이어졌다.

"이쪽이야."

그레이가 가리킨 곳에는 길 대신 커다란 덤불숲이 가로막고 있었다. 그 덤불숲을 헤치자 오른편으로 문이 스르륵 열리며 감춰졌던 길이 나타났다.

료타로는 놀라서 입이 떡 벌어졌지만 그레이와 다카노는 말없이 그 안으로 들어섰다. 두 사람을 놓치지 않으려고 료타로도 뒤에 바짝 따라붙었다.

사람 손으로 골라놓은 약간 걷기 편한 길을 지나자 창고 같은 건물이 나타났다.

그레이가 카드리더에 카드를 대자 작은 전자음과 함께 자물쇠 열리는 소리가 들렸다.

"료타로, 자네는 지금부터 '지켜보는 역할'을 잘 해줘야 해."

무거운 문을 지나며 그레이가 료타로에게 말했다.

"이미 짐작했겠지만 우리 동지들은 모두 이 사회에서 소외된 사람들이야. 자네는 직장에서 받은 부당한 대우 때문에 우울증으로 자살하려고 했어. 다카노는 살인자의 손에 아들을 잃었지. 게다가 경찰에서는 그 진상을 은폐하기까지 했어. 사유리는 인신매매로 자칫 목숨을 잃을 처지였어. 그리고 나는 아내와 딸이 살해되고 매스컴과 구경꾼에게 유린당하는 바람에 모든 삶이 파괴되었어."

료타로는 그레이, 즉 유즈키 레이의 한 마디 한 마디를 들으며 가슴이 얼얼하게 아파와서 저도 모르게 가슴에 손을 얹었다. 그레이의 얼굴에 새겨진 고뇌의 짙은 주름이 너무도 깊은 슬픔을 말해주고 있었다.

"……나는 비슷한 곤경에 처한 사람들을 동지로 끌어들였어. 왜 그랬는지 알겠나? 물론 그들을 구해내 복수의 대리인이 되려는 마음도 있었지. 하지만 그건 그저 공식적인 이유일 뿐이야. 나는 사적인 복수에 대한 허락을 얻기 위해 그들을, 그리고 자네를 구해준 거야."

그레이는 건물 안쪽으로 걸음을 옮기면서 딱딱하고 차가운 콘크리트 벽을 손끝으로 더듬었다.

"인간의 권리에는 일정한 틀이 있어. 그 틀에서 벗어나지 않도록 인간은 법률을 정했지. 남의 것을 훔쳐서는 안 된다, 사람을 죽여서는 안 된다, 하는 규제는 그것이 인간의 권리가 허용되는 틀을 뛰어넘는 짓이기 때문이야. 하지만 이 세상에는 법률에 의한 그 틀을 뛰어넘는 인간도 있어. 그건 범죄자의 경우만이 아니야. 힘을 가진 자가 온갖 명분을 내세워 틀을 깨버리는 거야. 살인자를 영웅으로 치켜세우는 전쟁이 좋은 예야. 가까이로는 노동자의 목숨을 갉아먹으며 사복을 채우는 경영자도 있고 남을 속여서 돈을 가로채는 인간도 있어. 그들도 범죄자와 전혀 다를 게 없어. 그럴싸한 명분이라는 면죄부를 방패로 삼고 있을 뿐이지."

료타로를 잠시 바라본 뒤에 그레이는 말을 이었다.

"세 명의 범죄자에게 가장 소중한 사람을 빼앗긴 뒤에 나는 복수를 맹세했어. 물론 그것이 옳은 일인가 아닌가 하는 판단은 내릴 수 없었지. 나에게는 복수할 이유는 주어졌지만 복수할 권리는 주어지지 않았거든. 하지만 나는 반드시 복수해야 했어. 그렇다면 복수에 대한 허락을 얻는 수밖에 없었지. 복수를 허락받기 위한 대가가 필요했어."

"……그래서 우리를 자살에서 구해줬군요?"

"음, 그렇다네."

그레이는 료타로의 눈 속을 들여다보며 단호하게 말했다.

"내 아내와 딸아이를 참혹하게 살해한 놈들, 그리고 그 사건을 재밋거리로 삼아 우리의 삶을 유린한 언론과 불특정 다수의 사람들, 악을 처벌하지 않고 묵인한 정부, 나는 그들에게 복수를 맹세했어. 그 복수를 위해 약자를 구한 거야. 그것으로 내 양심의 가책을 덜어보려고. 그 선행의 대가로 내게는 복수할 권리가 있다고 억지로 믿어버리기 위해서."

료타로는 어떤 말도 할 수 없었다. 동지들이 그의 복수에 이용되었을 뿐이라는 말에 일순 머릿속이 텅 비어버렸다.

"복수를 하기 위해 선행으로 나 자신을 이해시키다니, 우스운 일이지. 하지만 나는 그리 강한 사람이 아니야. 선악의 판단도 내리지 못해. 복수는 우리 인간에게 허락된 일이 아니지. 하지만 나는 반드시 허락을 얻어야 했어. 그렇게 믿어야 했어. 이 사회를 혼란에 빠뜨리는 것도, 사람을 죽이는 것도, 어떻게든 정당화하지 않으면 안 되었어."

그레이는 말을 끊고 깊숙한 안쪽으로 걸어갔다. 그의 등이 조금 서글프게 보였다.

건물 안은 밖에서는 상상도 할 수 없을 만큼 견고했다.

한 마디로 표현하면 '감옥'이었다.

사람을 가두고 그것이 외부에 알려지지 않게 하기 위한 목적으로 만들어진, 단단히 밀폐된 공간이었다. 그 밖의 요소는 일절 배제된 채 오로지 비밀을 지키는 기능만 가진 것처럼 보였다.

콘크리트로 치밀하게 벽을 바른 어둠침침한 복도를 지나자 다시 문이 나타났다.

철문 한가운데 핸들 같은 것이 달려 있었다. 모든 비밀을 굳건히 지키면서 외부의 침입자를 차단하는 문.

다카노가 어느새 자물쇠를 풀고 힘껏 핸들을 돌려 문을 열었다.

칠흑의 공간이 나타났다.

"어째서 납치했지?"

갑자기 웬 남자의 탁한 목소리가 료타로의 고막을 흔들었다.

"……나, 나도 잘 모르겠어요."

비교적 젊은 목소리가 이어졌다.

"아무 이유도 없이 사람을 유괴하다니, 그런 말이 통할 줄 알았나?"

"……아뇨."

"인질로 잡고 돈을 요구하려고 했던 거 아니야?"

"……."

"똑바로 대답해!"

"……나도 잘 모르겠어요."

두 사람의 목소리에 공통되는 점은 노이즈였다. 그리 성능이 좋지 않은 기기로 목소리를 녹음한 것 같았다. 이곳에서 실제로 나누는 이야기 소리가 아니라는 건 금세 알았지만, 어째서 녹음된 목소리가 흘러나오는지는 알 수 없었다.

"성폭행뿐만 아니라 너는 사람을 죽였어. 이건 엄청난 범죄야. 아무리 미성년자라도 쉽게 용서받을 수 있는 일이 아니야."

상대를 나무라는 고압적인 말투에 잠시 침묵이 이어졌다.

"……네."

꺼져 들어갈 듯한 목소리.

"좋아, 그러면 어떻게 범죄에 관여했는지 솔직하게 실토해. 어제 한 이야기를 이어서 다시 해보자. 피해자를 범한 뒤에 어떻게 했지?"

"목을 조르고…… 그리고 칼로 온몸을 찔렀던 거 같아요."

"찔렀던 거 같다니, 대체 무슨 말이야. 네가 한 짓이잖아."

"……네. 하지만 정말 내가 그런 짓을 했는지 잘 모르겠어요."

다카노가 손에 든 리모컨으로 녹음테이프를 정지시켰는지 소리가 뚝 끊겼다.

다시 리모컨을 누르자 방 안의 불이 켜지면서 내부의 모습이 드러났다.

요철 없는 길쭉한 방. 그곳에 세 명의 남자가 수갑을 찬 채 의자에 앉혀져 있었다. 한 명은 뚱뚱하게 살이 쪘고 머리털이 빠지기 시작하는 사내였다. 또 한 남자는 잔뜩 구겨졌지만 고급 브랜드의 양복을 입었고 그 옷깃에 금빛 배지를 달고 있었다. 그리고 세 번째 남자는 궁지에 몰린 짐승처럼 눈알을 두리번거리는, 방심할 수 없는 자였다.

남자들은 입에 재갈이 물린 상태로 이쪽을 바라보았다. 눈은 공포에 질려 붉어졌고 몸을 부들부들 떨고 있었다.

"저자들이 내 아내와 딸아이를 죽였어."

그레이가 방 안에 들어서며 말했다. 료타로는 발이 흠칫 멈춰버릴 만큼 놀랐지만 마음을 다잡고 그 뒤를 따라갔다. 오래도록 고여 있던 공기는 미적지근하고 무거운 벽이 외계의 소리를 차단한 탓인지 가벼운 이명이 일었다.

"저자들의 손에 소중한 가족을 잃은 나는 벗어날 수 없는 암흑 속에 갇혔어. 눈물은 진즉 말라버렸지. 기쁨은 뭉개지고 희망도 사라지고 오로지 고통에 허덕이는 나날이 이어졌어. 10년이라는 세월은 내 생김새와 목소리를 왜곡시키고 증오라는 감정 이외의 모든 것을 지워버렸어. 그리고 그 대가로 나에게는 타인의 절망을 감지하는 능력이 주어졌지. 나는 그 능력의 의미를 금세 깨달았어. 복수를 위해서였어. 살인자, 그들을 감싸주는 이 나라, 남의 행복을 유린하는 사람들에게 복수하기 위해서였어."

그레이는 분노를 가라앉히려는 듯 한 차례 심호흡을 했다.

"복수를 위해 5년 동안 계획을 짰어. 그 계획을 실행하기 위해서는 자금과 함께 협력자가 필요했어. 순종적이고 배신하는 일이 없는 사병. 내게 주어진 능력을 활용해서 나는 자살하려는 사람들을 찾아다녔어. 의외로 쉽게 찾아낼 수 있었지. 이 나라에는 스스로 죽음을 선택하는 사람들이 너무 많았으니까. 3년 동안 내 뜻에 맞는 인물 백여 명을 끌어모았어. 동시에 내가 가진 것을 모두 팔고 그간의 저금과 합해서 2억 엔이라는 현금을 마련했어. 자살 직전에 구해낸 어느 증권사 직원의 힘을 빌려 그 돈을 투자도 하고, 법망을 피해가며 닥치는 대로 불려나갔어. 나를 따라준 동지들, 덩치가 커진 자금, 그리고 지금껏 키워온 광역통신망을 최대한 활용해서 도모슨 상사를 설립했어."

"……그게 모두 복수를 위한 일이었군요?"

"물론이야. 모두 이 나라와, 생각 없는 국민에게 복수하고 그 대가로 저자들을 살해하기 위한 일이었어."

그레이는 고개를 돌려 의자에 묶인 남자들을 노려보았다.

세 명의 남자들은 공포로 부들부들 떨고 있었지만 겉으로 보기에 다친 데는 없는 것 같았다. 적어도 고문 같은 것은 당하지 않은 듯했다.

"아니, 고문 따위의 야만적인 짓은 하지 않아."

마치 료타로의 마음속을 들여다본 것처럼 그레이가 말했다.

"때맞춰 식사도 제공해주고 추워서 얼어 죽지 않도록 조치해놨어."

"……왜요?"

저절로 튀어나온 말이었다. 말을 하고서야 료타로는 스스로도 무서운 질문이라고 생각했다. 이런 놈들에게 인권 따위는 없다, 그런 아량을 베풀 이유가 없다, 라는 뉘앙스가 담긴 말이었기 때문이다.

"저자들을 이곳에 가두면서 나는, 이 세상에서 맛볼 수 있는 고통은 모조리 맛보게 해주고 싶었지. 하지만 고문 따위의 야만적인 짓은 저자들과 똑같은 수준으로 떨어지는 일이야. 내가 하려는 복수는 두 가지뿐이야. 이 세상에 복수하는 것, 그리고 저자들을 내 손으로 매장하는 것. 그것을 위해 나는 이 사회의 약자를 구조하고 강자를 주저앉혀왔어. 그 대가로 저자들을 죽일 권리를 얻어내는 것이라고 나 스스로를 이해시켰지. 그러니 고문 따위의 야만적인 짓으로 나 자신을 깎아내릴 필요는 없는 거지. 다만 한 가지, 저자들에게 숙제를 던져주었어. 그게 조금 전에 들은 녹음테이프야."

그레이는 끓어오르는 마음을 진정시키려는 듯 심호흡을 한 뒤에 다시 입을 열었다.

"경찰이 저자들을 취조하면서 나눈 대화, 변호사와 나눈 대화

등이 담긴 녹음테이프야. 내가 비공식적인 루트로 입수했지. 저자들을 이곳에 가둬둔 한 달여 동안, 하루 스물네 시간 계속 틀어줬어. 왜 그랬는지 알겠나?"

료타로는 그것이 어떤 뜻으로 하는 질문인지 금세 알 수 있었다.

죄와의 대치.

"그래, 자네가 상상한 대로야."

그레이는 료타로의 마음속을 읽은 것처럼 말했다.

"저자들의 잠을 방해하려고 온종일 녹음테이프를 틀어둔 게 아니야. 죄와 대치할 수 있도록, 거짓말을 참회할 수 있도록, 저지른 죄를 재인식할 수 있도록 하기 위한 일이었지. 녹음테이프의 음량이 그리 크지 않아서 잠을 자는 데 불편함은 없었을 거야. 내가 원하는 건 고문이 아니니까. 그건 내가 가진 최소한의 윤리야. 복수를 맹세했을 때 나 스스로에게 부과한 규칙이지. 나는 인간을 뛰어넘는 존재여야 했으니까."

그가 친밀감이 담긴 따스한 시선으로 료타로를 바라보았다.

"그래서 자네가 나를 '그레이'라고 불러주었을 때 무척 기뻤어. 인간을 초월한 존재. 이제야 겨우 내가 거기에 이르렀구나, 하고 실감할 수 있었지. 내게 '그레이'라는 자격을 부여해준 자네를 그래서 스카우트했어. 그리고 '지켜보는 역할'을 부탁했지. 자네를 만난 건 정말 우연한 일이었어. 하지만 그 우연은 분명 필연이었겠지?"

"……나는 어떤 일을 하면 됩니까?"

"방금 내가 말한 진실을 잊지 말고 기억해주게. 앞으로 다가올 세계를 지켜보는 역할을 꼭 완수해주면 돼. 그리고 또 한 가지, 사유리를 지켜줘."

뜻밖의 말에 료타로는 놀랐다.

사유리를 지켜주라고?

"……어째서 제가?"

료타로의 동요를 진정시키려는 듯 그레이는 담담한 어조로 말했다.

"사유리는 몹시 불행한 인생을 살아왔어. 게다가 나는 그 아이의 불행을 이용했어. 내 목적을 위해 사유리가 비열한 짓을 겪는 것을 눈앞에서 보면서도 아무 말도 하지 못했어. 동지들 중에서도 사유리를 가장 많이 혹사했어. 이제 그 아이는 반드시 행복해져야 해. 아직 어린 사유리에게는 좋은 보호자가 필요하지. 염치없는 말이지만 료타로, 자네가 거기에 꼭 맞는 사람이라고 생각해."

"하, 하지만 꼭 내가 아니더라도……."

그레이는 료타로의 말을 흘려 넘기고 다카노에게로 시선을 던졌다. 그 눈짓만으로 모든 것을 알아들었는지 다카노는 세 명의 남자에게 다가가 의자의 밧줄을 풀고 목을 묶은 밧줄만 손에 들었다.

"일어서."

다카노의 말에 세 명의 남자는 비틀비틀 자리에서 일어섰다. 딱히 눈에 띄는 부상은 없었지만 다들 얼굴이 새파래져 있었다.

"저 문을 열어봐."

고급 양복을 입은 사내의 수갑을 풀어주고 다카노가 카드키를 건네며 건너편의 문을 가리켰다. 료타로 일행이 들어온 출입구와는 또 다른 문이었는데 역시 철벽처럼 단단해 보였다.

양복 차림의 남자가 머뭇머뭇 카드키를 받아 문에 꽂았다. 철컥하는 소리와 함께 자물쇠가 풀렸다.

문이 열리고 길게 이어진 복도가 나타났다. 그 끝에 또 하나의 문이 보였다.

"그 카드키로 열 수 있어. 모두 나와."

세 명의 남자는 입에 물린 재갈 틈으로 거친 숨을 몰아쉬며 걸음을 옮겼다. 양쪽 발목에 채워진 족쇄 때문에 자칫 꼬꾸라질 듯하면서 발을 내딛었다.

다카노는 개를 산책시키듯이 세 남자의 목에 걸린 밧줄을 잡고 앞장섰다. 그 뒤를 이어 그레이와 료타로도 따라갔다.

긴 복도를 지나 도합 세 개의 문을 열자 마침내 바깥으로 나올 수 있었다.

양쪽이 나무들로 뒤덮인 초록의 돔 같은 오솔길을 걸었다. 바다 냄새가 섞인 차디찬 바람이 살갗을 도려내듯이 정면에서 들이쳤다.

울퉁불퉁한 길인 데다 가로등 같은 것도 없어서 나무들 틈새로 비치는 달빛에 의지하여 신중하게 걸음을 옮겼다.

문득 길이 뚝 끊겼다.

막다른 곳이었다. 깎아지른 절벽 저 밑으로 내다보이는 검은 바다만 시야를 가득 채웠다. 절벽은 아찔하게 높고 그 끝에는 철책도 손잡이도 없었다. 암벽을 물어뜯는 파도 소리가 들릴 때마다 저절로 몸이 움츠러들었다.

다카노는 멈춰 선 세 명의 남자를 재촉하듯이 등을 떠밀어 절벽 끝에 세운 뒤에 밧줄을 풀어주었다.

한겨울의 새벽 3시 반. 아직 날이 밝을 기미조차 없어서 달빛 이외에는 하늘도 바다도 온통 깜깜한 어둠뿐이었다. 아찔한 절벽의 높이가 두려웠는지 세 명의 남자는 그 자리에 털썩 주저앉았다. 다카노가 조용히 뒤로 물러섰다.

"자, 너희에게 마지막 선택을 하게 해주겠다. 죄를 참회하고 절벽 아래로 뛰어내릴 것인지, 아니면 그 자리에 계속 붙어 있을 것인지, 둘 중 하나를 너희 스스로 선택해라. 절벽 밑에는 날카로운 바위들이 있어서 뛰어내린다면 틀림없이 죽을 테고, 바닷물의 흐름이 복잡해서 사체도 떠오르지 않을 것이다."

그레이는 간결하게 말하고 회색 양복에서 권총을 꺼내 들었다.

세 남자는 권총을 보고 부르르 떨었다. 이윽고 양복 차림의 사내와 뚱뚱한 사내가 힘없이 자리에서 일어났다. 두 사람은 죄를 참회하듯이 울고 있었다. 그에 비해 짐승 같은 눈을 가진 남자는 그 자리에 주저앉은 채 적개심이 담긴 시선으로 그레이를 노려보고 있었다.

"그게 너희가 한 선택인가. 좋다. 자, 다카노와 료타로는 이제 일을 모두 끝냈어. 그만 차로 돌아가 기다려주게."

그레이의 지시에 다카노는 뒤로 물러서면서 의미심장한 시선으로 료타로를 흘끔 바라보더니 그대로 사라져갔다.

하지만 료타로는 그 자리에 우뚝 서 있었다.

"왜 그러지? 나중 일은 다카노에게 모두 지시했어. 어서 가."

료타로를 떼어내려는 듯 냉랭한 여운이 느껴지는 말이었다.

하지만 료타로는 움직이지 않았다.

그레이를 혼자 남겨둔다면 분명 세 사람을 살해할 것이다. 하지만 살인을 저지르게 해서는 안 된다. 일단 선을 넘어버리면 그레이는 평생 어떤 보답도 받지 못한 채 복수라는 한없는 고통과 증오의 소용돌이 속에 파묻히고 말 것이다. 그런 일을 하게 할 수는 없다.

—하지만.

나에게 그레이를 가로막을 권리가 있을까. 그리고 과연 막을 수 있을까.

료타로는 약해지려는 마음을 털어내듯이 고개를 저었다.

설령 불가능하다고 해도 나는 그레이를 절망의 심연에서 구해내야 한다. 그레이가 나를 죽음의 심연에서 구해주었듯이.

"내 말이 안 들리나? 이제 이야기는 다 끝났어. 어서 가봐."

그레이의 엄격한 목소리가 날아왔다. 하지만 료타로는 그 자리를 떠나지 않았다.

더 이상 참을 수 없다는 듯 그레이가 료타로를 노려보았다. 지금까지 한 번도 느껴본 적이 없는 강한 거부 의지에 료타로는 저도 모르게 도망치고 싶을 만큼 두려웠지만 그래도 그를 혼자 남겨둘 수 없다는 마음이 더 강했다.

"나를 가로막을 생각은 하지 마. 아내와 딸아이가 처참하게 살해되고 지난 10년 동안 나는 저자들과 국가에 복수하기 위해, 오로지 그것 때문에 삶을 이어왔어."

"복수가 끝난 뒤에는 어떻게 하려고요?"

료타로의 입에서 가까스로 튀어나온 말은 바람에 흔들리는 촛불처럼 약하기만 했다.

"나중 일은 다카노에게 미리 말해두었어."

그레이는 담담하게 말했다.

"제발 목숨을 버릴 생각은 하지 마세요."

료타로는 그가 어떤 생각을 품고 있는지 충분히 짐작할 수 있었다. 저 쓰레기 같은 세 남자를 죽인 뒤, 자살할 작정인 것이다.

그레이는 표정을 무너뜨리지 않았다.

"나 자신의 소멸로 완전한 복수의 권리를 얻으려는 것뿐이야."

"대체 왜요?"

목소리를 높여 부르짖고 싶었지만 료타로의 입에서 나온 그 말은 바닷바람에 묻혀버릴 만큼 가느다란 것이었다.

"나라는 인간은 단지 복수를 위해서만 존재 가치가 있어. 복수가 끝나면 이제 더 이상 이 세상에 존재할 이유가 없지."

정중한 말투를 무너뜨리지는 않았지만 료타로를 단호히 거부하고 있다는 것을 느낄 수 있었다. 그레이의 표정은 감정을 읽어낼 수 없을 만큼 딱딱했다.

료타로는 떨리는 말소리를 억누르기 위해 목에 꾸욱 힘을 주었다.

"그레이 씨는 우리를 구해주었어요."

"그건 내 죄의식을 씻어내기 위한 일이었어. 자네들을 구해내서 순종적인 병사로 이용하려고 했던 거야. 특히 사유리는 예상보다 큰 역할을 해주었어. 탐욕스러운 권력자들의 약점을 잡는 데는 역시 여자를 이용하는 것이 가장 손쉬운 방법이야."

"……일부러 나쁜 척하는 말, 제발 그만하세요."

료타로는 목소리의 떨림을 도저히 억누를 수 없었다.

"무슨 말이지? 내가 자네들을 이용하려고 했다는 말을 듣는 게 그토록 괴로운가? 하지만 그게 사실이야."

그레이는 코웃음을 치며 말했다. 료타로의 마음에는 분노도, 배신감이나 실망감도 떠오르지 않았다. 그저 서글펐다. 그레이의 슬픔을 치유해주지 못하는 자신이 한심하기만 했다.

그러니 최소한—.

료타로는 이를 악물었다.

"우리를 이용했다고 해도 나는 그레이 씨에게 감사드릴 겁니다. 나는 그레이 씨가 스스로 목숨을 끊는 건 바라지 않아요."

"감사는 자네 마음대로 해. 하지만 내게 지시하는 건 바람직한 일이 아니야. 설령 신이라 해도 나를 막을 수는 없어."

료타로는 그의 말을 들으면서 한 차례 눈을 감았다가 다시 떴다. 그 눈빛에는 지금까지 없었던 강한 의지가 담겨 있었다.

"아뇨, 그레이 씨를 가로막지는 않겠습니다. 그럴 권리도 없지요. 다만 한 가지, 내가 할 수 있는 일이 있어요. 내가 그레이 씨 대신 그레이 씨의 슬픔을 받아들일 겁니다. 결코 죽게 내버려두지 않겠습니다."

말을 마치고 료타로는 크게 숨을 내쉬었다.

그레이의 절망과 슬픔을 료타로는 감지할 수 있었다. 사랑하는 아내와 딸이 처참하게 유린당한 채 살해되고 피해자를 지켜주어야 할 법은 그들을 못 본 척했다. 언론과 인터넷의 방관자들은 호기심에 이 가족을 실컷 갖고 놀았다. 그때에 겪었을 그레이의 고통을 료타로는 충분히 상상할 수 있었다. 그레이의 슬픔을 자신의 것으로 할 수는 없지만, 과거에 죽음을 결심했던 료타로의 '마음'은 최소한 그 마음을 다 바쳐 상상으로 공감하는 것만은 가능했다.

그 고통을 조금이라도 풀어주고 싶었다.

그 슬픔을 조금이라도 이해하고 함께 나누고 싶었다.

그것을 그레이가 원하지 않는다는 건 알고 있다. 그렇게 해봐야 아무 의미가 없다는 것도 잘 알고 있다. 하지만 료타로는 나름대로 자신을 구해준 은혜에 보답하고 싶었다. 그 바람은 강철같이 굳은 결심이 되었다.

그레이를 슬픔의 나락에 빠지게 해서는 안 된다.

료타로는 세 명의 겁에 질린 살인자에게로 시선을 돌리며 안주머니에 몰래 넣어둔 권총을 꺼내 총구를 겨누었다.

"안 돼!"

모든 것을 알아챈 그레이는 비명과도 같은 고함을 내질렀다.

료타로는 자신의 행동이 정말로 올바른 것인지 알 수 없었다.

하지만 그레이를 살인자로 만들 수는 없었다.

방아쇠에 힘을 넣었다.

그 순간 —.

톡톡.

료타로의 등 뒤에서 뭔가 노크하는 듯한 소리가 들려왔다.

"드디어 찾았구나!"

광기에 물든 그 목소리는 이어진 몇 발의 총성에 의해 지워졌다.

고막을 찢을 듯한 폭발음에 깜빡 정신을 잃었던 료타로는 자신이 쓰러져 있다는 것을 깨닫기까지 잠시 시간이 걸렸다.

"이 새끼, 바퀴벌레처럼 잘도 숨어다녔구나, 크하하."

경련하는 듯한 웃음 소리 쪽으로 고개를 돌려보니 제 머리를 쥐어뜯으며 총구를 아래로 내리는 남자의 모습이 눈에 들어왔다.

"네놈이 일본은행을 점거했다는 텔레비전 뉴스를 듣고 당장 달려가봤지. 그랬더니 그게 뭐야, 완전 코스튬 장난이던데? 대체 무슨 미친 짓이야?"

침을 튀기며 떠드는 남자의 총구 너머에서 그레이가 허벅지에서 피를 흘리며 고통스럽게 신음하고 있었다.

"경찰도 참 한심하더라. 그런 코스튬 장난에 넘어가서 네놈을 놓치다니. 난 금세 알아봤어. 내 인생을 완전히 박살낸 놈인데, 당연하지. 얼굴이 안 보여도 냄새만으로 척 알 수 있어."

남자는 코를 훌쩍 들이켜 그레이에게 침을 뱉었다.

"네놈 때문에 난 완전히 끝장났어. 탑은 무너져버렸고 조직에서는 내 목숨을 노리고 있어. 넌 대체 뭐 하는 놈이야?"

남자는 흥분한 도베르만처럼 침을 질질 흘리며 말을 쏟아냈다.

"……그레이."

가쁜 숨을 몰아쉬며 그레이는 비웃음이 담긴 목소리로 대답했다.

"아니지, 아니야! 네놈의 진짜 이름은……. 에이, 뭐, 이제 됐다."

남자는 갑자기 조용해져서 주위를 두리번거렸다. 그리고 재갈이 물린 세 명의 남자들을 찬찬히 바라보았다.

"어라, 이놈들은 또 뭐야?"

남자의 턱짓에 세 명의 사내는 공포로 얼어붙은 얼굴을 무의미하게 좌우로 흔들었다. 그들은 아직 살아 있었다. 분명 내가 저자들에게 총을 쏘았는데……. 그 순간, 잠시 잊었던 기억이 되살아났다.

료타로가 방아쇠를 당기려고 손끝에 힘을 넣었을 때, 그것을 만류하는 그레이의 목소리와 함께 등 뒤에서 톡톡 하고 뭔가 노크하는 듯한 소리가 났었다. 료타로가 총을 맞은 것은 그 소리가 귀에 들어온 것과 거의 동시였다.

총을 들었던 오른손을 천천히 배에 올려보았다. 미지근한 피가 망가진 몸뚱이에서 흘러나오고 있었다. 료타로는 너무도 큰 고통에 얼굴을 찌푸렸다.

"이놈들은 뭐냐고 묻고 있잖아!"

남자는 아무 말도 하지 않는 그레이의 왼쪽 어깨와 배를 향해 두 차례나 방아쇠를 당겼다. 귀가 찢어질 듯한 발포음이 주위를 부르르 흔들었다.

"빨리 대답해!"

남자는 다시금 방아쇠를 당기려 했다. 그런 남자를 빤히 바라보며 그레이는 한 차례 깊은 숨을 들이쉬고 입을 열었다.

"……나를 지금까지 살게 해준 자들. ……내 인생의 의미."

헐떡이는 목소리가 잔향처럼 조그맣게 사라져갔다. 남자는 잠시 그레이를 노려보더니 뱀처럼 스스륵 미끄러지는 동작으로 고개를 돌려 세 명의 남자를 바라보았다. 그들은 입에 재갈이 물려 말을 할 수는 없었지만 그 표정은 공포감을 고스란히 보여주고 있었다.

"흥, 그래?"

남자는 감정을 상실해버린 듯 무표정하게 세 명의 남자 쪽으로 총구를 겨누더니 망설임 없이 방아쇠를 당겼다. 그리고 그것만으로는 성이 차지 않았는지 바닥에 엎어진 세 남자를 축구공처럼 절벽 아래로 걷어차버렸다.

그는 다시 그레이에게 다가와 발길질을 했다.

"이제 네 인생의 의미가 깨끗이 사라졌지?"

"……음, 의도한 대로는 아니지만 이걸로 모두 끝났다."

그레이는 희미하게 웃는 얼굴을 지으며 대답했다. 그 웃음이 비위에 거슬렸는지 남자는 다시 발을 들어 연거푸 걷어찼다.

"아니, 이걸로 끝낼 수는 없지. 난 모든 걸 잃었어! 네놈만 아니었으면 내가 이 꼴이 될 일도 없었어. 지금 난 조직에도 쫓기고 공안에게도 쫓기는 신세야. 케이처럼 토막 나서 죽기는 싫은데! 케이가 내 대신 잡혀가지 않았으면 난 지금쯤 고기밥이 됐을 거라고! 너도 모든 것을 잃어야 해! 내가 다 빼앗을 거라고!"

감정을 제어하는 기능이 망가져버린 것처럼 남자는 악귀 같은 형상으로 마구 부르짖었다.

"추카이, 나는…… 너에게 내 모든 것을 빼앗겼어……."

"내 이름, 함부로 부르지 마! 그나저나 저 지저분한 놈들이 네 모든 것이란 말이야?"

추카이라고 불리운 사내는 킬킬거리며 웃었다.

"그래, 내 모든 것을 앗아간 놈들……. 내가 가장 사랑하는 아내와 딸아이를, 내 세계를, 망가뜨린 놈들……."

그레이는 숨을 헉헉거리면서도 한 마디 한 마디 곱씹듯이 또렷하게 말했다.

"제기랄, 대체 뭔 소리야?"

추카이가 혀를 끌끌 찼다.

"이제 다 끝났어……. 어서 죽여……."

"시끄러워! 너의 모든 것을 다 뭉개놓겠어. 죽이는 건 그다음이야. 어서 말해, 너한테 소중한 게 뭐야!"

이번에는 오른편 어깨를 향해 발포했다. 그레이의 주변은 이미 피바다였다.

"이제 없어……. 아내와 딸아이가 내 모든 것이었어……. 내 세계였어."

"닥쳐!"

추카이는 그레이의 배에 다시 총을 겨누었다.

"나한테 엎드려서 빌어! 질질 짜면서 빌란 말이야! 살려달라고 애원하라고!"

그레이는 배에서 피를 흘리며 눈을 감고 가쁜 숨을 몰아쉬고 있었다. 료타로는 어떻게든 일어나보려고 했지만 피가 흐르는 몸은 마음먹은 대로 움직여지지 않았다.

"……강한 자여."

"뭐라고?"

돌연 그레이가 말했다. 그 목소리는 낮게 가라앉아 그저 입술이 공기를 떨리게 하는 정도였지만 그래도 힘이 담겨 있었다. 그는 추카이라는 남자를 똑바로 응시했다.

"……탐욕스러운 인간이여."

크게 숨을 들이쉬었다.

"우리는 그림자처럼 너희를 노리고 있다……."

그레이는 또렷하게 말하고 조용히 미소를 지었다.

"이런 제기랄, 죽어버려!"

추카이가 김이 빠진다는 듯 내뱉은 것과 동시에 료타로는 등 뒤에서 누군가 다가오는 기척을 느꼈다.

흐릿해져가는 시야 끝에 사람이 서 있었다. 너무 많은 피를 흘렸는지 얼굴 전체가 창백했다. 그레이와 똑같이 핏기를 잃은 얼굴.

"내 아들의 원수를 이제야 갚는구나."

그렇게 내뱉으며 다카노는 그레이의 목숨을 빼앗으려던 남자를 향해 돌진했다. 너무도 강한 기백에 추카이는 일순 눈을 둥그렇게 뜨고 우두커니 서버렸다. 그 틈에 다카노는 추카이와의 거리를 좁혀 단숨에 두 손으로 멱살을 잡아 바닥에 내동댕이쳤다.

"크윽!"

추카이는 숨이 새는 듯한 소리를 냈지만 곧바로 초점을 맞춰 총구를 다카노에게로 겨누었다. 하지만 다카노의 움직임이 더 빨랐다. 총을 든 추카이의 오른팔을 잡아 왈칵 일으키더니 절벽 끝으로 밀쳤다.

하지만 추카이는 절벽 끝의 아슬아슬한 지점에서 가까스로 몸을 버티며 광기로 일그러진 얼굴을 치켜들었다.

"방해하지 말란 말이야!"

추카이는 뱀처럼 스르륵 자세를 바로잡더니 다카노를 향해 방아쇠를 당겼다. 한 발이 다카노의 어깨를 뚫었다. 하지만 다카노는 잠시 주춤하는 것도 없이 투우처럼 허리를 낮추어 추카이에게 다시 돌진했다.

"우아아아!"

큰 소리로 부르짖으며 다카노는 몸을 던져 놈을 움켜잡았다. 그리고 저항하는 놈을 제압하며 마지막 혼신의 힘을 쥐어짜 그대로 절벽 밑 나락으로 밀쳐버렸다.

"……으아악……."

제 몸뚱이가 어디로 어떻게 떨어지는지도 미처 알지 못한 추카이가 내뱉을 수 있었던 마지막 단말마의 비명은 그저 그것뿐이었다.

그가 절벽 밑으로 떨어지는 것을 지켜본 다카노는 큰 소리를 올리며 바닥에 털썩 쓰러져, 실 끊긴 인형처럼 꼼짝도 하지 않았다.

"……몸으로 들이박다니…… 전혀 스마트하지 않아."

그레이는 혼잣말처럼 중얼거리더니 떨리는 손으로 휴대전화를 꺼내 버튼을 누르고 그대로 바닥에 내던졌다. 그리고 가쁜 숨을 몰아쉬며 천천히 몸을 일으키고 곁에 떨어져 있던 회색 중절모를 손에 들었다.

"……아직 의식이 있는 것 같군."

중절모를 쓰면서 그가 료타로에게 말을 건넸다. 그 눈동자에는 눈물이 어룽거렸다. 지금까지의 애정, 고뇌, 절망, 비창, 증오의 감정이 한꺼번에 드러난 듯한 그 얼굴은, 울면서 웃는 것처럼 보였다.

료타로는 필사적으로 입을 움직였다. 하지만 목소리는 나오지 않았다.

그레이는 료타로에게 인사를 하듯이 가슴에 조용히 손을 얹었다.

"……모든 이야기에는 반드시 끝이 있게 마련이야……. 이 이야기의 끝은 내가 사라지는 것이…… 소실되는 것이…… 가장 멋있어……."

그레이는 절벽 쪽으로 한 걸음 한 걸음 다가가더니 빙글 몸을 돌려 료타로를 보았다.

"……이 이야기에 함께해주어서 고마웠네."

료타로는 부르짖었다. 하지만 목소리가 되지 않았다. 눈물만 한없이 흘러내려 시야가 일그러졌다.

"이것으로 끝이야."

가볍게 머리를 숙인 그레이가 얼굴을 들고 똑바로 료타로를 바라보았다. 그 얼굴에는 지금까지 본 적이 없는 천진무구한 웃음이 떠 있었다.

임종의 말을 들은 료타로는 가슴이 터질 듯 오열하는 것이 고작이었다.

그레이는 중절모 차양을 손끝으로 집어 눈을 가렸다. 그리고 슬로모션처럼 뒤로 쓰러져 아득한 절벽 너머로 사라져갔다.

# 에필로그

## 1

그레이가 건네준 정보를 각 언론 매체에 보내놓고 세리자와는 '샤토디프'로 찾아갔다. 카운터를 마주하고, 딱히 좋아하지도 않는 담배를 피우며 그의 시선은 허공을 헤매고 있었다. 여전히 다른 손님은 보이지 않았다. 하지만 오늘은 웬일로 텔레비전이 켜져 있었다. 얼굴이 상기된 해설자가 이번 일본은행 사건에 대해 뭔가 신경질적으로 떠들어대고 있었다.

세리자와는 다카노 기요미가 집으로 찾아왔을 때를 떠올렸다.

범죄에 협력해달라는 말을 들었을 때, 세리자와는 저도 모르게 웃어버렸다.

형사에게 찾아와 범행을 도와달라고 하다니, 어디서도 들어본 적이 없는 얘기였다.

물론 거절했다. 하지만 다카노가 들려준 이야기는 충격적이었다.

이케부쿠로 사건의 주요 가해자 중에 경찰 조직의 간부가 있었던 것이다.

다카노는 세리자와가 경찰 조직에 불만을 품고 있다는 것을 알고 있었다. 그것을 잘 알기 때문에 선택을 권한 것이었다.

사안이 중대한 만큼 세리자와는 한참을 망설였다. 자신의 손으로 이 조직의 고름을 짜낼 것인가, 아니면 묵살하고 넘어갈 것인가.

이것이 그레이가 말했던 바로 그 '시험'이라고 직감했다.

고민하고 또 고민한 끝에 세리자와는 마음을 정했다.

규탄하는 자가 되어 조직을 정화하자, 라고.

그리고 세리자와는 건네받은 이케부쿠로 사건에 대한 결정적인 정보를 각 언론 매체에 익명으로 전달했다. 결코 그레이의 사상에 공감한 것은 아니었다. 그레이가 저지른 일은 틀림없는 범죄행위였다. 이번에 그의 뜻을 따른 것은 그보다 더한 악을 심판하기 위해서였다.

그레이는 세리자와의 판단을 환영했다. 유즈키 레이가 기뻐할 거라고, 마치 자신의 일이 아닌 것처럼 말했다.

"그나저나 유즈키 레이라는 자는 처자식이 살해된 뒤로 10년씩

이나 그 증오심을 계속 가슴속에 품고 있었구먼."

로쿠조는 마치 그것이 끔찍하게 어려운 일이라는 듯이 말했다.

아닌 게 아니라 로쿠조의 말이 맞았다. 복수심 같은 마이너스의 감정은 그것을 품은 자의 영혼을 소모시킨다. 보통 사람이라면 자신을 파멸로 몰고 가는 그 같은 감정에서 도망치기 위해 거기에 또 다른 감정이나 가치를 꿰어 맞춰서 대강 절충을 하게 마련이다. 하지만 유즈키 레이라는 자는 그 강인한 정신력으로 복수심을 결코 내버리는 일 없이 깊이 간직한 끝에 목적을 이루었다.

"대단한 위인이야. 하긴 뭐, 그 사건이 다시 떠올리기도 끔찍한 일이었으니 그럴 만도 하지."

로쿠조는 눈을 반짝이며 중얼거렸다.

"예, 그렇고말고요."

세리자와는 고개를 끄덕였다. 그토록 처참한 사건에는 이제 두 번 다시 관여하고 싶지 않은 마음에 저절로 몸이 부르르 떨렸다.

그 사건.

유즈키 레이가 피해를 입은 미야마에 구 모녀 유괴 살인 사건은 우연히도 세리자와가 담당했었다.

당시 유즈키 레이는 30세, 아내 미호는 25세였다. 여섯 살이 된 딸 가스미는 이혼 경력이 있는 미호가 데려온 아이였으니까 유즈키 레이의 친 혈육은 아니었다.

미호는 사건이 일어나기 한 달쯤 전부터 집 주변에서 수상한 사람들을 목격했다. 그 문제로 부부가 경찰을 찾아가 상담을 하기도 했다. 하교 중이던 딸 가스미를 누군가 팔을 잡고 억지로 데려가려 했기 때문이다. 하지만 경찰에서는 이 문제를 대수롭지 않게 생각하고, 무슨 사건이 터진 것도 아니니 움직일 수 없다고 일축했다. 그래도 유즈키 레이가 강력하게 얘기한 덕분에 하루에 한 번씩 순찰에 나서기는 했으나 그저 형식적인 대응일 뿐이었다.

유즈키 레이는 사건 당일 회사 일이 바빠서 집에 돌아온 게 새벽 2시쯤이었다.

놈들은 그렇게 그가 집에 없는 시간을 노렸다.

유즈키 레이가 집에 돌아왔을 때, 아내 미호와 딸 가스미의 모습은 보이지 않고 거실은 강도가 휩쓸고 지나간 것처럼 난장판이 되어 있었다. 미량이지만 하얀 커튼에는 혈흔도 남아 있었다.

그것을 본 유즈키 레이는 즉시 경찰에 신고했고, 현장 검증을 하러 나온 경찰은 사건성이 있다고 판단하여 수사에 나섰다.

"그 사건 때는 경찰에서 큰 실수를 했어."

로쿠조의 내뱉는 듯한 말에 세리자와는 고개를 끄덕였다.

"맞아요, 경찰은 정말 아무것도 안 했으니까요. 오히려 사태를 악화시키기만 했죠."

세리자와는 자조하듯이 말했다.

현장 검증 결과, 방 안에서 지문은 검출되지 않았지만 세 사람분의 운동화 족적이 발견되었다. 그리고 현장에 남겨진 혈흔은 아내 미호의 것으로 판명되었다.

그 즉시 수사본부를 설치한 경찰은 모녀의 행방과 범인 추적에 나섰다. 그 팀에 강력계의 세리자와가 차출되었다. 현장에는 족적과 함께 머리칼이 남아 있었고, 탐문 수사 결과 수상한 사람과 자동차를 봤다는 목격담이 나왔기 때문에 이 사건은 조기에 해결될 것으로 다들 예상했었다.

사건 발생으로부터 나흘 뒤, 새로운 단서가 발견되었다. 이 사건과 전혀 관계가 없는 도쿄 아자부의 민가 수십 채의 우편함에 컴퓨터 프린터로 인쇄한 종이가 꽂혀 있었던 것이다.

그곳에는 멍한 눈빛의 미호와 쇠약해진 얼굴의 딸 가스미의 모습이 어둠침침한 방을 배경으로 찍혀 있었다.

몸값을 노리는 유괴가 아니라고 판단한 경찰은 수사본부의 인원을 늘려 인해전술로 범인 찾기에 나섰다. 일반 유괴범과 달리 '유쾌범'은 인질의 목숨 따위 쾌락의 대상일 뿐이었다.

다음 날, 경찰 수사를 비웃기라도 하듯이 이번에는 신주쿠의 민가 수십 채의 우편함에서 새로운 인쇄물이 발견되었다. 동시에 부근 공원의 공중화장실에도 똑같은 종이가 나붙었다.

유즈키 레이의 아내 미호는 그 전보다 더 많은 상처를 입어 여기저기 피가 딱지를 만들고 긴 머리도 마구잡이로 짧게 깎여 있었다. 찢겨진 옷에는 성폭행의 흔적이 생생하게 드러나 있었다. 딸 가스미의 모습은 없었다.

불특정 다수의 사람들에게 그런 모습을 공개해버린 범인의 행동은 이 사건의 끔찍함을 백일하에 드러내는 것이었다. 각 언론사에 요청한 미디어 보도 협정도 소용없는 일이었다.

경찰은 범인이 촬영한 것으로 보이는 그 인쇄물을 남편인 유즈키 레이에게 보여주어야 할지 말아야 할지 망설였다. 사진에 찍힌 아내 미호의 모습이 차마 마주 볼 수 없을 만큼 처참했기 때문이다. 하지만 유즈키 레이 본인의 요구가 강했다. 건네준 사람은 당시 스물일곱 살이던 세리자와였다.

미야마에 경찰서 접견실에서 두 종류의 인쇄물을 보여주었다. 그것을 손에 든 유즈키 레이는 소파에 앉은 채 미동조차 하지 않았다. 하지만 눈만은 극한까지 크게 뜨여져 있었다.

그리고 이틀 뒤, 가나가와 현 미도리 구의 민가 우편함에서 인쇄된 종이가 또 발견되었다. 그곳에 찍혀 있는 것은 한눈에도 알아볼 수 있는 딸 가스미의 사체였다. 온몸이 시퍼런 멍투성이였다. 둥글게 뜨여진 눈은 아무것도 보고 있지 않았다.

세리자와가 건네준 사진을 본 유즈키 레이는 그때서야 비로소 감정을 드러냈다. 의미를 알 수 없는 부르짖음과 함께 머리를 움켜쥐더니 그 머리로 책상을 수없이 내리찧었다. 세리자와가 달려들어 말렸지만 그는 손톱으로 자신의 살을 후벼 파고 입술을 피가 터지도록 악물었다.

소란스러운 기척에 다른 경찰관이 뛰어들었을 때는 기묘한 형상의 유즈키 레이가 피투성이가 된 채 힘없이 서 있었다.

그 뒤에 사건은 어이없는 결말을 맞이했다.

세 번째 인쇄물이 발견되고 그다음 날 심야. 가나가와 현 미나토기타 구의 민가에서 수상쩍은 행동을 보이는 인물을 귀가하던 주민이 붙잡았다. 경찰에 인도된 그 남자는 인형처럼 생기를 잃은 미호의 나체가 찍힌 인쇄물을 소지하고 있었다.

남자의 이름은 고다 마코토. 나이는 열일곱 살이었다. 고등학교를 중퇴한 뒤로 일정한 직업도 없이 외제차를 몰고 다니며 매일 밤마다 유흥가에 돈을 뿌리는 생활을 하고 있었다. 돈은 회사를 몇 군데나 경영하는 부모에게서 나온 것이었다.

경찰의 추궁에 처음에는 전혀 모르는 일이라고 시치미를 뗐지만 겨우 3일의 구류에 찔찔거리며 울기 시작했다. 모든 것을 자백하여 공범도 체포되었다.

공범은 이와자키 유키와 나미키 가쿠토. 두 사람 모두 도내의 고등학교에 다니는 열일곱 살의 고교생이었다. 이와자키의 부모는 맞벌이여서 집을 비우는 일이 많았기 때문에 아들의 잦은 외박도 묵인해주고 있었다. 나미키 역시 부유한 환경에서 자랐는데 당시 나미키의 아버지는 해외 출장을 떠나 한 달 가까이 집을 비운 상태였다. 유즈키 레이의 아내와 딸이 감금되었던 곳은 나미키의 집 2층, 피아노가 놓인 방음실이었다.

이들의 진술에 따르면, 세 사람은 전차에서 우연히 유즈키 레이의 아내를 보고 눈독을 들였다. 몰래 그녀의 뒤를 밟아 한 달여 동안 동향을 살핀 끝에 남편의 귀가가 밤늦은 시간이라는 것을 파악하고 범행에 들어간 것이다.

모녀에게 개조한 전자 충격기를 들이대 의식을 잃게 한 뒤 고다의 외제차 트렁크에 밀어 넣고 내달려 나미키의 집 피아노 방에 감금했다.

이틀 동안 이어진 성폭행에도 싫증이 나버린 고다는 울부짖으며 저항하는 미호를 제 마음대로 조종하기 위해 딸을 이용하자는 생각을 해냈다. 딸을 죽이겠다고 협박하여 제 뜻대로 조종한 것이다. 인간을 마음대로 조종하는 쾌락에 그들은 미칠 듯이 기뻐했다.

인쇄한 종이를 여기저기 뿌리자고 제안한 것은 이와자키였다. 세상에 자신들의 능력을 과시하고 싶었기 때문이라고 진술하였다.

모녀를 감금한 채 그들은 한없이 쾌락을 탐했지만 이윽고 딸아이가 죽고 젊은 엄마는 마치 인형이 된 것처럼 아무 반응도 보이지 않았다. 게다가 때는 이미 나미키의 아버지가 슬슬 출장에서 돌아올 즈음이었다. 세 사람은 아내의 목을 졸라 살해하고 그 모습을 사진으로 찍었다.

그들의 진술대로 딸의 사체는 쓰레기 봉투에 담겨 지바 현 산속에 묻혀 있었고 엄마의 사체는 아직 나미키의 집에 방치되어 있었다.

아내의 사체를 본 수사원은 그 참상에 저도 모르게 눈을 돌려버렸다고 한다.

어떻게 하면 이토록 끔찍한 상처가 날 수 있는가. 쾌락을 위해 낸 것으로 보이는 상처, 인간의 절망감을 사진에 담기 위한 상처, 상대를 굴복시키기 위한 상처가 무수히 그어졌고 마룻바닥에는 혈흔이 남지 않도록 파란 비닐 시트가 몇 장이나 깔려 있었다.

주범 고다, 공범 이와자키와 나미키의 재판은 미성년자라는 것 때문에 비공개로 신중하게 진행되었다.

유즈키 레이는 세 사람이 사형되기를 원했지만 가해자가 미성년자라는 점이 그것을 어렵게 했다.

첫 공판이 시작되었다.

유즈키 레이가 참석을 원해서, 사건을 담당한 세리자와와 함께 방청석에 나란히 앉았다. 그때의 유즈키 레이의 모습은 가느다란 나뭇가지 같았다. 키가 190센티 가까이 되는 건장한 사람이었는데 몸무게가 50킬로 아래로 떨어져 있었다.

그는 아무런 감정도 드러내지 않고 그저 지그시 세 명의 가해자를 응시하고 있었다. 그 모습에서 세리자와는, 이상하다고 생각하는 한편으로 뭔가 바닥 모를 두려움을 감지했다.

고다 측에는 변호인이 여섯 명이나 붙었다. 주임변호사는 미성년자의 흉악 범죄를 몇 건이나 전담해온 베테랑이었다. 그는 법정에서 속이 빤히 보이는 수작이라고밖에는 생각되지 않는 의견을 되풀이했다.

변호사는 피해자 미호가 고다 일행을 은근히 유혹한 것 아니냐는 주장을 했다.

어처구니없는 소리라고 검찰 측은 반론을 했지만 변호사는 연이어서 당시 피해자의 옷차림이 몸매의 선을 강조하는 것이었으며 무릎길이 정도의 플리츠스커트를 입고 있어서 한창때인 고등학생들의 이목을 끌었다, 그리고 현관 열쇠가 망가지지 않은 것을 보면 피해자 스스로 고다 일행을 집 안으로 불러들인 것이 아니냐, 라는 말을 마치 진실인 것처럼 이야기했다. 남편 몰래 불장난을 한 것인지도 모른다는 말까지 내뱉었다.

다음으로, 네 장의 사진에 대해서도 적극적으로 변호에 나섰다.

처음 발견된 제1의 사진, 제2의 사진, 그리고 마지막으로 발견된 상처투성이의 사진은 SM 취미가 당시의 분위기를 타고 과도

해진 것이며, 분명 피해자 쪽에 그런 취미가 있었을 것이라고 주장했다. 딸의 사체가 찍힌 제3의 사진은 불가항력에 의해 사망해버린 딸의 유영遺影을 촬영해두고자 한 자애의 마음을 엿볼 수 있는 증거라는 말까지 했다.

방청석에서 지켜보던 유즈키 레이는 몸을 파르르 떨며 애써 분노를 억누르는 기색이었다.

변호사는 자신만만하게 자신의 주장을 펼쳐나갔다.

피해자 모녀의 몸에 생긴 멍 자국은 고다 일행이 소생 행위를 열심히 했다는 증거이며, 칼에 베인 상처 및 찔린 상처는 피해자가 스스로 쾌락을 추구한 나머지 자해한 것이고, 죽음에 이른 것은 피해자 스스로 최고의 쾌락을 위해 목을 졸라줄 것을 원한 결과라고 단언했다.

검찰 측에서는 당연히 반론에 나섰지만 변호인 측이 조금 더 달변이었다.

얼핏 보기에도 엉터리 같은 소리를 늘어놓고 있을 뿐인 변호사의 변론은 명확한 목적을 위한 포석이었다.

고다 일행의 죄를 최대한 가볍게 하기 위해 심신 쇠약을 인정받아 감형을 꾀하는 것.

그 한 가지 목적에 변호사는 집중하고 있었다. 그리고 그 방법은 거의 갖춰져 있었다.

변호사는 주범 고다가 부모의 맞벌이로 충분한 애정을 받지 못한 채 과도한 용돈으로 방만한 생활을 했으며 부모는 각자 따로 사귀는 사람이 있어서 거의 집에 없었다는 가정 환경을 마치 고다가 이번 사건의 피해자라도 되는 양 늘어놓았다.

고다 자신은 처음에는 반성의 빛을 전혀 보이지 않았지만 중간쯤부터는 후회한다는 말을 늘어놓았고, 피해자인 척하는 얼굴로 불행했던 가정 환경에 대해 웅얼웅얼 이야기했다.

고다는 이미 취조를 받을 때부터 변호사에게서 나쁜 꾀를 전수받은 것 같았다. 회를 거듭할수록 진술을 자유자재로 바꿔나갔다. 피해자 미호를 같은 반 친구라고 하거나, 아이를 갖고 인형 놀이를 했다, 누군가 자신을 협박하는 목소리를 들었다는 등 횡설수설하는 진술을 했다.

정신 감정은 세 차례에 걸쳐 이루어졌다. 감정인은 모두 다 고다에게 동정적인 평가서를 제출했고 결국 심신 쇠약이라는 판정이 내려졌다.

변호인 측에서 심신 상실 상태이므로 책임능력이 없다고 주장한 것에 대해 검찰 측은 완전 책임능력을 내세우며 전면적으로 다퉜지만, 재판소는 가해자의 주장과 감정 결과를 고려하여 '형법 39조 심신 상실자의 행위는 벌하지 않는다. 심신 쇠약자의 행위는 이를 감형한다'라는 것을 적용하여 심신 쇠약을 인정해주었다.

결국 미성년자로 주범 고다는 징역 12년, 이와자키와 나미키는 주범 고다의 강요에 의해 저지른 범죄라는 것으로 의료 소년원에 송치되었다.

세리자와는 판결이 내려지던 날의 상황을 지금도 선명하게 기억하고 있었다.

자신에게 내려진 판결 내용을 듣고서 조용히, 참으로 조용히 빙긋 웃던 고다의 그 입가가 마치 악몽처럼 세리자와의 머릿속에 낙인으로 찍혔다.

미야마에 구 모녀 유괴 살인 사건은 피해자 미호와 딸의 처참한 모습이 찍힌 인쇄물이 여기저기 알려지면서 불특정 다수의 시민 눈에 고스란히 노출되었다. 그로 인해 이 사건에 호기심을 품고 추적하는 자들이 적지 않았다. 사건 현장에서 기념 촬영을 하는 사람, 피해자의 소지품을 기념으로 구해두려는 사람, 험한 비난을 퍼붓는 사람, 범인이 뿌린 인쇄물을 매매하는 사람 등, 피해자 미호가 미인이었던 것도 있어서 그 숫자는 나날이 불어났다.

그리고 그 현상을 단숨에 가속시키는 사건이 일어났다.

범인들이 뿌린 인쇄물은 네 장이었지만 그들의 컴퓨터에는 거의 3000장에 가까운 사진이 보관되어 있었는데 그중 500장이 인터넷상에 유출된 것이다.

유출지는 경찰 간부의 자택 컴퓨터였다. 파일 공유 소프트를 경유하여 유출된 것이었다. 왜 수사 자료가 경찰 간부의 개인 컴퓨터에 보관되어 있었는가. 그 건에 대해 경찰 간부는 독자적으로 수사하기 위해서였다는 어설픈 변명을 했지만, 사진의 내용을 보면 누구나 이 간부의 진짜 목적을 짐작할 수 있었다. 그 500장의 사진은 성적인 흥분을 돋우는 것으로만 선별되어 있었던 것이다.

유출된 사진은 인터넷을 통해 무한히 퍼져나갔다. 구경꾼들은 호기심에 이끌려 무심히 '퍼나르기'를 하고 그 사진을 모아 사진집을 만드는 사람까지 나왔다. 성지 순례라는 이름으로 피해자의 집과 살해 현장에 사람들이 밀려오는 바람에 유즈키 레이는 정신적으로 거의 막판까지 몰리는 상황이었다.

이 같은 2차 피해를 발생시킨 경찰 간부는 당연히 처벌되어야 했고, 실제로 처벌되었다. 하지만 10분의 1 감봉, 10개월이라는 참으로 미적지근한, 처벌이라고도 할 수 없는 징계였다.

아내와 딸을 구하지 못한 스스로를 책망하던 유즈키 레이는 마침내 인간을 믿지 못하게 되었고, 그 바닥 모를 분노는 가해자뿐만 아니라 범죄자를 심판하지 않는 국가, 그리고 호기심에 부화뇌동하는 사람들, 사진을 유출시킨 경찰에게로 향해졌다.

그리고 사건으로부터 2년 뒤, 유즈키 레이는 해외로 출국한 이후 영영 자취를 감춰버렸다. 그에 대한 소식은 이후 전혀 알려지지 않은 채 점점 세상으로부터 잊혀갔다.

지난 일을 더듬어보던 세리자와는 문득 손에 든 자료에 시선을 떨구었다.

그레이와 다카노를 접촉한 뒤에 그가 개인적으로 수집한 유즈키 레이에 관한 데이터였다.

유즈키 레이는 방위대학교를 졸업하고 자위대원으로서 2000년에 아프가니스탄의 PKO(국제연합 평화유지군) 활동에 파견되었다. 반년 동안 아프가니스탄에 주재한 뒤에 일단 귀국했지만 그 직후에 자위대를 제대하고 아랍 에미리트의 아부다비 수장국으로 건너갔다. 아내와 딸의 유괴 살인 사건 이후의 발자취는 현재로서는 밝혀진 것이 많지 않았지만, 도모슨 상사가 왜곡된 형태로나마 희귀광물 사업을 추진했던 것을 생각하면 그 공백 기간에 모종의 커넥션을 얻었던 것으로 짐작할 수 있다.

그 이상의 유즈키 레이에 관한 데이터는 존재하지 않았다.

그렇다고 해도―.

자료를 테이블에 내던지고 세리자와는 입가를 팽팽히 당기며 위스키 잔을 들었다.

내 눈과 귀를 틀어막고 싶을 만큼 참담한 피해를 당했을 때 나라면 과연 어떻게 했을까. 세리자와 다케시라는 한 인간으로서 그런 적을 마주했을 때 나라면 과연 어떻게 했을까. 무엇을 할 수 있었을까. 어디까지 할 수 있었을까.

"왜 그래?"

텔레비전을 보고 있던 로쿠조가 먹먹한 표정을 하고 있는 세리자와를 의아한 눈빛으로 바라보았다. 세리자와는 고개를 내저으며 복잡한 생각을 접고 한 마디를 툭 흘렸다.

"……완전히 졌어요."

그 말을 들은 로쿠조는 건배나 하자는 듯 자신이 마시던 위스키 잔을 슬쩍 쳐들었다.

## 2

모든 일은 지나간다. 세상을 온통 휩쓸어가는 세찬 바람이 들이쳐 내 몸과 마음을 아프게 해도 일단 지나간 바람은 손이 닿지 않는 곳으로 멀리 사라져버린다.

구름 한 점 없는 창문 밖을 멍하니 바라보며 가눌 길 없는 슬픔을 가슴에 품고 료타로는 조용히 숨을 쉬고 있었다.

그때.

그레이가 절벽 밑으로 사라진 그때, 료타로는 의식을 잃었다. 그리고 다시 눈을 떴을 때는 병원 중환자실이었다. 꼬박 하루 동안 의식이 돌아오지 않았다고 한다. 료타로를 치료해준 의사는 그레이의 친구라는 사람이었다.

그레이가 죽기 전에 마지막으로 휴대전화를 들어 연락한 곳은 사유리의 번호였다. 그녀는 연락을 받자마자 그 발신 전파를 역탐지해낸 사사키, 고즈에 일행과 함께 지바 현 우바라 리소쿄에 달려왔고, 현장에서 의식을 잃은 료타로와 다카노를 발견했다.

병실에서 료타로를 간호해주던 사유리는 하얀 타일 바닥에 눈을 떨구며 느릿느릿한 말투로 다카노의 과거에 대한 이야기를 해주었다.

다카노의 아들은 추카이라는 이름의 남자와 한때 비즈니스 동업자 사이였다. 하지만 탑에서 일어나는 비행을 목격하고 그 정보를 경찰에 넘기려는 찰나, 추카이에게 잡혀 감금당했다. 그곳에서 증거는 모조리 뺏기고 살해되었다. 다카노는 그 이전에 아들에게서 탑의 비밀에 대한 이야기를 들었기 때문에 자신이 아는 모든 것을 경찰에 제보했지만 경찰에서는 전혀 상대해주지 않았다. 아들의 죽음을 규명하려는 자세조차 보이지 않았고 수사를 할 수 없다는 얘기만 되풀이했다. 다카노는 경찰 고위층 일부가 탑의 존재를 은폐하려 한다는 것을 알고 아버지로서 아들의 일을 수습하고 국가와 경찰 조직에 복수하기 위해 압도적인 힘을 가진 그레이와 함께 일했다는 것이다.

료타로가 병원에 있는 동안에 신도 씨는 여전한 모습으로 병실에 나타나 돈세탁을 거친 자금 통장을 건네주었다. 그녀의 말에 의하면 그레이는 이번 계획에 도움을 준 동지들에게 한 사람도 빠짐없이 거액의 통장을 남겼다. 각각 4억 엔. 큰 사치만 부리지 않는다면 평생 넉넉히 살아가기에 충분한 돈이었다. 신도 씨는 한 사람씩 통장을 만들어주는 것이 가장 따분한 작업이었다고 툴툴거렸다. 이제 그레이에 대한 일은 깨끗이 잊어버리고 무인도라도 하나 사서 우아하게 살 거라 말하고 떠나갔다.

혼자 남은 료타로는 병실의 텔레비전을 켜고 뉴스를 보았다. 화면에는 회색으로 가득 채워진 일본은행의 영상이 반복적으로 흘러나왔다. 경찰에 체포된 회색 정장 차림의 사람들이 실업자나 빈곤층이라는 것, 그들이 회색 남자의 권유에 따라 행동에 나섰다는 것, 이런 행동을 권유한 회색 남자는 나이도 키도 모두 달랐다는 증언으로 보아 복수의 인물일 것으로 짐작되지만 그중 단 한 명도 체포하지 못했다는 것 등이 보도되었다.

일본은행이 보유한 지폐와 조폐청 공장이 파괴되면서 경제는 혼란 상태에 빠졌고 나아가 그레이가 유출한 권력자의 부패와 비리는 전 세계의 비난을 받기에 이르렀다. 국가의 위신은 실추되어

선진국이라는 위상이 무너질 만큼 큰 타격을 입었다.

엔화에 대한 신용도가 급격히 떨어져버린 지금, 이 나라의 미래는 어떻게 될까. 료타로는 그런 것까지는 알 수 없었다. 하지만 이 나라는 사라지지 않을 터였다. 밑바닥에서 다시 기어오르는 게 가능한 나라다. 지도층의 면면을 대충 솎아내고 태연한 얼굴로 재건을 꾀하고 발전을 향해 달려갈 것이다.

"뭘 멍하니 앉아 있어?"

료타로는 퍼뜩 정신을 차리고 목소리의 주인을 향해 고개를 돌렸다. 다카노가 팔짱을 끼고 병실 문 앞에 서 있었다. 그는 이번 일로 치명상을 입었지만, 야쿠자로 착각할 만큼 건장한 체력은 그저 겉보기 허풍이 아니었다. 보통 사람의 몇 배나 되는 강인한 생명력을 가졌다고 의사들이 감탄할 정도여서 오히려 료타로보다 더 빠른 회복세를 보이고 있었다.

일본은행 습격으로부터 두 달이 지나 료타로는 병원을 벗어나 신혼집에서 요양하고 있었다.

"그나저나 참 대단하네."

다카노가 턱으로 가리킨 텔레비전 화면에는 어느 나라에선가 일어난 데모 모습이 방영되고 있었다.

"분명 저 나라는 독재가 계속되었지?"

영상만으로는 다카노가 말하는 '저 나라'가 어디인지 알 수 없었다. 그걸 얼른 알아볼 수 없을 만큼 전 세계적으로 데모가 일어나고 있었다.

일본은행을 회색이 뒤덮었던 영상은 '약자의 저항'이라는 제목으로 전 세계에 퍼져나갔다. 그리고 한 가지 현상이 뒤를 이었다.

전 세계의 민중들이 '저항'하기 시작한 것이다. 약자를 고통에 빠뜨리는 다양한 문제에 대해 약자들 스스로 회색 옷을 차려 입고 목소리를 높여 항의하게 되었다. 새로운 그레이들이 지금 전 세계를 뒤덮고 있었다.

"다녀왔습니다!"

현관에서 사유리의 환한 목소리가 울렸다.

"갑자기 비가 쏟아지지 뭐야. 일기예보에도 비 온다는 얘기는 없었는데, 어휴, 이게 뭐야."

사유리는 불퉁불퉁하면서 수건을 꺼내 비에 젖은 머리를 닦았다.

료타로는 휘청거리는 몸을 일으켜 창문 너머로 펼쳐진 하늘을 내다보았다.

그레이가 료타로에게 당부했던 '지켜보는 역할'. 원래의 의미는 그레이의 죽음을 지켜보고 그 진실을 기억하고 또한 사후 수습을 해주는 것이었다. 다카노가 들려준 이야기로는, 그레이는 다마가와 역에서 그리 멀지 않은 다이라쿠인이라는 절에 매장될 예정이었다. 그곳에는 유즈키 레이의 아내 미호와 딸 가스미가 잠들어 있었다.

료타로에게 주어진 역할의 의미가 이제 달라졌다.

이 나라의 미래를 지켜본다. 그리고 지켜보는 것만이 아니라 행동한다. 또한 그레이의 바람대로 사유리를 영원히 지켜준다.

이 세상에서 소실되어버린 그레이에게 료타로는 그렇게 맹세했다.

아무도 그레이가 죽었다는 말을 입에 올리지 않았다. 저마다 가슴속이 뻥 뚫린 듯한 상실감과 슬픔을 안고 있으면서도 그레이가 사라졌다는 것을 믿고 싶어 하지 않았기 때문이다.

앞으로의 일에 대해서는 아직 아무것도 생각하지 않았다. 가능하다면 그레이처럼 악에 철퇴를 내리고 약자를 구해주고 싶다. 하지만 그만한 역량도 능력도 없다는 것을 료타로 자신이 가장 잘 알고 있었다. 그렇다면 우선 가까운 사람부터 똑똑히 지켜내자. 처음에는 거기서부터 시작해도 충분하다.

가만가만 숨을 내쉬었다.

비가 내리는 날은 날씨가 좋지 않다. 당연한 얘기다. 하지만 비가 내리더라도 해는 구름 뒤에 숨어 있을 뿐, 그 자체가 사라진 것은 아니다.

게다가 ―.

료타로는 시선을 푸른 하늘로 향한 채 눈을 가늘게 떴다.

"여우비 주제에 이렇게 좍좍 쏟아지다니, 이상하지 않아요? 흠뻑 젖어버렸네."

곁에서 불퉁거리는 사유리의 목소리를 듣고 료타로의 얼굴에 조용한 미소가 번졌다.

비가 내리더라도 날씨가 좋을 때가 있는 것이다.

# 지은이의 말

'좋아, 죽을 때까지 계속 글을 쓰자.'

그렇게 결심하고 쓴 첫 작품이 『그레이맨』이었습니다. 스물한 살 때부터 마치 뭔가에 빙의한 것처럼 소설을 읽기 시작하여 스물다섯 살이 된 뒤에 이번 『그레이맨』의 집필에 착수했습니다.

그때까지 이야기라는 것을 몇 편이나 만들었는지 기억나지 않지만 매번 신인상에 응모했습니다. 하지만 결과는 그리 좋지 않았습니다. 현재 회사원이라는 직함을 갖고 있기 때문에 시간이 부족한 것에 고심하고, 체력도 정신력도 그리 강하지 못해서 정말 이대로 계속 글을 쓸 수 있을지 불안해지는 일도 적지 않았습니다.

그렇지만 소설 쓰기를 멈출 수는 없었습니다.

밥을 먹고 잠을 자듯이 글을 쓰지 않고서는 살아갈 수 없게 되어 있었습니다.

소설을 쓰기는커녕 읽지도 않았던 시기를 생각하면, 인간이란 계속 변하는 존재구나 실감합니다.

지난 26년 동안의 인생을 돌아보면, 나를 좋은 방향으로 이끌어 주신 분들이 매번 절호의 위치에 배치되어 있었다는 것에 놀라곤 합니다.

열일곱 살까지 독서다운 독서를 한 적이 없던 나를 '소설'이라는 정체를 알 수 없는 존재와 조우하게 해준 고등학교 은사님이 안 계셨다면 분명 지금의 나는 없었습니다.

단지 책을 읽기만 하던 내게 소설 연구의 방법을 첫걸음부터 가르쳐주신 대학교 교수님이 안 계셨다면 소설을 잘게 씹어 이해하는 일은 할 수 없었을 것입니다.

그리고 골든 엘러펀트 상이라는 것이 없었다면 아마도 소설을 세상에 내놓을 수 없었을지도 모릅니다.

이 작품에 등장하는 그레이는 원래 원고지 40매 정도의 단편에 나오는 인물이었습니다. 내용도 특별한 것이 아니었고 현재의 성격도 갖추지 못했었습니다. 하지만 그레이는 내게 '이래서는 뭔가 부족해!', '나는 이런 인물이 아니야!'라고 계속 주장하면서 나의 치졸한 문장을 채찍질하여 지금과 같은 모양새를 발굴해냈습니다. 그레이는 이제 내 사상의 산물이라는 틀에 멈추지 않고 이미

하나의 인격을 손에 넣었습니다.

이런 형태로 내 소설이 출판되는 것은 수많은 주위 분들의 도움이 있었기 때문입니다. 소설 쓰기를 응원해주신 많은 분들, 아직 미숙한 내게 기대를 걸어주신 분들, 그리고 『그레이맨』을 읽어주신 여러분께 어떤 말로도 내 마음을 모두 전할 수 없겠지만, 정말로 고맙습니다. 앞으로도 더욱 정진하겠습니다.

이시카와 도모타케

# 작품 해설

복수라는 테마를 다룬 이야기는 동서고금을 막론하고 상당히 많지만, 이 작품『그레이맨』처럼 그 행위의 어려움을 바로 지금 '우리의 감각'으로 묻고 있는 소설은 드물다고 생각한다. 여기서 말하는 '우리의 감각'이라는 것은 애초부터 '보복 국가'인 미국의 심성이나 그 반대로 '평화 치매' 상태에 빠져 있는 일본의 감각과는 약간 다르다는 논의가 나올 수 있을 것이다. 하지만 이 작품에서는 좀 더 심오한 위상의 이른바 '문명사회'의 구성원에 공통되는 '감각'에 대해 논의하고자 한다. 이 점은 깊은 맛을 품고 있는 이 데뷔작이 가진 매력의 핵심이라고 생각되기 때문에 최대한 스포일러가 되지 않도록 주의해가면서 해설하고자 한다.

'복수는 나의 것(신명기 32장 35절 '복수는 나의 것이라. 그들이 실족할 그때에 갚으리로다(대한성서공회, 『관주 성경전서』)'에서 인용한 문장. 나아가 로마서 12장 19절에는 '내 사랑하는 자들아, 너희가 친히 원수를 갚지 말고 진노하심에 맡기라. 기록되었으되, 원수 갚는 것이 내게 있으니 내가 갚으리라고 주께서 말씀하시니라'라고 되어 있다. 영어판은 'Vengeance is mine'. 일본에서는 1976년에 작가 사키 류조가 이 제목의 범죄 소설로 나오키 상을 수상하였고 이어서 1979년에 영화화되어 큰 인기를 끌었다. 1984년, 2007년, 두 차례에 걸쳐 텔레비전 드라마로도 방영되었다. 한국에서는 2002년에 박찬욱 감독의 영화 제목으로 쓰였다_옮긴이)'이라는 문구를 범죄 소설의 제목으로 기억하고 있는 사람도 많을 테지만, 원래는 구약성서의 말이다. 인용한 문장의 '나'란 뭔가 원한을 품은 사적인 '나'가 아니다. 그 뒤에 이어지는 말이 '~라고 주께서 말씀하셨다'인 것이다. 복수라는 것은 신께서 하실 일이지 인간이 이러니저러니 나설 일이 아니라는 뜻이다.

전체적으로 보면, 구약성서는 초자연이 아니라 사회에 대해 말하고 있는 책이며 그런 관점에서 파악한다면 '복수를 하는 주체는 (피해자가 아니라) 하나님이다'라는 개념이 뜻하는 바는 그 즉시 우리에게 익숙한 것이 된다. 즉 공동체의 구성원이 어떤 원한을 풀고자 스스로 처벌을 시도하는 것은 금기이며, 제재라는 행위는 정확하게는 전 공동체 혹은 그 의지를 구현하는 모종의 상위 기구에 맡겨져야 할 일이라는 것이다.

현대에는 그 상위 기구가 바로 '국가'이다. 하지만 얼핏 이질적인 구약의 세계에서도 복수에 주어지는 제약은 동일해서 개개의 구성원이 '앙갚음을 시도하지 말 것', 즉 '윗선에 호소하고 거기에 만족할 것'이라는 점은 고대로부터 공동체의 구성과는 떼려야 뗄 수 없는 요건이었다.

그 '인내'가 얼마나 어려운 일인지에 대해서는 이미 수많은 소설들이 주요 테마로 다뤄온 바가 있는데, 문명사회가 공동체 내에서의 개별적인 보복을 '선'으로 간주했는지 아니면 '악'으로 간주했는지를 살펴보면 압도적으로 '악'으로 본 경우가 많다. 인간의 손에 의한 보복을 '선'으로 여기지 않는 것이 곧 문명이라는 말의 정의라고 해도 무방할 정도다.

예를 들어 복수극이 끊이지 않았던 옛 미국 서부처럼, 정의를 위해서는 복수에 호소할 수밖에 없다는 논리가 통용되는 지역이 있었다고 한다면, 그곳은 아직 충분히 문명에 감싸인 지역이 아니었다는 얘기가 된다. 소설 등에서는 복수가 미화되기 쉽지만 그것은 '야만'한 것일 뿐 제대로 된 사상으로서 고무되었다고는 말하기 어렵다.

본의 아니게 '정글의 법칙'으로 후퇴해버린 경험을 지나치게 자주 겪어온 문명사회에서는 '벤전스(Vengeance, 복수)'가 허용되지 않는 것이 당연한 일이어서 우리는 복수심이라는 것을 억제하기 위해 사상을 포함한 다양한 장치를 구사하여 서로를 조련해온 것이다. 마치 조금이라도 방심하면 마구 날뛸 가능성이 있는 것이 거기서 꿈틀거리고 있다는 듯이.

하지만 여기에 이르러 한 가지 의문을 느끼는 독자들이 있으리라고 생각된다. 판도라 상자 같은 감정에 단단히 뚜껑을 덮어두면 잘못될 일은 없을 테지만, 혹시 열린다고 해도 아무것도 튀어나오지 않는 건 아닐까 하는 예감도 드는 것이다. 계속 꾹꾹 억누르지 않더라도 이미 너무도 잘 조련되어서 슬그머니 머리만 쳐들 뿐, 뭔가 한 소리 듣기 전에 그런 일은 하지 말자고 자신을 설복시켜가며 결국 고개를 숙이지 않을까.

단순히 그만큼 막다른 궁지에는 몰리지 않았기 때문인가. 소중한 것을 빼앗기지 않았기 때문인가. 혹은 복수 따위 번거롭기만 하기 때문인가. 불끈하는 건 너무 모양 빠지는 일이기 때문인가.

그런데 이 작품에 등장하는 그레이는 소중한 모든 것을 빼앗기고 막다른 궁지에 내몰린 끝에 그야말로 진지하게 온갖 수고를 마다하지 않는 일을 시작한다. 하지만 그 모습이 모리스 르블랑의 초대 뤼팽 못지않게 신사적이며, 또한 화자話者가 독서가에게 어딘가 친숙한 그리움을 주게 되리라는 것은 이 책의 본문을 기대감과 함께 읽으며 확인할 수 있을 것이다. 여기서 지적하고 싶은 것은 종래의 복수극과의 차이점이다.

그레이는 당연히 제재를 맡겨야 할 상대인 상위 기구 자체를 그 기능 부전을 이유로 보복의 궁극적 대상으로 삼는다. 정치적 의분에서 체제 전복을 꾀하는 스토리도 있지만, 그레이처럼 사적인 비극이 올바르게 재판되지 않은 것을 이유로 궁극의 공적인 행위에 나서는 일은 드물다. 하인리히 폰 클라이스트의 중편「미하엘 콜하스의 민란」의 주인공처럼 그레이도 복수를 뛰어넘어 광기에 이르렀다고 말할 수도 있겠으나 독자를 경악하게 하는 에필로그를 읽은 뒤에는 역시 감동하지 않을 수 없으리라고 생각한다.

그는 스스로를 '무능한 신'의 대리자라고 한다. 이것은 앞서 말한 고찰에서 보더라도 필연적인 비유이지만, '하늘의 뜻에 따라 처벌한다(천벌)'는 옛날식 구호와는 그 위상이 너무도 다르다. 권위를 등에 업은 신의 대리자가 아니라, 또한 '사실은 없는 것'의 보완으로서가 아니라, 몹쓸 짓을 개인이 대체代替한다는 것이다. 나아가 그레이는 국가와 국민에 대하여 꾀하는 복수에 대해 '재분배'라는 말을 사용한다. 파괴하는 것도 아니고 만들어내는 것도 아니다. 이것은 그야말로 '회색'이라고 할 만한 목표점이며, 복수와 광기는 동전의 앞뒷면과도 같은 특질을 갖고 있다는 것이 확인된다.

하지만 '복수의 어려움'을 종래와는 완전히 다른 각도에서 조명하는 이 작품에서 내가 가장 큰 감명을 받은 것은 주인공이 자신에게 부과한 '절차'였다. '복수는 나의 것'이란 역시 인간이 나서서 이러니저러니 하는 건 그다지 바람직한 일이 아닌 모양이다.

적어도 문명의 틀 안에 머무는 동안에는 현대 시민에게 보복이라는 것은 자타에 의해 규율되는 일이 없으면 어느새 손에 피를 묻히게 될 무시무시한 연쇄의 단서가 아니라 이미 회복 곤란한, 상실된 규정인 것이다.

시대를 앞서 모던한 감정을 가졌던 것으로 여겨지는 극작가 셰익스피어가 복수를 행하는 것을 참으로 오래도록 망설이는 왕자를 그렸던 것이 문득 생각난다.

**이오아니스 멘자스**(미국 버티컬출판사 편집장)

# 옮긴이의 말

## 전 세계 '99퍼센트의 약자'를 위하여

번역을 하다 보면 주로 지명도가 높은 작가의 대표 작품을 소개하게 되는 일이 많다. 외국 문학을 접할 때, 이미 검증된 프로 작가의 작품을 선호하는 것은 당연한 일이겠지만, 상대적으로 신인 작가의 탄생을 지켜볼 기회는 줄어들고 만다. 국내의 경우에는 신인에서부터 기성 작가까지 다양한 스펙트럼의 작품들을 만나는데 외국 문학에서는 새내기 작가의 푸릇푸릇한 기운을 접하기 어려운 폐단이 생기는 것이다. 문단에 뛰어드는 신인에게는 기성의 트렌드를 받아들이면서도 거기에 어떻게든 '새로움'을 더해보려는 강한 용틀임이 있다. 그래서 젊은 패기를 품고 비상하는 새로운 작가의 탄생을 지켜보는 일은 그 의미가 깊고 매우 즐겁다.

『그레이맨』은 일본의 문학상 '골든 엘러펀트 상'의 제2회 대상 수상 작품으로, 그야말로 새내기 작가의 도전 정신을 지켜볼 수 있는 작품이다.

먼저 '골든 엘러펀트 상'에 대해 알아보자. 2009년에 일본에서 제정된 문학상으로, 아직 역사는 짧지만 그야말로 참신한 분위기다. 일본의 에이(榯)출판사, 미국의 버티컬(vertical)출판사, 중국의 상하이 역문출판사(上海訳文出版社), 한국의 소담출판사가 공동 참여하여 국제적인 규모를 자랑하는데, 전 세계 동시대인에게 오락으로서의 재미와 감동을 제공하고 공감을 얻어내는 엔터테인먼트와 월드 와이드 전개를 캐치프레이즈로 삼고 있다. 일본의 평론가 우노 쓰네히로, 편집인 네모토 켄, 프로듀서 겐쥬 도오루, 미국의 출판 편집장 이오아니스 멘자스, 중국의 편집인 자오 핑, 한국의 번역가 양윤옥 등이 심사위원으로 참여하였다. 심사위원 전원이 도쿄의 골든 엘러펀트 상 위원회 사무실에 모여 각자 자신의 나라에 가장 걸맞은 작품을 대상으로 선정하기 위해 치열한 토론과 함께 때로는 설전이 벌어지기도 한다.

대상 수상작은 4개 국어로 출간되고, 나아가 만화, 애니메이션, 드라마, 영화로 제작되는 특전을 누린다(골든 엘러펀트 상 공식 사이트 http://www.geaward.jp/index.html 참조). 제1회 수상작은 『염마 이야기』. 일본에서 큰 반향을 불러일으켰을 뿐만 아니라 속편을 바라는 독자들의 요청에 따라 『염마 이야기 2권』, 『염마 이야기 3권』이

속속 출판되고, 이어서 만화로도 연재될 예정이다. 중국과 한국에서도 괄목할 만한 성과를 거두었고, 특히 미국에서는 단행본에 이어 시리즈 만화로 출간되었다. 새롭게 시작한 문학상으로서는 그간의 성과가 놀랍다고 평가해도 좋을 것이다(『염마 이야기』의 일본어 공식 사이트 http://www.ei-publishing.co.jp/uraenma/ 참조).

이번 제2회 공모에는 미스터리, SF, 판타지, 인간 드라마 등 다양한 장르에 걸쳐 150여 편의 응모작이 들어왔다. 회사원, 교사, 전업주부, 크리에이터(음악계, 화가, 디자이너), 프리터 등 응모자의 층도 다양하다. 그중 완전한 신인의 응모가 반절 이상을 차지하고, 특히 회사원으로 근무하는 한편 틈틈이 글을 썼다는 응모자가 전체의 약 20퍼센트에 달했다.

수상작 『그레이맨』은 작품 전체의 스케일이 크고, 전 세계의 독자를 매료시킬 시사성 높은 가치관과 충격적인 스토리가 높은 평가를 받아 150여 편에 이르는 응모작 중에서 당당히 대상으로 선정되었다. 알렉상드르 뒤마의 『몬테크리스토 백작』이 연상되는 일대 복수극에 모리스 르블랑의 『아르센 뤼팽』 시리즈의 모험 미스터리가 가미되어 강한 흡인력으로 독자들을 빨아들이는 소설이다. 부익부 빈익빈의 고장 난 자본주의, 부패하고 무능한 국가 권력, 약자의 입장을 옹호하지 못하는 법체계, 인간의 생명마저 상품화하는 도덕성 붕괴와 같은 현대 사회의 모순을 정확하게 짚어낸 문제작이기도 하다. '부의 재분배', '권력의 재분배'라는 파격적인 작전을 감행하는 주인공 '그레이'는 독자에게 큰 공감과 카타르시스를 안겨줄 우리 사회의 새로운 영웅이다. 12월 24일, 화려한 크리스마스이브의 광장을 습격한 수많은 그레이맨, '99퍼센트의 약자'들의 분노와 저항이 권력자와 자본가에게 경종을 울리는 거대한 물결로 전 세계에 퍼져가는 모습은 우리 독자들에게 특별히 큰 공감을 안겨주지 않을까.

대상 수상자 이시카와 도모타케 씨도 회사에 다니면서 틈틈이 이 소설을 써냈다고 한다. 게다가 아직 스물여섯 살 ―. 이 작품을 번역하면서 품었던 남다른 감회를 젊고 성실한 새 작가와의 인터뷰 내용을 소개하는 것으로 대신하고자 한다.

**―『그레이맨』을 집필하게 된 계기는?**

어렸을 때부터 이른바 '히어로'에 공감하지 못하곤 했습니다. 아무래도 그들을 멋있다고 생각할 수가 없었어요. 애니메이션을 시청하면서 용감한 주인공보다 오히려 주인공을 빛나게 해주고 이름 없이 죽어가는 마을 사람이나 조무래기 악역에게로 눈길이 가곤 했죠. 그런 몹캐릭터(mob character)에게도 가족이 있고 꿈이 있었을 거라고 상상하면 어린 마음에도 너무 슬프다고 할까, 제대로 텔레비전을 시청할 수가 없었던 적도……. 그래서 약자에게 스포트

라이트를 비추는 영웅 소설, 약자 출신의 영웅을 묘사해보고 싶은 바람이 있었습니다.

**— 온몸을 회색으로 감싼 그레이, 조직의 보스 같은 다카노 등, 등장인물의 강렬한 이미지가 특히 매력적이던데요.**

제 경우에는 우선 마지막 장면을 머릿속에 그려놓고 그곳을 향해 이야기를 써 내려갑니다. 『그레이맨』에서도 회색빛 하늘에 지폐가 휘날리는 이미지에서부터 시작해서 결국 일본은행이나 영웅이 등장하는 스토리로 만들어졌습니다. 주인공 그레이도 처음 쓰기 시작했을 때는 회색이 감도는 옷차림이라는 이미지밖에 없었는데, 써 내려가는 사이에 그레이 쪽에서 '나는 이런 사람이야'라고 강하게 자기주장을 하고 나서더군요. 그건 다른 등장인물도 마찬가지여서 다카노 같은 인물은 처음에는 아예 등장할 예정조차 없었어요. 그렇게 중요한 인물이 되어버린 것에 누구보다 저 자신이 가장 깜짝 놀라고 있습니다(웃음).

**— 이시카와 씨는 평소에 회사원으로 일을 하고 계시죠? 글쓰기와 회사 일, 두 가지를 한꺼번에 하는 것이 힘들지 않았나요?**

회사 일이 끝나면 카페에 들러 차 한 잔을 시켜놓고 한 시간쯤 글을 쓴 뒤에 집에 돌아가는 생활 리듬을 줄곧 유지해왔어요. 내

경우에는 글쓰기라는 행위 자체가 스위치가 되어 스토리가 떠오르기 때문에 시간을 정해놓지 않으면 몇 시간이든 계속 글만 쓰게 됩니다. 출퇴근에 편도 한 시간 반쯤 걸리기 때문에 운 좋게 자리가 났을 때는 지하철에서 글을 쓰기도 했죠. 옆에서 보기에는 힘들겠다고 생각하실지도 모르지만 오히려 글쓰기에 의해 회사 일의 스트레스를 발산하는 부분도 있어서 오래도록 이런 생활을 유지해나갈 것 같습니다.

—왜 골든 엘러펀트 상에 응모하셨는지요?

인터넷을 통해 골든 엘러펀트 상을 알게 되고 서점에 들러 『염마 이야기』를 샀던 것이 계기가 되었죠. 새롭게 만들어진 문학상만이 가질 수 있는 '기세'를 느꼈어요. 많은 것이 미지수였기 때문에 더욱 더 매력적이었습니다.

—상을 받은 뒤에 주위의 반응은 어땠습니까?

수상 소식은 가장 먼저 부모님과 여동생에게 전했습니다. 부모님이 기뻐해주셔서 나름대로 효도를 한 게 아닌가 하고 생각했어요. 회사에서는 사장님이 특히 반겨주셨고, 회사 안에서도 하루아침에 유명인사가 되어버렸죠(웃음). 가장 흐뭇했던 일은 아직까지 이야기 한 번 나눠본 적이 없었던 회사 사람들에게서 '소설이 출간

되면 사서 보겠다'라든가 '실은 나도 글을 쓰고 있으니 다음에 한 번 읽어봐달라'라는 등의 메일을 받은 것이었어요.

—다음으로는 어떤 작품을 구상하고 있는지요?

그레이의 성장 과정이나 복수의 단초가 된 미야마에 구 모녀 유괴 살인 사건이 일어나기 전의 모습을 써보고 싶어요. 하지만 그 전에 '탑'이라는 조직의 핵심에도 좀 더 다가가려고 합니다. 그 밖에 일본 중세의 사무라이 일가에 대한 이야기를 구상하고 있어요. 하지만 유명한 다이묘 가문이 아니라 아무도 알지 못하는 무명의 사무라이 집안이죠. 역사적 사실과 소설적 상상력을 어떻게 적절히 균형을 잡아나갈 것인가가 과제가 될 것 같습니다.

(이 인터뷰는『그레이맨』의 일본어 사이트 http://www.ei-publishing.co.jp/graymen/index.html에서 인용한 것이다. 이 사이트를 찾아가면 일본의 성격파 배우 사노 시로 씨의『그레이맨』낭독을 동영상 화면과 함께 들을 수 있다. 또한 한국어판 번역은 저자의 양해를 얻어 1장과 2장의 순서를 바꾸었다. 각 국의 문학 경향이나 표현 장르에 따라 편집의 영역을 활짝 열어둔 것도 골든 엘러펀트 상만이 가진 장점이다.)

양윤옥